U0105183

TANG

李旭东 著

盛唐的拐点

团结出版社

图书在版编目（CIP）数据

盛唐的拐点 / 李旭东著 . -- 北京：团结出版社，
2021.3（2023.4 重印）
ISBN 978-7-5126-8217-7

Ⅰ . ①盛… Ⅱ . ①李… Ⅲ . ①纪实文学 – 中国 – 当代
Ⅳ . ① I25

中国版本图书馆 CIP 数据核字 (2020) 第 167476 号

出　　版：团结出版社
　　　　　（北京市东城区东皇城根南街 84 号　邮编：100006）
电　　话：（010）65228880　65244790（出版社）
　　　　　（010）65238766　85113874　65133603（发行部）
　　　　　（010）65133603（邮购）
网　　址：http://www.tjpress.com
E-mail：zb65244790@vip.163.com
　　　　　tjcbsfxb@163.com（发行部邮购）
经　　销：全国新华书店
印　　装：三河市东方印刷有限公司

开　　本：163mm×240mm　　16 开
印　　张：24.75
字　　数：339 千字
版　　次：2021 年 3 月　第 1 版
印　　次：2023 年 4 月　第 2 次印刷

书　　号：978-7-5126-8217-7
定　　价：68.00 元

前言

　　唐朝国力强盛，经济繁荣，文化灿烂，它发达的文明影响了日本、朝鲜等许多亚洲国家，国际地位超迈往古，是中国历史上最为辉煌的一个王朝，中国成为当时世界上最强大、最先进的国家之一。大多数人只看到唐帝国的辉煌与鼎盛，而我却对大唐盛极而衰的悲壮历史情有独钟。

　　突如其来的变乱，埋葬了大唐的繁华，践踏了大唐的尊严。在这场历史大变革之中，很多人选择了背叛，却依旧有人在诠释着忠诚；很多人选择了逃亡，却依旧有人在顽强地抗争，虽然曾绝望过，却仍在坚守。到底是怎样的力量支撑着那些挽狂澜于既倒的英雄们，硬生生将几度命悬一线的唐帝国从死亡的边缘拖回来？叛乱虽平，然而短短八年的安史之乱却使大唐国势一落千丈，探究其中缘由便是我写作本书的初衷。

　　感谢家人对我写作的支持，特别将此书献给我的两个女儿，希望她们今后做人要守本分，不要怕吃亏；做事要凭本事，不要怕吃苦。不消极，不信命，因为在强者眼里所有的必然都是偶然，在弱者的眼里所有的偶然都是必然。

李旭东

2020 年 7 月于武陵驿书斋

目　录

壹　盛世藏危局

歪打正着的从军之路　　　　　　　　　002

惊心动魄的宦海沉浮　　　　　　　　　012

波谲诡异的政治风云　　　　　　　　　021

扶摇直上的政治新宠　　　　　　　　　036

众说纷纭的惊人绯闻　　　　　　　　　042

风险巨大的政治投机　　　　　　　　　063

痛苦艰难的人生抉择　　　　　　　　　081

无法回头的不归之路　　　　　　　　　099

贰　石破天亦惊

渔阳鼙鼓动地来　　　　　　　　　　　106

甘洒热血写春秋　　　　　　　　　　　115

慷慨悲歌传幽燕　　　　　　　　　　　125

携手出征泯恩仇　　　　　　　　　　　132

燕赵之地起刀兵　　　　　　　　　　　136

叁 国破山河在

痛断肝肠的潼关之战	146
失魂落魄的逃亡之路	158
扑朔迷离的马嵬之变	164
若隐若现的幕后主使	173
孤注一掷的政治豪赌	186

肆 乘胜奏凯歌

太原保卫战	210
皇位争夺战	220
血腥拉锯战	228
两京攻坚战	232
初现端倪的裂痕	243
暗中角力的父子	250

伍 九州风雷动

贻害无穷的刺杀	268
难以置信的惨败	276
矛盾重重的磨合	290
置之死地而后生	296
逼迫之下的失利	305
父子相残的悲剧	308

陆 雨来风满楼

父子暗战   316

血色残阳   323

狂风骤雨   331

柒 北定中原日

攻与守，险恶环境中的激烈对决 338

隐与忍，山河日下时的一声叹息 342

得与失，捷报频传后的战争迷局 345

捌 千秋家国梦

去与留，大难临头时的命运思索 354

生与死，命运旋涡中的苦痛挣扎 364

进与退，政治风暴中的自我救赎 379

壹

盛世藏危局

歪打正着的从军之路

惊心动魄的宦海沉浮

波谲诡异的政治风云

扶摇直上的政治新宠

众说纷纭的惊人绯闻

风险巨大的政治投机

痛苦艰难的人生抉择

无法回头的不归之路

歪打正着的从军之路

谁也不会想到繁盛的大唐帝国的命运居然会攥在一个普通得不能再普通的突厥女人阿史德的手中。

她是突厥族巫师。由于拜火教在突厥族社会生活中发挥着不可替代的重要作用，巫师被认为是神的使者。

虽然阿史德在部落民众的心中是一个蒙着神秘面纱并拥有超自然力量的神奇女人，可是她也有着普通人的喜怒哀乐和爱恨情仇。

巫师这个职业虽然使得她过着衣食无忧而又受人尊敬的生活，可是这一切都是要付出代价的！

阿史德必须保持处女之身，因为她的身体不属于她自己，而是属于神，自然不容许任何世俗男子的玷污与亵渎，可哪个少女不怀春呢？

虽然春心荡漾的阿史德难以忍受独守空房的寂寞，可她的理智却告诉她必须要压制住内心深处愈燃愈旺的欲望之火，直到遇到那个让她如痴如醉的男人。

被激情左右的她将所有的清规戒律都抛到了脑后，与那个男人共度鱼水之欢，沉迷其中而难以自拔。

她决定为他生一个儿子，于是怀着虔诚而又忐忑的心情向斗战之神轧荦山默默地祷告着。斗战之神在尚武的突厥人心中有着崇高的地位。

此后不久，她居然奇迹般地怀孕了。

长安三年（公元 703 年）正月初一不过是漫长的历史长河之中稍纵即逝的一瞬，可就是这个极为短暂的瞬间却影响了大唐此后近二百年的命运。

就在这一刻，身在帝国都城繁华宫殿之中的至高无上的女皇帝武则天，不会想到自己竟然会与远在千里之外的边陲重镇营州柳城县①一个破旧帐篷之中普通而又陌生的突厥女子阿史德产生某种奇妙的联系。

营州此时已经脱离了武周帝国的怀抱。契丹族酋长李尽忠于万岁通天元年（公元 696 年）攻陷营州城，自此以后营州的官吏们只得被迫寄居在幽州②办公。

在山呼万岁的群臣呼喊声中，武则天体会到权力的快感。

在撕心裂肺的剧烈疼痛侵袭下，阿史德忍受着分娩的苦楚。

随着宦官一声冗长的"退朝"，武则天终于可以摆脱礼制的束缚，奔向随心所欲的自由生活。

随着一声清脆的婴儿啼哭声，阿史德终于可以摆脱分娩的疼痛，开启期盼已久的母亲生涯。

阿史德没有想到自己的儿子日后居然会在大唐的历史上留下如此浓墨重彩的一笔，而武则天更没有想到这个素昧平生的胡人小孩儿居然会给她的后世子孙带来一场如此之大的浩劫。

这个孩子就是安禄山，"禄山"在粟特语中本来是"光明"的意思，可是安禄山带给大唐的却是无尽的黑暗！

当喜得贵子的喜悦渐渐散去之后，阿史德很快便体尝到生活的艰辛，因为安禄山的生父早早地就离她们母子而去。

史书并没有留下关于安禄山父亲的只言片语，以至于时至今日，安禄山的生父仍旧蒙着一层神秘的面纱。

经过专家考证，安禄山的亲生父亲应该是一位粟特商人。从中亚戈壁到渤海之滨，绵延万里的广大区域内都活跃着粟特商人的身影。唐朝营州是他们遥远的贸易之旅的最东端，而安禄山的父亲就在这里与安禄山的母

① 治所在今辽宁省朝阳市。
② 治所在今北京市区。

亲阿史德相识、相知、相爱。

安禄山即使在自己飞黄腾达之后也很少谈及自己的生父，可见他与生父之间并没有多深的感情，当然还有一个更为重要的原因：生父是粟特人，而母亲是突厥人。即使在兼容并包的唐代，血统不纯的胡人身份也会使其受到诸多歧视。

安禄山刻意淡化自己的生父也是为了将自己蓄意包装成"斗战天神之子"。

在男权社会，一个单身母亲独自养育一个孩子，其中的艰辛可想而知，所以她不得不开始考虑再婚。在唐代，女子因感情不和与丈夫离婚再嫁，绝对不是什么新鲜事。

突厥将领安波注的哥哥安延偃看上了风韵犹存的阿史德。安延偃不会想到，这次二婚经历居然会给他和他的家族带来无上的荣耀，但是随之带来的是无穷的灾难。

古人发迹后总会想方设法地光宗耀祖，一旦平步青云便会恳请朝廷追赠自己的先祖为官。安延偃沾了养子安禄山的光，后来被朝廷追赠为范阳大都督。

带着儿子嫁人，阿史德的婚后生活其实并不幸福，而童年的不幸也在安禄山心中留下深深的阴影。

作为游牧民族，突厥部落一直是逐水草而居。这种游牧生活无疑极大地开拓了安禄山的眼界。在迁徙的过程中，东北地区的自然风光、地形地貌以及风土人情都深深地镌刻在他的脑海之中。这为他日后的军事生涯提供了宝贵而又必要的知识积累。

如果安禄山继续待在突厥，充其量只是草原上"一棵无人知道的小草"，自生自灭，无人问津，可上天却不肯让他轻轻地来又轻轻地走。

开元初年，正值大唐最为昌盛富庶之际，突厥各部落却陷入无休止的血腥攻伐之中。安禄山所在的部族在部落战争中被击溃了。曾经熟悉而又亲切的茫茫大草原如今却让他无处容身。

这场突如其来的变乱使得十几岁的安禄山刹那间便成熟了许多。在人生的十字路口前，他不得不考虑未来将何去何从，而他的决定无疑彻底改变了他日后的人生轨迹。

安禄山与自己的堂兄弟安思顺和安文贞（两人均是安波注的儿子）经过一番商议后决定投奔大唐，因为他们觉得开放包容的大唐会敞开怀抱接纳各个种族，甚至各个国家的人。不过陌生的大唐也让他们感到一种莫名的不安，所以他们特意邀请了另外一个人同行。

这个人就是安道买将军失踪多年的长子安孝节，安孝节的弟弟安贞节此时正担任唐帝国岚州别驾。安贞节与失散多年的哥哥团聚后不禁喜极而泣。

安贞节自然对安禄山等人心存感激，收留了无家可归的安禄山、安思顺和安文贞三兄弟。共同的逃亡生涯使得实际上并没有多少血缘关系的三个堂兄弟此后一直走得很近，但随着时间的推移，三个人最终却选择了不同的人生道路。

渐渐长大的安禄山开始自谋职业，而他的目光渐渐投向了红红火火的边境贸易。

熟知六种少数民族语言的安禄山担任互市牙郎。大唐在边境设立方便贸易活动的互市，而互市牙郎就是利用语言优势撮合双方成交的中间商。

安禄山为了解决生计问题而奔波忙碌着。不知是生活所迫铤而走险，还是经受不住诱惑临时起意，三十而立的安禄山因为一次偷窃行为险些招致杀身大祸。

关于这场风波发生的时间，很多人轻信《旧唐书》"二十年，张守珪为幽州节度，（安）禄山盗羊事觉"的记载，武断地认为此事发生在开元二十年（公元732年）。

可只要翻阅史书，我们便会发觉此记载有误。张守珪直到开元二十一年才从西北地区的鄯州调到幽州任职，《新唐书》《旧唐书》以及《册府元龟》对此均有记载。

《李永定墓志铭》中有这样的记载："（开元）二十一载，节度使薛楚玉差公（即李永定）领马步大人。"张守珪的前任薛楚玉到了开元二十一年还没有离任，所以张守珪调任幽州的时间绝不会早于开元二十一年，因此《旧唐书》的记载定然有误。北宋史学家欧阳修很可能发现了这个明显的错误，编纂《新唐书》时刻意回避了这件事发生的时间。

"安禄山偷羊事件"应该发生在开元二十一年或者之后的某个年份。

当时，东北地区最强大的两个少数民族契丹和奚给大唐东北边陲带来了极大的军事威胁。张守珪的前任薛楚玉就因不称职而被朝廷免职。唐玄宗李隆基经过一番物色将能征惯战的张守珪调来幽州，担任节度使。

张守珪也承受着前所未有的压力，到任后铁腕治理幽州。俗话说"新官上任三把火"，安禄山却不幸地被张守珪亲手燃起的熊熊烈火烧到了。

安禄山因为盗窃别人家的羊而被官府逮捕了。惊恐不安的安禄山静静地等待着命运的审判。

命运神奇般地让安禄山和张守珪这两个原本素不相识的人相遇了。一个是威风八面的封疆大吏，一个是身份低微的刑事罪犯。从两人的目光碰撞在一起的那一刻起，安禄山的命运也悄然发生着改变。

经过简单的审理，安禄山偷羊罪属实。在铁证面前，犯罪嫌疑人安禄山对自己的犯罪事实供认不讳。

张守珪紧闭的双唇蹦出两个冰冷的字："棒杀。"

跪倒在地上的安禄山顿时便吓得面如死灰。一个活生生的人居然会因为盗窃一只羊而丧命。量刑确实有些过重，可是谁让安禄山赶上"严打"行动了呢？

行刑人员走到他的面前，准备将他拖下大堂，拖向行刑地点。

当衙役手中挥舞的大棒落下的时候，一个年轻的生命因为盗窃而过早地陨落。如果真是如此，二十多年后的那场旷日持久的叛乱也会消弭在萌芽之中，可是小小的偶然有时却会改变历史的发展进程。

在生死攸关的关键时刻，安禄山展现出了自己的过人之处。他知道自乱方寸只会丧失最后一丝自救的希望。

"大夫①难道不想消灭两蕃吗？那你为什么还要棒杀壮士呢？"这句给力的话语居然使安禄山奇迹般地化险为夷，因为这句话触动了张守珪那根最敏感的神经。

话不在多，只要震撼心灵就会变得强劲有力。

此时，无论是身在京城的玄宗皇帝李隆基，还是远在边陲的节度使张守珪，无不为如何降服桀骜不驯的契丹人和奚人而一筹莫展。

此言一出，张守珪不得不重新审视眼前这个居然能够说出如此豪言壮语的胡人罪犯。

谁也无法否认外貌的重要性。在《水浒传》中，晁盖七星聚义想要抢劫生辰纲时，之所以力邀白胜加盟便是因为他独一无二的长相。他那猥琐的外表很难引起负责押运生辰纲的军官杨志的疑心和警觉。

如果安禄山相貌平平或者像白胜那样丑陋不堪，张守珪自然会认为他不过是说说大话而已，可是安禄山却长得身材魁梧，体形健硕。硬朗的外形和豪迈的话语聚合在一起便带来强大的心灵震撼，这让求才心切的张守珪开始心动了。

张守珪不仅释放了安禄山，而且还将他留在军中效力。

在唐代，门荫、科举、荐举、入流和军功无疑是步入仕途的最主要的五种途径。

门荫是贵族子弟的政治特权，也就是根据父亲或者祖父的品级和贡献直接获得官职。"门荫"这条路对出身卑微的安禄山而言只是一种遥不可

---

① 张守珪兼任御史大夫。

及的奢望。

科举无疑是广大寒族子弟实现政治理想最宝贵的机遇，当然这条路对目不识丁的安禄山而言简直就是天方夜谭。即使饱读诗书而又学富五车，要想通过科举入仕也是一条异常艰难的路，因为标榜"以才取士"的科举考试比拼的绝不仅仅是才学！

关于科举考试的潜规则数不胜数，门荫在一定程度上是赤裸裸的"拼爹游戏"，而科举却是暗流涌动的"拼爹游戏"。暗中的博弈早在开考之前便已经开始了。

在科举诸科目中，进士科最受唐代士子的钟爱。进士科素有"三十老明经，五十少进士"的说法，五十岁进士及第仍可称之为"少进士"，足见进士科竞争的惨烈程度。

对于极少数成功抵达胜利彼岸的人而言，真正的考验其实才刚刚开始。

进士甲等及第者会被授予从九品上阶的出身，而绝大多数乙等及第者仅仅会被授予从九品下阶的出身。

唐代贡举考试与后世最大的区别是只给予行政级别而并非直接给予官职，要想真正当上官必须要通过吏部组织的铨选。当然也可参加科目选或者不定期举行的制举，不过这两条路更难走。

铨选可是社会关系和个人背景的大比拼。由于僧多粥少，进士及第者往往要等许多年才会得到一官半职，当然也有人一辈子都没能等到当官的机会。

唐宋八大家之一的韩愈进士及第后"三举于吏部，卒不成"。韩愈尚且如此，何况其他人呢？

对于没有什么背景的寒族及第者而言，他们就像趴在玻璃上的苍蝇一样，眼前一片光明，却根本找不到出路。

与科举形成鲜明对比的是门荫。李隆基得知宠臣王毛仲喜得贵子后，当即赐予他尚在襁褓之中的儿子五品官。

唐朝正常的迁转途径是四考即四年进一阶，但这项制度从来也没有认真执行过。破坏规则的人往往是规则的制定者或者与之关系亲密的人，因为这些人破坏规则后一般不易受到规则的处罚。

即使不考虑循资格的影响，按照四年进一阶的升迁速度，如果一个从九品下阶的进士及第者要想达到王毛仲幼子的行政级别也需要六十年的时间。况且对于大多数官员而言，如果没有过人的才华、出众的政绩或者过硬的背景，根本无法逾越正六品上阶这道坎。

唐代的官员可不是终身制，任期届满后要等待朝廷重新分配工作。循资格实行后，官员任期届满后需要停选一段时间，也就是下岗等待重新分配工作。是不是真的停选以及何时重新上岗还得看这个官员的运气和背景。

荐举无疑是一条快速步入仕途的捷径。许多隐居在终南山中的隐士们，一旦被荐举便可以迅速完成从民到官的华丽蜕变，可是要想走这条"终南捷径"，荐举人显得至关重要。

玄宗李隆基曾经下诏："五品以上清官及军将都督刺史，各举一人。"可见荐举人必须是五品以上的中高级官员，而且必须是清官。唐代官员有"清官"与"浊官"之分。清官就是领导重视、升迁便捷、前途远大的重要职位。

安禄山这个名不见经传的胡人，别说得到那些高官的赏识，就是与那些高官见上一面估计都很困难。

这些掌握着荐举权的官员们也要受到名额的限制，虽然每次荐举未必都像这道诏书中说的那样只许举荐一个人，但是名额有限却是不争的事实，因此他们使用起自己手中的荐举权肯定会慎之又慎，被荐举的人要么是才华横溢的饱学之士，要么是感天动地的道德模范，当然也不乏很多关系户。

安禄山既没有学贯古今的才华，也没有惊天地泣鬼神的模范事迹，而且他还是一个游离于主流文化之外的胡人，所以这条捷径对于他而言无疑是一条绝路。

相比较科举、门荫和荐举而言，"入流"无疑是广大寒族子弟入仕最现实、最艰辛但也是最无奈的路。

依靠自己的才能或者关系，先在衙门里谋一个差事。这些处于衙门最底层的没有品级的人构成了庞大的胥吏阶层。这些胥吏最大的理想就是终其一生谋取一官半职，从而完成从"流外"到"流内"的蜕变。

这些胥吏们为了实现这个目标不得不看上级脸色，仰上级鼻息，跑断了腿，磨破了嘴，累弯了腰，熬白了头，也未必能够如愿。如果胥吏能够幸运地获得从九品下阶（大致相当于副科级）这样的小官，肯定会感激涕零。

这些通过"入流"进入仕途的胥吏们很难在仕途上有大的发展，因为他们在官僚体系中缺乏话语权，很多人干一辈子依然只是个九品官。

作为一个没有什么背景的胡人，依靠军功入仕无疑是安禄山最佳的仕途选择。他不仅歪打正着地选对了人生道路，更关键的是赶上了建功立业的好时候。

如果安禄山生活在太宗朝或许终其一生也就是个名不见经传的小军官。安禄山之所以会在日后扶摇直上是因为他幸运地赶上了盛产战斗英雄的"乱世"。

开元盛世战争频仍，只不过是内地的稳定与繁盛暂时掩盖了边疆的动荡与混乱而已。

唐太宗在少数民族地区设置羁縻都督府和羁縻州。大部落的酋长授予羁縻都督府都督职务，小部落的首领授予羁縻州刺史，而且这些职务由酋长家族世袭担任。这种政策既没有改变原来的部落管理模式，又将归附的少数民族置于大唐的有效管辖范围之内。唐太宗李世民利用自己的政治智慧使得边疆形势日趋稳定，而他也被各民族拥戴为"天可汗"。

李世民去世后，唐朝政局持续动荡，曾经归附大唐的少数民族部落相继叛变。唐太宗呕心沥血建立起的羁縻府州制度日趋走向没落。

随着边疆局势渐趋紧张，原有的政治军事管理体制已经越来越无法适应政治军事斗争新形势的需要。

大唐在边疆的常设军事机构都督府或者都护府虽然也拥有直属部队，并且承担稳定地区局势的职能，却无法全权调动并自由指挥辖区内各种不同建制的军队。

每遇到重大战事，朝廷均设置行军大总管或者行军总管统一调度。战事一结束，行军大总管或者总管便回朝赴任，可随着边疆军事斗争日益激烈化和复杂化，战争也变得愈加旷日持久。本来属于临时差遣性质的行军大总管或者行军总管迟迟无法完成使命回朝复命。在这种背景下，节度使便应运而生了。

景云二年（公元 711 年）四月，贺拔延嗣担任凉州都督，充河西节度使。朝廷授予节度使节制调度辖区内所有军队的权力，可以根据斗争形势"便宜行事"。节度使的广泛设立无疑使得大唐边疆政策由太宗朝确立的政治安抚为主、军事征讨为辅彻底转变为军事征讨为主、政治安抚为辅。

在战火中成长起来的李世民深谙不战而屈人之兵的真谛，但除了参加宫廷政变之外其实并没有什么真正的战争经验的李隆基却热衷于武力征服。他好大喜功的性格无疑给边镇将帅们带来错误的政策导向，也使大唐陷入无法自拔的战争泥潭，连绵不断的战争却给将帅的升迁打开了方便之门。与此同时，节度使在中下级军官升迁方面具有越来越大的话语权。

虽然安禄山歪打正着地选对了道路，赶对了时候，但他的从军之路却依旧曲折坎坷，险象环生。

惊心动魄的宦海沉浮

安禄山幸运地成为张守珪手下的一名捉生将，主要职责就是捉俘虏，这也掀开了他人生历程中崭新的一页。

弃商从军的安禄山无疑是幸运的，可对于他这段时间的军事经历，史书上却仅仅留下寥寥数笔，说骁勇善战的安禄山曾经率领五个骑兵生擒数十名契丹骑兵。欣喜不已的张守珪不断增加安禄山手中的士兵数量，而安禄山也用一个接一个的胜利来回报上级对自己的信赖。

翻遍史书，却几乎找不到安禄山早期军事生涯中取得过什么骄人的战绩，只是参加过几场战斗，抓过几个俘虏，后来依靠溜须拍马和大肆行贿而步步升迁。难道安禄山的军事生涯中真就没有什么值得大书特书的事儿吗？

肯定有。只不过是史官故意将他的英雄事迹抹去了，因为历史的话语权永远掌握在胜利者的手中。

历史犹如任人打扮而又敢怒不敢言的小姑娘。但历史可以被掩盖，却难以被抹杀。

安禄山之所以在短短三年时间内便脱颖而出，从一个默默无闻的低级军官成长为大唐高级将领，肯定取得了不俗的战绩。张守珪在任期间取得的一系列军事大捷中一定少不了安禄山的身影，只是史书刻意将其遗忘了。

张守珪到任时正值东北边疆局势最为紧张的时候。契丹族将领可突干就像一个可怕的幽灵始终阴魂不散。

骁勇善战而又富有谋略的可突干在契丹族中可谓是呼风唤雨的人物，甚至可以左右部落酋长的废立。

张守珪的前任们对于可突干的军事挑衅行为一直束手无策，三番五次地被他打得落花流水。胆大妄为的可突干终于遇到了他的终结者张守珪。

久经沙场的张守珪来到幽州后，桀骜不驯的可突干仍旧没有丝毫的收敛，因为此时的他还不会想到他的末日正在一步步到来。

张守珪"频出击之，每战皆捷"①。在这一次又一次的大捷中，安禄山纵情地施展着自己的军事才华，也为自己日后的升迁奠定了坚实的基础。

幽州大捷的消息传到京城后，李隆基并不满足于只是自己高兴，他随即命人前往太庙昭告祖先，想让沉睡地下的祖先们也好好高兴高兴。

估计李隆基从这时起便开始听到关于安禄山英勇战斗的事迹，对这个远在边陲的胡人将领有了一些朦胧的认识。

面对严峻的局势，穷途末路的可突干急忙与自己拥立的契丹族傀儡首领屈剌商量对策。一个险恶的阴谋逐渐成形。

可突干突然投降了，可老练的张守珪却始终对此保持着高度的警惕，派出一个英勇而又机智的得力将领前往契丹军营查看究竟。可惜这个人并不是安禄山，而是一个名叫王悔的中级军官。

可突干命令手下人将营帐悄悄地向西北方向转移，因为那里是突厥人的势力范围。

契丹人翘首以待突厥援军的到来。只要突厥人一到，可突干便会杀死朝廷的使者王悔，然后重新举起反叛的大旗。

不过这一切都没能逃过王悔警觉的眼睛。他知道上天留给自己的时间恐怕已经不多了。他绝不甘心在沉默中等死，可是势单力孤的他又能干些

---

① （后晋）刘昫等撰：《旧唐书·卷一百三·张守珪传》，《二十四史全译》，汉语大辞典出版社2004年版，第2639页。

什么呢？

策反！这或许是他唯一的生路，当然这也会使得他的死期提前到来，不过在生与死的边缘，他义无反顾地决意冒险一试。

契丹族大将李过折与可突干因权力纷争而矛盾重重，这给王悔带来了千载难逢的可乘之机。

杀掉屈剌和可突干，你就是大唐功臣！你就是契丹之主！你再也不用看别人的眼色行事！

李过折犹豫了很长时间，终于坚定地点了点头，因为他再也不想受制于人了。

在茫茫的夜色中，李过折率兵斩杀了屈剌、可突干及其党羽，率领契丹余下的部众投降大唐。

此时唐朝大军正驻扎在紫蒙川严阵以待。张守珪在军营中来回踱着步，焦急地等待着从契丹军营中传回的消息。他知道此时一个微小的变化都可能会给整个局势带来难以估量的影响。

屈剌与可突干被杀的消息迅速传遍了整个唐军军营，欢欣鼓舞的张守珪随即传令犒赏三军。安禄山也和其他将领一样在这个令人沉醉的夜晚喝得烂醉如泥。

叱咤风云数十年的可突干的死无疑标志着契丹族一个时代的终结。李过折如愿以偿地成为契丹族的新首领，而且还被李隆基封为北平王。

曾经烽烟四起的大唐东北边疆一下子变得安定而又祥和。那么，边疆安宁了岂不是立功的机会少了？岂不是升迁的机会少了？

正当安禄山为此而愁眉不展的时候，局势再度风云突变。

"百足之虫，死而不僵。"可突干的政治影响绝对不会随着他的死而迅速涤荡殆尽。正当李过折沉浸在权力的喜悦中时，可突干的余党们却向部族的这位新领袖悄悄地举起了冷森森的屠刀。曾经的政变受益者刹那间变成了政变牺牲品，也许这就是历史的宿命吧！

契丹人又成了大唐的敌人，安禄山又有仗可打了，不过元气大伤的契丹族却已是风光不再了。

安禄山也在战斗中结识了一批生死兄弟，其中关系最好的就是史窣干。史窣干发迹后，大唐皇帝又赐给他一个响当当的新名字"史思明"。李隆基本意是让他崇尚光明，可他却不断地走向黑暗。

史思明与安禄山的人生经历中有着太多的相同点。两人是营州老乡，而且生日仅仅相差一天，同样拥有突厥血统，同样通晓六种少数民族语言，同样曾做过互市牙郎，后来又一同在张守珪麾下担任捉生将。

虽然两人有着太多的相同点，可是两人也有着诸多不同。

安禄山相貌出众，而史思明却相貌出奇，出奇的难看。

"（史思明）姿癯露，鸢肩伛背，廒目侧鼻，寡须发。"[1] 史思明身形消瘦，鹰一样的肩膀，驼背，眼窝深陷，鼻子有点歪，头发稀少，胡子没有几根。

比史思明的长相更具传奇色彩的是他的感情经历，还有仕途生涯。

出身低微而又生活贫苦的史思明常常受到邻里乡亲的鄙视，可他却令人难以置信地得到了当地一个富家女辛氏的青睐。眼光独特的辛氏之前谁也看不上，直到与史思明那次意外的邂逅。

辛氏对家人说了一句石破天惊的话："非史思明不嫁！"

你是不是疯了？怎么偏偏看上这么个人？那时的史思明在世人的眼中就是个不务正业的小混混儿。

辛氏却执拗地说："只要是我认准的人，我会义无反顾！"

两人最终还是冲破了种种世俗的羁绊和家庭的阻挠走在了一起，不仅一直携手走下去，而且还生了好几个儿子。

---

[1] （北宋）宋祁、欧阳修等合撰：《新唐书·卷二百二十五·史思明》，《二十四史全译》，汉语大辞典出版社 2004 年版，第 4955 页。

虽然老婆一直都在默默地支持着他，可是史思明的事业却一直都没有什么起色。他曾在将军乌知义手下当过兵，在互市中做过牙郎，可那点微薄的收入却根本不足以使家人过上殷实富足的生活。

利欲熏心的史思明最终没能抵制住金钱的诱惑，居然贪污挪用公款，而且自己还根本没有能力偿还。

怎么办？跑吧！

走投无路的史思明决定逃往奚族领地，可中途却被正在巡逻的奚族骑兵逮捕，还要以间谍罪处决他！

"我是大唐天子派来的使者！尔等休得无礼！赶快将我带到你们大王面前！这可是大功一件！"

巡逻兵顿时被他那股架势震住了，居然乖乖地将他领到奚王面前。

不卑不亢的史思明不仅不参拜奚王，还振振有词地说："天子使臣拜见小国国君不参拜。这是礼制！"

恼怒不已的奚王看着史思明无耻的样子，居然还颇有几分大唐使臣的模样，关键是狡猾的史思明有着成为骗子的特质。

由于交通通信不便，奚王无法在短时间内核实史思明的身份。虽然奚族与大唐一直武装摩擦不断，可是他们对于繁盛的大唐仍怀有几分敬畏之心。

奚王将他安顿在馆驿之中，而且安排专人悉心照料。骗吃骗喝的史思明在遥远而又陌生的奚人领地度过了一段惬意的生活。

史思明并没有被短暂的舒适蒙蔽，因为他知道骗得了一时骗不了一世，所以一个阴险的计划也在他的心中酝酿着。

史思明主动提出回朝复命。奚王决定派遣一百名卫兵护送他入朝，以此向唐帝国主动示好。

史思明却摇摇头："这些人都没有资格面见天子，除非琐高与我同行。"

"好！没问题！我这便派琐高护送贵使回京！"

在琐高率领的三百勇士的护送下，风光无限的史思明踏上了回营州的归路。

史思明早已暗中通知唐军虚网以待，来到汉地，唐军以犒劳之名款待那些奚族士兵，就在毫无戒备的奚族士兵喝得面红耳赤之际，唐军却突然举起了杀戮的屠刀。

倒霉的琐高本以为可以借觐见天子之机抬高身价，如今却沦为阶下囚。

幽州节度使张守珪不费吹灰之力便擒获敌军大将琐高，自然对立下奇功的史思明刮目相看。史思明就这样用奚族人的鲜血洗刷掉了自己身上的污点，与安禄山一起在张守珪麾下担任捉生将。

史思明从此成为安禄山最要好的哥们儿、最得力的助手和最重要的支持者，可是让安禄山始料未及的是，就是这位老战友日后居然打着为他报仇的名义将他的子孙屠杀殆尽。

由于张守珪嫌弃安禄山有些肥胖，安禄山开始酝酿自己的减肥计划，从减少食物摄取量开始。安禄山的种种努力无疑使张守珪对他更加宠爱，最终将他收为养子。两人的特殊关系为安禄山的升迁打开了方便之门。

开元二十四年（公元 736 年），战功卓著的安禄山升任平卢讨击使、左骁卫将军（从三品），一跃成为唐军高级将领。

安禄山用实际行动证明当初那番豪言壮语绝非空话，如果他的人生轨迹就此延续下去，他或许将会成为大唐的英雄，可人却是多变的，因为欲望会彻底改变一个人，而历史会重新塑造一个人。

"祸兮福所倚，福兮祸所伏。"正当春风得意的安禄山憧憬着美好的未来时，一次突如其来的失利却将他推到了生与死的边缘。

被胜利冲昏头脑的安禄山居然不顾主帅张守珪的军令贸然进军，最终惨败而回。按照唐朝律法，擅自出战的安禄山应该被判处死刑。

三年前，两人素昧平生，张守珪不忍心杀他；三年后，两人情同父子，张守珪更不忍心杀他。一时间不知所措的张守珪陷入痛苦的挣扎之中。

张守珪最终把安禄山押往东都洛阳，将这个难题抛给了正巡幸东都洛阳的大唐皇帝李隆基。

遇到政事犹豫不决时，李隆基习惯于征求宰相们的意见，此时主政的宰相是张九龄。早在三年前，安禄山奉张守珪之命进京奏事时，张九龄便与安禄山有过一面之缘。张九龄当时便对另一位宰相裴光庭说："乱幽州者，必此胡也。"不知张九龄这么说依据何在，但他的这种担忧却在二十年后不幸地变为了现实。

如今一个可以将他心中隐忧消灭于萌芽的宝贵时机摆在了他的面前，张九龄自然不肯轻易放弃，旗帜鲜明地主张对安禄山处以极刑。

为了说服李隆基采纳自己的意见，善于引经据典的张九龄特意引用了"穰苴出军，必诛庄贾；孙武行令，亦斩宫嫔"的典故。虽然庄贾和宫嫔皆深得国君的宠爱，但最后都因触犯军纪而难逃一死。

张九龄苦口婆心的话语却并没有说服李隆基，因为骁勇善战的安禄山令李隆基突然动了恻隐之心。虽然李隆基对待自己的弟弟和儿子有时会表现出超乎寻常的冷酷与无情，可是他对臣子却一向比较宽厚仁慈。

李隆基不忍斩杀安禄山，只是免去他的官职，让他以普通战士的身份在军中效力。

对此，张九龄自然难以接受，因为他想要通过斩杀贪功冒进的安禄山来警示那些因贪恋战功而擅开战端的边将们。战争的目的是争取和平，而不是为了战争而战争。将领们要为大唐的前途命运而战，而不是为了个人的功名利禄而战。

"性格决定命运"，而张九龄刚直不阿的性格最终决定了他悲剧性的命运，因为此时的李隆基已经不再是即位之初那位励精图治的君主了。

即使在政治最为开明的开元初期，李隆基也绝非史书中描写得那样从谏如流。我们从开元名相姚崇与宋璟的人生际遇中便可窥测一二。

人们提到开元盛世总会想起姚崇与宋璟这两位名宰相，可是两人的宰相任期都只有三年零两个月。与此形成鲜明对比的是源乾曜，他有两次担任宰相的经历，第一次只干了三个月，但他却从中悟出了政治的真谛，所以他的第二个任期长达九年零六个月。源乾曜的诀窍便是与世无争，得过且过。

望着固执己见的张九龄，李隆基的心中颇为不悦，突然莫名其妙地说："爱卿难道像王夷甫识石勒那样仅凭一面之缘便臆断安禄山日后肯定难以控制吗？"

"王夷甫识石勒"是一个流传甚广的经典故事。

西晋时期，十四岁的石勒在洛阳城上东门贩卖货物。他的吆喝声传入了途经此处的王夷甫（即王衍）的耳中。

王夷甫对左右说："刚才那个胡人有奇志，恐怕日后将成为祸乱天下的罪魁祸首！"

崇尚玄学的王夷甫堪称清流领袖，其实他也不过说说而已，后世对于他"清谈误国"的批评不绝于耳。张九龄自然不甘心仅仅是说说而已，可是李隆基的固执却让他有些无可奈何。

李隆基的这句"王夷甫识石勒"如同一句可怕的谶语给繁盛的大唐帝国蒙上了一层阴影。石勒后来正如王夷甫所言将西晋帝国拖入痛苦的深渊，而安禄山日后也将成为另一个石勒！

安史之乱爆发后。李隆基经常回忆起这个历史片段，随之而来的是深深的叹息与无奈。

安禄山幸运地第二次死里逃生。他以普通战士的身份在军中效力。命运仿佛和他开了一个大大的玩笑，经过一番宦海沉浮，他又无奈回到了原点，但是他却并没有自暴自弃，而是继续用一个又一个军功来证实自己的能力。

　　虽然李隆基的庇护使得安禄山逃过一劫，但他却不得不站到了当朝宰相张九龄的对立面，恐怕他未来的仕途将会遍布荆棘，满是坎坷。可恰在此时，一个人的出现彻底改变了安禄山的命运。

波谲诡异的政治风云

开元二十二年（公元 734 年）五月，李林甫在初夏的淡淡炎热中首次以宰相身份走入庄严肃穆的中书门下。自从名相张说奏请将政事堂改为中书门下后，这里便从单纯的议事机构升格为宰相办事机构。

能够走进这里是每个官员梦寐以求的事情，因为这里是整个大唐帝国的权力核心和决策中枢。

身为宗室成员的李林甫其实还有一个经常被人忽略的特殊身份。他是皇帝李隆基的远房叔叔，他的曾祖父李树良便是开国皇帝李渊的堂弟。这也是李隆基从内心深处颇为眷顾这位远房亲戚的情感动因。

最得宠的武惠妃不断在李隆基跟前吹枕边风是李林甫拜相的重要原因。跑断了腿不如皇帝身边女人的一张嘴，而武惠妃有一张让李隆基神魂颠倒的嘴。她的身上无疑继承了姑祖母武则天的媚惑之术，能够将皇帝牢牢地操纵在自己的手心里。

大唐的宰相并非一人而是多人。唐中宗时，宰相一度多得没有地方坐。李隆基将宰相数目控制在两到三人，不过此时的宰相却分为三六九等，不同档次的宰相也有着不同的政治地位和政治话语权。

第一档是当然宰相，也就是尚书、中书和门下三省的长官。从太宗朝开始，尚书令不再轻易授予朝臣，而尚书省两个副长官左、右仆射如果不加"同中书门下三品"的称号便无法参与最高决策，所以当然宰相便只剩下门下省长官侍中和中书省长官中书令。

第二档是同中书门下三品。尚书级官员甚至更高级别的官员拜相一般会被授予同中书门下三品。

第三档是同中书门下平章事，侍郎级或者更低级别官员拜相一般会授予同中书门下平章事。

李林甫此时担任的职务是礼部尚书、同中书门下三品，所以此时他的地位明显逊于同为宰相的中书令张九龄和侍中裴耀卿。

李林甫最初的这段宰相生涯其实并不如意，因为他迅速被资格更老、地位更高的张九龄和裴耀卿边缘化。

老谋深算的李林甫却并不急于争权，因为很多事情不是争来的而是等来的。"等"并不是坐享其成，也不是守株待兔，而是坐以待变，谈笑间使对手灰飞烟灭。

经过两年多的等待，李林甫终于等到了反戈一击的机会，也等到了投桃报李的机会。

开元二十四年（公元736年）的冬天注定会深深地影响着大唐未来的前行轨迹。

在这个寒冷的冬日里，皇子们居住的"十王宅"显得一片萧瑟。太子李瑛、鄂王李瑶、光王李琚三个失落的王子聚在了一起，不过他们此时还不知道这次聚会给他们招来杀身之祸。

李瑛的母亲赵丽妃早在李隆基做藩王时便服侍在他的身旁。李隆基是一位艺术造诣颇高的皇帝，晓音律，善歌舞，自然对歌女出身的赵丽妃情有独钟。由于王皇后一直没有子嗣，李隆基便册立赵丽妃之子李瑛为皇太子。

可武惠妃的出现却使得李隆基对赵丽妃的宠爱日衰，赵丽妃最终带着无尽的失落离开了这个世界。

失去母亲庇护的李瑛也越来越不受父皇的待见，这也为武惠妃和李林甫联手设计陷害他提供了可乘之机。

三个人发了几句牢骚，而那些话却成为武惠妃攻击他们的把柄。

武惠妃在李隆基面前哭诉，太子与鄂王李瑶、光王李琚结党而且企图谋害他们母子。在宠妃的哭声中，李隆基终于愤怒了。

"结党"一直是李隆基最为厌恶的词汇。"结党"必然意味着"营私"，而"营私"必然会导致"废公"。自从玄武门之变后，皇太子"结党"给皇帝带来的威胁可想而知。

经历了无数宫廷政变风雨洗礼的李隆基对任何威胁都有着一种近乎神经质般的敏感。

要不是波谲诡异的政治风云，并不是嫡长子的李隆基或许终其一生也不过是一位藩王。外表光鲜亮丽的藩王们其实有着不为外人所知的苦恼和辛酸。

翻开史书，我们便会发现大多数藩王留在史册上的不过寥寥数语，无非是什么时候封王，什么时候做过什么官（一般情况下并不实际赴任，仅仅挂个名而已），什么时候去世。

并不是史官对他们吝惜笔墨，而是他们的身上确实没有什么值得大书特书的事迹，因为登上皇位的哥哥或者弟弟对他们始终保持着一种特别的警惕。

虽然他们锦衣玉食，却空虚寂寞；虽然他们身份尊贵，却如临深渊。

藩王要想真正操控自己的命运必须要参与太子之位的角逐，而这场残酷到近乎血腥的角力最终却只能有一个胜利者。

并非嫡长子的李隆基原本在太子之位的角逐中并没有什么优势，但他却成功地通过宫廷政变将自己的父亲送上了皇位，父皇自然投桃报李破格册立他为太子。

在嫡长子继承制的大背景下，李隆基的血统问题自然也成为他的姑姑太平公主攻击他最好的口实。他始终觉得自己的太子之位摇摇欲坠。

从藩王到太子，从太子到皇帝，李隆基每一步都走得异常艰难。即使登基称帝之后，作为太上皇的父亲和姑姑太平公主依旧是悬在他头上的两把达摩克利斯之剑。直到姑姑太平公主死于一场迷雾重重的叛乱，父亲李旦也于此后离开人世，此时的李隆基才真正成为能主宰自己命运的皇帝。

　　深感皇位来之不易的李隆基也时刻感受到来自四面八方的威胁，有的是真实的，而更多的却是臆想的。为此，他曾经猜忌过功臣，猜忌过兄弟，晚年又将猜疑的矛头指向了自己的儿子们。

　　此时此刻，李隆基的心中升腾起废除太子以及鄂王和光王的念头，可是做出如此重大的决定必须要召集宰相们进行商议。

　　一副老学究模样的张九龄引用了晋文公、汉武帝、晋惠帝以及隋文帝轻易废弃太子招致国家动荡的典故，他言辞恳切的规劝最终还是达到了预期效果。

　　渐渐恢复理智的李隆基不得不重新审视这个对帝国的未来具有重大政治影响的决定。

　　一直翘首以盼的武惠妃最终收获的却是无尽的失望，不过她却并不甘心，暗中派遣亲信宦官牛贵儿去见张九龄。

　　牛贵儿的突然造访却招致张九龄的一番斥责，他居然还将此事上奏李隆基。碰了一鼻子灰的武惠妃只得选择忍气吞声，从长计议。

　　虽然太子风波暂时告一段落，但张九龄的宰相生涯也即将走到尽头，而他命运的终结者就是口蜜腹剑的李林甫。

　　李隆基想要任命朔方节度使牛仙客为尚书，牛仙客是为数不多的从微末小吏做起一路升至高位的官员，不过这项任命却遭到宰相张九龄与裴耀卿的一致反对。

　　当时沉默不语的李林甫事后找到李隆基说："牛仙客具有宰相之才，何止担任尚书？张九龄乃是一介书生，真是不识大体！"李隆基自然将善于讨好和谄媚的李林甫视为自己的知音和心腹。

　　第二天，李隆基再次召集宰相讨论牛仙客的职务任免问题。耿直的张九龄依旧坚决反对，而且言辞越来越激烈。

　　李隆基不禁勃然大怒，可是李林甫却再次选择了沉默，但退朝后，李林甫再次添油加醋地对张九龄大肆诋毁一番。

李隆基对张九龄的不满已经到了极点，而且李林甫很快又扔出足以压垮"首相"张九龄的最后那根稻草。

蔚州刺史王元琰贪污案事发。鉴于事态重大，刑部、大理寺和御史台联合审理此案。王元琰不是别人，正是严挺之前妻的现任丈夫。

婚姻的解体并没有让严挺之与前妻形同陌路。不知是旧情难忘，还是有其他不可告人的原因，"大爱无疆"的严挺之居然不顾国法，企图暗中营救王元琰。他这个不识时务的举动不仅给自己带来厄运，更是将祸水引向了自己的老上司张九龄。

李林甫早就在暗中注视着张九龄的一举一动，仿佛在树林深处静静等待着猎物到来的孤狼。

李隆基召集宰相们讨论严挺之徇私枉法之事。张九龄此时还没有意识到局势的严峻程度已经远远超出了他的预期，仍旧不顾一切地出言为好友严挺之辩解，而这正是李林甫所期待的，因为张九龄正在一步步地走进他精心布设的陷阱之中。

望着竭力袒护严挺之的张九龄，李隆基不禁想起了前些日子讨论牛仙客任职时所发生的种种不愉快。

我要提拔才华横溢的牛仙客，你坚决反对！

我要废除图谋不轨的太子，你也坚决反对！

我要惩处触犯国法的严挺之，你又坚决反对！

李隆基的脑海中顿时便浮现出那个令他担忧而又令他厌恶的词"结党"。这一系列事件明白无误地表明张九龄正在利用职务便利培植亲信，排斥异己，尤其让他不能容忍的是当朝宰相居然与太子纠缠在了一起。

李隆基随即罢免了张九龄与裴耀卿的宰相职务。忧愤难言的两个人不得不接受这个残酷的结果，因为这就是政治！

"一雕挟两兔"的李林甫无疑成为最大的赢家。兼任中书令的李林甫一跃成为"首相"。首度跻身宰相行列的牛仙客自然对李林甫俯首听命。

张九龄的罢相无疑具有划时代的意义，因为属于李林甫的时代已经悄然来临了，这也成为大唐政治由清明变为黑暗的转折点。李林甫从此主政达十六年之久，这段时间无疑成为大唐由盛转衰的关键时期。

虽然经济仍在继续发展，可是社会贫富分化却日益加剧，以至于"朱门酒肉臭，路有冻死骨"。虽然文化继续昌盛，可是明哲保身和阿谀奉承的实用主义却逐渐成为主流思潮。

"树欲静而风不止。"权力是命运的主宰。掌握权力不仅可以掌握自己的命运，也可以主宰别人的命运。失去权力的张九龄犹如风浪中随波逐流的浮萍。

第二年初夏时节，监察御史周子谅上书李隆基，说牛仙客根本就不是当宰相的材料。否定牛仙客就意味着否定李隆基的用人政策，愤怒的李隆基竟然为此而杀了周子谅。

李林甫趁机说，周子谅不过是张九龄手中的一枚棋子而已，张九龄才是这起政治事件的主谋。

于是，张九龄被贬出京，改任荆州长史。张九龄带着无限的遗憾和悲怆走了，而且这一走就再也没有回来。

惶恐不安的太子李瑛顿时便感受到切肤之痛。虽然冬季的冷酷已经被明媚的阳光一扫而光，可是太子李瑛却感觉不到一丝温暖，因为从此之后，他将不得不独自面对险恶的政治风云。

他的厄运很快就来了。

武惠妃以宫中出现盗贼为由征召太子李瑛与鄂王李瑶、光王李琚三人身披盔甲入宫缉拿盗贼。

当三人如约进宫后，武惠妃却向李隆基诬陷他们披甲入宫图谋不轨。李隆基急忙派遣心腹宦官前去查看，果然如武惠妃所言，所以李隆基对武惠妃的话深信不疑。

《新唐书》中的这段记载让人生疑。与《新唐书》的作者欧阳修同时代的著名史学家的司马光也对此提出异议。

经过上次风波，太子与武惠妃的矛盾已经日趋明朗化和激烈化。太子等人肯定会谨言慎行，绝不会如此轻信武惠妃之言做出身披盔甲入宫这种明显不合时宜而又轻易授人以柄的举动。尽管如此，武惠妃诬陷太子李瑛与鄂王李瑶、光王李琚阴谋造反却是不争的事实。

上次，武惠妃诬陷三人对李隆基不满，企图谋害他们母子，而这一次武惠妃的诬陷却升级了。她指控他们三人对李隆基的不满，而且将要付诸行动。

皇帝与太子之间早已不是简单的父子关系，早已被权力异化了，他们相互猜忌，相互防范。

怒不可遏的李隆基急忙召集宰相商议如何处理此事，因为太子的废立可是大唐的大事。

狡猾的李林甫说，这是陛下的家事，微臣不便表态。

李林甫早已从李隆基的愤怒的表情中猜出了他将会如何处置这三个儿子，而他虽不表态但实际上却在推波助澜。

太子李瑛、鄂王李瑶、光王李琚同时被废为庶人，不久便被赐死。

《慎子》记载："一兔走街，百人逐之，积兔于市，过者不顾。"一旦名分归属确定，人们在欲望面前便不得不止步。太子宝座突然出现空缺，一轮激烈的争夺也随之展开。

太子李瑛被废后，武惠妃所生的寿王李瑁无疑成为最热门的太子人选，因为他是最得宠的皇妃与最得势的宰相联手推荐的太子人选。

武惠妃原以为李隆基会顺理成章地选定李瑁为新任储君，可是自然而然的事情却突然变得不那么自然。甚至很多史家对此都很是不解，也有着诸多猜测。

虽然李隆基已经不是即位之初那个励精图治的君主了，但他却绝非平庸之辈。他可能因为激愤而暂时丧失理智，可是面对重大问题时仍旧保持着足够的冷静与清醒。太子人选不仅关乎政局的稳定，也关乎大唐的未来。

寿王李瑁自幼因容貌秀丽和温和恭顺而得到李隆基的宠爱，可是随着年龄的增长，李隆基却发现李瑁与自己的期待正渐行渐远。

李瑛的太子之位之所以会产生动摇是因为他既不是皇后所生的嫡子，也不是李隆基的长子，只是因为母亲曾经受到宠爱而登上太子之位，自然难以服众。

虽然武惠妃在宫中实际享受着皇后的待遇，但她毕竟没能登上后位，所以寿王李瑁自然也就不会享有嫡子的身份。如果李瑁像李瑛那样仅仅因为母亲得宠而被册立为太子，那么李瑛的悲剧或许还会继续上演。

当然李隆基对此不太关心，甚至有时会漠视皇子的人生际遇甚至个人生死，但由此而引发的帝国政治纷争却是他不得不考虑的。

其实李隆基心底深处还隐藏着一个无法明说的原因。李隆基的原配王皇后被废后，皇后之位一直虚位以待。他也曾经动过将武惠妃扶上皇后宝座的念头，却遭到群臣的反对。

这是因为武惠妃还有个特殊的身份。她的姑祖母就是武则天，所以群臣们担心武则天篡权的一幕会再次上演。在众人的反对声中，李隆基不得不深思由此可能引发的负面影响。

武则天篡夺李唐江山并大肆屠杀李唐宗室的政治伤痕依旧在隐隐作痛。李隆基的母亲曾经无缘无故地被武则天召进宫中赐死，最终连一块尸骨也没能找到。经历了武则天篡唐、韦皇后专政、太平公主干政，女人干政无疑在李隆基的内心深处留下了浓重而又难以抹去的阴影。

正当李隆基为皇位继承人问题而犹豫不决之际，武惠妃却一病不起。

每当夜深人静的时候，空旷而昏暗的寝殿会让武惠妃感到无限的惊恐，因为每一个昏暗的角落里都隐藏着让她瑟瑟发抖的恐惧。

太子李瑛、鄂王李瑶、光王李琚三人血淋淋的面容经常出现在她的噩梦中。她觉得这肯定是他们阴魂不散。不做亏心事不怕鬼敲门，其实真正的鬼并不在眼前，而是在心中。

工于心计的女人下场大多是悲惨的。聪明反被聪明误的她们不甘心仅仅是为人母、为人妻，对权力的渴望让她们难以忍受生活的平淡。对于她们而言，要么成为博弈的胜者，要么成为欲望的牺牲品。

当年武则天设计逼死王皇后和萧淑妃之后也曾遭受噩梦的纠缠，可她却凭借顽强的毅力成功地驱除了心魔，可武惠妃却没有姑祖母那样坚强，甚至连驱魔的道士也没能帮助她摆脱"阴魂"的纠缠。

开元二十五年（公元737年）十二月，三十九岁的武惠妃在惶恐不安中结束了自己短暂的一生。此时距离李瑛等人被赐死仅仅过去了八个月的时间，真是"机关算尽太聪明，反误了卿卿性命"。

武惠妃的死无疑使李隆基变得更为纠结。立李玙还是立李瑁？这成为李隆基一时间难以取舍，但又必须面对的问题。

长子李琮在打猎时被猎兽抓伤了脸，这个被毁容的皇子实际上已经退出了竞争行列。由于次子李瑛已经被赐死，三子李玙（即后来的肃宗皇帝李亨）便成为李隆基儿子中最为年长的皇子。

此时一个关键人物的出现使得摇摆不定的李隆基最终下定了决心。这个人就是高力士。

历史上真实的高力士其实与很多人脑海中臆想的那个阴阳怪气而又心理阴暗的宦官形象大相径庭。

与绝大多数宦官出身贫寒不同，出身名门的高力士甚至还有着没落皇族的血统，因为他的祖先冯弘曾经是十六国时期北燕国的皇帝，但高力士出生时，这段辉煌的历史已经过去了二百五十多年。

虽然高力士的家族在这二百五十多年间里经历过诸多变故，但依旧是人人羡慕的名门望族。他的曾祖父冯盎被唐朝封为耿国公、高州都督、广、韶十八州总管。潘炎撰写的《高力士墓志铭》记载："（高家）颐指万家，手据千里。"他的祖父与父亲世袭潘州刺史，可是这样一个世代富贵的家族却被一场无情的政治风暴彻底摧毁了。

武则天时期是酷吏横行的时代，酷吏们犹如一群失去羁绊的恶狼疯狂地撕咬着。他们无中生有，栽赃陷害；小事变大，殃及无辜；滥用刑罚，屈打成招；嗜血成性，杀人如麻。《罗织经·瓜蔓卷》记载："事不至大，无以惊人。案不及众，功之匪显。上以求安，下以邀宠。其冤固有，未可免也。"

这帮酷吏们踏过无数人的尸体邀功请赏，蹚过无数人的鲜血献媚求迁。

高力士的家族就不幸被卷入这场血雨腥风之中。年幼的他被阉割后送入了宫廷，原本衣来伸手、饭来张口等着别人伺候的富家子弟刹那间便沦落为伺候皇帝的奴才。

高力士是为数不多的文武双全的宦官。他小时候受过良好的教育，在文化水平普遍较低的宦官群体中也算是佼佼者，更难能可贵的是他还是领兵打仗的将帅之才。

天宝十一载（公元752年）四月，邢縡勾结龙武万骑军谋乱。事情败露后，王鉷与杨国忠率兵前去镇压。但邢縡却率众负隅顽抗，一直退到皇城西南隅。面对困兽犹斗的叛军，官兵竟然一时间无可奈何。正在这时，高力士率领四百名飞龙禁军赶到了，经过一番血战斩杀了邢縡，平定了叛乱。

李隆基曾经充满赞赏地说："力士当上，我寝则稳。"①

高力士对政治局势的发展也有着超乎常人的敏锐，所以李隆基在犹豫不决的时候经常会征求高力士的意见。

---

① （后晋）刘昫等撰：《旧唐书·卷第一百八十四·高力士传》，《二十四史全译》，汉语大辞典出版社2004年版，第4089页。

面对因闷闷不乐而不思茶饭的李隆基，高力士关切地询问缘故。

"你跟随我多年，难道还不明白我的心思吗？"

"陛下是不是因为储君未定而忧虑不安呢？"

李隆基欣慰地点点头。

"陛下何必再为此而劳神呢？册立年长的皇子，谁还敢对此有异议呢？"

"立忠王，我看行！"

虽然高力士在关键时刻出言相助，却不是因为高力士与忠王李玙之间存在什么亲密的私人关系。即使在李隆基退位后，高力士依旧不离不弃地陪侍在他的左右，而没有投奔已经成为大唐新主人的李玙。

在嫡长子继承制下，有嫡立嫡，无嫡立长。虽然这不是一项科学的制度，但它之所以会延续千余年必然有着内在的合理性，因为只有血统与出身是无法改变的，一旦改用其他标准则会陷入无休止的纷争之中。

很多人会觉得"立能"更合适，可是能力高低并没有统一的标准，有异议就会有争议，继而衍生为争斗。

忠王李玙成为大唐新的皇储之后又要改名了。李隆基热衷于给儿子们改名。李玙出生时的名字是李嗣昇，他改封为忠王时改名李浚，后来又改名李玙。他被册立为太子后随即改名为李绍，后因与南北朝时期宋朝太子同名而改名为李亨。

李亨在整个改名过程中完全处于被动接受的状态，估计连他自己也不知道父皇为什么一而再、再而三地给他改名。

世人对于高力士干政的指责不绝于耳，因为饱读诗书的士子们难以容忍一个宦官对大唐的大政方针指手画脚，虽然高力士很多时候是包藏私心的，但他提出的诸多政策建议也是高瞻远瞩的，是高屋建瓴的，因为他深深地热爱着李隆基和大唐。

高力士彻底断绝了寿王成为太子的希望，或许寿王的心底深处从来都没有对皇位产生过憧憬和期待。

在太子废立的整个过程之中，史书上却并未留下关于寿王以及寿王妃为争取太子之位而活动的只言片语，反而是寿王的母亲武惠妃一直表现得格外积极，也许寿王不过是母亲实现自己政治理想的一枚棋子。

他最坚强的依靠——母亲走了。太子之位自然也就与他渐行渐远了，但更大的打击却接踵而至。

此时的安禄山还只是政治风云波谲云诡般变化的观众。虽然这一切看似与安禄山还毫无关联，可实际上却深深地影响着他未来的人生之路。

此前，胡人将领的升迁之路坎坷异常。即使像阿史那社尔、契苾何力那样功勋卓著的胡人将领依旧会受到汉族重臣的节制。

从武则天时期开始，政绩突出的节度使往往会升任宰相，这也就是被当时的人所称道的"出将入相"。张嘉贞、张说、萧嵩、杜暹等人都是通过节度使这个跳板当上宰相的。

尽管如此，能够有机会出任宰相的节度使大都是朝廷空降到地方的官员。真正从基层提拔起来的节度使出任宰相的机会微乎其微。

"出将入相"激励着许许多多的中央官员前往条件艰苦的帝国边疆地区工作，这有效地解决了边疆地区人才相对匮乏的局面。这些具有边疆工作经验的官员回京任职后在政策制定和政务决策时会更加符合边疆的实际，官员在中央与地方间的合理流动也使得大唐更好地应对边疆日趋复杂的政治军事形势。

可任何一项政策都是一柄利害相间的"双刃剑"，"出将入相"也不可避免地具有负面效应。许多朝廷空降的节度使原本是文官，既不懂边疆军事斗争形势，又缺乏军事指挥才能。"外行指挥外行"有时会影响军队的战斗力。很多中央官员到边疆任职不过是为了"镀镀金"，根本无心在边疆建功立业。

由于地方重要官职都被朝廷"空降"的官员把持着，广大中下级军官尤其是胡人将领的升迁之路无疑被严重堵塞了。

不过李林甫提出的一个建议却使得胡人将领的升迁之路陡然间变得豁然开朗。

深知权力来之不易的李林甫觉得"出将入相"制度会严重威胁自己的政治地位。没准儿哪一天某个才华卓著的节度使会得到李隆基的特别赏识而成为宰相，进而取代他的位置。

为了将潜在威胁消弭于无形，李林甫于是向李隆基建议大胆提拔胡人将领取代汉人将领。原因主要有两个：一是游牧民族出身的胡人将领更加骁勇善战；二是胡人将领大都出身卑微便于朝廷控制。

其实李林甫内心的真实想法是这些胡人将领不可能对他的宰相之位构成实质性威胁。

这个政策也得到李隆基的首肯。曾经盛行一时的"出将入相"在天宝年间渐渐销声匿迹了。

由于中央空降干部数量大幅萎缩，一大批胡人将领也得以脱颖而出，迎来了一个千载难逢的黄金时期。以至于安史之乱爆发前夕，在大唐十大节度使之中，居然有六个皆由胡人将领担任，而且大唐最为精锐的部队基本上都在这六大节度使掌控之下。

正当安禄山憧憬着美好未来之际，他的恩人和老领导张守珪却突然出事了。

张守珪对于稳定东北边陲的局势曾经作出了不可磨灭的贡献。大唐在与契丹和奚族的军事斗争中逐渐由守势变为攻势，可是接踵而至的军事胜利却使得张守珪手下的那些将领们变得日益骄狂。

很多将领忘记了自己的使命和职责，整天想着如何从战争中捞取政治收益。战争不再是实现和平的手段，反而沦为将领们加官晋爵的砝码。

开元二十六年（公元 738 年），张守珪大败契丹余部。胜利的情绪在唐军中迅速弥漫开来，很多人注定将为此付出惨重的代价。

　　张守珪手下的偏将白真陀罗假传张守珪的命令，逼迫平卢军使乌知义率领手下精锐骑兵渡过潢水①袭击奚族部落。头脑清醒的乌知义觉得此次师出无名，借故推辞了。

　　白真陀罗却仍旧不死心，又假借皇帝诏命胁迫乌知义出兵，节度使的军令可以推辞，可是皇帝的诏命却难以违抗。

　　乌知义迫不得已违心地发动了进攻。奚族人因为毫无准备而轻而易举地被乌知义所击败，但彪悍的奚族将士很快便组织起有效的反击，居然奇迹般地转败为胜。

　　战后，张守珪故意隐瞒战败的事实，反而向朝廷上报大捷，但这件事很快便引起了李隆基的怀疑，于是派遣亲信太监牛仙童前去调查。张守珪向牛仙童发动金钱攻势。宦官一般都出身贫苦，所以绝大多数宦官都对金钱有着异乎寻常的贪婪。他们往往会利用难得的机会为自己的后半生积累财富。

　　张守珪迫使白真陀罗自尽，并且把所有责任推到白真陀罗身上。牛仙童回京后竭力为张守珪掩饰，所以李隆基不再追究此事。

　　正当这件事逐渐被人们遗忘时，牛仙童受贿的罪行却突然败露了。恼羞成怒的李隆基将牛仙童移交宦官杨思勖惩处。

　　杨思勖与高力士是李隆基最为宠信的两个宦官。杨思勖堪称宦官中的"第一猛将"。杨思勖的大部分时间并不是伺候在李隆基身旁，而是常年领兵在外作战，也立下了赫赫战功。哪里有叛乱，哪里就有杨思勖。

　　杨思勖的冷酷与残忍到了令人发指的地步，因为身体的残缺严重扭曲了他的心灵。

　　每当俘获俘虏后，杨思勖居然先将他们的脸皮剥下来，敲击他们的颅骨直到脑浆迸裂，然后将带着毛发的脸皮饶有兴趣地展示给手下将士看，

---

　　① 今内蒙古自治区西拉木伦河。

吓得那些将士们魂飞魄散。

心狠手辣的杨思勖将牛仙童绑在架子上，用杖子打他，直到打得皮开肉绽，惨不忍睹，然后挖出他的心肝，割下他的手足，将他身上的肉一片一片割下来。

牛仙童自然是受刑不过，将一切都招了。

不过念及此前的功勋，李隆基只是免去张守珪的幽州节度使职务，贬为括州①刺史。心情沮丧到极点的张守珪前往遥远而荒凉的括州赴任。到任不久，他便郁郁而终。

镇守幽州七年之久的张守珪黯然离职后，李适之、王斛斯、裴宽走马灯似的出任幽州节度使。

羽翼渐丰的安禄山也渐渐脱离义父张守珪的呵护开始自由翱翔。他随后创造了和平时期将帅升迁的神话，上演了一出令人羡慕不已的"安禄山升职记"。

① 治所在今浙江省丽水市。

扶摇直上的政治新宠

开元二十八年（公元 740 年），从头再来的安禄山经过四年的努力升任平卢军兵马使，再次跻身大唐高级将领的行列。

为了更好地理解安禄山担任的这个新职务，必须要对镇和军的区别有些了解。

节度使的防区称之为"镇"。镇大致相当于今天的大军区。镇管辖两类军事单位，一类是作战部队，大的称为"军"，小的称为"守捉"；另一类是守备单位如安东都护府，类似于今天的警备区或者卫戍区。

此时的"平卢"还不是与幽州军区并列的大军区，而是幽州军区下辖十军中的平卢军。军中设立兵马使，镇中也设兵马使。安禄山担任的平卢军兵马使便是军一级的兵马使，仅次于平卢军使和副使（并不常设）。

第二年三月初九，出身卑微的安禄山加授特进，从此步入正二品官员的行列，但安禄山却并没有停下前进的步伐。

安禄山深知既要低头拉车，又要抬头看路，更要善于吆喝。他要想让远在京城的皇帝知道自己，就必须要有人在皇帝面前为自己说好话。

御史中丞张利贞奉命视察河北道，安禄山绞尽脑汁阿谀奉承和溜须拍马，还不惜重金贿赂张利贞的随行人员。张利贞回朝之后自然在李隆基面前对安禄山赞不绝口。在李隆基的心中，安禄山被定格为奋勇杀敌的英勇将军。

在开元年间最后一个年头，平卢军兵马使安禄山升任营州都督、平卢军使、顺化州刺史。

尝到甜头的安禄山更加不遗余力地用金钱买通能够在李隆基身边说得上话的人。在政局日渐昏暗的大环境之下，安禄山却一步步地走向权力的制高点。

公元 742 年正月，李隆基决定弃用已经使用了二十九年之久的"开元"年号，改用"天宝"这个年号。

史家总是习惯于将开元与盛世联系在一起，将天宝与危机联系在一起。实际上天宝危机却植根于开元末年的盛世之中。

志得意满的李隆基决定用变革来昭示新气象，他改天下的州为郡，刺史改为太守。在这次改名风潮中，幽州改为范阳郡，幽州节度使自然更名为范阳节度使。营州改为柳城郡，营州刺史更名为柳城太守。

在隋代之前，州为郡的上级行政区划，隋文帝废除郡，改州、郡、县三级制为州、县两级制。隋文帝的儿子隋炀帝杨广即位后却改州为郡，仅仅十二年后，隋朝便灰飞烟灭。大唐建立后沿用州县制，可不知为什么，李隆基也要别出心裁地改州为郡。或许只是巧合，繁盛的大唐在这次改制十四年后也被推到了生与死的边缘。

就在这年，李隆基做出了一个对安禄山的仕途生涯影响深远的决定。他决定将原本隶属范阳节度使的平卢军①、卢龙军②、渝关守捉、安东都护府等军事单位分拆出来，另行设立平卢节度使。

安禄山如愿以偿地成为首任平卢节度使兼柳城太守，押两蕃、渤海、黑水四府经略使，麾下军士数量达三万七千五百人。

刚过不惑之年的安禄山便已跻身十大节度使之列。当时大唐在北部边陲共设置八个节度使，从东向西依次是平卢、范阳、河东、朔方、陇右、河西、北庭和安西，其中，设立于西域地区的北庭和安西两镇大致以天山为分界线。在西南地区设置剑南节度使；南部边陲设置岭南五府经略使。

节度使设置也反映了唐帝国"北重南轻"的军事格局，因为大唐最危

①　驻扎在柳城郡，今辽宁省朝阳市。
②　驻扎在北平郡，今河北省秦皇岛市卢龙县。

险的敌人主要来自于北方。

安禄山怀着一丝忐忑与兴奋前往都城长安面见李隆基谢恩，这是他与李隆基的第一次会面。

安禄山深知会干事不如会来事，干得好不如皇帝印象好。

"去年七月，我们营州那儿发生了一场罕见的蝗灾。遮天蔽日的蝗虫无情地蚕食着禾苗。"

地方官员大都报喜不报忧，像安禄山这样主动诉说灾情的并不多。这其实只是安禄山"欲扬先抑"的政治手段。

李隆基目不转睛地望着安禄山，因为蝗灾始终是李隆基心中的一个隐忧。李隆基曾经身体力行地发动了一场全民爱国灭蝗运动。

安禄山继续煞有介事地说："眼见百姓颗粒无收，微臣焚香祭天祷告，如果微臣心术不正，情愿肆虐的蝗虫啃噬臣的心；如果臣没有辜负上天，请求上天快快驱散蝗虫！"

"陛下，您猜怎么着？一大群红头黑鸟霎时把蝗虫吃个精光。"

这个荒诞的故事被安禄山讲得绘声绘色，而李隆基却居然对此深信不疑，因为此前不知有多少官员向他禀报过千奇百怪的祥瑞事件。

这次相谈甚欢的经历使得安禄山给李隆基留下了很好的印象。这次会面不久，安禄山进位骠骑大将军（从一品）。骠骑大将军是武散官中最高阶，类似于现在的上将军衔。

"小试牛刀"并尝到甜头的安禄山决心在阿谀奉承和溜须拍马的路上坚定地走下去。

天宝三载（公元744年），李隆基又突发奇想地改"年"为"载"。李隆基与隋炀帝越来越像了，恨不得把一切都改了。

范阳节度使裴宽进京担任户部尚书兼御史大夫，而他向李隆基推荐的继任人选便是安禄山。

安禄山开始身兼平卢节度使、范阳节度使两镇节度使。虽然范阳节度使统率的兵马未必是实力最强的，但却是各大军区中兵力最多的。

在李隆基的心中，活跃于青藏高原的吐蕃和活跃在东北地区的奚和契丹是两股最危险的敌人。一直战斗在抗击吐蕃入侵第一线的河西、陇右两镇将士和保卫东北最前沿的范阳镇无疑是大唐战斗经验最为丰富的部队。

安禄山怀着喜悦的心情再次进京面圣谢恩。这次，他受到朝廷更高规格的礼遇。

离别之际，李隆基特意命中书、门下、尚书三省正员长官以及御史中丞前往鸿胪亭为安禄山饯行。

东北地区的形势日趋缓和。契丹首领和奚族首领归附大唐。

为了笼络这两个曾经兵戎相见的敌人，李隆基将外孙女静乐公主嫁给契丹首领、松漠都督李怀节；将另外一个孙女宜芳公主嫁给奚族首领、饶乐都督李延宠。

李隆基本想通过和亲为东北地区带来和平和宁静，可是这个美好的愿望却落空了，因为和平恰恰不是安禄山希望看到的。

安禄山的升迁得益于战争，受宠得益于战争，他就像呵护自己的生命那样呵护着战争，因为战争是他从一个成功走向另一个成功的原动力。

安禄山奉行的原则是"有事平事，没事找事"。有叛乱要平叛立功，没有叛乱制造叛乱也要平叛立功。

奚和契丹两大部族的酋长被安禄山持续不断的军事骚扰彻底愤怒了，忍无可忍无须再忍。恼羞成怒的李怀节和李延宠杀死了唐朝公主，再次站在了大唐的对立面。

"赔了孙女又折兵"的李隆基也被愤怒冲昏了头脑，因为他感觉自己此刻颜面无存，而这正是安禄山期待的。

厉兵秣马的安禄山终于可以明目张胆地发动进攻了，但实力今非昔比的奚和契丹自然难以抵抗唐军的犀利进攻。在李隆基最渴望胜利的时候，蓄谋已久的安禄山自然奉献了一场酣畅淋漓的胜利。

李隆基对安禄山的赏识又上升了一个层次。

安禄山后来因为肥胖而很少直接领兵作战，可是他仍旧不忘向朝廷进献胡人首领的头颅。

阴险狡诈的安禄山将酒桌变成新的战场。觥筹交错的宴席间风生水起，推杯换盏的谈笑间杀机四伏。契丹诸部那些头脑简单的酋长们根本不会想到危险正在一步步地向他们走近。

安禄山派人偷偷地在酒中放入毒药。美酒的醇香中透着血腥的味道。酒酣耳热之际，毒性发作的酋长们纷纷昏倒在地。

安禄山一挥手。埋伏在四周的士兵一拥而上，迅速地砍下他们的首级，然后将他们的尸体扔进事先挖好的大坑之中。安禄山将这些人的首级作为战利品送往都城长安。

蒙在鼓里的李隆基以至于形成这样的错觉：契丹和奚时刻威胁着帝国的东北边境，唯有安禄山才可以拱卫帝国边陲平安无事。

李隆基的好大喜功导致边镇将帅们为了邀功不惜穷兵黩武，甚至弄虚作假，对于昌盛的大唐而言可谓是贻害无穷。

李隆基亲自主持安禄山在都城长安的府邸的营建事宜，并对监工的宦官说："安禄山的眼光很高，千万不要让他小看了朝廷。"他精心为安禄山建造的宅邸豪华气派，不仅不惜花费重金，甚至不惜超越礼制。唐代可不是有钱就什么都可以办到的。

帷幕全是缇绣的。

筐篓全是金银的。

爪篱都是金银的。

豪华气派程度甚至超越了皇家。

天宝九载（公元750年），安禄山兼任河北道采访处置使。李隆基将天下划分为十五道，其中河北道包括黄河以北、太行山以东的广大地区。

史学界对于安史之乱前节度使是否拥有行政权一直存在争议。由于安史之乱之后，节度使集军、政、财权于一身，所以宋朝人在编写唐朝史书时也难免会按照唐中后期的情形来推测安史之乱之前的情形。

其实，节度使在安史之乱前只负责军事指挥和对外作战，之所以会给后人留下似乎拥有行政权的假象主要有两个原因：

第一，许多州的刺史兼任驻扎在本辖区内的军队的负责人即某某军使，如沧州刺史往往兼任横海军使，他参加范阳节度使召集的军事会议是以横海军使的身份参加。节度使可以指挥军使进行军事部署，但不等于有权干涉刺史的行政权力。

第二，有些节度使兼任本道采访使，这样便可以对辖区内诸州刺史的履职情况进行监察，但并不是每个节度使都兼任采访使。例如河东道采访处置使往往并不由河东节度使兼任，而是常常由河东郡太守兼任。这与唐朝中后期节度使集军、政、财大权于一身的状况存在着很大差异。

安禄山兼任河北道采访处置使无疑可以插手河北道地方行政事务，安插亲信，排斥异己，为日后的叛乱进行战略部署。这也是安禄山发动叛乱后河北各郡县望风而降的重要原因。

这一年五月，安禄山受封东平郡王，节度使封王自唐朝建立以来还尚属首例。在唐朝开国功臣中，秦琼（字叔宝）和尉迟恭（字敬德）无疑是知名度最高的两员大将，他们被民间尊奉为门神，两人为了创建大唐出生入死，可他们不过才被封为国公，比郡王还要低一档。

安禄山凭借严重掺水的战绩居然被封为郡王，实在令人大跌眼镜。

众说纷纭的惊人绯闻

扶摇直上的安禄山居然传出了绯闻，而且绯闻的女主角竟然是大名鼎鼎的杨贵妃。

杨贵妃身上的谜团实在是太多了，不仅人生结局扑朔迷离，就连她的身世也是迷雾重重。《容州普宁县杨妃碑记》的突然出现对正史中关于杨贵妃出身的记载提出了严重质疑。

"杨妃，容州杨冲人也，离城一十里。小名玉娘，父（杨）维，母叶氏。（杨）维尝谓先人云：葬其祖去此十里许，逢一术士，忘其姓名，云此坟若高数尺必出贵子，惜太低，生女亦贵。妃母怀孕十二月生。初诞时，满室馨香，股衣如莲花，三日目不开。母夜梦神以手拭其眼，次日目开，眸如点漆。抱出日下，目不瞬。肌白如玉，相貌绝伦。后军都置杨康见之，以财帛啖其女，求为女。妃家素婆，不得以与之。（杨）康有二子读书，妃三岁，日夜同坐听其诵。渐长，通语孟，（杨）康夫妇惜如珠玉。时杨长史炎摄行帅事，闻之左右，令与母偕来，一见大奇，私谓厥妻曰：'此女资质异常，貌有贵相，吾二女未逮也。'遂给金帛与康，求为女。（杨）康不从，乃肋取之，举家号泣。居无几何，长史秩满，携归长安，与二女同教。惟妃性昭慧，谙音律，明经史，明经史，后进入寿王宫。开元二十四年，明皇诏入内，号太真，大被宠遇，天宝间册为贵妃云。"

据《容州普宁县杨妃碑记》记载，杨贵妃原本是容州平民杨维的女儿。曾经有一位术士对杨维说："你们家的祖坟可惜有些低了，哪怕再高上几尺，必然会出个大富大贵的儿子。尽管如此，你生个女儿也必然是非同凡响。"

这位术士的话很快就应验了。杨维的妻子怀胎十二个月之后生下"肌白如玉，相貌绝伦"的杨贵妃。这个出身贫寒却俊秀异常的小女孩很快便引起了军官杨康的垂涎，杨康依靠大把大把的财物将她强行买到自己家中充当养女。

在杨康的悉心培养下，那时尚且年幼的杨贵妃已然出落成一个才貌出众的小姑娘，可是她的养父杨康的上司杨玄琰也看上了她，求女心切的杨玄琰强行将她收为自己的养女。杨贵妃的身世可谓一波三折。

如此曲折离奇的记载可信吗？《容州普宁县杨妃碑记》由唐四门助教许子真撰写，一个四门助教似乎不太可能凭空捏造杨贵妃的身世，而且杨贵妃又不是普通百姓，而是身份高贵的皇家贵妃，如果许子真胆敢随意编造她的虚假身世，那可是掉脑袋的事儿！

如果这块极具重要史料价值的碑真的存在的话，那么它上面的内容将会成为目前发现的关于杨贵妃身世的最早的史料，因为它比两唐书和《资治通鉴》还要早上一二百年，可惜这块碑却没能保存下来。

不过《元一统志》却明确记载："杨妃容州碑记，在普宁县东一百二十步。"这似乎说明这块碑的确曾经真实存在过，可惜《元一统志》这本书并没能流传下来，只是在其他文献中曾提及《元一统志》有过上述记载。

既然那块碑已然不存在了，那么这篇碑记即便被收录进了颇具权威性的《全唐文》和《永乐大典》，但碑记上所记载的内容的真实性自然会饱受争议。

更为关键的是史书之中并没有留下关于碑文作者"许子真"的任何记载，当然这也说明不了什么问题，因为能够在史书上留下只言片语的人毕竟凤毛麟角，甚至连一些高官如北宋的高俅都不曾拥有属于自己的传记，问题的关键在于碑文的内容究竟能否经得住推敲？

凭借杨贵妃生前享有的显赫地位，就算立碑也应该由当时的名家来撰写碑记，绝对不可能让一个名不见经传的许子真来执笔，而且短短的碑文之中漏洞百出。

碑记中称"明皇诏入内",明皇是李隆基死后获得的谥号,全称是"至道大圣大明孝皇帝"。如果是李隆基在位的时候应该称其为"天子"或"今上",也可以称他的尊号"开元天宝圣文神武皇帝",如果是李隆基退位之后可以称其为"太上皇",他驾崩后也往往称其庙号"玄宗",直到清朝时为了避康熙皇帝玄烨之讳而称李隆基为"唐明皇"。

"杨妃,容州杨冲人也,离城一十里。"这句能够断定杨贵妃是容州人的至关重要的记载,却在无意间露出了一个大破绽。虽然容州的属县在大唐长达 289 年的历史时间里曾经发生过很大的变化,但容州却从来都没有管辖过一个名叫"杨冲"的属县。一些人觉得这个"杨冲"会不会是县下面的行政区划,还煞有介事地考证出杨冲其实就是今天广西容县十里乡杨外村,殊不知古人对籍贯的表述是极为严谨而又规范的,从史书中随意找几个名人的传记就可以找到其中的规律。

"李靖,字药师,京兆三原人。"

"薛仁贵,绛州龙门人。"

"魏徵,字玄成,魏州曲城人。"

"狄仁杰,字怀英,并州太原人。"

三原、龙门、曲城和太原分别是京兆府、绛州、魏州、并州的属县,因此州或府的后面肯定是属县的名字,绝无可能是乡的名字。其实这个习惯一直沿用到了现在。假如杨贵妃能够活到今天,身份证上写的应该是"广西壮族自治区容县十里乡杨外村",绝对不可能是"广西壮族自治区十里乡杨外村"。

那个所谓的"许子真"如果真的是唐朝人不可能不懂得这些。"许子真"或许根本就是个子虚乌有的人,而杜撰碑文的人又对唐朝容州属县的情况不甚了解,才使用了"杨冲"这个有些不伦不类的地名。

其实碑文之中的谬误还不止一处,可谓比比皆是。

碑文中从杨维手中夺走杨贵妃的人是"后军都置杨康",但唐朝根本就没有"后军都置"这个官职，有人认为"都置"是笔误，应该是"都督"，虽然大唐在很多地方都设置了都督府，却从来都没有设置过"后军都督"这个官职，倒是明太祖朱元璋觉得大都督府权力太大，于洪武十三年（公元 1380 年）废大都督府，改为中、左、右、前、后五军都督府。

碑文中说："渐长，（杨贵妃）通语孟，（杨）康夫妇惜如珠玉。"文章的"语孟"就是儒学名著《论语》和《孟子》。在唐代以及之前的很长一段时期里，《论语》是地位很高的"经"书，而《孟子》却只是地位一般的"子"书，两者的地位有着明显的差别，绝对不能并称，唐代能与《论语》并称的书籍是《孝经》。《孟子》的地位大幅抬升始于宋朝，《孟子》完全取得与《论语》并驾齐驱的地位则是在明清时期，因此唐代人不可能说出"通语孟"这样的话。

碑文中还说"时杨长史炎摄行帅事"。"炎"显然是为了避清朝嘉庆皇帝颙琰之讳，可在史书记载中杨贵妃的父亲杨玄琰担任的官职是蜀州司户（从七品下阶），而并非是蜀州长史（从五品上阶）。

在杨贵妃生活的时代，整个剑南地区仅在益州设立了剑南节度使，仅仅在益州、梓州、茂州、泸州、戎州、嶲州、雅州、黎州八州设立过都督府，在保宁州设立过都护府。蜀州从未设置过任何节度使，也没有设置过都督府或者都护府等军事机构，因此杨玄琰以长史"摄行帅事"根本就无从谈起。那个所谓的"许子真"之所以这样写可能是为了剧情杜撰的需要，因为只有杨玄琰是个有身份、有地位的大官才能从杨康手中横刀夺爱。

碑文中说"（杨玄琰）居无几何，长史秩满，携归长安，与二女同教。惟妃（即杨贵妃）性昭慧，谙音律，明经史，后进入寿王宫。"唐朝人对于藩王的宅邸绝对不能称之为"宫"，寿王的宅邸在唐代往往会被称为"寿邸"，比如陈鸿的《长恨歌传》说："（李隆基）得弘农杨玄琰女于寿邸"，用的就是"邸"而不是"宫"。

"妃早孤，养于叔父河南府士曹（杨）玄璬。"[1]

"（杨贵妃）幼孤，养叔父家。"[2]

新、旧唐书均记载杨玄琰在杨贵妃很小的时候就去世了。孤苦伶仃的杨贵妃投奔远在河南府[3]任士曹参军的叔父杨玄璬，叔父含辛茹苦地将她抚养成人。

在当年的诏书《册寿王杨妃文》中清清楚楚地写着："尔河南府士曹参军杨玄璬长女。"杨贵妃当时是以杨玄璬长女的身份出嫁的，可碑文中却对她这个至关重要的养父只字未提，似乎是亲生父亲杨玄琰直接将她嫁给寿王的。

虽然《册寿王杨妃文》和《容州普宁县杨妃碑记》同时被收录进《全唐文》，但两者的内容却有着许多自相矛盾的地方。其实《全唐文》编纂于清朝嘉庆年间，距离杨贵妃生活的时代已经过去了一千多年的时间，虽然《全唐文》的历史贡献不容抹杀，但因为距离唐代太过久远，误收入伪作也不足为奇。

其实只要将这篇碑记与真正的唐代碑文稍加对比就会发现其实两者之间存在着很大的差异。唐代"文字多尚古学，效扬雄、董仲舒之述作，而独孤及、梁肃最称渊奥，儒林推重"[4]，因此唐代碑文华丽大气，尤其崇尚四、六句对偶，可是这些特点却在这篇碑记中没有丝毫的体现。细读便会发觉其文风反而与明清小说家的笔法颇为相似，文笔浅陋，半文半白，杂

①（后晋）刘昫等撰：《旧唐书·卷五十一·杨贵妃传》，《二十四史全译》，汉语大辞典出版社2004年版，第1713页。

②（北宋）宋祁、欧阳修等撰：《新唐书·卷七十六·杨贵妃传》，《二十四史全译》，汉语大辞典出版社2004年版，第2198页。

③ 治所在今河南省洛阳市。

④（后晋）刘昫等撰：《旧唐书·卷一百六十·韩愈传》，《二十四史全译》，汉语大辞典出版社2004年版，第3559页。

乱无章。

开元二十二年（公元734年）正月，大唐玄宗皇帝李隆基带着浩浩荡荡的队伍踏上了东去洛阳的路，这将是他最后一次前往繁华的洛阳城。这次他在洛阳一住就是两年零十个月，在这中间他亲自操办了两场豪华的婚礼，一场是他最赏识的公主咸宜公主的婚礼，一场是他最宠爱的儿子寿王李瑁（当时叫李清）的婚礼。

开元二十三年（公元735年）十二月二十四，河南府士曹参军杨玄璬的府中一时间高朋满座，亲戚云集，张灯结彩，喜气洋洋。杨玄璬静静地等待着册封队伍的到来。皇家的婚礼既烦琐又复杂，此前已经进行了"纳采""问名""纳吉""纳征""请期"五个环节，接下来要进行的将是极为重要的"册妃"礼。这也将意味着他的养女已经得到了大唐皇帝的认可。

此时杨玄璬的心中充斥着喜悦，但也怀有一丝忐忑。他之所以喜悦是因为养女终于嫁了个好人家，之所以忐忑是因为他的亲家可是至高无上的皇帝，女婿可是尊贵无比的寿王，前来册封的人则是大权在握的宰相李林甫！

杨玄璬这个七品小官对于即将到来的一切还缺乏足够的心理准备，犹如梦中，恍如隔世，更让他是始料未及的是养女因此而拥有了一段让他意想不到的人生。

杨贵妃之所以最终会在近乎惨烈的寿王妃海选中脱颖而出，除了她的美之外，更为重要的则是她的出身。虽然门阀政治的影响力在唐朝已经日渐衰微，但门第思想却依旧根深蒂固。

高宗朝宰相薛元超可谓位极人臣，位高权重，但他却说自己有三恨："做官之始未能以进士擢第，不娶五姓女，不得修国史。"注意他说的并非是娶公主。虽然他的妻子出身皇族，是太宗皇帝李世民的亲弟弟巢王李元吉的女儿和静县主，可他却依旧因为没能娶到五姓女而耿耿于怀。五姓即博陵崔氏、清河崔氏、范阳卢氏、陇西李氏、赵郡李氏、荥阳郑氏和太原王氏，其中李氏与崔氏各分为两支，因此称之为"五姓七望"。

社会地位并不仅仅是由政治地位决定的。武则天的父亲武士彟是跟随高祖李渊打天下的开国元勋，曾任工部尚书（正三品）、利州都督、荆州都督等显赫要职，还被封为应国公（从一品），可武家在传统贵族的眼里却只不过是个政治暴发户而已，因此武则天入宫时只是个才人（当时为正五品），而王皇后的父亲王仁祐也只不过是个小小的罗山县令。罗山县在当时的等级已难以考证了，可即使是上县的县令也不过才从六品上阶，如果是其他等级县的县令充其量只是个七品官，可王皇后却因出身于名门望族太原王氏，被选为了晋王妃，随着晋王李治登基称帝，她自然而然地成为母仪天下的皇后。

《册寿王杨妃文》中说杨贵妃"公辅之门，清白流庆"。虽然她的生父和养父都不过只是小小的七品官，在大唐官僚体系中显得有些微不足道，但弘农杨氏却是仅次于"五姓七望"的名门大家。

更为重要的是武家与弘农杨氏早就有联姻的传统。武则天的父亲武士彟就迎娶了隋代宰相杨士达的女儿。武则天掌权后更是制定了"我家及外氏常一人为宰相"①的规定，也就是说在宰相中武氏和杨氏至少要有一个人。武惠妃为女儿咸宜公主挑选的驸马杨洄同样出自弘农杨氏，可见她对弘农杨氏的偏爱。

幼年不幸的杨贵妃成年后却有幸成为寿王妃，可她的婆婆武惠妃的突然去世却彻底打破了她平静的王妃生活。

杨贵妃的公公李隆基因武惠妃的死而体尝到从未有过而又始终无法摆脱的空虚和寂寞。正在这时，有人向他推荐了杨贵妃。史书上没有留下这个人的名字，只是说"或奏""或言"。

---

① （北宋）宋祁、欧阳修等撰：《新唐书·卷一百·杨执柔传》，《二十四史全译》，汉语大辞典出版社 2004 年版，第 2586 页。

谁会做出这种对寿王落井下石的事情呢？高力士的可能性最大，因为他一直都在不遗余力地为李隆基搜罗美女。

开元二十八年（公元740年）冬，二十二岁的寿王妃杨贵妃怀着复杂的心情前往骊山温泉宫，而召见她的人正是已经五十六岁的公公李隆基。

在霓裳羽衣舞的乐曲伴奏下，杨贵妃缓缓地走向端坐在大殿中央的李隆基。从那一刻起，近五年平静的王妃生涯便告一段落。全新的生活正在等待着她，而她却根本就没有选择的权力。

杨贵妃对这次骊山相会是惊恐、不安、慌乱还是窃喜，由于史书对此并没有记载我们不得而知，但她肯定经历了一番艰辛的心路历程，因为她要割舍下如今的一切，被迫接受另外一种生活。

这次会面使得李隆基有一种重生的感觉，可谓是"回眸一笑百媚生，六宫粉黛无颜色"。

即位之初，李隆基经常为操劳国事而彻夜不眠，如今他却因为独守空房而辗转反侧，难以入睡。大唐的政治风气也随着李隆基的改变而改变。

这次骊山相会不久，杨贵妃便以为太后"追福"的名义出家为道士。"追福"却不过是掩人耳目的幌子，真正的目的是让杨贵妃离开寿王，因为道士是不可以有丈夫的。

自从她成为道士的那一刻起，包括寿王妃在内的所有尘世身份便被无情地割裂开，而她要过一段青灯古佛的日子，而唯一让她聊以自慰的是李隆基始终陪在她身旁。

天宝四载（公元745年）七月二十六，已经六十一岁高龄的李隆基亲自主持隆重的册立新寿王妃的仪式，此时距离李瑁上一次当新郎已经过去了近十年的时间，时光的流逝使得很多人或许已经遗忘了东都洛阳那场豪华的婚礼和那个美丽的新娘。

李瑁的新娘韦氏同样出身名门。先祖韦旭曾任隋朝尚书令，封为郧襄公，因此他们这一支被称为韦氏"郧公房"。祖父曾任齐州刺史（从三品），曾祖父曾任太仆少卿（从四品上），曾祖父的堂兄韦巨源曾在中宗朝出任宰相，不过韦家与杨家一样属于没落贵族，韦氏的父亲韦昭训仅仅是左卫勋二府右郎将（正五品上）。

或许这也体现了李隆基为儿子们选妃的一贯思路——拥有一个好出身，却又不出自权势显赫的家族。李隆基确立的这个原则并没有随着他的离去而被抛弃。从李隆基的儿子肃宗李亨开始到唐帝国灭亡，两唐书中立传的后妃共有二十一人，其中只有肃宗张皇后、肃宗韦妃、顺宗王皇后和宪宗郭贵妃四人有着显赫的家世，其余十七位甚至连没落的贵族都算不上，要么出身卑微，要么都不知道来自哪里。这与唐朝前期的情形截然相反，那时李唐宗室想方设法地与望族通婚，皇子们娶的，公主们嫁的，基本上都出身名门。大唐皇帝们的态度之所以会出现如此之大的转变是因为担心外戚专权的悲剧会再次上演，不过事实证明所有刚性的原则在温柔的攻势下都会显得那么脆弱不堪，因为随着杨贵妃的得宠，外戚专权的一幕将会再次上演。

在喜庆气氛之中，在孤寂和惶恐中生活了四年多的李瑁终于迎来了一位新的人生伴侣。虽然这位韦妃不像杨贵妃那样美艳绝伦，却可以始终如一地陪伴在他的身旁，与他笑看花开花落，闲看云卷云舒。过去他与杨贵妃那些美好的点点滴滴只能永远地封存在记忆的最深处，因为那段日子已经彻底地随风而去了。

李瑁心中的一块石头终于落地了，因为他觉得自己这回算是彻底安全了，可他的心中却不免涌上阵阵酸楚，因为他似乎已经预感到了这一切不过是为杨贵妃改嫁做铺垫。

八月初六，曾经与寿王相濡以沫的杨贵妃摇身一变正式成为父皇的女人，也就是他的母后。不知寿王与杨贵妃再次重逢时会作何感想，人生最大的仇恨莫过于"夺妻之恨"和"杀父之仇"。不知面对着"夺妻"的父亲，寿王李瑁是否有过"杀父"的冲动。

表面上李瑁却显得相当平静，仿佛在看一场与己无关的闹剧。性格懦弱的李瑁只得将所有委屈、愤懑甚至仇恨深深地埋藏在心底，因为父皇"一日杀三子"的冷酷和无情在他的心中留下了深深的阴影，使得他不敢贸然袒露心声。

忍辱负重的李瑁一直活到大历十年（公元 775 年）。这是何等心境！此时，横刀夺爱的父亲李隆基已经死去了十三年，半路改嫁的前妻杨贵妃也已经死去了十九年，登上皇位的哥哥李亨也已经死去了十三年。

经过漫长的过渡，李隆基与杨贵妃终于可以正大光明地在一起了。李隆基一直在思索应该给予心爱的女人一个怎样的名分。

在李隆基的后宫之中，原来的"惠妃"的地位仅次于皇后，因此开元年间最得宠的武妃获得的封号就是"惠妃"。如果再将"惠妃"的封号给杨贵妃，不仅对不住已经故去的那个曾经最爱的女人武惠妃，也无法彰显自己对当下这个最爱的女人的宠爱。

李隆基忽然想到了"贵妃"这个称号。"贵妃"始置于南朝宋武帝时期，在宫中的地位仅次于皇后，而且一直沿用到了唐朝。唐朝立朝之初设立贵妃、淑妃、德妃、贤妃四夫人，但喜欢标新立异的李隆基却对内官制度大胆地进行了改革，将四夫人缩减为三夫人即惠妃、丽妃、华妃。为了她，李隆基决定重新启用曾经被自己废弃的封号"贵妃"。

在佳丽云集的后宫，要想向上攀爬，每走一步都是何等艰难，但杨贵妃入宫后得到的第一个封号就是正一品的"贵妃"，可谓平步青云，一步登天。怎能不惹人羡慕、嫉妒和恨呢？虽然身处高位会有"一览众山小"的惬意，却也是高处不胜寒。

很多人不解，既然李隆基那么爱杨贵妃，为什么不直接将杨贵妃册立为皇后呢？

在唐代要想成为皇后是何等艰难，也是何其幸运的事。唐朝皇帝对皇后的册立是极为慎重的，一般一生之中只会册立一位皇后，或者根本就不

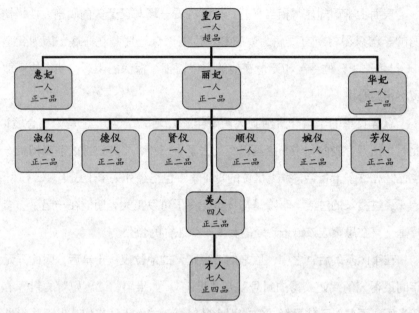

李隆基时代的内官体系

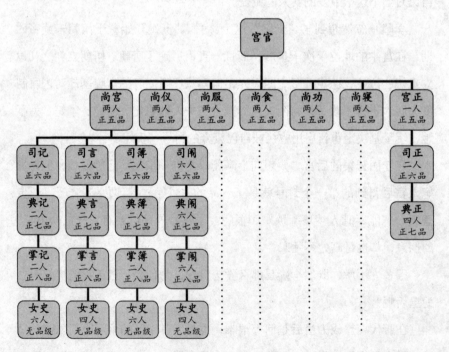

李隆基时代的宫官体系

曾册立皇后。

高祖李渊一生只有一位皇后窦氏，而且他登基称帝的时候窦氏已经去世多年了，但他却依旧没有再册立其他女子为皇后。太宗李世民一生也只有一位皇后长孙氏，长孙氏去世后皇后之位便一直空着。中宗李显和睿宗李旦一生也只册立过一位皇后。睿宗李旦第二次登基时刘皇后已经被害十七年之久，可他也并没有再立皇后。唯独高宗李治曾经破天荒地册立过两个皇后——王皇后和武则天。

在中晚唐，皇后缺位似乎成为一种政治常态。在十四位皇帝中，代宗李豫、顺宗李诵、宪宗李纯、穆宗李恒、敬宗李湛、文宗李昂、武宗李炎、宣宗李忱、懿宗李漼、僖宗李儇、唐哀帝李柷共计十一位皇帝至死都未曾册立过皇后，当然不乏有的皇帝因感念旧情追赠哪位去世的妃子为皇后，也有的妃子因所生皇子后来当上了皇帝而被加封或者追赠为皇后，但这却并不等于册立。比如穆宗名义上有王皇后、萧皇后、韦皇后三位皇后，实际上哪个也不是他亲自册立的，她们之所以能够享有皇后的尊称是因为她们分别生了敬宗皇帝、文宗皇帝和武宗皇帝，不过是母以子贵罢了。

对于皇后之位，大唐的皇帝们显得格外吝啬。在淑妃王氏病入膏肓之际，德宗李适才念及两人多年的情谊将其册立为皇后，可在病榻之上垂死挣扎的王皇后没过几天便一命呜呼了，跟追赠也差不了多少。尽管如此，绝大多数妃子却并没有她那么幸运，比如顺宗的妃子王氏还没来得及被册立为皇后，顺宗就病危了，紧接着便离奇死去了，王氏还没当上皇后就直接当太后了。

李隆基曾经想过要将武惠妃册立为皇后，不过却因为反对之声一时间甚嚣尘上而只得作罢，却没有任何历史文献记载李隆基曾经想过要册立杨贵妃为皇后。虽然李隆基费尽心机地想要抹去杨贵妃曾经是自己儿媳这个并不光彩的印记，但有些痕迹是永远也抹不去的。尽管李隆基对杨贵妃爱得很疯狂，爱得投入，但他却绝对不会让一个拥有历史污点的女人成为皇后，况且太子李亨比杨贵妃的岁数还要大，这将成何体统呢？

杨贵妃没能成为皇后还因为她有着一个很大的硬伤，那就是她始终都未曾生育。唐朝历史上先后有两位王皇后遭遇了被废的厄运，她们的悲剧人生的很大程度上都源于没能为皇帝传宗接代。翻遍史书，也找不到集三千宠爱于一身的杨贵妃曾有过生儿育女的任何记载。

李隆基可谓是唐朝皇帝之中生育能力最强的一个，先后生了三十个儿子和二十九个女儿，可谓是儿孙满堂，但他跟杨贵妃在一起时毕竟已经是花甲之年了，会不会是因为李隆基的原因呢？

"汴哀王（李）璥，于诸子为最少，初封才数岁，容貌秀澈，有成人风，帝（即李隆基）爱之。开元二十三年，授右千牛卫大将军。明年，薨。"①

汴哀王李璥是李隆基最小的儿子，开元二十三年任右千牛卫大将军。虽然皇子几岁时就可以封王，但按照惯例一般要在十六岁成年以后才正式授予官职，据此推算李璥最晚应生于开元十七年（公元 729 年）前后。

"寿安公主，曹野那姬所生。孕九月而育，帝（即李隆基）恶之，诏衣羽人服。代宗以广平王入谒，帝字呼（公）主曰：'虫娘，汝后可与名王在灵州请封。'下嫁苏发。"②

李隆基最小的女儿寿安公主的母亲是中亚曹国人，与李隆基有过一段浪漫的跨国恋。由于寿安公主不足十个月就生了下来，李隆基觉得此女不祥，起初对她很不好，让她自幼就穿上道士服消灾祈福，而且还给她一个很不雅的小名"虫娘"。不过李隆基风烛残年之际对寿安公主的态度却有

---

① （北宋）宋祁、欧阳修等撰：《新唐书·卷八十二·李璥传》，《二十四史全译》，汉语大辞典出版社 2004 年版，第 2307 页。

② （北宋）宋祁、欧阳修等撰：《新唐书·卷八十三·寿安公主传》，《二十四史全译》，汉语大辞典出版社 2004 年版，第 2341 页。

所转变，特意将她托付给广平王李俶，也就是后来的代宗皇帝李豫。

李隆基与李俶和寿安公主这段对话到底发生在何时呢？其实只要细细品味就会发现，如若李隆基还在位的话，他没有必要将自己的女儿托付给孙子广平王李俶，因此那段对话应该发生在他退位之后。

至德二载（公元 757 年）十二月初，太上皇李隆基才得以回到阔别近一年半的都城长安，与儿子李亨以及孙子李俶团聚。李俶在当月就被改封为楚王，次年三月改封为成王，四月被立为皇太子。

据此推断，那段对话应该发生在至德二年（公元 757 年）十二月。这次谈话之后，寿安公主便下嫁苏发。唐朝女子一般在十六岁左右嫁人，杨贵妃就是十六岁时嫁给了寿王李瑁。寿安公主结婚时应该算是个"大龄剩女"，当时天下大乱，刀兵四起，谁还顾得上她的婚事，所以作为父亲的李隆基才会专门向广平王托付此事。据此推算，寿安公主最晚也应生于开元二十九年（公元 741 年）。

通过推算李隆基最小的儿子和女儿的出生年龄，可以发现李隆基在开元二十九年以后就再也没有孩子出生，李隆基不仅和杨贵妃没有孩子，跟其他女子同样没有孩子。不过恰恰就在这年他与杨贵妃正式走到了一起，因此自然有人会觉得这或许是因为李隆基整日和杨贵妃在一起，不再临幸其他女子的缘故。实际上却并非如此，李隆基在宠爱杨贵妃的同时还不忘偷腥找刺激。

唐代诗人白居易在《乐府诗集·卷九六》中的《上阳白发人》题解中说："天宝五载以后，杨贵妃专宠，后宫无复进幸。六宫有美色者，辄置别所，上阳其一也，贞元中尚存焉。""后宫无复进幸"是从天宝五载（公元746 年）开始的，说明在此之前李隆基还是会临幸其他女子的，不过他却并没有再增添子女，这说明花甲之年的李隆基身体或许早就被掏空了，已然没有了往日的雄风。

既然李隆基可能已经基本丧失了生育能力，杨贵妃是否也会有生育问题呢？

"（李）瑁，天宝中有子封为王者二人：（李）俅为济阳郡王，（李）偡为广阳郡王、鸿胪卿同正员。"[1] 李瑁的儿子中封王的有两人，也就是李俅和李偡。注意他们是"天宝中"才封王，皇子和皇孙一般都会在几岁的时候就被授予王位，因此李俅和李偡应该是开元末或者天宝初出生的，而杨贵妃早在开元二十九年正月就出家为道了，因此这两个孩子肯定不是她所生。

李瑁还有其他的儿子吗？"（李瑁子）王者三人，（李）偡王德阳郡，（李）俅济阳郡，（李）偡广阳郡，（李）伉薛国公，（李）杰国子祭酒。"[2]《新唐书》中记载李瑁有五个儿子，史书排列顺序一般都是从大到小排列，既然李俅和李偡不是杨贵妃的儿子，那么年龄更小的李伉和李杰就更不可能是杨贵妃的儿子。唯一无法排除的就是年龄最长的李偡，但李偡是杨贵妃所生的概率很小，否则史书中不可能不留下只言片语。

既然杨贵妃与青春年少的李瑁结婚近五年都未曾生育过儿女，而且李瑁显然又具备生育能力，因此杨贵妃可能患有不孕症。生活于五代时期的王仁裕所写的《开元天宝遗事》中有许多关于杨贵妃生活的点点滴滴，其中很多的细节可以还原出她不孕的真正原因。

"（杨）贵妃每至夏月，常衣轻绡，使侍儿交扇鼓风，犹不解其热。"每到炎炎夏日的时候，杨贵妃都不得不穿上薄薄的衣服，还让侍女们不停地给她扇扇子，尽管如此，她依旧暑热难耐。

"（杨贵妃）常有肺渴，每日含一玉鱼儿于口中，盖借其凉津沃肺也。"经常口渴的杨贵妃只得将一块玉鱼儿含在口中，借用玉的清凉和圆润来驱

---

① （后晋）刘昫等撰：《旧唐书·卷一百七·李瑁传》，《二十四史全译》，汉语大辞典出版社 2004 年版，第 2707 页。

② （北宋）宋祁、欧阳修等撰：《新唐书·卷九十五·李瑁传》，《二十四史全译》，汉语大辞典出版社 2004 年版，第 2305 页。

散口中的干渴。今天的糖尿病在古代被称为"消渴症"，经常口渴的杨贵妃很可能患有糖尿病。

虽然养尊处优的杨贵妃采用各种办法避暑，可是却依旧出汗不止，而且"每有汗出，红腻而多香，或拭之于巾帕之上，其色如桃红也"。杨贵妃居然连所出的汗都是香的，可谓是个十足的"香妃"。在民间传说中，杨贵妃为了掩盖自己的狐臭才发明了香水，其实她可能不仅没有狐臭，还散发着特殊的体香。杨贵妃的汗不仅"多香"而且"红腻"。

很多人将杨贵妃出红汗的原因解释为杨贵妃经常涂脂抹粉，如果是脸上出的汗擦在手帕上色如桃红还好解释，但如果是手上的汗，胳膊上的汗呢？虽然王仁裕并没有具体说到底是哪个部位的汗，但也没有局限为脸上的汗。

最关键的是脂粉在唐代早已不是什么神秘物品。唐代诗人白居易在《戏题木兰花》中写道："怪得独饶脂粉态，木兰曾作女郎来。"既然在唐代已经用脂粉来指代妇女，说明脂粉已经在民间广为普及了，如果杨贵妃所出的红汗果真与脂粉有关，王仁裕应该不会如此大惊小怪地将其作为奇闻逸事记录下来。如果不是胭脂的缘故，或许就是杨贵妃身体的缘故。极度怕热而且出的又是红汗无疑反映出她内分泌系统严重失调。

京剧《贵妃醉酒》并非全是艺术虚构，杨贵妃的确喜欢饮酒，"贵妃每宿酒初消，多苦肺热，尝凌晨独游后苑，傍花树，以手举枝，口吸花露，藉其露液润于肺也"。经常饮酒的杨贵妃只得依靠吸食花露来缓解体内的燥热。

试想一个原本就有些超重的女人一直过着锦衣玉食的生活，既管不住嘴，又迈不开腿，还经常饮酒，再加上她的内分泌严重失调，受孕的概率自然会变得很低。这或许就是杨贵妃这个"佳人"为何会"绝代"的真相。

曾为儿媳的尴尬身份和没有子嗣的无奈现实或许是阻碍杨贵妃成为皇

后的关键因素，可她却似乎并未因为没能成为皇后而失落过，伤感过，或许她根本就没有想过登上母仪天下的皇后之位，她想要的只是舒适而又惬意的生活，因为她并不是一个很有政治野心的女人，而是一个小鸟依人的小女人。

有了杨贵妃的陪伴，李隆基从某种意义上说获得了新生，可是对于大唐而言却无疑是一场灾难。

就在李隆基沉醉于杨贵妃美丽的胴体而无法自拔之际，执掌大唐权柄的李林甫正一步步地将繁盛的唐帝国推向万劫不复的深渊。

看到杨贵妃集万千宠爱于一身，善于见风使舵的安禄山请求杨贵妃收自己为养儿。李隆基自然是欣然应允，从此之后，安禄山每次进京面圣，杨贵妃都设宴款待这位和自己父亲岁数差不多的养儿。

安禄山觐见的时候总是先拜贵妃后拜李隆基。李隆基带着一丝不悦询问缘故，一个至高无上的皇帝不允许别人对自己有丝毫的懈怠。

安禄山脱口而出："蕃人总是先拜母亲后拜父亲。"

李隆基闻听此言顿时龙颜大悦，当然最高兴的人当属杨贵妃，她自然更加关爱这个胖嘟嘟的养儿。

天宝十载（公元 751 年）正月，安禄山刚刚度过自己的生日，养母杨贵妃便将他召到宫中。

安禄山还没有反应过来的时候，杨贵妃手下的官女太监们就用锦绣包裹上安禄山，他俨然成为一个体型肥硕的大婴儿，一个官居一品的封疆大吏居然被太监官女们包成了一个大粽子。

巨大的喧哗声在威严而又阴森的皇宫中回荡着。

怎么回事？李隆基不悦地问。

贵妃正在给养儿举办"洗三"的仪式。

李隆基急忙跑过去看个究竟。

望着这个令人捧腹的场景，李隆基也乐了。他随即赐给贵妃洗儿钱，还重重赏赐了安禄山。这场闹剧才宣告结束。

难道杨贵妃和安禄山只是纯洁的"母子关系"吗？难道这对孤男寡女就没有发生什么出轨的事情吗？

我们翻阅《旧唐书》和《新唐书》时还真没有发现一丝关于两人存在不正当关系的记载，可是《资治通鉴》中却有这样一段耐人寻味的记载："自是禄山出入宫掖不禁，或与贵妃对食，或通宵不出，颇有丑声闻于外，上亦不疑也。"

这说明当时关于两人绯闻的议论已经甚嚣尘上，但是因为涉及皇帝尊严，再加上这是难以查证的宫闱秘事，仅仅当作人们茶余饭后的谈资而已。

宋代文人刘斧所写的《青琐高议·骊山记》以及明代文人蒋一葵所写的《尧山堂外纪》中都曾经记载过两人充满暧昧气息的故事。

杨贵妃沐浴之后衣裳突然脱落（一说杨贵妃醉酒自动脱去衣服），杨贵妃的美胸顿时呈现在安禄山的面前，垂涎欲滴的安禄山随口便说出"滑腻初凝塞上酥"的诗句。

民国时期的蔡东藩在他所著的《唐史演义》中对于两人关系的描写更加赤裸裸。在两人激情时，安禄山不幸将杨贵妃胸乳抓伤。杨贵妃担心被李隆基发现，于是拿出一块布罩在胸前。嫔妃宫女们纷纷效仿，逐渐演变成胸罩。

由于上述三本书都是小说，史家一般并不会采信文艺作品记述的内容，因为其中有多少是历史真实，有多少是道听途说或者艺术加工已经不得而知了，但这些小说至少从侧面说明两人关系的确值得人们探究。

难道国色天香的杨贵妃真会看上安禄山？

安禄山在很多人的心目中是肥胖而又丑陋的形象，这其实是一种错误的认识。

《新唐书》记载安禄山"伟而皙"，也就是身材魁梧并且皮肤白皙。虽然史书之中并没有留下对安禄山相貌的正面记载，但他的相貌肯定不会差，否则张守珪也不会被其说动而将他留在军中。

在以胖为美的唐代，安禄山唯一的缺点肥胖并不是太大的审美瑕疵。

虽然此时的安禄山已经不再是那个魅力十足的小伙子，但人到中年的安禄山应该还是具有一定魅力的。少女一般都会有英雄情结，驰骋疆场近二十年的安禄山有着太多太多能够扣动少女心扉的传奇故事。

此时的李隆基已经年过花甲，床笫之事自然是一日不如一日，而杨贵妃却正处于女人欲望最为旺盛的时期。

天宝十载（公元 751 年）二月，李隆基与杨贵妃刚刚从骊山华清宫返回长安兴庆宫便发生了一次激烈的争执。杨贵妃因为"忤旨"再次被遣送出宫。

关于这次争执的原因，两唐书都语焉不详，《开天传信记》却明确记载是因为杨贵妃"妒媚"，也就是李隆基另有新欢引起了杨贵妃的不满。

这个"新欢"会是谁呢？史书对此并没有任何记载，但依旧可以找到些许蛛丝马迹。

这场风波最终以杨贵妃率先妥协而平息，李隆基"因又幸秦国（夫人）及（杨）国忠第，赐两家钜万"。这与上一次出宫风波有着巨大反差，上次风波平息后李隆基"赐诸姨钱岁百万为脂粉费"。

上一次，杨贵妃的三个姐姐都得到了赏赐，可是这次只有三姐秦国夫人得到赏赐，却遗忘了大姐韩国夫人和二姐虢国夫人，而虢国夫人无疑是最不应该被遗忘的人，因为她一直受到李隆基特殊的恩宠。

杨贵妃这次出宫很可能是与虢国夫人有关。中唐诗人张祜曾经做过一首诗："虢国夫人承主恩，平明骑马入宫门。"

李隆基不会无缘无故地宠幸一个女人，况且虢国夫人本来就是一个水性杨花的风流女子，早年曾经与堂兄杨国忠私通。

更耐人寻味的是这首诗的名字是《集灵台》，集灵台就是李隆基与杨贵妃曾经海誓山盟的华清宫长生殿。这仿佛暗示着李隆基临幸华清宫期间很可能与虢国夫人发生了不正当关系，而且被杨贵妃逮了个正着，才引发如此轩然大波。

风波结束后，李隆基自然不方便再赏赐第三者虢国夫人了。不过为了不把事情做得那么明显，韩国夫人这个无足轻重的角色自然也就无缘赏赐了。

虽然这场风波远去了，但肯定在杨贵妃的心中留下了难以磨灭的阴影，很可能会选择另外一种方式宣泄心中的不满。

杨贵妃亲近安禄山还有更深层次的政治考虑。虽然杨贵妃并不是一个很有政治头脑和政治才能的女人，可是长期受到宫廷政治风云熏陶的她在政治上必然会越来越成熟。

"人生七十古来稀"，如今早已年过花甲的李隆基已经向着七十岁不断地迈进，而年老体衰的李隆基随时都有可能永远地离她而去，所以她可能要为自己寻找一个在政治上可以继续依靠的男人。

她的堂兄杨国忠此时还不过是大唐的中级官吏。此时的杨国忠见到安禄山还在竭力巴结和讨好逢迎。肥胖的安禄山登临官殿台阶时，杨国忠经常毕恭毕敬地搀扶着他。

面对柔情似水的杨贵妃，安禄山恐怕难以把持得住，因为他是个生性好色的人。安禄山看到手下将领孙孝哲的母亲风韵犹存，竟然跟这个徐娘半老的女人好上了。

《安禄山事迹》的作者唐朝人姚汝能曾有过这样的评述："由是，（安）禄山心动。及动兵，闻马嵬之事，不觉数叹。虽（李）林甫养育之，（杨）国忠激怒之，然其他肠亦可知也。"

姚汝能认为安禄山起兵的重要目的就是渴望得到国色天香的杨贵妃。如果真是这样，安禄山与"冲冠一怒为红颜"的吴三桂倒有几分相似，但是姚汝能的论断未免有失偏颇。

　　安禄山起兵时打着诛杀杨国忠的名义，而且还严厉斥责杨贵妃姐妹的种种罪行，从而最大限度地争取民众的支持。即便安禄山与杨贵妃之间真的有了私情，也根本不会存在什么真感情。

风险巨大的政治投机

越是聪明的人越懂得收敛，越是自以为聪明的人才会越张扬，可是"木秀于林风必摧之"。

皇帝心中最赏识的节度使应该作战勇猛并且头脑简单，因为这样的人才会让皇帝安心。如果一个节度使让皇帝感受到哪怕一丝不安，恐怕离倒霉不远了，因为一个让皇帝伤神的节度使，皇帝会让他伤心。

狡诈的安禄山自然知道其中的奥妙。

安禄山曾经对李隆基动情地说："臣生蕃戎，宠荣过甚，无异材可用，愿以身为陛下死。"①

我本来是社会最底层的胡人，一直生活在水深火热之中。虽然我只是一个普通得不能再普通的人，可陛下却依旧不嫌弃我，对我一再提拔重用，我也没有什么好回报陛下的，肝脑涂地在所不惜！

这些动情的话语估计连安禄山自己都会被感动，更何况是李隆基呢？

一次，李隆基令安禄山参见皇太子李亨。安禄山见到太子后竟然不参拜，身边的人急忙提醒："这可是当今皇太子！"

安禄山若无其事地说："我不懂朝廷礼制，皇太子是什么官？"

李隆基笑着说："我百岁以后要将皇位传给太子。"

安禄山装作若无其事地说："微臣愚钝，只知有陛下而不知有太子，真是罪该万死！"

安禄山为什么敢说出这样的话呢？生性狡诈的他其实是在进行一项风

① （北宋）宋祁、欧阳修等撰：《新唐书·卷二百二十五·安禄山传》，《二十四史全译》，汉语大辞典出版社 2004 年版，第 4942 页。

险巨大的政治投机。

太子要么成为新皇帝，要么成为新皇帝的牺牲品。虽然太子是大唐的法定继承人，可是并不是每一个太子都有机会登基称帝。

太子被废之日也就是被杀身亡之时，向前一步是幸福，向后一步是杀戮。与目标近在咫尺的时候往往是最危险的时候，唐代尤其如此。

唐朝建立以来，绝大多数太子仿佛受到了政治诅咒一般始终都无法挣脱宿命般的噩运。

大唐首位太子、开国皇帝唐高祖李渊之子李建成死于弟弟秦王李世民的屠刀之下。虽然"玄武门之变"将一代明主唐太宗李世民推上了皇位，但由此带来的不良影响却始终挥之不去。

李世民册立的太子李承乾企图仿效父亲发动另外一场"玄武门之变"，最终却被幽禁而死。

经过调查，李世民发觉李承乾之所以走上反叛的不归路是因为愈加强烈地感受到来自弟弟魏王李泰的政治威胁。此前呼声最高的太子继任者魏王李泰也被降爵为东莱郡王，而且被勒令离开京城。

随着两个最具竞争力的皇位继承人的离去，晋王李治在舅舅长孙无忌的力推之下登上太子之位。

这场皇室风波使得心力交瘁的李世民的身体每况愈下，最终过早地离开了人世。晋王李治幸运地登基成为高宗皇帝，可他的好运却并没有带给自己的儿子们。

高宗李治与皇后武则天共生下四个儿子。

长子李弘最先被册立为太子，但正值壮年的李弘却突然去世，关于他死亡的真相史学界一直众说纷纭。

次子李贤又被册立为太子，随着他与母后武则天关系的恶化，太子李贤最终被废，随后被赐死。

懦弱的三子李显成为新的太子，可是两个哥哥的悲惨结局却使他成为惊弓之鸟。父亲李治一直疾病缠身，可是又一时半会儿死不了。这为武则天攫取大唐最高权力提供了一个千载难逢的政治机遇。

李显比他的哥哥们似乎要幸运一些，因为父亲高宗李治终于彻底地无可挽回地走了，而他也终于登上了梦寐以求的皇帝宝座，但他的母亲武则天很快便把他赶下了台，又将小儿子李旦推上了皇帝宝座，但李旦仍是母亲手中的政治玩偶。

当一切准备就绪后，武则天再次无情地将李旦赶下台，成为中国历史上第一位，也是唯一一位女皇帝。

被废为庐陵王的李显无时无刻不生活在死亡威胁的笼罩之下，直到母亲武则天病入膏肓。宰相张柬之、右羽林大将军李多祚等人联手发动神龙政变。阔别皇帝宝座二十二年之久的李显得以复位，随即册立儿子李崇俊为太子。

庶出的李崇俊并非韦皇后所生。每当看到如今贵为太子的李崇俊，韦皇后总会想起已经逝去的儿子，于是"怒从心头起，恶向胆边生"。

韦皇后及其女儿安乐公主百般蔑视和欺辱李崇俊。这哪是尊贵的太子啊，简直是任人宰割的受气包。忍无可忍的李崇俊联合右羽林大将军李多祚发动政变，但政治上还很稚嫩的李崇俊最终兵败被杀。

受到中宗李显溺爱的安乐公主居然产生了当皇太女的奇怪想法。她与母亲韦皇后联手毒死了父皇李显，可是她们母女显然缺乏控制政局的能力。

相王李旦之子李隆基与太平公主联手发动政变，将这对贪婪而又狠毒的母女二人送上了断头台。相王李旦被拥戴为大唐新皇帝。李隆基因为在政变中立有大功而被破例立为太子，可是政治强人太平公主却一心想着要将他换掉。

左右为难的李旦最终做出了一个出人意料的决定，将皇位传给太子李隆基，自己索性当起了太上皇。

虽然李隆基成了新皇帝，可是太上皇和太平公主的存在却常常使得他感到有些力不从心。

太平公主最终在这场政治斗争中死去，而太上皇不久也驾崩。李隆基此时才成为真正的皇帝。

备尝艰辛的李隆基却并没有以一颗宽容的心对待自己册立的太子李瑛。太宗李世民只是将有谋反既定事实的太子李承乾幽禁，而李隆基竟然仅仅凭借一些并不充分的证据残酷地将太子李瑛赐死。

从李亨登上太子之位的那一天起，宰相李林甫便不遗余力地想要将他赶下台，因为他在册立太子时已经明确表态支持寿王，所以一旦李亨顺利接班，他恐怕将会死无葬身之地。

天宝五载（公元 746 年）正月，曾经担任过忠王友（这是一个从五品下阶的官职）的陇右节度使皇甫惟明兼领河西节度使。

为了谢恩，他特地从驻地返回京师长安向李隆基进献从吐蕃手中缴获的战利品。好大喜功的李隆基对于进京述职的节度使们总是好言勉励一番，李隆基的宠信却使得皇甫惟明忽然间变得有些飘飘然。

有些得意忘形的皇甫惟明说了一句追悔莫及的话："微臣请求陛下罢黜李林甫的宰相之位！韦坚才是真正值得托付重任的股肱之臣！"

大殿内的空气顿时凝固了。李隆基久久地凝视着皇甫惟明，而他很快就会因为这句话付出惨重的代价。

原本涌动的暗流就因为这句话突然间变得汹涌澎湃。老辣的李林甫开始着手进行政治反击，但他却并没有急于出手，而是让杨慎矜暗中窥探着皇甫惟明的一举一动。

李林甫仿佛是一只在黑暗中默默注视着猎物行踪的狼，一旦时机到了就会毫不留情地咬断猎物的脖子。

正月十五，元宵之夜，风清月朗。这个迷人的夜晚注定要改变无数人的命运。

唐朝实行宵禁制度。只有在元宵节等重大节日期间才会取消宵禁。长安的大街小巷充斥着欢乐的人群，尽情地享受着这个祥和而又喜庆的夜晚。

太子李亨带领家人也加入欢庆的人群之中，沉浸在节日喜悦之中的李亨此时还不会想到一场针对他的阴谋即将上演。

驻足观看花灯的李亨在热闹的大街上碰上了大舅哥韦坚，两人简单寒暄几句便匆匆话别，因为韦坚将要去赴一个重要的约会。

笑容满面的韦坚此时还没有觉察到背后有一双阴森可怕的眼睛正在密切关注着他的一举一动。

韦坚步履匆匆地前往位于崇仁坊的景龙观，景龙观位于宫城与胜业坊（胜业坊是李隆基兄弟们的住所）之间，这里是长安城中为数不多的"闹中取静"的绝妙去处。

韦坚要见的人正是进京谢恩的皇甫惟明，韦坚与皇甫惟明有一个共同的交会点，那就是太子。皇甫惟明与韦坚两个身份如此敏感的人在如此幽静的地点密会不免会引起别人的无限遐想。

有的史学家认为韦坚、皇甫惟明、裴宽以及宰相李适之等人组成了一个反对李林甫的强有力的政治集团。韦坚与裴宽主管财政，皇甫惟明手握军权，李适之身居相位。其实这种观点很值得商榷，与其说这是一个令人生畏的政治集团，不如说是因政见相似而自发结成的松散的政治联盟。

政治嗅觉极其灵敏的李林甫迅速捕捉到了这个宝贵的反击机会，告发韦坚与皇甫惟明密谋拥立太子抢班夺权。

一个是手握重兵的边将，一个是身负重任的朝臣，一个是身为大唐继承人的太子，将三个人联系在一起产生的可怕联想使得李隆基不由地倒吸了一口冷气，不过他很快便恢复了理智和平静，因为他此前已经因为冲动而失去了三个儿子。

皇甫惟明麾下精兵远在河西和陇右。在历次血雨腥风的宫廷政变中，驻扎在京城的禁军一直充当着急先锋的角色，却从未出现过边防军的身影。

尽管如此，这件事还是触动了李隆基最敏感的那根神经，当即下令有关部门进行调查。能够顺利立案便意味着成功了一半，下面要做的就是如何将太子牵涉进来。

案件审理人员杨慎矜、御史中丞王鉷以及京兆府法曹吉温都是李林甫的人，所以李林甫对这个案件的审理结果充满了期待，可他的希望最终却落空了。

首鼠两端的杨慎矜并不想彻底站到太子李亨的对立面，因为李林甫与李亨的这场政治对决最终谁输谁赢还难以预料。

李隆基也隐约觉察到了李林甫的不良动机，要求立即结案，防止案件扩大化。

韦坚以"干进不已"的罪名由刑部尚书贬为缙云郡^①太守，皇甫惟明以"离间君臣"的罪名由河西兼陇右节度使贬为播川郡^②太守。

"干进不已"就是为了升迁而不择手段，说白了就是违反组织纪律大肆跑官要官。韦坚为了升官暗中指使皇甫惟明在皇帝面前推荐自己，而皇甫惟明利用面见天子的机会企图离间皇帝与宰相的关系，这是李隆基为这起案件定下的主基调，他这么做是想要将自己的儿子从这起复杂的案件中解脱出来。

与韦坚过从甚密的李适之主动请求解除宰相职务。李林甫推荐听话的李希烈继任左相，但李林甫却并不满足，因为这场震惊朝野的案件并没有达到一举置太子于死地的预期目标。

对于皇甫惟明被免职后留下的职位空缺，李隆基任命朔方、河东节度

---

① 治所在今浙江省丽水市。
② 治所在今贵州省遵义市。

使王忠嗣兼任河西、陇右节度使。王忠嗣也成为第一位，也是安史之乱前唯一一位曾身兼四镇节度使的人。

王忠嗣与李亨情同兄弟，朝廷上下对此尽人皆知。这项人事任命也说明此时的李隆基并没有因为这起案件而对儿子心存芥蒂。

有惊无险的太子李亨幸运地逃过一劫，可他的政治对手却绝不肯善罢甘休。

正当李林甫因苦于没有借口而一筹莫展时，韦坚的弟弟们却给了他求之不得的继续兴风作浪的机会。

看到哥哥韦坚无缘无故地被贬官，韦兰和韦芝自然是感到愤愤不平，决定为哥哥打抱不平，但他们绝对想不到这个本来想还哥哥清白的举动居然会将他们的家族拖入更加痛苦的深渊。

韦兰和韦芝上书为哥哥辩解，而且还傻乎乎地说，李亨可以证明哥哥的清白。他们天真地认为李隆基可以不信任自己的臣子，但不能不信任自己的儿子。政治上太过稚嫩的两个人做到了李林甫想做，但一直没能做到的事。

一直谨小慎微的李亨最终还是被太子妃娘家的那帮亲戚们推进了火坑。

这封鸣冤信无疑是对皇帝权威的极大挑战。原本已经平息的风波再次掀起了波澜，而且因为李亨也被牵涉进来使得案情变得愈加扑朔迷离。

韦坚再贬为江夏 ① 别驾，而他那两个倒霉弟弟韦兰和韦芝则被贬往岭南 ②。

面对龙颜震怒的父亲，李亨心中的恐惧已然达到了极点，因为前任太子血淋淋的教训让他感到有些不寒而栗。

---

① 治所在今湖北省武汉市。
② 南岭以南广大地区，主要包括今广东、广西地区。

为了表明自己的清白，李亨决心与韦家人彻底地划清界限，于是以感情不和为由向父亲上书请求与太子妃韦氏离婚。他在关键时刻的忍痛割爱终于化解了父皇心中的猜忌与不满。

李隆基对儿子抚慰一番，对儿子的离婚请求采取了默认态度。

太子妃不得不离开自己的家庭、自己的丈夫和自己的四个孩子，她不得不独自忍受丈夫的冷酷带给她的无尽伤害，她本身并没有错，唯一的错就是有几个不识时务的亲戚。

曾经尊贵无比的太子妃最终削发为尼，了却尘缘的她凄苦地在青灯古佛旁了却残生，所有的荣华与富贵都伴随着燃尽的灯芯化作一缕尘埃。

这场充满政治意味的离婚使李亨暂时渡过了这场令他心惊胆战的政治危机。冷眼旁观的李亨冷漠地注视着李林甫对韦坚一家人残酷的政治迫害，直到李林甫病死，这起声势浩大而且牵连甚广的政治迫害才彻底地画上了句号。

那场发端于元宵节的政治风波随着时间的推移渐渐淡去。

在新的一年即将来临之计，一场新的风波却突然向李亨袭来。

太子妃韦氏被废后，杜良娣成为太子府新的女主人。正三品的良娣在太子诸姬妾中的地位仅次于太子妃。

杜良娣的父亲杜有邻却突然惹上了官司，而告发他的人正是他的女婿柳勣。女婿这个角色在历次政治斗争中往往扮演着很重要的角色，因为女婿与老丈人家虽有姻亲关系，却并没有血缘关系，所以政治对手往往将女婿作为政治斗争的突破口。

柳勣状告杜有邻的罪名是"亡称图谶，交构东宫，指斥乘舆"。关于柳勣状告自己老丈人的动机无非有两种可能：

第一种是私人恩怨，柳勣与老丈人一家因家庭琐事导致关系紧张，矛盾激化。

第二种是政治投机，柳勣希望借此巴结李林甫，从而为自己日后的升迁铺平道路。

第二种可能性无疑更大一些。混迹官场的柳勣自然知道其中的利害，因为"交构东宫，指斥乘舆"可是重罪。如果他的背后没有人指示，他这个正八品下阶的小官怎么敢冒着这么大的风险干出如此石破天惊的事情。

鉴于案情重大，李隆基直接委派宰相李林甫具体负责此案，这也正是李林甫所希望的。

这起案子成了韦坚案的翻版，大有废太子李亨于朝夕的架势，但是事态却仍旧没能朝着李林甫所期待的方向发展。

李隆基在处理这件事时依旧表现得格外的理性与谨慎。高力士对此事也是仗义执言，这更使得李隆基隐约察觉到其中或有隐情。高力士之所以这样做一方面是因为他对李隆基的忠诚，另一方面是他与李林甫因为争宠而关系不睦。

惶惶不可终日的李亨故技重演，为了表明自己的清白请求与杜良娣离婚。

走出了繁华而又阴森的东宫，杜良娣发觉自己的家人死的死，流放的流放，而这一切都源于那桩曾经带给她无上荣耀的政治婚姻。

李亨得以再次逃过一劫。杜有邻与柳勣却成为这场政治斗争的牺牲品和替罪羊。鉴于杜有邻与柳勣属于皇亲，李隆基特意开恩免去两人的死刑，杖刑后贬往岭南。杖刑在执行过程中具有很大的弹性，既可以叫人生，也可以叫人死。

李林甫自然不希望知道得太多的柳勣继续活下去，所以行刑者肆意挥舞着手中的大棒，将柳勣和李亨的岳父杜有邻送上了黄泉路。柳勣绝不会想到自己的那一纸诉状竟然会使自己付出生命的代价。

未能如愿的李林甫将一腔愤恨投向了已经贬谪到外地的韦坚与皇甫惟明，两名御史在他的授意下将韦坚与皇甫惟明赐死。

每一个与太子亲近的人最终都难逃厄运，就连深受李隆基宠信的王忠嗣也是如此。

作为烈士遗孤，王忠嗣自幼便生活在皇子们居住的十王宅。李隆基与他恩若父子，李亨与他情同兄弟。

为了消除猜忌，身兼四镇节度使的王忠嗣屡次请求解除朔方、河东节度使。尽管如此，王忠嗣仍旧终究没能逃过政治暗算。

天宝六载（公元747年）冬，石堡城之战陷入胶着状态。石堡城险峻异常，"其城三面险绝，惟一径可上"①。

在付出了惨重代价之后，石堡城却仍旧牢牢地控制在吐蕃人的手中。对于这场犹如绞肉机一般的血腥战争，河西、陇右节度使王忠嗣充满了抵触情绪，因为他觉得这样做不值得。他曾经说："今以数万之众争一城，得之未足以制敌，不得亦无害于国。"②

王忠嗣曾经为此而劝阻过李隆基，尽管他也知道这会招致李隆基的不满，但他不愿意看到自己手下数万兄弟为了那座屹立于山巅的石堡城而殒命沙场。

像王忠嗣这样宽厚仁慈而又深谋远虑的将帅毕竟凤毛麟角，更多的人在功名利禄的驱使之下不惜用部下的鲜血来染红自己的顶子。董延光就是这样的人。

董延光主动请缨攻取石堡城。这使得李隆基那颗刚刚平静下来的心再度变得躁动不安。

对于李隆基的诏书，王忠嗣自然不敢违抗，但又不愿意让自己的部下枉送性命，只得阳奉阴违，疲于应付。

董延光最终没能如期攻下石堡城，不过他也找到了推卸失败责任的理由。李光弼深知铩羽而归的董延光必然会将失败的责任归咎于王忠嗣，于

---

① （北宋）司马光撰：《资治通鉴·卷二百一十六》，改革出版社1995年版，第4579页。

② （北宋）司马光撰：《资治通鉴·卷二百一十五》，改革出版社1995年版，第4572页。

是为自己的上司献上一计，那就是用金钱堵住董延光的嘴。"大夫军府充牣，何爱数万段帛不以杜其谗口乎！"[①]

王忠嗣却并没有采纳他的建议。此时的王忠嗣对形势的判断仍旧比较乐观。他认为自己大不了被免职，然后回京担任金吾卫或者羽林卫的将军，最差也就是到偏僻落后地区担任上佐。上佐指地位仅次于太守的别驾、长史、司马等职，没有法定职权，其权力大小取决于太守对他的信任程度，经常由贬谪的官员或者退居二线的老年官员担任。

王忠嗣摆摆手，语气坚定地说："李将军，我知道你是在为我的前途而担忧，但我意已决，你不要再说了！"

李光弼毕恭毕敬地退出了王忠嗣的营帐，而那个矫健的背影在王忠嗣的心中却蜕变为挥之不去的阴影。

事态的发展严重超出了王忠嗣的预期。董延光回京后将所有责任都推给了王忠嗣。

"不是微臣不尽心而是王忠嗣无故阻挠！他对于您的诏令置若罔闻，这可是赤裸裸地挑战您的权威！"

李隆基很生气，后果很严重。昔日犹如父子的情分此时已被李隆基心中无边的愤怒涤荡殆尽，他不能容忍任何人挑战自己的权威。

躲在暗处的李林甫决定出手了，本已处境艰险的王忠嗣刹那间便命悬一线。王忠嗣绝对想不到昔日的下属魏林竟然会在自己性命攸关的时候落井下石，而魏林扔下的是一块足以让他粉身碎骨的巨石。

魏林这些年来仕途一直都不太顺。王忠嗣担任河东节度使时，他曾任河东道朔州刺史。魏林后改任济阳郡别驾，不仅官职降了两阶，而且还从一把手沦为二把手。

正在苦苦寻找政治转机的魏林突然看到了一个投机的机会，如果把握

---

① （北宋）司马光撰：《资治通鉴·卷二百一十五》，改革出版社 1995 年版，第 4572 页。

住它，暗淡的政治前途便会豁然开朗。

魏林主动供述老领导王忠嗣曾经对自己说："与忠王同养宫中，情意相得，欲拥兵以佐太子。"[1] 王忠嗣之所以不听皇帝的话原来是因为他早就和太子勾结到一起了，这个可怕的想法使得李隆基感到有些不寒而栗。

王忠嗣随即被免职，勒令回京接受调查。王忠嗣带着无尽的伤感离开了前线，而且再也没有回去。他的两个老部下接替了他的职位：哥舒翰接任陇右节度使；安思顺接任河西节度使。面对老领导不幸蒙冤，安思顺冷眼旁观，而哥舒翰却舍身相救。

渐渐恢复理智的李隆基觉得魏林的供述似乎并不怎么可信。

王忠嗣出任河东节度使的时候，忠王早已在两年前被册立为太子，而且王忠嗣在此过程中并没有发挥什么实质性作用。

除了魏林的证人证言之外，审理机关也没有发现其他强有力的证据。王忠嗣案的侦办轨迹渐渐脱离了李林甫预想的轨道。李林甫情急之下决定敲山震虎了，而倒霉的就是担任户部侍郎兼御史中丞的政治新宠杨慎矜。直接的导火索便是杨慎矜在审理韦坚案的过程中并没有坚决贯彻李林甫的意图，力求保持中立。

深层次原因就是李林甫对于每一位对他构成潜在威胁的人都会毫不留情地予以打压，所以得到皇帝宠信往往会成为厄运的开始。韦坚如此，杨慎矜自然也不例外。

当然从中煽风点火的是杨慎矜的一位远房堂侄王鉷，杨慎矜与王鉷这对叔侄的关系原本还算融洽，当初王鉷之所以能够到御史台担任侍御史还得益于这位表叔的推荐。

两人随后的升迁轨迹却并不同步。王鉷因依附于宰相李林甫很快便升

---

[1]　（后晋）刘昫等撰：《旧唐书·卷一百六·李林甫传》，《二十四史全译》，汉语大辞典出版社2004年版，第 2681 页。

任御史中丞，此时的王鉷已经与这位曾经是自己上司的表叔平起平坐了，一贯以长辈自居的杨慎矜却并没有意识到地位的变化给两人关系带来的冲击。

人是会变的，这无外乎两个原因。一是他还是他。每个人都有多面性，过去展示给你的是一面，而如今展示给你的是另一面。二是他不再是他。人在不同的阶段往往呈现不同的特征，因此处在不同环境中的人总是发生着微妙的变化。

杨慎矜却并没有察觉到这些，仍旧以长辈自居，仍旧以上司自居。这让王鉷感到心里很不舒服，对表叔的不满也开始在心中堆积着。

对此还浑然不知的杨慎矜仍旧对王鉷推心置腹，无话不谈，偷偷地告诉他关于谶语的秘密。谶语其实就是预言。每当改朝换代的时候总会出现谶语的身影，所以历代统治者对于涉及帝国兴衰的谶语一直颇为忌惮。

王鉷所说的谶语其实出自史敬忠之口。关于史敬忠的身份，不同的史书有"术士""还俗僧"以及"胡人"三种身份。这个神秘兮兮的史敬忠在世人眼中具有超自然的神奇力量。

史敬忠说天下即将大乱，劝杨慎矜在临汝山中购买山庄用以躲避战乱。其实大唐的确在九年后遭遇一场前所未有的浩劫，但他们却永远也等不到这一天了。

杨慎矜父亲的墓田中的草木突然间无缘无故地流出类似于鲜血的红色液体。惊恐不已的杨慎矜认定这是不祥之兆，急忙求助于"神通广大"的史敬忠。史敬忠设立道场为他去除邪祟，祈求平安，而"草木流血"的奇异景象竟然神奇地消失了。

这一切都是秘密进行的，可是这件事却通过一个女人传到李隆基的耳里，而杨慎矜的厄运也从此开始了。对此，却出现了两个不同的版本。

《资治通鉴》版本：史敬忠对杨慎矜府上貌美如花的丫鬟明珠垂涎三尺，杨慎矜慷慨地将明珠送给好友史敬忠，志得意满的史敬忠用车拉着明珠回府。可是途经杨贵妃的三姐柳氏（也就是后来的秦国夫人）宅邸时，柳氏盛情邀请史敬忠到楼上坐一坐，而史敬忠自然推辞不过。柳氏无意中发现了坐在车中的明珠。美貌的明珠不仅能引起男人的垂涎，也得到女人的喜爱。柳氏当即提出希望史敬忠能够将明珠送给自己，史敬忠知道柳氏是得罪不起的大人物，虽有些不舍却只得忍痛割爱。

《新唐书》版本：杨慎矜的丫鬟青草因为做错了事。杨慎矜想要杀掉她。史敬忠劝说杨慎矜不如将青草卖个好价钱，青草就这样被卖到柳氏家中。

两个不同的版本随后有了一个交会点。明珠或者青草跟随柳氏进宫时，李隆基从她的口中得知了杨慎矜勾结术士大行妖法的不法行为。

尽管如此，李隆基仍旧"含怒未发"。其实这件事原本可以平静地过去，不过却因一个人的出现变得愈加复杂多变。

这个人就是可以经常出入宫廷的外戚杨国忠，不过此时他还叫杨钊，而"杨国忠"这个响当当的名字是他发迹后恳请玄宗皇帝李隆基为他取的。此时的杨国忠还是一个事业刚刚起步的中下级官员，正在费尽心机地向上攀爬。

杨国忠将这件事告诉了自己的上司王鉷，因为他知道王鉷与杨慎矜的矛盾已经日趋尖锐。

此前，主管财经的杨慎矜夺去了王鉷的职田。唐朝官员的收入主要由官禄、俸料和职田三大部分构成。职田其实就是一项"福利分地"制度，根据官员品级给予的一定数量的田地。很多官员利用制度漏洞多吃多占，而王鉷便属于此类人。

杨慎矜还曾毫不避讳地说王鉷母亲的出身如何卑贱。但"英雄莫问出身"，而很多出身卑微的人功成名就后很忌讳知情人提及当年的辛酸往事。

李林甫与王鉷开始着手编制一张构陷的大网。其实杨慎矜拥有一个极为特殊的身份，他是隋炀帝杨广的玄孙。那些别有用心的人开始刻意散播这样的言论：杨慎矜故意宣传所谓的天下大乱的谶言，其实就是想蓄意制造社会混乱，企图恢复祖业。

这可是严重的政治事件！杨慎矜当即被朝廷逮捕。

鉴于案情重大，李隆基命三司（即刑部、大理寺与御史台）会审此案，御史中丞王鉷、侍御史杨国忠、殿中侍御史卢铉急于借此向李林甫邀功请赏。

京兆府法曹参军事吉温负责抓捕史敬忠，史敬忠是吉温父亲的好朋友。吉温年幼时，史敬忠还经常抱着他玩。

吉温的手下人欺骗史敬忠说："杨慎矜如今已经招供了，只是需要您的证词证实他的供述而已。如果您还识趣，就快快招供，否则可是死路一条！机不可失，时不再来！"

史敬忠对吉温说："七郎，求求你给我一张纸。"

满心欢喜的吉温却施展欲擒故纵的伎俩。在史敬忠的再三恳求下，吉温才命手下人递给他一张纸。史敬忠就像抓住最后一根救命稻草那样抓过那张纸，然后奋笔疾书写下自己知道的一切。

望着史敬忠的证词，吉温露出了得意的笑容。

虽然史敬忠的到案使得案件日趋明朗，但最关键的证据谶书却迟迟没有找到。

在李林甫的授意下，卢铉将事先准备好的谶书带在身上，然后带人到杨慎矜家中搜查。他在杨慎矜小妾的卧室里装模作样地搜查一番，然后拿出事先准备好的谶书，煞有介事地说："逆贼居然藏得如此隐秘！"

这起重大案件仅仅一个月便审理完结。对于这起冤案，满朝文武竟然全都噤若寒蝉。

杨慎矜血淋淋的教训使得负责审理王忠嗣案的那些官员们不得不为自己的身家性命好好考虑考虑了，所以王忠嗣案又回到了李林甫期望的轨道上。

李林甫将案件的卷宗递给李隆基，意味深长地说："太子应该知道此事。"

李隆基沉默许久，说："我儿位居深宫，怎么可能跟外人合谋串通呢？爱卿只管审理王忠嗣抗旨不遵之事即可。"李隆基的话无疑再次为这起案件定性了，这不是一起严重的政治案件，而是一起普通的渎职案件。

既然李林甫又没能撼动李亨的地位，只得将满腔的怒火全都撒向了王忠嗣。三司判处王忠嗣死罪。

在王忠嗣性命攸关的时候，他麾下那些将领们纷纷劝说入朝述职的哥舒翰多多携带金银财宝为老领导王忠嗣活动。哥舒翰却说："如果天理尚在，王公必然不会冤死；如果天意如此，一切注定是徒劳的。"

志在威服四方的李隆基对勇将总是有着一种特殊的偏好。哥舒翰正是利用这种特殊的好感在面见李隆基的时候力陈王忠嗣的冤情，请求用自己的官爵来为王忠嗣赎罪。

不耐烦的李隆基站起身向禁中走去。禁中可是"朝臣止步"的禁地，可倔强的哥舒翰却并没有轻易放弃，一边叩头一边尾随着李隆基。"男儿有泪不轻弹"，一个身经百战的将军居然泪流满面，连李隆基都为之动容！

望着声泪俱下的哥舒翰，李隆基对王忠嗣切齿的恨稍稍缓解了。正是哥舒翰苦苦的哀求终于为王忠嗣打开了一扇生的希望之门。

死里逃生的王忠嗣被贬为汉阳①太守，不过让哥舒翰始料未及的却是自己后来一个不经意的举动居然将这扇亲手为老领导打开的求生之门硬生生地关上了。

两年后，哥舒翰用数万士卒的命换来了李隆基梦寐以求的石堡城。战争的结果居然与王忠嗣预料得一模一样，可没过多久，年仅四十五岁的王

---

① 治所在今湖北省武汉市。

忠嗣便暴病而亡，而他的死也成为一个千古之谜。

这不禁让我们想到了东汉末年袁绍手下著名谋士田丰的遭遇。官渡之战前夕，田丰曾经言辞激烈地劝阻主公袁绍不要贸然与曹操决战，恼羞成怒的袁绍将直言进谏的田丰抓了起来。

战争失利的消息传回冀州后，田丰的朋友们兴奋地对他说，袁公因为当初没能听从你的建议才有今日之败，如今你的出头之日到了！

田丰的脸上却没有一丝笑容，因为他知道如果袁绍能够凯旋，或许自己还有一线生机，如今袁绍却铩羽而归，自己的死期恐怕已经不远了。王忠嗣或许与田丰有着相似的际遇。

三次大案，两次婚变，一波未平，一波又起。虽然李亨一次次幸运地化险为夷，但此时的他却已是身心俱疲。

李隆基对于太子在重重危机面前所表现出的忍辱负重的风格颇为赏识。其实他是一个具有多重性格的人：作为一位父亲，他竭力呵护自己的儿子；作为君主，他漠视甚至纵容李林甫对太子进行残酷打压。李隆基之所以呈现出双重性格是因为皇帝与太子这对父子关系已经被权力异化了。

李亨入宫觐见父亲行礼时，李隆基惊奇地发现未到中年的儿子突生几分迟暮之感。李亨的头发已经开始脱落，而且中间居然夹杂着几缕银丝。这不免使作为父亲的李隆基的心中生出几丝感伤，几许苦涩。

望着已经沦为孤家寡人的儿子，李隆基决定为儿子找寻一位新的生活伴侣，最终选定了自己亲姨娘的外孙女。李隆基的亲生母亲窦氏在他很小的时候便被武则天处死了。正是姨娘将他抚养成人，所以他对这个姨娘有着一种特殊的情感。

李亨的这个新老婆就是历史上赫赫有名的张良娣，后来被册封为皇后。张良娣的到来无疑给李亨枯燥单调的生活平添了些许色彩，可让他始料未及的却是这个看似恭顺的女人居然会在日后给他带来无尽的烦恼与忧愁！

正是看到李亨的太子之位岌岌可危，安禄山才敢于进行一场风险巨大的政治投机，不过他没有想到占尽优势的李林甫却并没能将胜势转化为胜利，就像一位拥有无数次射门机会的射手，总是屡屡与破门擦肩而过。

"明知不敌但敢于亮剑"的精神虽然可以激励人们创造出一个又一个令人惊叹的奇迹，却有很多人会沦为冲动的牺牲品。虽然最好的防守是进攻，但在力量对比严重失衡的时候，或许放弃抵抗才是最高明的防御，不是坐以待毙而是坐以待变。

以静制动的太子李亨以不变应万变，只要能够唤起李隆基心底深处的父子之情就足够了。

李林甫发动的政治攻势极大地打压了李亨的政治生存空间。与李亨关系密切的人一个接一个地被铲除，虽然这个惊心动魄的过程让李亨一直惶恐不安，但局势却朝着对李亨越来越有利的方向发展着。

李林甫就像中国象棋中的"炮"，不能直接炮轰李亨，必须隔着一个子儿才能打到李亨。随着李亨身边人不断地被剪除，李林甫对形单影只的李亨却再也构不成任何实质性威胁了。

历经几番政治风雨的洗礼，有惊无险的李亨依旧端坐在太子之位上，而李林甫却再也没能掀起什么大的波澜。

这让安禄山不禁忧心忡忡，因为他必须为自己的未来好好筹划一下了。

痛苦艰难的人生抉择

如今已然难以准确地判断安禄山到底什么时候开始萌生反叛之心，但他的一个举动却足以证明他那颗本已不安分的心开始躁动了，那就是他让自己的心腹刘骆谷长期留在京师，刺探朝廷的各种情报。

如果说此时的安禄山还只是有了不安分的想法，仍旧在背叛与忠诚的艰难抉择中纠结着，可是接下来发生的一系列事件却使得他在反叛的路上越走越远，直到无法回头。

天宝十载（公元751年）无疑是安禄山人生历程中最为关键的一年，因为从这一年开始，叛乱已经不再是他的一个想法，而是开始秘密地付诸行动。他之所以行事低调是因为他最害怕的人李林甫还活着。

天宝十载（公元751年）二月，安禄山担任河东节度使的请求终于得到李隆基的批准，从此，平卢、范阳和河东三镇近二十万精兵全都置于安禄山的掌控之下。

身兼三镇节度使的安禄山不可能长时间待在河东，所以需要一个人替他来掌控河东镇的大权。

他经过一番考量，善于见风使舵的政治投机高手吉温进入了他的视野。吉温一直游走于李林甫、杨国忠、安禄山三股势力之间。他曾经秉承李林甫的意志对太子进行残酷打压，也曾经暗示杨国忠向李林甫夺权的时候到了。

虽然他已经是帝国的郎中级官员，可是他仍嫌自己升迁得太慢，急需一个可以帮助他迅速实现政治理想的人。这个人终于找到了，那么他接下来要做的事情便是得到这个人的青睐。

善于巴结上司的吉温与安禄山的关系迅速升温，最终竟然形同兄弟。

吉温终于说出了藏在心底的话语："虽然李右丞相对安兄甚好，但他肯定不会引荐您出任宰相。我可以帮助您完成这个未了的心愿。如果安兄向圣上推荐我，一旦我拥有在圣上面前说话的机会。在下一定会在圣上面前不遗余力地进言安兄堪当大任。咱们联手将李林甫排挤出宰相行列，宰相之位非安兄莫属！"

从这次谈话开始，吉温已经将政治砝码全都压在皇帝新宠安禄山的身上。

在安禄山的推荐下，吉温出任河东节度副使、知留后。吉温接到委任状后不禁欣喜若狂，因为一条金光大道已经在他的脚下铺就，可是他却高兴得太早了。

任命安禄山为河东节度使的诏书中其实有一个不被人注意的细节。我们从这个细节中依稀可以看到李隆基的政治智慧。

安禄山这个河东节度使并没有按照惯例兼任太原尹。虽然此时并不像安史之乱之后那样节度使必然兼任治所州刺史，但这却已经成为一种不成文的潜规则。

比如一代名相张说任天兵军节度使（河东节度使的前身）时便兼并州（后升格为太原府）大都督；在安禄山之前任职的韦凑、张孝嵩、李暠、王昱等人担任河东节度使时均兼太原尹，而在安禄山之后担任河东节度使的王承业和李光弼也都兼任太原尹，因为太原府是河东镇的政治经济中心，而太原城中的天兵军又是河东节度使麾下各支部队中最具战斗力的。

此前，安禄山出任平卢节度使时兼任柳城太守，出任范阳节度使时兼任范阳大都督长史，范阳大都督由亲王遥领，长史实际上就是大都督府真正的长官，而安禄山这次出任河东节度使却仅仅担任云中①太守。这种政治安排的深意将在日后逐渐显现出来。

---

① 治所在今山西省大同市。

　　这年秋天，新任河东节度使安禄山决定用一次军事胜利来树立自己在河东镇将士心中的威望，但最终却事与愿违，安禄山这次出征收获的竟然是一场惨痛的失败，不过损兵折将的安禄山看到了一个常人不曾想到的扩充实力的机会。

　　第二年，为了一雪前耻，安禄山决定统率二十万大军征讨契丹，其实这次讨伐是醉翁之意不在酒。

　　安禄山上奏李隆基希望朔方节度副使阿布思能率军配合这次征讨行动。阿布思本是九姓胡人的首领，后来率部内附大唐。身材魁梧而且素有谋略的阿布思深受李隆基的宠爱，而阿布思的得宠自然引起安禄山的嫉妒和不满。

　　安禄山此前曾经上奏将阿布思及其率领的部众迁移到他的辖区内，但因为遭到阿布思的强烈反对而作罢。安禄山想利用这次联合征讨契丹的机会杀害阿布思，不仅可以铲除一个强劲的对手，还可以收服他的部众增强自身实力。

　　聪明的阿布思自然看穿了安禄山的险恶用心，可是他却对此无可奈何，因为谁也不敢违抗皇帝诏令。他希望自己的上司朔方节度留后能够帮助自己摆脱危局，可人家却是个多一事不如少一事的官场老油子，说了一些无关痛痒的话，最终婉言拒绝了阿布思的要求。

　　惊恐不已的阿布思最终走上了反叛之路，逃回了曾经熟悉而如今又陌生的大草原，数次侵扰唐朝边境，成为大唐的心腹大患。

　　此时的漠北已经成为日渐强盛的回纥的天下。在回纥的打击下，穷途末路的阿布思最终只得投奔葛逻禄部落。在北庭都护程千里的军事威慑下，葛逻禄人将阿布思以及他的妻子、部众数千人押送北庭都护府，阿布思的人生最终以这样的悲剧收场。程千里因功升任右金吾卫大将军，主管京城治安。

　　安禄山无疑成为最大的受益者。在阿布思败亡过程中，安禄山不断地将阿布思散落的部众收归到自己麾下。"（安）禄山已得（阿）布思众，则兵雄天下，愈僭肆。"①

天宝十一载（公元 752 年）十一月二十四，唯一可以镇得住安禄山的人，也是安禄山最为恐惧的人宰相李林甫撒手人寰。

安禄山对李林甫的态度经历了献媚、傲慢和畏惧三个阶段。

起初，安禄山绞尽脑汁地巴结当朝宰相李林甫。正是在李林甫的保荐下，安禄山才得以在仕途上一路升迁。随着李隆基对他宠爱的加深，自我膨胀的安禄山渐渐不再把李林甫放在眼里，举手投足间透着一股子傲慢。

善于玩弄权术的李林甫决定要给他点颜色看看，故意让王鉷与安禄山一同来拜见自己。王鉷可是一位颇具政治影响力的大人物，在朝廷中的政治地位仅次于宰相。可是这位身份尊贵的王大人见到李林甫竟然会卑躬屈膝，曲意逢迎，因为他深知自己的一切都得益于李林甫。在一旁的安禄山自然领悟到李林甫的老辣，不得不弯下了自己的腰。

李林甫与安禄山谈话时可以毫不费力地揣测出他的用意，安禄山不得不佩服李林甫是一个善于察言观色的老手。一个可以洞察他内心的人自然会让他感到恐惧，安禄山既使在寒冬时节与李林甫谈话时仍旧会汗流满面。

望着恐慌不安的安禄山，老谋深算的李林甫得到极大的心理满足。达到目的的李林甫改用温和的口气跟他谈话，关切地将自己的袍子披在安禄山的身上。恩威并施的李林甫让安禄山感激涕零。

甘拜下风的安禄山恭敬地称呼李林甫为"十郎"。在唐朝，郎是仆人对主人的称谓，足见安禄山对李林甫的恭敬与惊恐。

每当刘骆谷从京城返回范阳，安禄山总会迫不及待地问："十郎怎么

---

① （北宋）宋祁、欧阳修等撰：《新唐书·卷二百二十五·安禄山传》，《二十四史全译》，汉语大辞典出版社 2004 年版，第 4945 页。

样？"如果他听说李林甫赞赏自己，安禄山会高兴得手舞足蹈。如果他听说李林甫流露出对他的不满，坐在床上的安禄山会惊恐不已地说："我的死期恐怕不远了。"

这件事被当红艺人李龟年得知后，他就经常在李隆基面前模仿安禄山惊恐万分的丑态。李隆基每次都笑得前仰后合，乐不可支。

很多史家将安史之乱归罪于李林甫为了一己私利而提出的"以蕃代汉"政策。这个政策的确为包括安禄山在内的一大批胡人将领的升迁提供了难得的机遇，可是安禄山最终走上反叛之路的原因却是极其复杂的，其中一个原因就是李林甫过早地死去。

安禄山逐渐蜕变为埋藏在大唐内部的一颗威力巨大的定时炸弹，而正是因为一个人的触碰，这个炸弹才进入爆炸倒计时。

这个人就是杨国忠，早年名叫杨钊。杨国忠的祖父杨友谅与杨贵妃的祖父杨志谦是亲兄弟，所以他只是杨贵妃的一个远房亲戚。

杨国忠出生于一个日渐没落的家庭。他的身上有一个难以抹去的历史

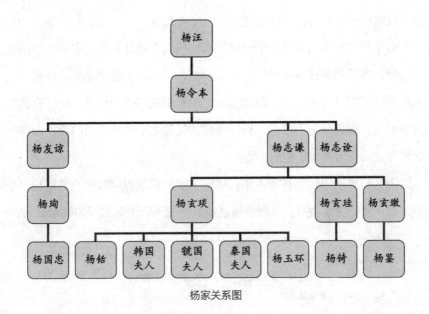

杨家关系图

污点，那就是他的舅舅是武则天晚年最宠信的情人张易之。

家道中落并没有激励着杨国忠奋发图强、光耀门楣。我行我素的杨国忠自幼就对读书没有多少兴趣，而且行为放荡不检点，酷爱饮酒和赌博，俨然一个沾染不良习气的不良少年，所以邻居乡亲们都看不起他。

虚度年华的杨国忠直到而立之年仍旧没有立锥之地，于是跑到剑南①当兵去了。杨国忠的从军生涯并不顺利，曾因得罪领导而受到鞭打。不过他后来凭借工作突出混了个新都县尉的小官，可是唐朝的广大中下级官员可不是铁饭碗，任期届满后需要等待组织再分配，如果得不到新工作，就不得不下岗再就业。很多人因此失去了生活来源。

杨国忠竟然穷困到连回家的盘缠都没有的地步，幸好得到当地富豪鲜于仲通的慷慨解囊才得以渡过难关。

堂叔父杨玄琰在益州②病故。杨国忠闻讯后跑过去帮忙料理丧事。那时的杨贵妃还很年幼，对这个堂哥几乎没有什么印象。

在这个举家哀悼的日子里，色胆包天的杨国忠居然与自己的堂妹，也就是杨贵妃的二姐裴氏（即后来的虢国夫人）私通。杨国忠绝对不会想到这次偷情居然会为自己日后发展偷出一片新天地。

由于叔父家里的人都忙于料理丧事，杨国忠趁乱从叔父家中搜罗出大量财物，然后跑到赌场里痛快地赌了一把，可是却输了个精光。自感颜面无存的杨国忠只得逃走了，继续过着浑浑噩噩的日子。后来，杨国忠调任扶风县尉，可是因为不得志而再次离职，又踏上了前往四川的路，而这一次巴蜀之旅注定改变了他的一生。

因为与当朝宰相李林甫不和，剑南节度使章仇兼琼急切地希望与日益得宠的杨贵妃拉上关系，从而为自己找到一座可以遮风挡雨的政治靠山。

---

① 指剑阁以南的广大区域，大致包括今四川省大部以及云南省东北部。
② 治所在今四川省成都市。

章仇兼琼派遣鲜于仲通负责此次公关活动。一筹莫展的鲜于仲通突然想到了杨贵妃的远房亲戚杨国忠，于是将杨国忠引荐给章仇兼琼。

初次见面，相貌伟岸而又善于言辞的杨国忠便迅速得到了章仇兼琼的赏识，当然章仇兼琼更看重的是他的背景。

天宝四载（公元745年）初冬时节，杨国忠携带价值百万的金银珠宝以春贡的名义进京拉关系，而这次京城之旅注定成为他命运的转折点。

杨国忠没有冒失地直接觐见如今已经身为贵妃的小堂妹，而是首先找到了自己的老相好，也就是杨贵妃的姐姐裴氏。由于裴氏刚刚死了丈夫，两个干柴烈火般的孤男寡女自然夜夜温存，日日笙歌。

在她的引荐下，杨国忠如愿以偿地见到了"集三千宠爱于一身"的杨贵妃。杨国忠将自己此次携带的这些宝物一一分给了杨氏姐妹，自然格外关照自己的这个老相好。

章仇兼琼的投资终于有了回报，很快便进京担任户部尚书兼任御史大夫。

虽然杨国忠攀上了杨贵妃这个高枝，但他却仅仅得到了金吾兵曹参军这样正八品下阶的小官，因为李隆基对宠妃的这个远房亲戚还要好好考察一番。

尽管如此，杨国忠这个小官吏却可以凭借贵妃娘家人的身份进宫服侍在李隆基身边。这个宝贵的机会让李隆基发现了他身上的闪光点。

当时宫中盛行一种类似现在掷色子的赌博游戏。嗜赌成性的杨国忠对于赌博再熟悉不过了，不过此时他还没有资格参与游戏，而是负责记账，记录下每个人每次赢了多少，输了多少。李隆基在查看杨国忠所记的账本时发现竟然分毫不差，顿时发觉他很有财经才能，于是命其在主管帝国财经事务的官员王鉷麾下担任判官。

李隆基晚年生活日益奢侈无度，国家财政不堪重负。王鉷上任后使得国家收支状况大为改善。

杨国忠跟随王鉷步入事业的快速上升期。仅仅三年后，他便升任给事中兼御史中丞，专判度支事，也就是专门负责财政收支事宜。

杨国忠的外戚身份无疑为他的飞黄腾达提供了一条捷径。虽然机遇总是垂青有准备的人，可是机遇往往比能力显得更加弥足珍贵，因为千里马常有而伯乐不常有。

尽管如此，不容抹杀的是杨国忠的确具有一定的政治才华。无论是杨铦还是杨锜，与杨贵妃的关系都比杨国忠要近上许多，可是两人却都没有杨国忠的官大，足见裙带关系只是敲门砖，而能力才是在官场上走得更远的根本因素。

天宝九载（公元 750 年），在杨国忠的一再请求之下，李隆基赐名"国忠"，杨国忠也抛弃了使用几十年的旧名"杨钊"，而他也一跃成为仅次于宰相的大唐高级官员。

就在这一年，在吉温的鼓吹之下，雄心勃勃的杨国忠开始向李林甫的权威发起挑战。

李林甫的亲信御史大夫宋浑因为犯贪污罪而被流放潮阳郡①，而李林甫对此竟然无计可施。他知道羽翼渐丰的杨国忠要开始向自己夺权了。

天宝十一载（公元 752 年），杨国忠又将打击的矛头指向了自己曾经的上司王鉷。

深受李隆基宠爱的王鉷此时担任户部侍郎、兼御史大夫、京兆尹，还同时担任二十多项使职。

王鉷的弟弟参与了邢𬘓策划的叛乱。杨国忠一口咬定王鉷肯定也参与其中。李隆基对于杨国忠的话半信半疑，因为深受他恩宠的王鉷没有叛乱的动机，而且王鉷还亲自参与了平定邢𬘓叛乱的军事行动。

犹豫不决的李隆基召集宰相商议。右相李林甫自然竭力为王鉷辩护，

---

① 治所在今广东省潮州市。

可是左相陈希烈却坚称王鉷肯定牵涉其中。

李隆基只得命陈希烈和杨国忠共同审理王鉷谋逆案。其实此时李隆基的心中已经有了处置王鉷的策略，而他不过是给李林甫一个台阶下。

审判的结果可想而知。王鉷被莫须有的谋逆罪送上了黄泉路，而杨国忠无疑成为最大的受益者。京兆尹以及二十多项使职落在了杨国忠的头上，杨国忠与李林甫的争斗彻底明朗化和尖锐化。

李林甫不愧是政治斗争的高手和老手，一出手便让杨国忠领略到他的厉害。

这年秋天，南诏屡次进犯唐朝边境。李林甫趁机上言，兼任剑南节度使的杨国忠应该赶赴前方指挥军事斗争，李隆基显然无法拒绝李林甫的这个合情合理的提议。李林甫的真实用意就是将杨国忠排挤出中央政府。

临行前，杨国忠向李隆基哭诉自己的委屈和李林甫的阴险，杨贵妃也在一旁劝李隆基收回成命。

李隆基安慰道："爱卿只管前去，朕很快便会召爱卿入朝。"

尽管李隆基的承诺给杨国忠带来一丝慰藉，可是杨国忠仍旧带着无尽的惆怅前往曾经长期生活的剑南。

失落的杨国忠不会想到局势会在如此短的时间内发生不可逆转的变化。

当年十月，李隆基照例前往骊山华清宫避寒。年老体衰的李林甫自然在随行官员的行列之中，可是他的病情却迅速恶化。

鉴于李林甫病逝后可能留下的权力真空，李隆基急忙征召前往剑南任职的杨国忠迅速回朝。杨国忠见到李隆基派来的中使后大喜过望，于是策马扬鞭返回魂牵梦绕的长安。

此时的李林甫已经在华清宫附近的私人宅邸默默地等待着死神的来临。

李隆基本来想要前往李林甫的宅第探视，可是李隆基身边的人却说此时前去探视不祥。其实这些人不过是秉承杨贵妃的意志，因为她担心李林甫在生命的最后时刻会做出对杨国忠以及杨家人不利的事情。

李隆基登上华清宫降圣阁遥望李林甫的宅第，同时晃动手中的红色丝巾。卧病在床的李林甫在家人的搀扶下拖着孱弱的身体勉强站了起来，遥望着华清宫方向隐隐出现的红色，急忙命人代替他向着华清宫的方向参拜。

第二天，返回京城的杨国忠以胜利者的姿态探视曾经视势同水火的政敌李林甫。虽然杨国忠表面上流露出哀悯的神色，但是心中充斥着窃喜。

自知将在不久告别人世的李林甫流着泪托付后事，希望与曾经的政治对手"一哭泯恩仇"。

李林甫悲凉地说："我将不久于人世，宰相之位非你莫属，身后之事有劳您了！"杨国忠不仅没有显露出一丝窃喜，反而紧张得汗流满面，因为他不知道这位执掌朝纲近二十年的政治强人接下来会对他做些什么。足见李林甫这位政治强人在行将就木时仍旧散发着相当大的威慑力，也反映出两人的政治操控能力实在相差甚远。

这次会面不久，一代奸相李林甫就永远地闭上了双眼。他死后仅仅五天，杨国忠便接替他出任右相。

李林甫临终之际的政治哀求并没有唤起杨国忠的恻隐之心，反而激发了他的报复之心。

杨国忠诬陷李林甫曾经与叛将阿布思约为父子，意欲谋反。老练的李隆基当然不会轻信杨国忠，可是他后来却不得不信。

李林甫的女婿杨齐宣是一个见风使舵的小人，为了免受政治牵连而不惜对刚刚去世的岳父落井下石。信以为真的李隆基下诏斥责尸骨未寒的李林甫，而且追夺赐予的所有官爵，最终以庶人的礼仪下葬。曾经权势显赫的李林甫没有想到死后居然会身败名裂。

"安禄山以李林甫狡猾逾己，故畏服之。及杨国忠为相，（安）禄山视之蔑如也，由是有隙。"①李林甫能够镇得住安禄山，而继任者杨国忠却没有如此高超的政治手腕。

攀登到权力巅峰的杨国忠开始谋划属于自己的权力版图，而深受恩宠的安禄山自然成为杨国忠的眼中钉、肉中刺。虽然杨国忠将打击目标瞄准了安禄山，但他却并不急于与安禄山撕破脸。

杨国忠推荐吉温为御史中丞，充京畿内采访处置使。在吉温升迁的背后，安禄山通过吉温控制河东镇的阴谋也彻底破产了。

在此之后，杨国忠安插自己的亲信杨光翙担任太原尹，太原府可是整个河东道的统治中心，这也使得安禄山始终无法完全掌控河东镇。虽然他这样做是为了一己私利，不过却也在客观上拯救了河东地区。

构陷武将最有效的手段就是说他意欲谋反。杨国忠毫不例外地也使出了这招撒手锏。

安禄山真的为叛乱准备好了吗？叛乱可是一项复杂的系统工程，需要在将士、武器、马匹和军费等方方面面做好充足的准备。

将士方面，安禄山兼任范阳、平卢、河东三镇节度使。三镇管辖近二十万精兵，军队数量竟然占到所有大唐整个边防部队总数的百分之四十。这对于大唐而言是极其危险的！

安禄山依靠职务便利和个人魅力在身边汇聚了一大批谋臣武将：高尚、严庄和张通儒成为安禄山的高级智囊，孙孝哲、史思明、安守忠、李归仁、蔡希德、牛廷玠、向润容、李庭望、崔乾祐、尹子奇、何千年、武令珣、能元皓、田承嗣、田乾真、阿史那承庆成为安禄山的心腹将领。

安禄山还收养归降的同罗、奚、契丹三个少数民族的八千勇士为养子，号称"曳落河"，其实就是壮士的意思，这八千"曳落河"日后成为所向披靡的先锋。安禄山还在家奴中挑选数百名善于射箭的人严加训练。

---

① （北宋）司马光撰：《资治通鉴·卷二百一十六》，改革出版社1995年版，第4577页。

武器方面，以抵御契丹进攻为名，安禄山在范阳城北侧筑起雄武城，用以储藏兵器和军粮。

马匹方面，马匹是最为重要的作战工具和运输工具，马匹的数量和质量决定着一支部队的战斗力。河北位于中原农耕文明与塞外游牧文明的交会处。安禄山通过边境贸易囤积了大量马匹，光品种优良的单于、护真大马便达三万多匹。安禄山后来兼任闲厩、陇右群牧使，趁机搜罗了一批优质马匹装备自己的部队。

军费方面，买军粮需要钱，买武器装备需要钱，派发军饷需要钱，赏赐将士也需要钱，到处都需要钱，可是安禄山拿得出那么多钱吗？

虽然安禄山兼任度支使、营田使、陆运使以及转运使等名目繁多的经济使职，但安史之乱前的节度使们却并没有真正独立的财权。

当时的军费来源分为自筹和划拨两种方式，朝廷划拨给各大军区的军费主要包括衣赐和军粮两部分。关于军粮的数据不完整而且不同史书的记载差异较大，所以并不具备分析比较的价值，现只比较各大军区衣赐数值。

通过下图，我们可以发现各镇人均衣赐数值相差悬殊。虽然大唐各地的军费执行标准略有差异，但是却有一个相对统一的标准，也就是史书中屡屡提及的"以长行旨为准"，可是范阳人均衣赐数值却明显低于其他军区。

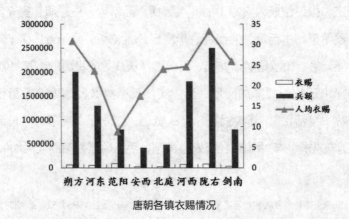

唐朝各镇衣赐情况

这说明一个鲜为人知，但是却极其重要的问题，那就是范阳镇自筹军费在整个军费开支中占很大比例，对于中央拨款的依赖程度比其他镇要低。自筹军费主要来自营田和地租收入，而安禄山完全可以自由支配这笔巨额收入，所以范阳的部队离开中央财政支持仍旧可以独立生存下去。

这与当地的经济发展水平是密切相关的。天宝时期，河北道的户数占全国总户数的16.57%，而人口更是占到全国总人口的20.09%，在整个大唐十五道中位居第一位。古代一般用人口来衡量当地的经济发展水平，因为劳动力密集型产业在大唐经济体系中占据绝对主体地位，河北道的经济总量在整个唐帝国内肯定是首屈一指的。

安禄山显然具备发动叛乱的实力，但是他真的会铤而走险吗？

两个汉人的推波助澜使得安禄山在反叛这条不归路上越来越远。一个是掌书记高尚，负责"典笺奏"，职责相当于机要秘书。另一个是孔目官严庄，负责"治簿书"，职责相当于办公室主任。

高尚祖籍范阳郡雍奴县①，可是高尚却并不甘心老老实实地在家务农或者在私塾教书。一个人拥有梦想并为之坚持不懈固然是件好事，可高尚却为了实现理想急功近利，不择手段。他曾经仰天长叹："宁可轰轰烈烈地死，也绝不窝窝囊囊地活！"

他游历在外却并不是为了游山玩水，而是寻找出人头地的机会。正当他潦倒而又落魄之际，他凭借自己的才华博得了一个人的赏识，这个人就是令狐潮。

令狐潮的家成为他暂时可以停靠的港湾，而这次短暂的停泊却成就了一次美丽的邂逅。高尚与令狐潮家中的一个婢女坠入爱河而且还生下一女。尽管他的行为遭到社会的非议，可是他那颗冰冷的心却得到了久违的温暖，可这却并不是他想要的全部。

---

① 治所在今天津市武清区。

一个人要想迈向成功需要四个要素：

你自己本身要很有能力，这是前提；

国家迫切需要有能力的人，这是天时；

有人认可你的能力而且这个人比你更有能力，这是人和；

在别人的推荐和提拔下，你有机会施展你的能力并且使之提升和升华，这是机遇。

身为大唐基层官吏的令狐潮虽然为高尚提供了较为安逸的生活环境，但他显然并不是那个可以帮助高尚迈向成功的关键人物。高尚那颗不安的心又开始变得躁动起来，于是继续踏上风雨兼程的追寻之路。

那个改变高尚命运的人终于出现了。慧眼识珠的新平太守李齐物发现了高尚，李齐物不仅将高尚介绍给京城的朋友，而且还给了他一笔多达三万钱的活动经费。

高尚怀着惴惴不安而又欣喜如狂的心情来到梦寐以求的京城。经过多方活动，他最终成为高力士门下的一个门客。虽然他此时仍旧只是一个平头老百姓，可是他却因为与权势煊赫的高力士扯上关系，前途刹那间便豁然开朗了。

在高力士的推荐下，高尚很快便当上了左领军仓曹参军这么一个小官，开启了自己的仕途生涯。后来，高力士又将他推荐给时任平卢节度使的安禄山，安禄山自然不能不给高力士面子。高尚摇身一变成为平卢掌书记。

身材肥硕的安禄山特别喜欢睡觉，每当安禄山呼呼大睡的时候，高尚就会通宵达旦地拿着纸笔守候在他的床边。他不仅要忍受瞌睡的袭扰、长夜的孤寂，更要忍受安禄山震天动地的呼噜声。

高尚的付出终于收获了回报。安禄山将他视为自己的铁杆心腹，而安禄山也在高尚的怂恿下选择了叛乱这条凶险莫测的道路。

"卑鄙是卑鄙者的通行证，高尚是高尚者的墓志铭。"可是卑鄙却成为高尚的通行证，勾心斗角成为他此后生活的主旋律，而他最终也在欲望的泥潭中越陷越深，最终无法自拔。

高尚想要成为开国元勋，而这一切的前提便是安禄山要成为皇帝，可此时的安禄山却陷入了痛苦的抉择和无限的彷徨之中，因为一旦踏上反叛之路，也就意味着要失去眼前的一切，甚至包括自己的身家性命。

成功说服安禄山绝对不是一件容易的事情，可是高尚却并不气馁。势单力孤的高尚决定寻找同盟者。严庄最终进入了他的视野，因为野心勃勃的严庄同样不甘心安于现状。两人最终一拍即合，于是精心炮制了图谶。

"这是上天的意思。我们两个人的话可以不听，但是上天的意思不可违背！"

安禄山终于被他们说动了！

尽管关于安禄山叛乱的言论一时间甚嚣尘上，可是李隆基却对安禄山一如既往地信任，因为他有着自信的资本。

在开元、天宝四十年间，李隆基先后任命了八十二名节度使，仅有一人，也就是安西、北庭节度使刘涣发动过叛乱，但他所发动的叛乱当月便被朝廷镇压下去。这场短暂的叛乱对政局的影响可谓微乎其微，以至于史书对这件事语焉不详，仿佛这场叛乱从来都没有发生过似的。

这主要得益于朝廷实行了一套行之有效的节度使管理方法，形成了不久任、不遥领、不兼统的用人原则，而且"边帅皆用忠厚名臣"[1]。

节度使任期一般为四年，而且许多节度使根本等不到任期届满便予以迁转，"不久任"使得节度使没有充足的时间培育忠于自己的军事势力。而李隆基执政后期因为军事斗争的需要逐渐突破了"不久任"原则，安禄山竟然担任平卢节度使达十四年之久。

专任一道而互不兼统也使得节度使无法培育与朝廷对抗的军事势力。

---

① （北宋）司马光撰：《资治通鉴·卷二百一十六》，改革出版社 1995 年版，第 4579 页。

为了便于协同作战，李隆基却常常打破不兼统的原则，王忠嗣甚至一度兼统陇右、河西、朔方、河东四道节度使。尽管如此，兼统两镇及以上的节度使人数仅占节度使总数的九分之一，而且兼统的时间一般都在三年以下，只有安禄山兼任平卢、范阳两镇节度使达十二年之久，兼任平卢、范阳河东三镇节度使也有四年多的时间。

李隆基之所以甘愿为安禄山打破长期以来形成的用人原则，是因为他被安禄山的假忠诚所蒙蔽了。他觉得自己给予安禄山无上的殊荣，安禄山根本就没有理由背叛自己。

但长期生活在边陲的安禄山来到都城长安后才知道什么是真正的繁华，这无疑激发了他强大的占有欲。他屡次往来于京城与范阳也发觉内地防守空虚，而这也助长了他的占有欲。泱泱大唐帝国怎么会防守如何空虚呢？其实是因为府兵制的崩溃使得原有的军事格局悄然发生着改变。

大唐建立之初沿用"兵民合一"的府兵制。府兵的特点是"我是一个兵，也是老百姓"，他们平时在田间劳作，农闲时在折冲府训练，轮番承担番上等日常军事任务和征行、差遣等临时军事任务。

长期以来对"番上"的理解受到《新唐书》的影响。"其番上者，宿卫京师而已。"史学界长期认为只有到京城执勤才叫"番上"，其实不然，吐鲁番木纳尔102号墓出土一组残文书，上面赫然写着"身当今月一日番上，配城西门"。注意这个"城西门"应该是当地人所共知的某个城门，最有可能的就是西州的某个城门，绝对不可能是长安城的某个城门。

据此可以推断，只要是列入兵部常规计划的军事值勤任务都可以称为"番上"，全国各地的府兵并非无论远近都要跑到京城去服役，否则这也太不人性化了，而且如此庞大的差旅费也是一笔不小的支出，只有长安附近的府兵才会番上到京城，听从中央军事机关南衙十二卫的调遣。

全盛时期，大唐共有633（一说634）个折冲府，京城长安所在的关内道就拥有288个之多，占到全国军府总数的43.9%。手握重兵的十二卫不仅可以保卫京城安全，还会出征维护边疆稳定，也可以镇压各地叛乱。

太宗时期是府兵制最后的辉煌。从此之后，府兵制逐渐走向没落，这是因为府兵制赖以生存的经济基础均田制逐渐走向瓦解。

隋朝末年，天下大乱，生灵涂炭，民不聊生，田地荒芜。大唐建立后将土地无偿地分配给农民，不过"天下没有免费的午餐"，适龄的男丁要强制性服兵役。服兵役不仅是时间的付出、体力的付出，更是经济负担。府兵从家乡前往服役地点不仅要自备基本武器，而且没有出差补贴，一般也不会报销差旅费。

随着土地兼并加剧，农民手中的土地逐渐集中到豪强地主手中，负担不起沉重兵役的兵户开始纷纷逃亡。折冲府的兵员逐渐枯竭，曾经辉煌一时的南衙十二卫早已风光不再。

在府兵制逐渐走向衰落的同时，边疆军事斗争却日趋激烈。为了稳定边疆局势，职业化的募兵逐渐取代府兵成为边防军的主体，而京城和内地却并没有迅速填补府兵衰落后遗留下来的军事真空。

广大内地郡县只有在战略要地才会有正规军驻扎，而大多数郡县并没有正规军驻防，仅仅拥有一定数量的郡兵，主要是团练兵，类似于今天的武警部队或者预备役部队。

大唐的军事格局由"内重外轻"逐渐变为"外重内轻"，国家最精锐的部队基本上都集中到边疆节度使的手中。

在安禄山的眼中，北衙禁军不过是些花拳绣腿之辈，除了参与过几场军事政变外并没有什么实战经验，日渐衰落的南衙禁军早已今非昔比，那些只能守城的团练兵更是一帮乌合之众。

安禄山之所以冒险走上反叛之路，最重要的原因是为自己的后半生早作打算，否则别说享受荣华富贵，就是连命恐怕都难保。他那句"只知有皇上不知有太子"的话虽然为他赢得了李隆基的信任，也赢得了李林甫的赏识，却深深地得罪了太子李亨。一旦年事已高的李隆基驾崩后，他很可能会沦为权力更迭的祭品。

虽然安禄山的心中隐藏着叛乱的念头，可是良心未泯的他本来想在李隆基去世后再发动叛乱，可他却逐渐放弃了这个念头，因为他觉得不能再等了。

无法回头的不归之路

随着安禄山与杨国忠的矛盾变得日趋尖锐，安禄山感到越来越不安，不得不加快了叛乱的步伐。

为了彻底击溃政治对手，杨国忠向李隆基进言：陛下征召安禄山进京。如果他肯来，说明他对朝廷忠心不二；如果他不肯来，说明他肯定心里有鬼。犹豫不决的李隆基最终还是同意了杨国忠的建议。

面对李隆基的征召，进退维谷的安禄山却陷入巨大的彷徨之中。

叛乱准备工作正在紧锣密鼓地进行之中，此时的安禄山不敢过早地与朝廷决裂，可一旦要是真的到了凶险莫测的京城，岂不是会沦为任人宰割的羔羊？

去还是不去？这可是一个攸关身家性命的重大抉择。

安禄山安插在京城的卧底吉温给他提供了一条重要情报：这只是一个考验，而不是一场阴谋！

经过一番激烈的心理挣扎，安禄山最终决定冒险一搏，因为他觉得凭借李隆基对他的良好印象以及自己高超的演技肯定能逢凶化吉。

天宝十三载（公元754年）正月初四，风尘仆仆的安禄山来到骊山华清宫。他的到来无疑使得杨国忠的预言破灭了。

安禄山跪在地上，泪流满面地对李隆基说："微臣是个胡人，也不认识什么字。承蒙陛下不嫌弃我，委以重任，可这却招致杨国忠的嫉妒。他不把微臣置于死地是决不肯善罢甘休啊！"

安禄山打出的悲情牌果然收到了预期效果，李隆基自然好言劝慰一番，还对他加官晋爵，大肆封赏。

李隆基愧疚的神情让先前还有几分恐惧的安禄山彻底释然了，不过他却并没有见好就收，而是决意趁机"敲竹杠"。

安禄山请求担任闲厩、陇右群牧使，这个官就是国家牧马场场长。在古代，马匹的军事价值不亚于今天的坦克和装甲车。李隆基想都没想就欣然应允了，让他始料未及的是这些战马最终却成为安禄山摧毁大唐的利器。

安禄山还恳请李隆基将自己麾下五百名将领全都提升为将军，两千名将领提升为中郎将，让李隆基始料未及的是这些军官即将成为安禄山摧毁大唐帝国的帮凶。

心满意足的安禄山知道自己该走了，不过他能否全身而退仍然是他心中一个大大的疑问。虽然安禄山竭力掩饰着内心的惶恐和不安，可此时的他却犹如惊弓之鸟，只要听到一阵弓弦响，就会吓得心惊胆战。好在那些担心都是多余的，他最终如愿以偿地回到了自己的老巢范阳。

颜面尽失的杨国忠却不肯轻易善罢甘休，既然正面强攻不能奏效，那么就从侧面迂回。

河东太守兼河东道采访使韦陟"文雅有盛名[①]"，出任宰相的呼声很高，所以杨国忠一直将这个潜在的竞争对手看作是眼中钉、肉中刺。

即将升迁之时往往是最容易出事的时候，因为官位是稀缺的，而争斗却是残酷的。

在杨国忠的暗中授意下，御史着手调查韦陟的经济问题。这也是很多官员的软肋，更是政治斗争的不二法则。

惊恐万分的韦陟为了自保而大肆活动，此时的他就像一个不会游泳的人突然落水，虽然用尽全身力气挥舞着自己的双臂，可这非但救不了自己，还会影响别人营救自己。

在这个生死攸关的关键时刻，其实盲动不如不动。

---

① （北宋）司马光撰：《资治通鉴·卷二百一十七》，改革出版社1995年版，第4603页。

韦陟最终为自己的盲动付出了惨重的代价。他本来想通过御史中丞吉温攀上安禄山这个炙手可热的政治新星，因为他是为数不多的几个可以影响李隆基的关键人物。可他却忘了，他的对手正在暗中注视着他的一举一动，等待着他在困境中主动犯错。

韦陟贿赂吉温的罪行很快就败露了，因为这就是人家给他故意下的一个套。这下李隆基想不处理他都不行了，只得将韦陟贬为桂岭县县尉，将吉温贬为澧阳长史。

将吉温赶出京城犹如刺瞎了安禄山的一只眼睛，安禄山无论如何也不能坐视不管，急忙上书李隆基为吉温鸣冤。

"和事佬"李隆基又和起了稀泥，过去的就让它过去，不要再追问对与错。这实际上是李隆基对杨国忠的偏袒和纵容。吉温的厄运其实才刚刚开始，不过此时的吉温并没有认清杨国忠这个狠辣而又残酷的对手的真面目，以至于给对手留下了口实和把柄，当然，欲加之罪何患无辞。

很快，吉温就因为受贿和抢夺民马继续被贬为端溪县县尉，屡屡遭受政治重创的吉温却并没有认真反省，而是被自己的情绪左右着。

吉温与罗希奭曾是一对臭味相投的酷吏，携手缔造了杨慎矜冤案，因此两人被称为"罗钳吉网"。不过李林甫去世后，失宠的罗希奭出京任始安郡太守。

一连串的政治打击使得吉温身心俱疲。闹情绪的吉温居然没有立即上任，而是鬼使神差地跑到罗希奭府上过上了舒适惬意的生活，可他的死期却不远了。

经过杨国忠的一番挑唆，李隆基派出使者将吉温赐死，痛心疾首地说："朕误用他了！"

此时距离安禄山发动叛乱只有五个月的时间。叛乱爆发后，安禄山瞬间便占领了大唐半壁江山，有能力和精力来补偿一下对这个盟友的亏欠。

他派人四处寻找吉温的儿子。经过一番寻找，手下人将一个只有十岁的男孩领到了他的面前。见此情景，心中百感交集的安禄山当即任命这个不懂世事的孩子为河南参军，从而告慰老友的在天之灵。

随着吉温的死，杨国忠与安禄山的关系降到了冰点，杨国忠甚至产生了逼迫安禄山造反的险恶想法。

杨国忠授意京兆尹包围安禄山在长安的宅邸，大肆搜罗安禄山谋反的证据。

其实杨国忠也知道狡诈多端的安禄山绝对不会愚蠢到在长安宅邸内留下叛乱的证据。他这么做只是希望收到敲山震虎的效果。搜查人员最终逮捕了安禄山的门客李超等人，送往御史台缢杀。

杨国忠的步步相逼无疑极大地加速了安禄山反叛的进程，这也使得在与安禄山对抗中屡屡受挫的杨国忠暂时获得了心理上的安慰，但他却没有想到自己会因此而自食恶果。

六月，安禄山的长子安庆宗与荣义郡主的婚礼即将盛大举行。李隆基特意诏令安禄山来京观礼，安禄山再次以疾病为由推脱。此时万事俱备的叛乱开始进入倒计时。

一个月后，安禄山突然上表献马三千匹，由二十二名蕃将率领数千名马夫押送京城。河南尹达奚珣当即识破了安禄山借献马之名偷袭京师的诡计，于是上书李隆基建议将献马之事推迟至冬天，并且由官府配备马夫。

谁也不曾想到现在这个以忠臣形象示人的达奚珣仅仅在几个月后便变节了。

正在这时，安禄山贿赂辅璆琳之事却泄露了。恼羞成怒的李隆基找了个其他罪名将辅璆琳处死，从此对安禄山起了疑心。

距离安禄山发动反叛还有几个月的时间。虽然此时整顿军备未免有些晚了，但也可以亡羊补牢，将大唐的损失降到最低。可李隆基居然放弃了上天留给他的这个最后的机会。

辅璆琳的被杀顿时便引起了安禄山的警觉。由于担心朝廷会派遣使者借机谋害自己，所以他以身染疾病为由拒绝接见朝廷派来的任何使者。

黜陟使裴士淹巡察到范阳的时候，安禄山竟然十几天都不见裴士淹，因为他已经下定决心与这个帝国彻底决裂了。

在安禄山卫兵的严密防守下，裴士淹终于见到了久未露面的安禄山。刀刃上闪闪的寒光让他感到无限的恐惧，更让他感到恐惧的是安禄山那张狰狞的脸。

面对已经毫无臣子模样的安禄山，裴士淹居然选择了忍气吞声。朝廷的威严此时被安禄山践踏得一文不值。

更让人感到不可思议的是裴士淹回京后居然不敢上奏自己在范阳遭受的种种冷遇，这从侧面反映出在世风日下的天宝年间明哲保身之风多么盛行，正是这种从上到下的冷漠才使得那场旷日持久的浩劫变得不可避免。

李隆基仍旧为了挽回局面而试图对安禄山进行政治安抚，却还不知道这一切的努力注定都是徒劳的。

李隆基派遣中使冯神威拿着自己的手诏告谕安禄山："朕为爱卿特意开凿了一座温泉汤池。今年十月，朕在华清宫等着爱卿！"

冯神威来到范阳宣旨时，安禄山不仅不下拜，反而坐在床上微微动了动肥硕的身体。

安禄山冷冷道："陛下还好吧？"

史书并没有记载冯神威是如果回答安禄山这句问话的，估计已经吓得说不出话了。

安禄山发出一阵冷笑，心想："马可以不献。对于十月之约，我一定会去的！"

这次会面后，作为朝廷使臣的冯神威受到前所未有的冷遇，他被迫独自待在馆舍之中，而安禄山仿佛已将他彻底地遗忘了。

这种死一般的宁静让冯神威感到无限的惶恐，因为他不知道自己还能否见到第二天的朝阳。

经过一番震颤心灵的煎熬，冯神威终于逃出了杀机四伏的范阳。他见到李隆基后不禁生出一种恍如隔世的感觉，哭着说："微臣险些再也见不到陛下了！"

直到这时，李隆基仍旧对安禄山抱着最后一丝不切实际的幻想，仍旧幻想着这一切不过是一场误会。他甚至没有进行任何实质性的防御，因为他觉得这样会加深安禄山与朝廷的隔阂，从而使原本可能并没有反叛之心的安禄山被迫走上反叛之路。

李隆基用最后一丝虚无缥缈的自信驱散了内心的猜忌和不安，这无异于一次危险的政治赌博，而赌注就是他自己和他心爱的帝国。

贰

石破天亦惊

渔阳鼙鼓动地来

甘洒热血写春秋

慷慨悲歌传幽燕

携手出征泯恩仇

燕赵之地起刀兵

渔阳鼙鼓动地来

唐帝国这朵在历史的百花园中最为瑰丽的花朵注定要在这个寒冷的冬日里黯然凋落，即使幸运地躲过了凛冽的寒冬，却再也无法像之前那样妖艳，那样迷人。

天宝十四载（公元 755 年）十月，若无其事的李隆基像往常一样领着杨贵妃前往骊山避寒。他们在温暖的泉水中享受着最后的幸福时光。

杨贵妃丰纤适中，略显丰满，面如芙蓉，细眉如柳，蕴含自然之美；梳着高髻，上饰珠翠，后佩雀翎，鬓插步摇，凸显修饰之美；身穿黄帔，外批紫绡，愈显矫健之美。她举止大方，仪态端庄，彰显雍容之美，集万千宠爱于一身，令三千粉黛黯然失色。

在悠扬婉转的乐曲伴奏下，杨贵妃在歌姬们的簇拥下跳起霓裳羽衣舞。玉环如仙子，衣裙如浮云，慢拍中犹如芙蓉慢慢出水来，快拍中似鸾凤匆匆飞腾去，令人如梦如醉，感觉亦真亦幻。

曲终人散之际，一切都将会发生改变，因为"渔阳鼙鼓动地来，惊破霓裳羽衣曲"。

做了四十余年太平天子的李隆基即将迎来一段不太平的岁月，而享受了十年荣华富贵的杨贵妃即将走到生命的尽头。

虽然叛乱已经进入了倒计时，可是真正知道真相的却只有严庄、高尚、阿史那承庆三个心腹之人，甚至连史思明都不知情，因为安禄山对他总有一种莫名的不信任。

忠诚度取决于两个因素，一个是依赖性，另一个是替代性。

史思明对安禄山的人身依赖性并不像其他将领那么高。在军旅生涯的初期，史思明与安禄山一直平起平坐。虽然安禄山后来成了史思明的上司，而且还不遗余力地提携史思明，可人家史思明离开安禄山一样可以混迹于官场，因为骁勇善战的他同样得到了李隆基的赏识。

史思明具有代替安禄山的潜在可能性。叛乱爆发前，身为平卢都知兵马使的史思明是仅次于节度使安禄山和节度副使吕知诲的"三把手"。由于安禄山长期身在范阳，而节度副使吕知诲在平卢镇的影响力又实在有限，所以史思明实际掌控着平卢镇。史思明无论是从经验还是从资历都可以接替安禄山出任平卢节度使。

低依赖性与高替代性决定着两人关系的微妙性，天宝十载（公元751年）秋天发生的一件事无疑是对这种微妙关系的最好注解。

当时，安禄山率军讨伐契丹遭遇惨败。死里逃生的安禄山将满腔怒火都撒向手下的将领们，残忍地斩杀了左贤王哥解、河东兵马使鱼承仙等高级将领。

时任平卢兵马使的史思明逃入山谷，一直在山谷中待了二十天才鼓足勇气出山来见安禄山。

此时已经从愤怒中挣脱出来的安禄山热情地迎接史思明归队，拉着他的手说："你能够回来，我还有什么值得忧虑的呢？"

事后，心有余悸的史思明对手下人说："如果我早些出来见安禄山，恐怕就和哥解一同被斩了。"

史思明正是凭借对安禄山脾气秉性的极度了解才得以逃过这场血腥的杀戮。颇为倚重史思明的安禄山虽然对他竭力拉拢，但又无时无刻不在提防着他。

不过范阳的将士们还是嗅到了一丝异样的气息，因为自从八月份以来，安禄山变了，变得格外的好！

伙食改善了，好吃的、好喝的应有尽有；生活改善了，除了及时足额发放军饷外，还时不时地发点奖金。

一个人莫名其妙地对你好，要么是良心发现，要么是图谋不轨，而且往往后者居多，因为一切都是要偿还的，眼前的繁花似锦不过是对未来的透支，可是绝大多数人领悟到这些的时候为时晚矣！

正巧安禄山留驻京城的奏事官从长安返回范阳。他的到来无疑点燃了那根连接着威力巨大的炸药包的导火索！

安禄山随即征召诸位将领议事。这些将领们不会想到从他们跨入帅帐的那一刻起，人生轨迹连同历史进程都会偏离原来的轨道。

安禄山将圣旨高高地举过头顶，铿锵有力地说："如今得到皇上密旨，令本帅率兵入朝讨伐奸贼杨国忠。诸君从速起兵！"

会场里静得可以听得到心跳。将领们惊愕得面面相觑，却没有人敢多说一句话。

虽然那道所谓的圣旨真假难辨，但有一点却是毋庸置疑的，这道圣旨仿佛是一把悬在将领们头顶上方的达摩克利斯之剑，稍有不慎便会人头落地。

十一月初九清晨，范阳城外校军场内旗幡招展，鼓声如雷，战马嘶鸣，军士众多。整装待发的十五万大军即将给予和平已久的大唐致命一击。

这是一支由汉族、同罗、奚、契丹、室韦等不同民族组成的多民族部队，也是一支长期经受战争洗礼的精锐之师。

安禄山用力拔出自己的佩刀。一缕朝霞映照在锋利的刀刃上，闪着慑人的寒光。他将佩刀高高地举过头顶，大声喊道："诛杀杨国忠，清君侧！"

"清君侧"是军事叛乱中惯用的政治伎俩。早在七百多年之前，西汉帝国吴王刘濞等人发动七国之乱时便打着"清君侧诛晁错"的旗号。汉景帝抱着最后一丝幻想将自己的恩师、削藩政策的倡议者晁错送上了黄泉路。晁错的死不仅没有熄灭叛乱的烽火，反而让叛军看到了朝廷的软弱。汉景帝此时才完全明白"清君侧"不过是"清君"的借口。

安禄山打着"清君侧"的名号无疑可以在很大程度上迷惑百姓，最大限度地争取同盟者和支持者，因为奸相杨国忠误国早已惹得民怨沸腾。

安禄山命范阳节度副使贾循镇守范阳、平卢节度副使吕知诲守卫平卢。两人留守后方，接应粮草。大同军使高秀岩镇守大同，牵制河东军。

踏上南征之路的安禄山为吉凶未卜的前途感到一丝深深的忧虑。虽然他为这次叛乱进行了精心的准备和周密的部署，可他也知道自己面前的这条路绝不会平坦，而且从迈出第一步起便再也无法回头。

一个隐忧一直在安禄山的心头挥之不去，他兼任河东节度使的时间并不长，还不能像控制范阳和平卢那样彻底控制河东镇。

在这个生死攸关的关键时刻，河东镇所属部队发生了严重分化。大同军使高秀岩等将领坚定地站在安禄山一边，可更多的河东将领却陷入左右摇摆之中，或者索性站在安禄山的对立面。

为了解除南下后的后顾之忧，安禄山派遣大将何千年、高邈率领二十名奚族骑兵疾驰向河东节度使驻地太原府。

在崇山密布与峻岭蜿蜒的河东大地，汾河两岸形成一块宝贵的冲积平原。晋阳便是这片平原上的一颗明珠，与西京长安、东京洛阳并称唐帝国三大都城。

晋阳"踞天下之肩背，为河东之根本"，既有太行之险，又有黄河之固。一百三十七年前，唐帝国创建者李渊在这里起兵逐鹿天下，问鼎中原。

"大帅命末将进献射生手（即神箭手）！"浑厚的声音传进了饱经沧桑的晋阳城。

厚重的城门缓缓地打开了，发出一阵沉闷的声响。北京①副留守、太原尹杨光翙亲自出城迎接，但他根本就不会想到这区区二十多个骑兵会在

---

① 唐朝将唐高祖李渊起兵之地太原称为北京。

成千上万的太原守军的注视下将他劫持走。

在不知不觉间，危险正在一步步向着杨光翙逼近，而此时的他对此却全然不知。

在众目睽睽下，何千年、高邈竟然将杨光翙劫走了！

当惊愕的守城将士出城追赶时，何千年和高邈等人早已消失在滚滚烟尘之中。

虽然这次军事长途奔袭收到奇效，可代价也是巨大的，因为这么做无疑过早地暴露了叛变的意图。

太原守军急忙将安禄山叛乱的消息飞报京城。李隆基此时仍固执地认为这肯定是与安禄山不和的人在故意诋毁他，因为这些年来关于安禄山造反的情报一直是铺天盖地，也使得李隆基失去了必要的警觉和足够的警惕。

正在李隆基误以为这又是虚惊一场的时候，坐在舆车上的安禄山却在十五万精锐部队的簇拥下一路南下，烟尘千里，鼓噪震地。

河北地区的官员百姓们已经在和平之光的沐浴下平静地生活了一百余年，所以这场突如其来的叛乱让他们感到惶恐不安和措手不及。很多郡县的武器库内的兵器与盔甲因年深日久而锈蚀不堪，战士们被迫拿起木棒迎敌。

兵临城下的时候，大唐的郡守和县令们知道必须在自己效忠的大唐和曾经的上司安禄山之间做出抉择，因为安禄山再也不是大唐河北道采访使，而他率领的那支所向披靡的军队从帝国的守护者已经蜕变为大唐的毁灭者！

郡守们和县令们只有三个选择，要么开城投降，要么弃城逃走，要么力战身死。

面对这个关乎大唐存亡和个人生死的重大抉择，绝大多数人选择了投降，因为抵抗意味着死亡！

安禄山率军抵达博陵郡①时见到了被五花大绑的杨光翙。安禄山慷慨激昂地指责杨光翙依附奸相杨国忠，祸乱国家，罪该万死。

安禄山这番话显然是说给手下那帮将士们听的。"只反奸相不反皇帝"的替天行道的戏还得继续演下去！

倒霉的杨光翙成为倒在安禄山屠刀下的第一位大唐高官。随着杨光翙的死，群龙无首的河东镇对安禄山的潜在威胁暂时消除了。

尽管如此，安禄山仍旧心急如焚地率军奔向常山郡。常山郡背靠巍峨的太行山，面朝平坦的大平原。横亘绵延的太行山将河东与河北地区分隔开。穿梭于太行崇山峻岭间的狭长的井陉道成为连接两大地理区域的交通枢纽。

井陉道东接常山郡辖区内的土门关②，西接太原府辖区内的故关③。军事要地土门关早在战国时期便被称为"天下九塞之一"。战国时期秦国名将王翦攻打赵国，西汉名将韩信进军赵地，北魏帝国讨伐后燕都从这里出兵。

只有将土门关牢牢地控制在自己的手中，安禄山才可以放心地南下逐鹿中原，争夺天下。只有控制了常山郡才可以"扼住命运的咽喉"。

安禄山那颗悬着的心终于落了下来。常山太守颜杲卿、常山长史袁履谦像往常一样在路边恭候着他的到来，仿佛他仍旧是大唐的河北道采访使。

欣喜不已的安禄山当即赐予颜杲卿紫袍，赐予袁履谦绯袍。唐代对于官服颜色可是有着严格的规定，只有三品以上的官员才可以身着紫色官服，只有五品以上官员才能身着绯色官服。俗语"红得发紫"就是这么来的。

---

① 治所在今河北省定州市。
② 位于今河北省石家庄市井陉县北井陉山上。
③ 位于今山西省阳泉市平定县东九十里的旧关。

安禄山留下养子李钦凑率领七千兵士驻守军事要地土门，然后继续疾驰向南方。

望着远去的安禄山，颜杲卿指着安禄山赏赐的衣服对袁履谦意味深长地说："难道阁下真的想穿上他赏赐的衣服吗？"

袁履谦自然知道颜杲卿话中的深意。一场让安禄山心惊肉跳的事变正在酝酿之中，但此时的安禄山对此却全然不知，日趋乐观的战场形势赶走了埋藏在他心底深处的那丝不安。

安禄山忽然觉得自己率领的这支铁流似乎代表着历史的潮流，颇有些"顺我者昌，逆我者亡"的意味。在他的心中，投降或许是对手唯一的选择。

十一月十五，确凿无疑的军事情报摆在李隆基面前，使得他不得不接受这个让他一时间难以接受的严酷现实。

"人生七十古来稀"。垂暮的李隆基原本早已到了该享受天伦之乐的时候，可让他始料未及的却是在人生的最后阶段，他却不得不面对最为严峻的一次考验！

忧心忡忡的李隆基立即在华清宫召见宰相商议对策。杨国忠听到安禄山叛乱后居然"多自得之色"（姚汝能，《安禄山事迹》），因为他觉得自己终于可以在李隆基面前扬眉吐气了。

不过此时他对形势的判断却过于乐观了，他觉得那些将士们并不会死心塌地追随安禄山，所以这场叛乱将会"不血刃而定矣"（姚汝能，《安禄山事迹》），可让他万万没有想到的是他的生命从这一刻起已经进入了倒计时。

李隆基也沉浸在叛乱可以迅速平定的不切实际的幻觉之中，因为自从建唐以来，所有的军事叛乱无论最初是多么的轰轰烈烈，最终都摆脱不了昙花一现的命运！

由于出现了如此重大的变故，李隆基不得不离开因温泉环绕而温暖异常的华清宫，返回了有些寒冷而又萧瑟的长安城。

此时的李隆基始终被一种挥之不去的怒气裹挟着，因为他觉得一直承蒙恩宠的安禄山没有理由背叛自己！

李隆基不仅给予安禄山无上的荣耀，还对他的子孙百般照顾。安禄山的儿子们从被人看不起的胡人子弟一跃成为权势煊赫的"官二代"。安禄山的十一个儿子的名字都是李隆基亲赐的，他们从一出生起便顶着特权的光环，其中三个儿子甚至升任部长级高官——安庆宗出任太仆卿，安庆绪出任鸿胪卿，安庆长出任秘书监。

安禄山的长子安庆宗一直被留在长安充当人质。李隆基回到长安后立即斩杀了安庆宗，安庆宗的妻子荣义郡主也被赐自尽。这场政治婚姻仅仅存续了五个月便以这种悲凉的方式结束了。

可怜的荣义郡主无权追逐自己的幸福，甚至无权决定自己的生死。由于受到从未谋面的公公安禄山的牵连，由于受到原本就没有什么感情的丈夫安庆宗的牵连，荣义郡主极不情愿但又无可奈何地结束了自己年轻的生命，成为政治的殉葬品。

李隆基这么做除了宣泄心中的愤懑外毫无益处，这只会激起安禄山对李隆基以及朝廷更深的仇恨。

李隆基还免去安禄山堂兄安思顺朔方节度使的职务。虽然安思顺与安禄山名义上是堂兄弟，但实际上两人却并没有血缘关系。安思顺的汉化程度更深，所以忠君思想在他的心中更为根深蒂固。他曾经多次上奏安禄山密谋发动叛乱，可是他仍旧不可避免地受到了牵连，因为李隆基对他已经不再信任了，但是也并没有难为他！

李隆基任命天德军使、九原太守兼朔方节度使右兵马使郭子仪接替安思顺出任朔方节度使。安思顺进京担任户部尚书。安思顺的弟弟安元贞进京担任太仆卿。安思顺、安元贞兄弟没有想到从启程前往京城的那一刻起便一步步地走向死亡，因为一个重要的大人物想将他们置于死地。

鉴于河北地区快速沦陷的不利局面，李隆基主要在两个地区进行了军事部署：一个是河东地区 [①]，另一个是河南地区 [②]。

为了填充杨光翙死后河东地区出现的权力真空，李隆基任命右羽林军大将军王承业为太原尹、右金吾大将军程千里为上党郡长史，还诏令郭子仪率领朔方军驻防河东。李隆基在河东构筑起王承业、郭子仪与程千里三点一线的防御体系。

其实叛军在河东还是以防御为主，所以河东地区基本上没有爆发激烈的战事。河北与河南地区才是叛军进攻的重点。

叛军在河北地区基本上没有遇到什么实质性的抵抗，黄河天险无疑成为阻挡叛军南下的唯一屏障。李隆基希望叛军能够被成功地迟滞在黄河之北，从而为他调集军队赢得足够的时间。

李隆基马不停蹄地构筑着帝国的防线，任命卫尉卿张介然为河南节度使。这是节度使首次由边疆地区延伸到内地，从此之后，唐朝的大江南北广泛设置节度使。节度使犹如人体内抵御细菌的白细胞，可是最终却恶化为肿瘤细胞。唐帝国这个曾经威震世界的巨人最终被遍布全身的肿瘤细胞折磨得奄奄一息，最终悲惨地死去！

虽然张介然曾在王忠嗣、皇甫惟明、哥舒翰等名将麾下效力，可是他只是担任营田使、支度使等后勤保障性官职。张介然基本上没有什么领兵作战的经历。张介然后来升任卫尉卿，也仅仅是掌管武器装备和仪仗器械。

李隆基将张介然这样一位军事后勤官员推到了战争一线显得既残酷又无奈！

---

① 今山西地区。
② 今河南、山东两省黄河以南区域。

甘洒热血写春秋

正当李隆基为缺兵少将而一筹莫展之际，安西节度使兼北庭节度使封常清恰巧进京面圣。

望着日渐憔悴的李隆基，封常清自告奋勇地说："臣恳请前往东京洛阳，打开府库，招募壮士，不出几日便可将安禄山的首级献给陛下。"

封常清慷慨激昂的话语使李隆基冰冷的心底顿时便涌起一阵暖流，而封常清却因为这番不切实际的大话与空话饱受史家的批判，可是我们只要分析一下当时紧迫的形势便会得出另外一种解读。

作为一位驰骋沙场几十年的老将，作为一位威震西域的名将，他对战场形势的判断不应该出现如此之大的偏差。他之所以将原本已经十分严峻的形势说得如此乐观，实际上是想要增强统治者李隆基的信心。如果一旦连李隆基都灰心丧气了，那么这场战争就彻底失去了希望。

李隆基随即任命封常清为范阳、平卢节度使，令其赶赴洛阳，打开府库，招募新兵，准备迎击叛军。

由于封常清麾下的精兵全都远在西域，此时的封常清犹如一只被拔掉牙齿的猛虎，可是他却仍旧义无反顾地肩负起保卫东都洛阳的重任。他明知不可为而为之。这不禁使我们想起林则徐的那句名言："苟利国家生死以，岂因祸福避趋之。"

李隆基任命荣王李琬为元帅，右金吾大将军高仙芝为副元帅，统率京城守军以及临时招募的五万余人进驻陕郡①。

李隆基仓促间在河南地区从东向西构建了张介然、封常清与高仙芝三

---

① 治所在今河南省三门峡市。

道防线。

封常清真切地感受到时间的紧迫。他日夜兼程赶到洛阳，在十日内便临时招募新兵六万余人。这些人中有在田间耕作的农民，有走街串巷的商贩，有精通手艺的手工业者，也有无所事事的街头小混混儿。

封常清下令拆毁位于洛阳以北架设在黄河之上的河阳桥①，企图阻止叛军从北面进攻洛阳。

封常清亲自率军进驻洛阳的门户——虎牢②。他军旅生涯之中最为严酷的一场战争正在等待着他，不过上天留给他的时间不多了，因为叛军的进军速度实在太快了！

安禄山的部队很快便抵达黄河岸边，而黄河成为唯一可以稍稍阻挡叛军南下步伐的屏障，可是在大唐生死攸关的时刻，上天却再度眷顾了安禄山。

正当叛军广泛征集船只和草木准备横渡黄河之际，一夜之间，"千里冰封，万里雪飘"。寒冷的天气竟然使得"天堑变通途"。

叛军挥舞着马鞭在冰面上疾驰，再也没有什么可以阻挡这支锐不可当的部队前进的步伐。

十二月初二，叛军成功地渡过黄河，此时一望无垠的中原大地成为他们肆意纵横驰骋的舞台。灵昌郡③在叛军的马蹄下很快便陷落了，陈留郡④成为叛军下一个攻击目标。

到任不过区区数日的河南节度使张介然不得不在匆忙间投入战斗。当然这场战斗的胜负早就没有了任何悬念，唯一的悬念就是张介然到底能够坚持多久！

---

① 位于今河南省孟州市西南部。
② 位于今河南省荥阳市汜水镇西部。
③ 治所在今河南省安阳市滑县。
④ 治所在今河南省开封市。

面对着叛军疯狂的进攻，张介然率部顽强抵抗，可是他却没有想到堡垒最容易从内部攻破。

在生与死的瞬间，一切的信仰与忠诚都变得那样脆弱不堪。陈留太守郭纳居然偷偷地打开城门，想要为自己打开一扇继续苟且活下去的门。

十二月初六，战争的硝烟渐渐散去。安禄山乘坐的舆车抵达陈留城北郭。扬扬得意的安禄山坐在舆车中注视着麾下这支战无不胜的精锐之师进城，骄傲和自豪充斥在他的心底。

正当他扬扬得意的时候，儿子安庆绪却急匆匆跑过来，告诉他一个晴天霹雳般的消息。陈留城中张贴的榜文上面赫然写着重金悬赏安禄山的首级，而且朝廷已经斩杀了他充当人质的儿子安庆宗。

痛失爱子的安禄山顿时顿足捶胸，痛哭道："我有什么罪，竟然杀害我的儿子？"

他之所以这么说是因为这出奉皇命"清君侧"的戏还要继续演下去，尽管真正相信的人已经不多了。

虽然戏是假的，但痛苦却是真的。因为毕竟父子情深，正是他的野心将自己的儿子一步步推上了断头台。

此时近万名投降的唐军将士整齐地排列在夹道。安禄山注视着这群贪生怕死的人，从喉咙深处蹦出一个冰冷的字："杀！"

安禄山麾下的亲兵们挥舞着屠刀砍向这些已经丧失抵抗能力的俘虏们。伴随着一阵阵惨叫，殷红的鲜血在地上肆意地流淌着。

余怒未消的安禄山在营门口见到被俘获的河南节度使张介然。倒霉的张介然就这样悲惨地沦为安庆宗的祭品。

十二月初八，荥阳城①在叛军的疯狂进攻下也毫无悬念地陷落了。田承嗣率领前锋部队向着东都洛阳疾驰而去。这是叛军之中最为骁勇的一支

---

① 今河南省荥阳市。

高速机动部队。

驻守虎牢的封常清正在静静地等待着叛军的到来，仿佛在等待着命运的审判。

兵锋日盛的叛军气势汹汹地通过罂子谷，马蹄声在空旷的山谷中久久地回荡。

注视着叛军离自己越来越近，封常清率领精悍骑兵挥舞着兵刃主动出战，刹那间战鼓声清晰可辨，马蹄声震天动地，喊杀声响彻云霄。

在兵器刺耳的碰撞声中，数百名叛军士兵顿时便身首异处。可恰在这时，田承嗣率领的大部队却赶到了。唐军刚刚列好的阵势瞬间便被钢铁洪流般的叛军骑兵彻底冲垮了。

封常清收拾余部在洛阳城东的葵园再战，又败。

封常清在都亭驿再战，又败。

封常清退守宣阳门，又败。

屡败屡战的封常清知道洛阳肯定守不住了，于是命人推倒禁苑的西墙，砍伐大树横在路中央，然后仓皇向西撤走，前往陕郡投奔自己的老上司高仙芝。

十二月十二，洛阳失守了。那个识破安禄山"斩首行动"意图的河南尹达奚珣居然也投降了。

繁华的东京洛阳城一时间生灵涂炭。无数的叛军士兵如潮水般涌入洛阳城中。一场前所未有的浩劫使得这座繁华的国际大都市刹那间变为了人间地狱！

随着封常清的到来，陕郡的气氛骤然紧张。高仙芝没有想到洛阳这么快便会沦陷。

"贼锋不可当"是封常清经过五次激战得出的血的教训，所以无险可守的陕郡必定难以抵挡叛军的攻势。

关中平原的门户潼关此时还毫无防备。如果叛军绕过陕郡，突袭潼关，则长安危矣！

封常清精辟而又独到的分析顿时便说服了老领导高仙芝，因为这无疑是当前形势下最好的选择，可无缘无故地后撤数百里，一旦激怒了李隆基，后果将会不堪设想！

经过一番痛苦的抉择，高仙芝最终还是决定采纳封常清的建议，因为帝国的存亡如今全都系于潼关一身，只有这座雄关才可以阻挡住叛军进攻的步伐。

在撤退的关键时刻，身经百战的高仙芝竟然有些胆怯了！

也许是四年前怛罗斯之战的失利将这位名将的自信与英勇击得粉碎，也许是四年多长安安逸的生活渐渐摧毁了他的战斗意志。

正是因为他的胆怯，这场本应是有组织地撤退，竟然成为无秩序的溃退。

其实安禄山的部队攻占洛阳后便暂时休整，只是派出小股部队继续追击溃逃的唐军，可这一小股人马的突然出现却使得这支惊恐到极点的部队迅速陷入一片混乱之中。

数不胜数的人并没有死在敌人的刀剑之下，反而死于战友间的相互踩踏。高仙芝无疑要为这次严重的非战斗减员负责。

此前，李隆基曾下诏：除必须留守城堡的守备部队外，朔方、河西、陇右三镇所有能够调动的将士在二十日内赶到指定集结地点。由于征调的援军还没有来得及赶到，高仙芝与封常清的到来无疑使得当下防守空虚的潼关的军事力量得到空前加强。

正如封常清所料，叛军大将崔乾祐很快便率军杀到潼关城下。这座"一夫当关，万夫难开"的雄关让所向披靡的叛军无奈地停止了攻势。正是封常清正确而又及时的主张将命悬一线的大唐帝国从崩溃的边缘拉了回来。

李隆基没有想到自己精心布置的三道防线竟然在十天之内便土崩瓦解

了。他彻底愤怒了。在最需要冷静的时候，却被愤怒冲昏了头脑。

洛阳保卫战失利后，封常清曾经三次派遣使臣入朝上表请求面见天子，汇报当下战况。

全面客观地了解前方的战事无疑对李隆基日后的军事部署和军事决策至关重要，可他却一再地拒绝封常清的请求。

封常清却并不死心，决定亲自骑马入朝面奏圣上，可他刚刚行至渭南便得知李隆基已下诏剥夺他的官爵，只得又悻悻地返回潼关。

封常清之所以三番五次地请求面见天子是想让李隆基从叛乱可以迅速平定的迷梦中惊醒，因为这场叛乱绝非普通的叛乱，而是多年来累积的社会矛盾的总爆发，所以双方的斗争注定是旷日持久的。

事实证明果真如此，叛乱的烽火并没有随着安禄山的死而熄灭，安庆绪、史思明、史朝义前赴后继。虽然战争不会很快结束，但也不意味着战火会持续八年之久。

李隆基的冷酷使封常清陷入极度恐慌之中，因为他预感到恐怕已经时日无多了，所以他将自己想对李隆基说的那些话写了下来。

在那封字字血和声声泪的遗表中，他写道："臣欲挺身刃下，死节军前，恐长逆胡之威，以挫王师之势。是以驰御就日，将命归天。一期陛下斩臣于都市之下，以诚诸将；二期陛下问臣以逆贼之势，将诚诸军；三期陛下知臣非惜死之徒，许臣竭露……仰天饮鸩，向日封章，即为尸谏之臣，死作圣朝之鬼。"

"不怕没好事，就怕没好人。"如今坏事和坏人都让高仙芝和封常清赶上了，而这一切都要从遥远的石国说起。

中亚地区的石国①地处丝绸之路咽喉，富甲一方。

史书主流观点认为安西节度使高仙芝是在利益的驱使下以石国对唐朝

---

① 都城拓折城，今乌兹别克斯坦共和国首都塔什干市。

不敬为由悍然进攻石国。其实高仙芝攻击的目标不是亲唐的石国国王伊捺吐屯，而是阿拉伯后来册立的车鼻施特勤。

史书对于石国年年朝贡、岁岁称臣并且忠心不二的记载也值得商榷，因为石国真正意义上的朝拜其实只有一次，其他的均属于正常的商贸活动而已。

高仙芝发动这场战争的目的其实是打击大食即阿拉伯帝国在中亚的势力，而且高仙芝之所以选择在那时发动战争主要缘于大食国内动荡的局势。

大食国内革命形势风起云涌。阿拔斯人攻陷帝国首都大马士革。阿拔斯王朝（中国称之为黑衣大食）取代伍麦叶王朝（中国称之为白衣大食）成为帝国新的统治者。

当然，高仙芝攻击石国是否夹杂着私心不能妄下结论，但说高仙芝发动这场战争全是为了自己的贪念确实有失公允。

高仙芝利用和谈的假象迷惑石国，然后趁其不备发动偷袭，大获全胜。他获得"瑟瑟十馀斛，黄金五六囊驼"等丰厚的战利品。他从石国回军的途中俘虏了突骑施首领移拔可汗，于是将石国国王俱车鼻施、移拔可汗等人进献朝廷。

李隆基认为高仙芝功勋卓著，加授开府仪同三司（从一品）。

新、旧唐书均记载，侥幸逃过唐军杀戮的石国王子逃到诸胡部落，将高仙芝的丑事一一抖搂出来，使得大唐在西域的威望大大下降。诸胡部落得知后怒不可遏，暗中联合大食国想要一起攻取安西四镇。

其实事实并非完全如此，石国王子的游说自然使得一些不知情的胡国受到蒙蔽而加入反唐的行列中，但大部分胡国其实早就投靠阿拉伯帝国了，与高仙芝攻灭石国并没有直接的因果关系。

在此之后爆发的怛罗斯之战是一场迟早要爆发的战争，并不是因为石国王子的游说。这次战役也是当时世界上最为强大的两个帝国的最直接、最激烈的一次碰撞。

高仙芝亲率两万安西精锐部队，还有拔汗那以及葛逻禄部一万余人的盟军。安西节度使麾下一共只有两万四千人的编制，可见高仙芝为了这场战役下了血本。大食国连同附属国的参战兵力达到十五万至二十万。这是一场力量对比悬殊的战争，可是高仙芝却没有丝毫的胆怯！

面对强大的对手，唐军表现得并不保守，深入大食境内与其决战。双方激战五日，未见胜负。

正当战争陷入胶着状态的关键时刻，唐军的盟军葛逻禄部众突然临阵倒戈，居然与大食前后夹击唐军。这个突如其来的变故使得唐军顿时溃不成军。

幸亏高仙芝手下的右威卫将军李嗣业奋力拼杀才使得高仙芝得以逃离战场，可是高仙芝手下那支骁勇善战的铁军却仅仅剩下数千人。

李嗣业这位"大唐第一刀客"日后在平定安史之乱的过程中还建立了不朽的功勋。

怛罗斯之战后，元气大伤的安西四镇被迫由战略进攻转为战略防守。

李隆基却并没有因此而责罚高仙芝，而是将他由安西节度使调任河西节度使，可是在时任河西节度使的安思顺的授意下，当地的胡人上演了一出挽留安思顺的闹剧。有的胡人甚至悲伤得割掉自己的耳朵，划破自己的脸。监察御史裴周南将此事上报李隆基，李隆基无奈只得变更人事任命，高仙芝改任右羽林大将军。

很多史学家将怛罗斯之战看作唐帝国在西域由盛到衰的转折点。其实并不然。

怛罗斯之战仅仅两年后，接任安西节度使的封常清攻占依附于吐蕃的大勃律①，由此可见唐军已经从那场惨重的损失中得以恢复。真正导致唐朝

---

① 今克什米尔西北的巴勒提斯坦。

退出西域的因素是安史之乱，因为戍守西域的精兵全都调往中原地区，即使怛罗斯之战打赢了，也无法改变唐帝国在西域的势力日趋走向衰落的历史进程。

高仙芝爱财却不贪财，"然（高仙芝）亦不甚爱惜，人有求辄与，不问几何"[1]，可是面对宦官边令诚三番五次索要财宝的要求，高仙芝却断然拒绝了，因为他讨厌那群贪得无厌的宦官，可这也为他招来杀身大祸。

恼羞成怒的边令诚在李隆基面前大肆诋毁高仙芝动摇军心，无故撤退数百里，克扣军饷。恼怒不已的李隆基的眼中露出了一丝杀机。

十二月十八，边令诚携带一道圣旨悄然返回潼关。对于监军边令诚的突然召见，封常清已经预感到事态不妙，早就做好了最坏的打算。

边令诚煞有介事地宣读李隆基的敕书。

封常清仰天长叹："我之所没有死是不忍玷污大唐的荣耀。如今无功而返，死不足惜！"他唯一也是最后一个请求就是恳请边令诚将自己所写的遗表呈送李隆基。

"出师未捷身先死，长使英雄泪满襟。"一代名将封常清竟然以这种凄惨悲凉的方式告别了人世。

高仙芝返回官署后发觉气氛有些异常。边令诚带着一百名陌刀手突然出现在他的面前，然后大声宣读敕书。

高仙芝气愤地说："我擅自撤退罪该万死，可是说我克扣将士们的粮食及赏赐却是子虚乌有的事情。我真是冤枉啊！"

此时，高仙芝招募的新兵闻讯围拢过来。

高仙芝转而责问边令诚："上有天，下有地，将士们都在，难道你真的不知道真相吗？"

---

① （北宋）宋祁、欧阳修等撰：《新唐书·卷一百三十五·高仙芝传》，《二十四史全译》，汉语大辞典出版社 2004 年版，第 3194 页。

边令诚顿时无言以对。

高仙芝对士兵们义愤填膺地说："我在京城中将你们招募到军中，仓促间投入战斗。我们撤退到这里是想要固守潼关。如果我果真克扣你们的粮食及赏赐，你们就说有；如果没有，你们就喊冤枉。"

士兵们大声呼喊："冤枉啊！"

高仙芝自然知道震天的冤枉之声并不可能挽救自己。他看了看曾经并肩战斗如今却阴阳两别的封常清不禁百感交集，泪流满面。

其实封常清与我们印象中横刀立马的大将军的形象相去甚远。"（封）常清细瘦目类，脚短而跛。"[①] 封常清骨瘦嶙峋，眼睛有毛病，腿脚不利索，就是这么一个其貌不扬的人却在日后成长为一代名将。封常清年过而立仍旧默默无闻，直到遇到了高仙芝。

高仙芝从安西节度使任上离任的时候，封常清已经成长为高级将领了。新任安西节度使王正见很快就病死在任上，封常清如愿以偿地成为新任安西节度使。程千里改任右金吾大将军后，安西节度使封常清暂时代理北庭节度使，成为幅员辽阔的西域地区的最高军政长官。

高仙芝挣脱复杂情绪的纠缠，叹息道："封二啊，你随我一路走来颇为不易。如今我要与你一同赴死，真是天意啊！"

在朝廷急需用人之际，两位身经百战的名将就这样被李隆基亲手送上了断头台。自毁长城的李隆基马上就会品尝到无将可用的苦果。

---

① （后晋）刘昫等撰：《旧唐书·卷一百四·封常清传》，《二十四史全译》，汉语大辞典出版社2004年版，第2651页。

慷慨悲歌传幽燕

面对河北各郡县快速陷落的无奈现实，迟暮的李隆基不禁发出一声充满悲凉的感慨："（河北）二十四郡，曾无一人义士邪！"[①]

幽燕自古多慷慨悲歌之士，在国破家亡的危急时刻，怎么会没有义士挺身而出呢？这个义士就是颜真卿。虽然他是第一个，却并不是唯一一个。

颜真卿在很多人的印象中是一位笔力雄劲的大书法家，可鲜为人知的是，正是一段烽火连天的岁月造就了他高超的书法艺术造诣。

平原[②]太守颜真卿早就察觉到安禄山的异动。虽然他并不是第一个说安禄山意欲谋反的人，却是第一个为随时可能发生的叛乱进行准备的人。未雨绸缪的他下令疏浚壕沟、加固城池、招募壮丁、储备粮草。

安禄山对自己的下属颜真卿在眼皮底下所做的这一切竟然没有一丝察觉，因为身经百战的安禄山并没有把一介书生颜真卿放在眼里。安禄山注定要为自己的疏忽大意付出代价。

安禄山发动叛乱后令颜真卿率领七千人防守黄河渡口。接到这个反常的命令后，颜真卿知道安禄山真的要反了。

顿感事态紧急的颜真卿急忙派遣手下官员从小道前往长安，而他则马不停蹄地招募勇士，十天就招募了一万余人。

起兵之际，颜真卿泪流满面，痛不欲生。深受感染的将士们下定决心要追随自己的主帅同生共死。

---

① （北宋）司马光撰：《资治通鉴·卷二百十七》，改革出版社 1995 年版，第 4610 页。

② 治所在今山东省德州市陵城区。

安禄山此时才意识到颜真卿是个不好对付的人。颜真卿给河北地区带去了勇气和希望，所以他被河北地区的抵抗势力推举为盟主。

正在逐鹿中原的安禄山一时间分身乏术，但又不能坐视不管，于是将平息颜真卿势力的任务交给了老领导张守珪的儿子张献诚。

张献诚率领一群团练兵南下进攻饶阳郡①，为进攻平原郡扫清障碍。可让他始料未及的是，在官军兵败如山倒的大好形势下竟然会遇到如此顽强的抵抗！

在河北二十四个郡中，饶阳郡无疑是坚持时间最为长久的一座郡城。一群名不见经传的小人物在史书上留下浓墨重彩的一笔。

颜真卿派遣自己的外甥卢逖携带一封亲笔书信前往常山②，约远房堂兄颜杲卿共举大事。

其实称病不理政务的颜杲卿实际上并没有闲着，而是暗中与长史袁履谦、内丘县县令张通幽等人紧锣密鼓地密谋反抗安禄山。

颜杲卿怀着激动的心情看着堂弟写给自己的亲笔信，遒劲有力的笔迹、铿锵有力的话语，使得颜杲卿的耳畔仿佛响起了冲锋的号角，他再也不能等下去了。抵抗的烽火开始从河北东部烧向西部，进而燃遍整个燕赵大地。

颜杲卿以安禄山的名义征召叛军将领李钦凑前来议事。仍旧蒙在鼓里的李钦凑以为军情紧急，连夜赶来。颜杲卿却推托城门不便在夜间打开，于是将他安排在城外的驿站之中。

在颜杲卿的授意下，袁履谦带着美酒前去犒劳。在摇曳的烛光下，毫无防备的李钦凑在香醇美酒的陶醉下喝得酩酊大醉，而且再也没有醒过来。

---

① 治所在今河北省深州市。
② 治所在今河北省石家庄市正定县。

当袁履谦将李钦凑的首级递到颜杲卿眼前的时候，颜杲卿竟然喜极而泣。家国破碎的痛苦和斩杀叛贼的喜悦顿时交织在一起，犹如烧红的烙铁与冰冷的水在猛然接触的那一刹那爆发出撕心裂肺的声响。

安禄山派遣将领高邈返回范阳征兵。这个消息被颜杲卿获知。一个瓮中捉鳖的计策正在他的心中酝酿。善于暗算别人的高邈没有想到自己居然也被别人暗算了。

恰逢此时，叛军将领何千年也从东京洛阳返回河北地区，面对突如其来的变故还没有来得及做出反应便束手就擒。

何千年与高邈这对好兄弟刚刚在不久前还携手缔造了长途奔袭擒主帅的军事神话，如今却一起窝窝囊囊地被擒获，不得不感叹真是造化弄人啊！

颜杲卿迅速传檄河北大地，声称二十万平叛大军已经从土门进入河北地区。为了将戏演得更加逼真，他派出一百名骑兵，每匹马的尾巴上挂着树枝，然后向南方疾驰，卷起漫天灰尘，故意制造朝廷大军已经到达的假象。这一招三国名将张飞曾经在当阳桥旁使用过。

朝廷的大军来了！百姓们奔走呼号着这个令人振奋的消息，尽管这不过是镜中花、水中月，但毕竟使河北地区望眼欲穿的老百姓们看到了一丝希望。

这个假消息在叛军将领中引起了巨大的恐慌。颜杲卿派人给张献诚捎话："足下所率领的不过是些团练兵，怎么能抵挡得住彪悍的朔方军的进攻，应该早作打算！"

正在围困饶阳郡的叛军将领张献诚显然被颜杲卿吓到了，丢盔弃甲仓皇逃走。

河北各地军民纷纷揭竿而起，斩杀安禄山任命的伪刺史，传首常山郡。在河北二十四郡中，叛军真正控制的不过是河北北部的范阳、卢龙、密云、渔阳、汲郡、邺郡六郡而已。

在形势一片大好之际，颜杲卿秘密派遣青年才俊马燧前去游说留守范阳的贾循率部起义。这招釜底抽薪的计策如果真的能够成功实施将彻底改变历史进程。

孤身入虎穴的马燧终于如愿见到了贾循，慷慨激昂地说："安禄山负恩悖逆。如今他虽然攻占了洛阳，却仍旧难逃覆亡的命运。如果您能诛杀不肯归附的将领，向朝廷献出范阳郡，倾覆叛军的根本，那可真是不世之功！"

马燧的话深深地触动了贾循，可这里毕竟是安禄山经营多年的老巢，贾循一时间犹豫不决，不知该何去何从。

当断不断必留后患。安禄山的谍报网络很快便侦知贾循的异常举动。向润客急忙将这个重大情报密报安禄山。

其实贾循并不是安禄山核心圈子里的人，安禄山早就对他有所防范。安禄山急忙派遣亲信韩朝阳实施"斩首行动"。贾循此时还对即将到来的危险一无所知，死到临头的时候才彻底明白这一切都是犹豫惹的祸！

少年英雄马燧逃到西山，幸亏得到当地一个隐士的帮助才得以幸免于难。

颜杲卿与颜真卿的积极活动让安禄山既咬牙切齿又惊恐不已，于是急忙调遣史思明、李立节、蔡希德这三员能征惯战的干将去扑灭这场熊熊燃烧的抵抗之火。

随着形势日益紧张，河北地区抵抗运动的精神领袖颜杲卿派遣自己的小儿子颜泉明携带着李钦凑首级，并且押送何千年与高邈两员叛军将领前往太原去见王承业。此时的王承业正因上任以来未立寸功而苦恼着，于是贪婪地想把所有的功劳据为己有。

王承业好酒好菜地招待颜泉明一行人等，而且还满口答应如果常山一旦有事一定会派兵援救。

当颜泉明为王承业的盛情接待和铮铮誓言而欢欣鼓舞的时候，颜杲卿的部下张通幽却暗中更换了奏表，将王承业以及自己的功劳大书特书，甚至为了刻意抬高自己而不惜丧心病狂地大肆诋毁颜杲卿。

王承业派遣自己的心腹押解着何千年与高邈前往京城，而心满意足的颜泉明满心欢喜地踏上了归程，根本不会想到危险正在不远的前方等待着他！

此时，壮士翟乔正饱受着良心的煎熬，因为王承业交给他一个令人不齿的任务，那就是假扮盗贼半路劫杀颜泉明。

颜泉明一行人终于出现在翟乔的视野中。内心苦苦挣扎的翟乔终于在理智与情感之间勇敢地做出了选择，将王承业的阴谋全都告诉了颜泉明。幸运的颜泉明成为颜杲卿家族中为数不多活下来的人之一，但义薄云天的翟乔却从此消失在历史的深处。这不禁让我们想起了《铡美案》中的韩琦，因为不忍杀害秦香莲母子最后只得自杀身亡，估计翟乔的下场比韩琦也不会好多少。

饱受军事失利折磨的李隆基见到王承业派人送来的叛军将领何千年与高邈后，自然欣喜若狂，随即提升王承业为羽林大将军①，参与押送的官吏也全都得到丰厚的赏赐。

可真正应该得到赏赐的人却被遗忘了，但"纸毕竟包不住火"，王承业冒功的罪行很快就暴露了。颜杲卿等人的英雄事迹也传到了李隆基的耳中。

李隆基随即任命颜杲卿为卫尉卿兼御史中丞，袁履谦为常山太守。不过颜杲卿此时却来不及欢喜，因为他即将迎来人生中最后一次，也是最为华丽的一次战斗！

颜杲卿希望王承业能够出于大义在自己危急存亡之际伸出援手，可是望眼欲穿的颜杲卿却见不到一兵一卒，心中残存的最后那丝希望破灭了。

---

① 到底是左羽林还是右羽林，因为史书缺载不得而知。

公元 756 年正月除一，安禄山在洛阳登基称帝，自称雄武皇帝，国号大燕，以洛阳为都城，以范阳为东都。叛军也终于有了一个名正言顺的名号"燕军"。

安禄山大肆封赏功臣，任命达奚珣为左相，张通儒为右相，严庄为御史大夫，高尚为中书侍郎。在浓厚的喜庆气氛中，高尚无疑是最落寞的，因为张通儒与严庄的政治地位都超过了他。

当洛阳一片欢乐祥和的时候，孤立无援的常山郡却充斥着血腥和杀戮。

其实只要再坚持半个月，颜杲卿翘首以盼的官军就会到来，那时河北地区的形势也会随之发生重大而又可喜的变化。尽管如此，面对凶悍的叛军，哪怕多坚持一天都是一种奢望。

经过六天的血战，饮水没了，粮食没了，弓箭也没了。

虽然不同的史书对于常山郡失陷的时间记载不一，但毋庸置疑的是常山城失陷的时间肯定在至德元载（公元 756 年）正月上旬。这个时间本应是合家团圆、共度佳节的美好时刻，可是这场惨烈的战争却将一切的美好都践踏得粉碎。

征召颜杲卿入京任职的诏书还未送到颜杲卿手中，常山城便已经被叛军攻陷。颜杲卿没有机会再为心爱的大唐效力了，但他却用自己的行动表达了对大唐的无限忠诚。

叛军将领无所不用其极地逼迫颜杲卿投降，因为他的投降无疑具有重大政治意义，可让叛军没有想到的是颜杲卿在死亡威胁面前竟然毫无惧色。

气急败坏的叛军将刀架在颜杲卿的小儿子颜季明的脖子上。投敌叛国还是痛失爱子？这个艰难的抉择摆在了颜杲卿的面前。

他是一位正处于风雨飘摇之中的大唐的臣子，也是一位正处于性命堪忧之际的儿子的父亲。即使再坚强的人也有软弱的地方！

　　面对生离死别，颜杲卿却选择了坚守，因为气节的价值远远超过了儿子的价值，甚至自己生命的价值，因为他的坚贞不屈可以激励无数大唐子民前仆后继地拿起刀枪抗击叛乱者。

　　渐成燎原之势的星星之火被叛军的铁蹄无情地扑灭了，不过一场春风的到来很快就会再次点燃河北地区的抵抗之火！

携手出征泯恩仇

在大唐生死存亡的关键时刻，总会出现挽狂澜于既倒的大英雄。

在风云际会之际，陇右镇、河西镇、朔方镇、河东镇都有机会成为唐帝国的拯救者，可是经过一番血与火的历练，只有朔方镇抓住了这个千载难逢的机会。在战火中成长起来的"中兴三将"李光弼、郭子仪、仆固怀恩均出自朔方。

朔方节度使的驻地并不在朔方郡，而是在灵武郡。灵武郡（此前称为灵州）的治所一直众说纷纭。此前，史学界的主流说法是位于今宁夏灵武西南。经过考古发现，灵武郡的治所应该位于今宁夏吴忠市区。

安史之乱的烽火刚刚燃起，朝廷派来的使臣便急匆匆来到灵武郡，宣布了一个重大决定：免去安思顺的朔方节度使职务，改任户部尚书；任命朔方右兵马使郭子仪为朔方节度使。

此时的郭子仪已经五十九岁了，如果按照原来的人生轨迹，他将在平静中度过余生，可是突然爆发的战争却彻底打破了他宁静而又平淡的生活，而他人生之中最为华丽的乐章也即将奏响。

李隆基之所以没有提拔曾经担任过节度副使的李光弼，在很大程度上是因为安禄山的叛乱使得胡人不值得信赖的论断一度甚嚣尘上。

这项重大人事更迭引起了一个人的恐慌，这个人就是李光弼。

李光弼与安禄山是营州柳城的老乡，李光弼出身将门，父亲李楷洛本是契丹酋长。归附唐朝后，李楷洛当上了左羽林大将军这样的高官，封蓟郡公。

吐蕃侵犯河源时，李楷洛奉命率兵迎战。临行之时，李楷洛先知先觉地说："我恐怕再也回不来了。"果然，李楷洛在班师回朝途中病逝。

自幼便顶着烈士子弟光环的李光弼的童年生活并没有太多的乐趣，因为骑马与射箭充斥着他的幼年生活，不过他也因此练就了一身过人的武艺，为他日后的戎马生涯奠定了坚实的基础。

李光弼曾在河西节度使王忠嗣麾下担任兵马使兼赤水军使。李光弼很得王忠嗣的赏识，以至于王忠嗣曾经带着满是赞赏的语气说："日后统领我麾下兵马的人非李光弼莫数！"

从河西调到朔方后，李光弼依旧得到朔方节度使安思顺的器重。朔方节度使安思顺上表推荐李光弼为朔方节度副使，知留后事，还想将自己的女儿嫁给他。这可是一个能够让李光弼更上一层楼的千载难逢的好机会，但李光弼的选择却出乎了所有人的意料——不仅果断地拒绝了老领导的美意，而且还以健康欠佳为由离职了。他这么做是因为不愿意贸然卷入波谲诡异的政治纷争之中。

李光弼的气节得到了哥舒翰的赏识。哥舒翰推荐李光弼入京任职，可是史书中并没有记载他的新职务，估计是朝廷一时间也找不出合适的位置安置他。

安史之乱爆发时，李光弼一直处于半隐退状态，不过他的人事关系却仍旧留在朔方镇。

李光弼的职务和地位一直比郭子仪高。郭子仪长期担任军使，直到安史之乱爆发前一年才被提拔为朔方右兵马使，不过在朔方镇核心领导层中资历尚浅，而李光弼的资历和威望却在他之上。

让李光弼始料未及的是曾经是自己下属的郭子仪如今却被突然提拔为他的上司。自视清高的李光弼与郭子仪的关系一直不和谐，因为两人有着太多的不同点。

性格不同，李光弼为人严厉，郭子仪为人宽厚；

地域不同，李光弼老家在东北，郭子仪老家在西北；

身世不同，李光弼出身于名将之家，郭子仪出身于书香门第；

两人唯一的相同点就是都是军人！

性格背景巨大反差的两个人并不意味着一定会走向对抗，只要能够互相包容、互相理解，完全可以和谐相处，还会形成互补优势，不过这却需要经过一番磨砺才能实现。

野史中曾经记载过这样一件事：

郭子仪与李光弼互相看不上，甚至坐在一起也不说话（虽同席不交谈）。大权在握的郭子仪如今成为新任节度使，"将在外君命有所不受"，掌控着麾下将领的生死。

李光弼预感到自己死期恐怕不远了，径直来到郭子仪的府邸，跪在地上哀求道："我死并不可惜。希望您能够宽恕我的老婆和孩子！"

郭子仪闻听此言急忙快步走到他跟前，紧紧地握着他的手，信誓旦旦地说："如今国家动荡，圣上蒙难。非公不能安定天下！在下怎么能够因私废公呢？"

随着这件事成为人们津津乐道的美谈，郭子仪也被定格为公而忘私的楷模，可是两唐书中却并没有留下类似记载，所以这段记载的真实性值得怀疑。

安史之乱之前，拥有自由处置权的节度使因为泄私愤而擅自诛杀手下将领的事例并不少见，可是那些被杀的人基本上都是中下级将领。

李光弼可不是随意任人宰割的等闲之辈。曾任节度副使的李光弼在军中的地位仅次于节度使，而且他在朝中的口碑又一向很好，很得李隆基的器重。哥舒翰等一大批大唐高级将领对他又很赏识，即使郭子仪再恨李光弼，也未必敢擅自诛杀像他这么高级别的将领。

如果执意那么做，郭子仪肯定会陷入舆论旋涡之中，不仅会招致朝廷的猜忌，还会招致同僚的愤慨，轻则挨批受处分，重则丢官罢职。

如果感到生命受到威胁，李光弼完全可以申请调离朔方，在朝廷调令正式下达前，他也可以通过休假的方式先行离开朔方。

这件事杜撰的色彩很浓，无非是想通过压低李光弼来抬高郭子仪。

论政治智慧和为官之道，李光弼不如郭子仪；若论军事才华和作战能力，李光弼却比郭子仪略胜一筹，被誉为"中兴武功第一"。

本来综合能力不相伯仲的两个人的政治声望和历史地位却随着时光的流逝差距变得越来越大。

李光弼在人生最后阶段有一个永远都难以抹去的污点，而郭子仪却是带着无限的荣耀离开人世的，而且他还将尊贵传给了自己的后辈儿孙。

郭子仪的八个儿子和七个女婿全都身居高位，而且郭暖还被招为当朝驸马。他的孙女成为宪宗皇帝的贵妃（后来追赠为皇后）。由于宪宗一直没有册立皇后，所以郭贵妃便是皇宫之中实际上的女主人。

他的重外孙李恒登基称帝，更为神奇的是李恒的三个儿子，也就是他的三个玄外孙李湛、李昂、李炎也先后成为大唐皇帝。

从唐中后期开始，一股向郭子仪顶礼膜拜的个人崇拜风潮愈演愈烈，因此关于郭子仪的历史记载自然会有些失真！

燕赵之地起刀兵

郭子仪默默注视着连接关内道与河东道的战略枢纽静边军城。他将从这里开始缔造彪炳千秋的丰功伟绩。

今天，静边军城的残垣断壁至今仍旧矗立在山西西北部右玉县右卫镇，可能很多人对右玉县会感到陌生。脍炙人口的西口（即杀虎口）便位于右玉县，许多荡气回肠的"走西口"的故事便在这里上演。

虽然千年风霜已经让这座历经沧桑的古城破败不堪，但从厚重的墙砖中仍旧能够依稀看到古城曾经的威武雄壮。

为了防御突厥与回纥的袭扰，王忠嗣担任河东节度使时曾经主持修建静边军城，从此静边军城便成为拱卫河东地区的西部"桥头堡"。

关于静边军之战，史书记载很简略，只记载朔方军攻下静边军、斩杀守将周万顷。这里虽然远离主战场，可是静边军之战的意义却不容小觑。这是安史之乱爆发后的首次大捷，对于战争进程的深远意义不容低估！

《千唐志斋藏志》中收录的苏日荣墓志铭却留下了史书中不曾提及的一些重要细节。

叛乱爆发时，大夏县①县丞苏日荣突然在静边军城现身。不知他是偶尔游历到此，还是悄悄地在这里等候时机。来到这里的苏日荣并没有闲着，而是广泛结交当地的豪侠义士，准备干一番大事。

挥师东进的朔方军兵临城下，苏日荣苦苦等待的机会终于到来了！

在夜色的掩映下，苏日荣领着这帮哥们弟兄秘密潜入军营，刺杀主将周万顷和安守一。

---

① 治所在今甘肃省临夏回族自治州。

一时间群龙无首的叛军顿时便乱作一团，朔方军在没有遇到顽强抵抗的情况下便迅速占领了静边军城。由于当时苏日荣的地位颇为卑微，斩杀周万顷的功劳自然就算在了郭子仪的头上。

可是李隆基却并没有忘记这位孤胆英雄苏日荣，破格提拔他为振武军副使。本来仕途并不得意的苏日荣从此官运亨通，一直做到英武军右厢兵马使这样的高官，不过他也再没有做出什么惊天地、泣鬼神的事。

静边军城的失陷顿时引起了高秀岩的恐慌。高秀岩急忙派遣大同兵马使薛忠义赶来增援，试图重新夺回静边军城。

郭子仪率领朔方军主力迎战，左兵马使李光弼、右兵马使高浚、左武锋使仆固怀恩、右武锋使浑释之等重要将领悉数参加，每一个人都是名垂后世的名将。

郭子仪知道李光弼肯定不甘于久居自己之下，在他的竭力推荐下，李光弼很快就升官了，但史书的记载却并不一致，有的说是河东节度使，有的说是河东节度副使。

其实李光弼的新职务是河东节度副大使、知节度使事。"副大使"可不是"副使"。由于节度大使往往由亲王或者重臣遥领，名义上的二把手副大使却是事实上的一把手。某某节度副大使、知节度使事有时也会被简称为某某节度使。

虽然李光弼被任命河东节度使，却并不意味着他马上就可以指挥调动河东镇所属各支部队，因为有人并不愿意轻易放弃手中的权力，所以此时的李光弼还只是一个光杆司令。

鉴于李光弼缺兵少将，郭子仪慷慨地将朔方精兵调拨给李光弼指挥。李光弼即将率领这支部队开始缔造光耀后世的军事神话。

要想东征河北，当务之急便是打通通往太原府的路，因为太原府下辖的石艾县境内的故关是河东前往河北的交通枢纽。郭子仪率领朔方军主力打通了这条路，也为李光弼搭建了一座华丽的舞台等待着他隆重登场。

　　李光弼的东征重新燃起常山军民抵抗的热情。虽然颜杲卿已经不在了，但他播种的火种却深植在他亲手训练的团结兵的心中。

　　此时史思明、李立节、蔡希德正率领叛军主力部队围攻饶阳郡[①]。李光弼几乎兵不血刃地攻占常山城[②]。

　　眼前是一片激战过后的狼藉。坚强的李光弼忍不住泪流满面，悔恨自己来晚了！

　　李光弼从监狱中将颜杲卿、袁履谦二人的数百名亲属全都解救出来，而且还给了他们一笔丰厚的抚恤金和丧葬费，告慰逝者的在天之灵。

　　常山团练兵将叛军将领安思义押到李光弼的面前。

　　"你应该知道自己难逃一死吧？"李光弼冰冷的话语中充满了杀气。

　　安思义并没有说话，因为他觉得自己除了死之外无路可走。

　　"你长期在叛军中效力。你如果为我献上一计并且这个计策可行，我可以暂且饶你不死！"

　　安思义仿佛突然看到一丝生的希望在眼前闪现，急忙说："大夫[③]远道而来，宜坚守不出不宜贸然出战。史思明麾下骑兵虽然锐不可当，但如果迟迟攻不下来，必然会士气低落。昨天夜里常山失守的消息已经送出去了，估计先锋部队明天早晨就会赶到。您还是早做防备吧！"

　　李光弼的脸上终于露出了一丝笑容，仿佛看到胜利正在向他招手，亲自为安思义解开身上的绑绳。

　　史思明果然率领两万骑兵气势汹汹地杀来，李光弼则派遣五千步兵从东门出战，双方在东门附近展开激烈厮杀。骁勇的叛军士卒表现出顽强的战斗力，战斗陷入胶着状态。

　　焦急的李光弼命城上的弩兵准备战斗。弩手分为四队，连续不断地将

---

　　① 治所在今河北省深州市。

　　② 治所在今河北省石家庄市正定县。

　　③ 李光弼加授御史大夫，当时的官员格外看重御史台的职衔。

弩箭射向疯狂攻城的敌军。如雨点般的弩箭暂时遏制了叛军的攻势。

李光弼亲率五千士卒出城与叛军隔着滹沱河水对峙。史思明则率领骑兵发动了新一轮进攻，不过又在唐军弩兵的攻击下败下阵来，只得静静等待援军的到来。

一个村民带来一个重要情报：叛军五千步兵不分昼夜疾行一百七十里从饶阳郡赶来增援。

不过叛军增援部队此时因为急行军而疲惫不堪，只得在九门县①南部稍事休整。自从叛乱以来，还没有哪支部队可以给他们带来真正的威胁，况且这群狂妄的骄兵悍将觉得周围都是自己人，对于即将到来的危险竟然没有一丝防备。

从天而降的唐军突然杀来的时候，无限的惊恐迅速吞噬了叛军的斗志。这五千人瞬间便沦为唐军的刀下之鬼，至死才真正明白自己并不是来打仗的，而是来送死的！

惊恐不已的史思明随即退入九门县。在常山所属的九个县中，李光弼一举收复了七县，只有九门、藁城继续被叛军占领着。

当然史思明也不是等闲之辈。屡屡受挫的史思明派出奇兵断了唐军的粮道，失去粮草供应的唐军顿时陷入严重的饥荒之中。正当李光弼陷入绝境的时候，郭子仪率领大部队赶来增援了。

朔方军在九门县西侧与叛军展开激战。谁也不会想到一个少年英雄竟然会改变战争进程！

他就是朔方右武锋使浑释之的儿子浑瑊。他十一岁时便骑术出众，射术惊人，于是跟随父亲来到朔方军营，驰骋在茫茫戈壁，横行于辽阔草原，穿梭在崇山峻岭，征战于绿洲险滩。年纪轻轻的浑瑊绝对不是战争的旁观者，而是重要参与者。战争的硝烟将那个稚嫩的身影重塑成伟岸的身

---

① 治所在今河北省石家庄市藁城区。

躯，将那个稚嫩的脸庞重塑为坚毅的面容。

正当两军激战正酣的时候，浑瑊从背后取出一支箭，搭在弓上，用尽全身的力气将这支箭射出去。这支满带仇恨和怒火的箭带着风声洞穿叛军大将李立节的左肩。骁勇善战的李立节就这样殒命沙场。

李立节的死立即引起了燕军的极大恐慌，当恐惧占据一个人心灵的时候，求生的渴望顿时会变得势不可当。燕军将士如洪水般散去，可谓是兵败如山倒。

史思明仓皇逃到赵郡①，蔡希德狼狈逃到钜鹿郡②。蔡希德后来辗转前往洛阳觐见安禄山。史思明不得不独自一人苦苦支撑着河北战局。

唐军向赵郡发起了猛烈的攻势，一天便攻陷了赵郡。惶惶如丧家之犬的史思明仓皇逃入博陵郡③，疯狂屠杀当地官吏，宣泄着心中无限的怒火。

战后，李光弼坐在城楼上静静地看着手下的士兵在城中大肆掳掠，仿佛是在观看一场与己无关的乱哄哄的话剧。

当满载而归的将士们从李光弼身边经过的时候，他脸上的表情突然凝固了，厉声命令道："所有东西必须交公！"

这可是一个死命令！紧接着，一场大规模的失物招领活动开始了。百姓们捧着失而复得的财物不禁感激涕零。

可让人始料未及的是，史思明率领的那些困兽犹斗的残兵败将竟然也会迸发出难以想象的战斗力。博陵这座名不见经传的小城居然让郭子仪和李光弼两位当代名将都感到无可奈何。

十天了，博陵城仍旧攻不下来。

河北地区严峻的战局使身在洛阳的安禄山忧心忡忡，急忙派遣蔡希德率领两万精兵即刻救援史思明。范阳守将牛廷玠征发范阳等地郡兵一万余

---

① 治所在今河北省石家庄市赵县。
② 治所在今河北省邢台市。
③ 治所在今河北省定州市。

人也开始动身南下，与唐军对峙的燕军数量陡然增加到五万余人，

面对急转直下的局势，郭子仪说："敌人刚刚增兵必然会轻视我们，我们抓住这个有利时机与其决战，必然取胜。"

这场惨烈的战斗打响了。

面对骁勇的燕军，一个贪生怕死的小校想要逃跑，可是等待他的却是郭子仪手中冷冰冰的刀刃。当那个小校的头颅滚落在地的时候，将士们知道唯一的生路就是一直向前。

虽然初战告捷使得全军上下士气高涨，可是敌强我弱的军事力量对比却并没有发生根本性改变。

首战失利的燕军急于一雪前耻，可是唐军却依托深沟高垒坚守不出。

这种白天作战、晚上准备作战的生活让燕军士兵们疲惫不堪。夜幕降临，当劳累了一天的燕军士兵们睡去的时候，偷营的唐军却让他们从美梦之中惊醒。

冷眼旁观的郭子仪与李光弼知道决战的时机到了。

五月二十九日，决定河北战局的嘉山①之战打响了。其实早在战斗打响之前，憔悴不堪的燕军就已经败了。大获全胜的唐军一举斩首四万级。

在这场惨烈的战争中，史思明跌下马来，披头散发，光着脚，拖着断枪狼狈逃回军营。元气大伤的史思明不仅再也组织不起有效的攻势，而且继续活下去都很艰难！

走投无路的史思明再次逃往博陵，乘胜追击的李光弼再次包围博陵。历史的进程竟然出奇地相似。

史思明躲在博陵城中过着朝不保夕的生活，他不知道自己能否再次幸运地躲过此劫。

河北各郡县的军民纷纷拿起刀枪，杀死守将，归顺朝廷。从范阳至洛

---

① 治所在今河北省定州市西。

阳的通道再次被唐军切断。往来范阳和洛阳的燕军使者只能轻装简从，偷偷过境。尽管如此，燕军联络员仍旧经常被唐军俘获。身在洛阳的燕军将士们因担忧自己的家乡范阳的安危而军心动摇。

险峻的潼关阻挡了燕军西进的步伐，镇守南阳的来瑱阻滞了燕军南下的征程，戍守雍丘的张巡阻断了燕军东进的步伐。

最让安禄山感到惊恐不安的是，他的老家范阳随时都有被攻陷的可能，时间一长，他手下那些思家心切的将士们肯定会生出事端。

此时的安禄山犹如一只被拦腰斩断的猛龙，愈加强烈地感到末日正在一步一步地向他走来。

面对急转直下的形势，安禄山对着高尚和严庄破口大骂道："这些年来，你们三番五次地鼓动我起事，还说这是什么万全之策？如今潼关连续几个月都攻不下来，而我们北归的路如今也被切断了。当前我们所拥有的不过是区区数郡而已，万全何在？从今天开始，你们不要来见我了！"

高尚和严庄吓得连续数日都不敢去见安禄山。正当两人为自己岌岌可危的命运而惴惴不安的时候，田乾真从潼关前线回到了洛阳。正是他的到来化解了这场政治僵局。

"自古帝王大业没有一蹴而就的，全都经历过无数的坎坷曲折。虽然如今烽烟四起，那些不过是新招募的乌合之众，没有经历过什么战阵，根本就不是我们的对手。高尚和严庄都是您的股肱之臣，陛下这样对待他们，诸将知道后肯定会惶恐不安！一旦上下离心，陛下的处境可就危险了！"

安禄山的脸上终于露出了久违的笑容，赞赏道："你懂我！"

其实安禄山知道田乾真刚刚所说的那一番话不过是为了宽慰他！郭子仪和李光弼率领的朔方军、哥舒翰率领的河西军和陇右军都是身经百战的精锐之师。如果真的正面对抗，谁输谁赢还真不好说。

尽管如此，安禄山从田乾真的话语中悟出了许多东西。他知道在当下如此不利的境地下一定要保持镇定，因为他是这支庞大军队的主心骨。

安禄山像以前那样征召高尚和严庄来皇宫中一同宴饮作乐，一同观赏歌舞，仿佛一切都没有发生过。

尽管如此，安禄山心中的恐惧仍旧无法释然，秘密召集手下的那帮谋臣们商议放弃洛阳，返回范阳。安禄山急切地想要走，但他也知道这种带有鲜明的逃跑主义色彩的命令，给手下那帮正在浴血奋战的将士们带来的负面影响将会是何等的巨大。

安禄山陷入巨大的彷徨之中。自己返回范阳起码可以割据河北，如果范阳丢了，自己可就彻底完了！这是一个极其困难但又必须要面对的抉择，而他的对手李光弼与郭子仪留给他的时间已经不多了。

但此时，唐军却放弃了攻取范阳的计划，原因是长安的门户潼关失守了。大唐也因此被再次推到了生死存亡的边缘。

国破山河在

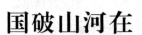

痛断肝肠的潼关之战

失魂落魄的逃亡之路

扑朔迷离的马嵬之变

若隐若现的幕后主使

孤注一掷的政治豪赌

痛断肝肠的潼关之战

潼关位于今天陕西、山西、河南三省交界处。"鸡鸣闻三省，关门扼九州"的潼关西接华山、南靠秦岭、北临黄河、东依悬崖，"一夫当关，万夫莫开"。潼关成为燕军始终都无法逾越的屏障，而构筑这道钢铁防线的正是一代名将哥舒翰。

哥舒翰出生在名副其实的名门望族。他的父亲歌舒道元是突厥的一支突骑施哥舒部酋长，曾任大唐安西副都护。母亲是西域于阗国^①公主。

身为"官二代"的哥舒翰的前半生可以用"不靠谱"来概括。优越的家庭环境使得他一直过着放荡不羁的生活，整天跟一帮朋友喝酒赌博、游戏人生，是一个典型的"啃老族"。

可是随着父亲的突然离世，这种醉生梦死的生活突然间戛然而止。哥舒翰不得不告别了过去那种放荡不羁的生活，默默地为故去的父亲守孝三年。在这三年寂寞的丁忧期间，哥舒翰开始反思自己浑浑噩噩的前半生。

守孝期满，已过不惑之年的哥舒翰不得不为日后的生计而劳心费神。朝廷感念其父的功绩准备任命他为长安县县尉。长安县在唐代的政治地位颇高。县尉是县令的主要属官，地位仅次于县丞与主簿。《唐六典》记载："县尉亲理庶务，分判众曹，割断追催，收率课调。"除负责治安工作之外，县尉指导众曹即县政府各部门的工作并且催征税款。

哥舒翰对于长安县县尉这个从八品下阶的小官却并不感兴趣，反而认为这是对自己能力的一种侮辱。他愤然离开繁华的长安前往茫茫的西北戈壁，仗剑走河西的哥舒翰也从此开启了人生新篇章。

---

① 位于今新疆维吾尔自治区和田市西南。

哥舒翰的军旅生涯起初并不顺利，因为"千里马常有而伯乐不常有"，直到他得到一代名将王忠嗣的器重。

天宝六载（公元 747 年），王忠嗣提拔哥舒翰担任大斗军副使，从此步入唐帝国高级将领的行列。

在讨伐吐蕃的一次战役中，有个副将竟然不听他的指挥。哥舒翰随即拿起大木棒打杀此人，军士凛然，军容大振。

此时担任大斗军使的正是安禄山的堂兄安思顺。正职与副职的关系一向十分微妙，而哥舒翰具有很多高干子弟的通病，那就是目中无人，唯我独尊。

哥舒翰的这种性格使得他与安思顺难以和谐相处。虽然无论从资历还是职务，哥舒翰都要逊于安思顺，可是哥舒翰却并不把自己的顶头上司放在眼里，所以两人的矛盾日益激化。

安禄山自然为堂兄打抱不平。安禄山此时已经担任节度使六年之久。虽然安禄山与哥舒翰分属不同的镇，但是安禄山怎么说也是哥舒翰的首长，可是傲慢的哥舒翰照样不给他面子。

看到哥舒翰与安思顺、安禄山兄弟的矛盾越来越深，李隆基想要借机调和他们之间的矛盾。

天宝十一载（公元 752 年）冬天，三个人同时来朝，李隆基特意让宦官高力士在驸马崔惠童府上摆御宴款待他们。

安禄山在酒席宴上特意和哥舒翰套近乎，说："我的父亲是胡人，母亲是突厥人，你的母亲是胡人，父亲是突厥人，咱们俩的血统一样，应该亲近些才是。"

哥舒翰说："古人云：狐向窟嗥不祥，为其忘本故也。"

这句话无疑是哥舒翰一生中说得最为失败的一句话，因为他不懂得沟通的艺术。沟通的最高境界就是知道见什么人说什么话，什么时候说什么话，而且知道什么该说什么不该说。

如果对方换成是别人，也许这场宴会将会以"一笑泯恩仇"的美好结局收场，可是对方却偏偏是并没有什么文化的安禄山。

哥舒翰的这句话其实是个否定句式。旷野中的狐狸对着洞窟号叫是忘本的行为，所以不应该忘本。

大老粗安禄山自然不懂得否定之否定是肯定的道理。其实哥舒翰是认同安禄山所说的话的，可是这句卖弄学问的话却引起对方的误解。

"狐"与"胡"同音，安禄山认为这是哥舒翰在讽刺他是胡人。愤怒不已的安禄山怒骂哥舒翰。

"你有没有素质啊！怎么张嘴骂人呢？"不甘示弱的哥舒翰也立刻开骂了。

高力士急忙站出来劝阻。

"淡定！淡定！两位都是有身份的人。"

哥舒翰挥挥手，表示喝醉了！

李隆基精心筹划的这次宴会不仅没有缓和两人的矛盾，反而使得矛盾日趋激化。

酒、色、财、气是人最大的四个敌人。"酒是穿肠毒药，色是刮骨钢刀，财是下山猛虎，气是惹祸根苗。"其中，酒、色、气在无声而又残酷地摧残着哥舒翰的身体，但对他的身体影响最大的还是无休无止的怨气。

哥舒翰自认为出身比安禄山高贵，武功比安禄山高强，战功比安禄山卓著，可在他官场上却总是要比安禄山逊一筹。

哥舒翰当上陇右节度使的时候，安禄山已经当了五年的节度使，而且已经身兼范阳、平卢两镇节度使。

哥舒翰兼任陇右、河西两镇节度使的时候，安禄山已经兼任范阳、平卢、河东三镇节度使。

哥舒翰赐爵西平郡王的时候，安禄山已经受封东平郡王三年之久。

哥舒翰一步赶不上，步步赶不上，他能不气吗？

　　酒、色、气无情地摧残着哥舒翰的身体，使得这个身经百战的汉子最终没有倒在血腥的战场上，反而倒在了舒适的浴室里。

　　天宝十四载（公元 755 年）二月，此时距离安史之乱爆发仅有八个月的时间。

　　哥舒翰拖着健康已经亮起红灯的身体入京面圣。行至土门军时，旅途劳累的哥舒翰痛痛快快地洗了一个热水澡。但谁也没有想到就是这次舒舒服服的热水澡，竟然将这位骁勇无比的名将彻底击倒。哥舒翰中风后一直处于昏迷状态。很久以后，他才苏醒过来，不过却落下半身不遂的后遗症。

　　有人不该死而死了是一种不幸，而有些人该死而没有死则是更大的不幸。这是哥舒翰个人的悲剧，更是帝国的悲剧。

　　安史之乱爆发后，军事失利接踵而至。怒不可遏的李隆基不问青红皂白就斩杀了封常清和高仙芝两员名将，如今却不得不面临着无人可用的尴尬局面。

　　在十大节度使之中，范阳、平卢兼河东节度使安禄山造反了，安西兼北庭节度使封常清被杀了，朔方节度使安思顺被免职了，剑南节度使崔圆和岭南五府经略使何履光远在南方而且缺乏军事斗争经验。

　　此时只有河西兼陇右节度使的哥舒翰、新任朔方节度使郭子仪和新任河东节度使李光弼三个人可供李隆基选择。

　　防守潼关的二十余万部队番号不一，鱼龙混杂，既有最初的潼关戍守部队，又有封常清和高仙芝败退到潼关时率领的残部；既有从朔方调来的部分边防部队，也有从河东^①、华阴^②、冯翊^③、上洛^④四郡征调的郡兵，但主

---

①　治所在今山西省永济市。
②　治所在今陕西省渭南市华州区。
③　治所在今陕西省渭南市大荔县。
④　治所在今陕西省商洛商州区。

力却是从河西、陇右两镇征调而来的镇兵以及生活在河西、陇右地区的落奴剌、跌、朱耶、契苾、浑等十三个部落的蕃兵。

郭子仪与李光弼显然难以驾驭这支构成复杂的军队，况且河北前线更需要他们。

一直在京城长安养病的哥舒翰自然进入了李隆基的视野。之前哥舒翰虽然幸运地逃过一劫，但如今却是一个行动不便的废人，自然三番五次地推辞，可是缺兵少将的李隆基硬是把他推到潼关主帅的位置。

哥舒翰以太子先锋兵马元帅的头衔统领潼关所有部队。此时的他唯一可以贡献给大唐的或许只有用宝贵的经验累积而成但如今却要大打折扣的智慧了。

在大唐危急存亡之际，哥舒翰仍旧忘不了与安思顺的私人恩怨，授意手下人伪造了一封安禄山写给安思顺的信，然后又安排人在潼关城门擒获送信的人。哥舒翰随即向李隆基上表陈述安思顺的七宗罪。

迟暮的李隆基自然不会轻易地被哥舒翰这出自导自演的闹剧所蒙蔽。如果安思顺真的参与叛乱，他为什么此前三番五次地说安禄山会反叛呢？他为什么轻易地放弃朔方军权赶来长安赴任呢？

虽然李隆基知道安思顺是冤枉的，但他也知道安思顺必须死，因为哥舒翰容不下安思顺，而他自己保全身家性命又不得不仰仗着人家哥舒翰。

安思顺和他的弟弟安元贞最终被处死，两人的家属被流放岭南。不过安思顺的死却引起一个人的恐慌，这个人就是杨国忠，"（杨）国忠始惧。"①

杨国忠不是一向和哥舒翰走得很近吗？杨国忠怎么会对安思顺的死如此敏感呢？

---

① （北宋）宋祁、欧阳修等撰：《新唐书·卷一三五·哥舒翰传》，《二十四史全译》，汉语大辞典出版社 2004 年版，第 3187 页。

前几年，身为宰相的杨国忠为了抗衡安禄山，的确曾经竭力拉拢哥舒翰，这也是哥舒翰一路加官晋爵的重要原因。但是特立独行的哥舒翰却并没有因此而对杨国忠感恩戴德，这自然引起了杨国忠的不满。

自从安史之乱爆发以来，成为众矢之的的杨国忠对于每一个可能给他带来威胁的危险人物都极度敏感。

从古至今，赤裸裸的叛乱者并不多，绝大多数的叛乱者都会给自己披上一件貌似正义的外衣——"清君侧"。这是因为虽然叛乱是军事实力的比拼，但人心向背却在某种程度上决定着战争的进程。

为了将叛军身披的正义外衣撕去，西汉景帝曾残酷地杀害了自己的老师和重臣——晁错。随着晁错的死，"清君侧"便失去了存在的意义。如果叛乱继续下去，那么就不是"清君侧"而是"清君"了。

安禄山发动叛乱同样打着"诛杀杨国忠，清君侧"的旗号，李隆基很可能会效仿汉景帝将杨国忠作为政治妥协的牺牲品。此时杨国忠的心中充满了恐惧，所以他必须将潜在的危险消灭在萌芽状态。

杨国忠可以通过杨贵妃严密掌握李隆基的动向，可是他对手握重兵的哥舒翰却无可奈何。

其实哥舒翰从未动过除掉杨国忠的念头。对于一个风烛残年的人来说，他唯一的目标就是守好潼关，站好最后一班岗。

尽管如此，哥舒翰手下的很多将领却对杨国忠的专权恨之入骨，尤其是他最为信任的部将王思礼。

王思礼与哥舒翰是一同出生入死过的好兄弟。王忠嗣担任河西节度使时，王思礼与哥舒翰都在王忠嗣手下担任押衙。随后哥舒翰一路升迁，而王思礼与他相比却显得有些黯淡。哥舒翰升任陇右节度使时，王思礼成为昔日战友哥舒翰的押衙。

"向朝廷抗表请求诛杀杨国忠！"王思礼语出惊人地说。"抗表"其实就是用强硬的态度要挟朝廷。这无疑是极其危险的。

哥舒翰摇摇头。

"请允许末将率领三十骑将杨国忠劫持到潼关杀掉！"

哥舒翰高声说："如果这样，造反的人就不是安禄山而是我哥舒翰了！"

杨国忠一直密切关注着哥舒翰的一举一动，而他手下的那帮智囊们也不断地为他出谋划策。

"如果哥舒翰要挟皇上做出对您不利的事情，您岂不是就危险了吗？"

谋士的话让杨国忠陷入极度惊恐之中，而唯一能够稍稍缓解这种惊恐的办法或许只有掌握一支忠于自己的军队。

杨国忠随即上奏李隆基以构筑第二条防线的名义训练一支军队，而兵员就是"监牧小儿"，"监牧小儿"就是负责养马场警戒的卫兵。杨国忠让亲信李福德统率这支由"监牧小儿"组织起来的军队。

这支中看不中用的部队还不能让杨国忠彻底放下那颗悬着的心，于是又命亲信杜乾运统率一万余人的雇佣军屯守在灞上。

名义上是防备叛军，可明眼人一看就知道他防备的人究竟是谁。

没有安全感的杨国忠遇到了同样没有安全感的哥舒翰。杨国忠在哥舒翰背后搞的这些小动作引起了哥舒翰的不安，哥舒翰随即上表请求灞上守军隶属潼关指挥部。对于前线总指挥的要求，李隆基没有理由不答应。

六月，炎炎的夏日。杜乾运奉命来潼关参加重要军事会议，但他没有想到潼关内早已经磨刀霍霍。他最终没有活着离开杀机四伏的潼关。杀死杜乾运无疑成为哥舒翰一生之中最大的败笔。

杜乾运被杨国忠视为危急情况下的一根救命稻草。尽管这根稻草在危机时刻根本救不了他，因为这区区一万余人的乌合之众根本不是哥舒翰麾下二十万精锐部队的对手，可是杨国忠紧紧地攥着这根稻草无疑会给他带来一种虚无缥缈的安全感。可如今哥舒翰却硬生生地将杨国忠手中的那根稻草夺走了，他怎能不狗急跳墙呢？

既然你无情，别怪我无意。愤怒的杨国忠决定铤而走险、孤注一掷了。

李隆基得到一个重要军事情报：驻守陕郡的崔乾祐的手中只有区区四千士卒而且全都羸弱不堪，防备松懈。

这个情报要么是烟幕弹，要么是假情报，可是李隆基居然对这份疑点重重的情报丧失了起码的鉴别力和敏锐感。

"这可是收复东都千载难逢的机会！"杨国忠没有想到这句话不仅将对手送上了不归路，更是将自己送上了黄泉路！

近期从大唐四面八方传来的捷报让李隆基冲昏了头脑，他做出了生平最为愚蠢，也是最为后悔的一个决定：出关迎战！

头脑清醒的哥舒翰自然知道这不过是崔乾祐的诱敌之计，仓促出关无疑会使半年来用无数将士鲜血和生命换来的有利局面毁于一旦。

可此时哥舒翰的任何规劝都是多余的，因为李隆基决意要做的事情任何人也阻拦不了。这个性格特点可以使他力挽狂澜，也可以使他自取灭亡。

天宝十五载（公元756年）六月初四，哥舒翰"恸哭出关"，因为他感觉自己或许再也回不来了。

虽然哥舒翰出关有着诸多无奈，但他率领守军倾巢而出，居然没有在潼关留下足够数量的防守部队，无疑为后面的惨败植下了祸根。

唐军出关后驻扎在灵宝西原①。这里南面靠山，北临黄河，中间是一条长达七十里的狭窄山道。这条依山傍水的山道成为燕军精心布置的伏击区。

六月初八，决战打响了。

三万唐军士兵在黄河北岸高地上敲击着战鼓，战斗在震耳欲聋的鼓声中拉开了帷幕。但催人奋进的鼓声最终却蜕变为凄惨悲凉的离歌。

---

① 位于今河南省灵宝市。

　　唐军将领王思礼率领五万精锐骑兵一马当先闯入敌阵，庞忠等人率领十万大军紧随其后。

　　燕军果然不堪一击，看来之前的军事情报是正确的，而这一切不过是为了引诱唐军进入伏击区。

　　看来身经百战的哥舒翰真的老了，竟然没有识破这招其实并不算高明的诱敌深入之计。

　　紧追不舍的唐军来到了一处狭窄的山道。无数滚木礌石如同冰雹般从山上滚落下来。狭窄的山道使得唐军没有一丝回旋余地，成了人家的活靶子。

　　哥舒翰眼见大势不好，急令毡车在前面开路，想要杀出一条血路。燕军将点燃的数十辆草车推下山谷，整个山谷刹那间烈焰熏天、烟雾弥漫。由于看不清目标，唐军只得胡乱放箭。

　　日落时分，烟雾渐渐散去。唐军的弩箭已经耗用殆尽，直到那时他们才发现刚才那一顿乱射根本就没能杀伤敌人。

　　崔乾祐的脸上露出了得意的笑容。哥舒翰也不过如此，他如今真的成了一个废人！

　　总攻的时刻到了，而唐军的末日也来了。

　　唐军将士手中掌握的对付骑兵最有效的武器弓箭与弩机，但如今都已彻底失效了。下面是燕军精锐骑兵大显身手的时候了。

　　燕军精锐骑兵从唐军背后杀出，这无疑给唐军带来了无限的惊恐，因为你看不透对手，而对手却可以洞察你的一举一动。狭窄的山道更是使得唐军的人数优势无从发挥，受到前后夹击而首尾难顾的唐军顿时乱作一团，四散奔逃。

　　数万仓皇逃命的将士掉进黄河中淹死，浊浪滔天的黄河中漂浮着无数的尸体，绝望的呼号声伴随着黄河的波涛声汇成一首悲怆的乐曲。

　　急于逃命的唐军忽然发现了停靠在黄河岸边的运粮船，将士们如同潮水般涌上运粮船。上船的人数已经严重超过了船只的运载能力，可仍旧有大量的将士不断地涌入。本来承载着生的希望的几百艘运粮船最后因为超载全都沉入了黄河河底。

船没了！怎么办？

被命运逼到绝境的唐军将士们只得将军械捆绑在一起当坐船，用枪当作桨，狼狈地划向黄河对岸。无数士兵葬身于黄河的波涛之中，最终能够幸运登岸的士兵仅有十分之一二，可是他们的噩梦仍旧没有结束。

潼关城外原本挖有宽二丈、深一丈的三条壕沟，可是这些本来是防御敌军的壕沟却成为唐军的地狱。

疯狂逃向潼关关内的唐军将士们纷纷掉进深深的壕沟之中，壕沟被不断惨叫着的唐军将士填满。后面的人踏着同伴的身体才得以成功地越过三条壕沟跑回潼关。

哥舒翰流着泪清点自己手下的士卒，二十万大军能够活着逃回潼关的仅有区区八千人。此时的他却没有时间悲伤，因为他知道燕军很快便会杀过来。虽然他努力了，可这区区八千惊魂未定的残兵败将根本抵挡不了士气正盛的燕军。

六月初九，坚守半年之久的潼关终于陷落。小小的潼关牵动着整个唐帝国的神经。

哥舒翰仓皇逃到关西驿，但他却并不甘心，张贴榜文收拢溃逃的士卒，企图重新夺回潼关，但是上天不会再给他机会了。

哥舒翰手下的蕃将火拔归仁率领一百余名骑兵围住了驿站。火拔归仁飞身下马，大步流星走进驿站，对哥舒翰说："叛军马上就到，请您赶快上马！"

哥舒翰踉跄地上了马，策马走出驿站，可是他却发现情形有些不对。

"你们想干什么？"

火拔归仁和他手下那帮人全都跪下，规劝道："您一战损失了二十万将士，还有什么脸面再见天子！难道你想步高仙芝和封常清的后尘吗？东行是咱们唯一的出路。"

虽然高仙芝和封常清血淋淋的教训让哥舒翰不寒而栗，但他也深知落到仇人安禄山手中也绝对不会有什么好下场。

哥舒翰不想投降，想要挣扎着跳下马。但火拔归仁既然已经把他骗上马，绝不允许他再下来。

火拔归仁将哥舒翰的双脚绑在马腹上。哥舒翰不断挣扎着，可是一切的反抗都是徒劳的。

火拔归仁带着这个巨大的战利品疾驰向洛阳，可让他没有想到的是这个他原以为会带来高官厚禄的见面礼给他带来的却是刀光之灾。

安禄山绝对想不到竟然会以这样的方式与一向看不起自己的哥舒翰会面。

"你过去一直瞧不起我。现在居然落到我的手里！"端坐在朝堂之上的安禄山的话语中充斥着鄙夷。

在死亡威胁面前，哥舒翰竟然低下了高傲的头，曾经耀眼的英雄形象瞬间便褪色了。

他竟然跪在安禄山面前，伏地谢罪，带着一脸谄媚相说："微臣肉眼不识陛下，以至于此。陛下是拨乱之主，天命所归，现在李光弼在土门，来瑱在河南，鲁炅在南阳，微臣愿意为陛下去招降他们。这样便可以一举平定三路唐军。"

安禄山没有想到哥舒翰为了活命竟然会抛出如此诱人的条件，看来忠诚在死亡面前会显得如此脆弱不堪！

正在静静地等候封赏的火拔归仁根本就不会想到，自己竟然会被拖下去斩首示众。走上叛乱之路的安禄山从内心深处鄙视那些卖主求荣的人，既然火拔归仁今天背叛了哥舒翰，明天就可能会背叛他安禄山。

哥舒翰给那些昔日的手下写信劝降，但收获的不仅是失望，更是羞愧!

　　这让安禄山大失所望,如今的哥舒翰的确是废人一个。哥舒翰被囚禁在禁苑之中,又在屈辱中多活了一年多。这也成为他人生中永远都无法抹去的一个污点。

　　杜甫在《潼关吏》中感慨"谨嘱关防将,慎勿学哥舒"。

失魂落魄的逃亡之路

六月初九，关于潼关告急的文书源源不断地送达长安，但直到此时，李隆基仍旧没有意识到形势的严峻性，也没有采取任何实质性军事补救措施，仅仅派遣李福德率领监牧兵赶赴潼关。这些人平时搞搞安全保卫工作还行，到了战场上根本发挥不了什么实际作用。

每当夜幕降临的时候，潼关守军会燃起象征着平安的烽火。在漆黑的夜幕下，点点火光通过每隔三十里设置的烽燧传到都城长安，而李隆基每到这个时候会登高眺望来自东方的光亮，可这天的夜空却始终是漆黑一片。

李隆基开始恐慌了，因为潼关失守意味着关中平原的门户已经洞开。

次日，李隆基紧急召见宰相杨国忠和韦见素，大殿内的空气紧张得仿佛快要凝固了，因为唐帝国真的到了生死存亡的关键时刻！

面对当前的危局，韦见素感到无能为力，心里漫起深深的自责，眼角滴落的冰冷泪水是对曾经的悔过，也是对自我的自赎。

此时杨国忠的心却是纠结的。他期盼着能够借机彻底除掉哥舒翰这个心腹大患，但满目疮痍的唐帝国却随着哥舒翰的被俘而被推到了生与死的边缘，好在他早就给自己留下了一条后路，情急之下可以投奔剑南节度留后崔圆。

望着脸色阴沉的李隆基，杨国忠试探道："目前潼关失守，长安危矣，圣上还是暂且避一避锋芒。"

"如今朕又能避到哪里呢？"李隆基叹息道。

"剑南①！那里江山险固，物产丰盈，进可攻，退可守！"杨国忠掷地有声地说。

剑南曾是杨国忠长期生活的地方，也是他拥有巨大政治影响力的地方。他的心腹鲜于仲通曾任剑南节度使，后来杨国忠又亲自兼任剑南节度使，并且在推荐司勋员外郎崔圆担任剑南节度留后，杨国忠实际主持剑南的军政事务。

虽然李隆基早已失去了抵抗的决心，但他一时间却对都城长安难以割舍，因为这里有着太多太多令他不舍的东西：这里有列祖列宗的陵墓，这里有气势恢宏的宫殿，这里有雄伟壮丽的官署，这里有开元盛世的记忆……

六月十一，杨国忠在朝堂上召集百官，流着泪询问对策，可是他等来的却是无尽的沉默。

从潼关前线逃回京城的监察御史高适终于打破了这死一般的沉寂，建议进行战争总动员，征召百官子弟和地方豪强组成敢死队，拼死一搏。

这个计策立即遭到群臣的反对，因为绝大多数官员早已丧失了抵抗的勇气。什么忠贞，什么献身，事到如今还是保命要紧。

宝贵的时间最终在沉默与争吵中白白地浪费了，其实他们早就没有心思考虑抗敌之策，而是思索着自己的退路。

在这场毫无价值的会议行将结束的时候，宰相杨国忠进行总结发言，反而更像一个即将被判刑的犯罪嫌疑人做最后陈述！

"在过去十年时间里，告发安禄山奏章一直都没有中断过，可是那时没有人相信，这才酿成今日之祸！走到这一步并不是我们宰相的罪过。"杨国忠的辩解显得那么苍白无力，因为事到如今他该承担的责任是怎么推也推不掉的。

---

① 剑南指剑阁以南的广大区域，大致包括今四川大部以及云南东北部。

在杨国忠的鼓动下，韩国夫人和虢国夫人入宫劝李隆基赶紧逃亡剑南，唯恐迟则生变！

六月十二，李隆基亲临勤政务本楼，此时前来朝见的官员却"什无一二"。望着寥若晨星的几个臣子，李隆基的心中充满了伤感，却刻意保持着镇定，表现得从容。他信誓旦旦地说："朕决意亲征叛军，同仇敌忾，挽救社稷于危亡，拯救黎民于水火！"

虽然潼关的失守使得长安危在旦夕，但如果长安军民通力死守，或许真会赢来转机，可是那些朝臣们却早已透过李隆基貌似坚定的外表看到了他那颗苍老而又虚弱的心，不再相信眼前这位自己曾口口声声说要誓死效忠的皇帝，事实上李隆基也的确不值得信任。

李隆基在慷慨激昂地表示要同仇敌忾、御驾亲征的同时，也在暗中紧锣密鼓地安排逃亡事宜。

安史之乱爆发不久，李隆基就任命颍王李璬为剑南节度大使，剑南节度留后崔圆为剑南节度副大使，同时免去了杨国忠的剑南节度使职务。虽然李隆基表面上不露声色，但他的态度却也在悄然发生着变化。

安禄山的谋反，哥舒翰的惨败，杨国忠恐怕都难辞其咎。曾经歌舞升平的唐帝国如今却已是刀兵四起，他这个皇帝有责任，但杨国忠这个宰相却更有责任，不过碍于杨贵妃的面子不便发作，李隆基只得将所有的不满和愤怒默默地埋藏在心底。

如今李隆基命令颍王李璬立即赴镇。按照惯例，无论是节度大使还是大都护都只是"遥领"，仍旧会待在京城，并不实际管事，可李隆基却一反常态，要求儿子李璬立即前往剑南赴任，还诏命沿途郡县准备接待颍王李璬一行人等。其实这不过是在为了迎接李隆基的到来而做准备。

心事重重的李隆基缓缓地走下勤政务本楼，来到旁边的花萼相辉楼，抚栏远眺兴庆宫的秀美风光，极目遥望长安城的繁华景致，深情环顾楼内的华丽陈设。当他意识到明天这一切将不再属于他的时候，浓烈的凄楚之情便萦绕在他的心头，久久都不曾散去。

　　当天，李隆基莫名其妙地移驾北内。在唐代，大明宫称为"东内"、太极宫称为"西内"、兴庆宫称为"南内"，并称皇室三大禁地。唐朝政府将汉代未央宫旧址辟为皇家园林，但大唐的皇帝们却很少光顾这里，所以这个"北内"的知名度难以与上述三大禁地同日而语。

　　李隆基突然来到位于宫城之外的北内是很有深意的，因为这里可是秘密逃跑的最佳捷径。当天晚上，龙武大将军陈玄礼整顿军队，厚赐钱帛，从闲厩中选了九百匹良马。为逃跑而进行的准备都是秘密进行的。

　　六月十三凌晨，长安还没有完全从沉睡中苏醒过来。蒙蒙的细雨犹如颗颗泪珠，滚落在即将遭受前所未有的浩劫的长安城。

　　李隆基带着杨贵妃姐妹、皇子、皇妃、公主、皇孙、杨国忠、韦见素、魏方进、陈玄礼及亲近宦官和宫女悄悄地从延秋门踏上了逃亡之路。

　　花溅泪，雨盈浓，细雨蒙蒙中的湖畔长亭再也没有了昔日的灵动，迷雾重重里的烟柳夹堤再也没有了往日的生机，曾经的翠绿，曾经的嫣红，曾经的蔚蓝，如今都变得灰蒙蒙一片。他就这样与这座生活了多年的城市痛苦地告别了，长路漫漫却不知何时再重逢。

　　在一路颠簸之中，李隆基在静静地思索，曾经繁华无比的大唐如今为何会遭遇前所未有的劫难，到底是谁之非？到底是谁之过？可是天无语，地无语。

　　逃亡的车队急匆匆地驶过延秋门。李隆基和杨贵妃却都不曾想到这座曾经见证过汉代兴衰、南北乱世的城门也将会成为他们命运的转折点，一个再也回不来，一个人虽然回来了，但心却永远地留在了马嵬坡。

　　当天，仍有准备入朝奏事的官员在宫门口静静地等待着皇帝的召见，皇家卫兵如同往日那样威武地站在宫门口，仿佛李隆基仍旧留在宫中。

　　当宫门缓缓打开的时候，门外的官员和卫士们惊奇地发现皇宫内居然早已乱作一团、狼藉一片。惊慌失措的宦官宫女们乱糟糟地向着宫门方向狂奔过来。

皇帝在哪儿？难道皇帝偷偷跑了？我们该怎么办？

随着李隆基的出逃，长安城顿时陷入权力真空。不计其数的王公贵族和普通百姓一时间四散奔逃，但也有胆大的，一些人趁乱争相进入皇家宫殿和王公府邸盗取金银财宝，有人甚至骑着驴徜徉在昔日威严无比的宫殿内。

虽然潼关失守使得关中平原门户洞开，但安禄山没有想到李隆基这么快就会逃走，更想不到长安这么快便陷入混乱。

安禄山并没有准许崔乾祐贸然进兵，直到十天后，安禄山才派遣亲信将领孙孝哲率兵进入长安。当共同的敌人骤然消失之后，燕军内部的矛盾开始凸显出来。

契丹人孙孝哲俨然成为长安城的主宰，西京留守张通儒等高级官员以及安守忠、李归仁等驻守长安的高级将领都要受孙孝哲的节制。

这一切都源于安禄山对孙孝哲的特殊信任。孙孝哲不仅将母亲奉献给老领导安禄山，而且还在安禄山面前展示过自己的裁缝技艺。在叛乱之前，安禄山正在侧门等待着李隆基的召见，可在这个关键时刻，安禄山的衣服却突然裂开了。

这可怎么办？回去换衣服已经来不及了，但是总不能衣衫不整地面见天子吧。在颇为讲究朝廷礼仪的唐代，这可是大不敬的罪行。

正当安禄山无计可施的时候，孙孝哲主动站出来为他排忧解难，因为他随身携带着针线。孙孝哲从容不迫地一针一线地缝了起来。站在一旁的安禄山自然向他投来赏识的目光。

身材肥硕的安禄山此前一直为自己的衣服而发愁，但那种发愁的日子终于一去不复返了，因为孙孝哲从此之后成为安禄山的御用裁缝。久而久之，除了他做的衣服，安禄山一概不穿。孙孝哲也借此扶摇直上，在叛乱发生前已经官至大将军。

由于缺乏相关的历史记载，孙孝哲的生年已经难以考证，但孙孝哲的母亲能够被安禄山看上，足见其年龄应该不会太大，所以孙孝哲应该和安禄山的儿子们年龄相仿。

虽然孙孝哲在燕军将领中属于小字辈，可是孙孝哲却拥有与自己的年龄并不相称的政治地位。年纪轻轻的孙孝哲在军中的地位竟然仅次于功勋老臣严庄。

尽管如此，孙孝哲却并不满足。他根本不把资历更老的严庄看在眼里，这自然引起了严庄的强烈不满。随着两人关系的迅速恶化，由此带来的负面影响也将在日后逐步显现。

在如此动荡的环境下，包括严庄在内的很多燕军将领都为自己留了一条退路，可是孙孝哲却毅然决然地跟定了安禄山。

孙孝哲的血腥与冷酷甚至让自己人都感到畏惧。他秉承安禄山的意志竭力搜罗唐朝的皇室、官员、宦官、宫女。每当捕获数百人，孙孝哲便派遣卫兵组团送往大燕都城洛阳。

一百余位皇妃、公主以及宗室子弟惨死在他的屠刀之下。不愿投降的唐朝官员及其家属大都惨遭杀戮，甚至连襁褓中的孩子也不放过！

孙孝哲的恐怖统治不仅激起了广大百姓的愤慨，更引起了同党的不满，而此时沾沾自喜的他对此仍全然不知。

在关系到历史进程的关键时刻，冷酷无情而又刚愎自用的孙孝哲将手中的主动权拱手让给了对手。

孙孝哲崇尚暴力，但是杀戮会激起更强烈的反抗。他胸无大志，沉迷于酒色，沉醉于歌舞，消磨了战斗意志。

由于燕军的不作为，李隆基可以从容地南下剑南，李亨可以从容地北上灵武，静静地等待着从唐帝国四面八方赶来的勤王军队。

安禄山创建的大燕帝国短暂的辉煌不过是昙花一现而已。

扑朔迷离的马嵬之变

为了防止燕军追赶，杨国忠竟然擅自焚烧了便桥。

李隆基得知后伤感地说："为了求生，百姓们躲避叛贼乃是人之常情。为什么要断绝他们的生路呢？"他随即让高力士前去灭火，为他治下逃亡的子民留下最后一丝希望。

李隆基派遣宦官王洛卿先行告谕沿途郡县置备酒席，准备迎接圣驾。

辰时（大约上午九点左右），李隆基一行人抵达咸阳望贤宫，可是他不仅没有见到咸阳县令的身影，甚至连派去与县衙接洽的宦官王洛卿也消失得无影无踪。

要是在平时，迎驾可是求之不得的美差。对于广大底层官员而言，也许一辈子都没有机会见到皇帝。

可是现在，那些远接高迎的官员们却都消失不见了，那些卑躬屈膝的臣子们也都消失不见了。李隆基遭受到前所未有的冷遇，他派遣中使三番五次地征召附近的官吏百姓，可是居然没有一个人前来。一向锦衣玉食的李隆基此时连基本的温饱都难以解决。

中午时分，在炎炎烈日的烘烤之下，饥肠辘辘的李隆基仍旧没有进食。杨国忠买了几个胡饼献给李隆基。李隆基含着泪咀嚼着来之不易的胡饼。

几个好心的百姓进献了一些粗茶淡饭。这些平时养尊处优的凤子龙孙们此时已经完全顾不上礼仪，竟然用手抓着吃，一会儿就吃得盆干碗净。

李隆基重重地酬谢这些老乡。朴实的老乡们无不留下了伤心的泪水，此情此景让李隆基禁不住掩面而泣。

未时（下午三四点钟），李隆基一行人顶着如火的骄阳继续西行，直到夜半时分，李隆基一行人才抵达金城县①。

李隆基等到的仍旧是失望，因为驿站内空无一人，不过好在驿站工作人员逃走时没有顾上带走餐具。

李隆基勉强吃了一顿晚餐，而他却发觉身边的人越来越少，甚至连自己最为宠信的宦官袁思艺也逃走了。

管理宦官的内侍省原本只设置四品官。对宦官情有独钟的李隆基在内侍省设置正三品的内侍监，而他所任命的两名内侍监正是高力士与袁思艺，可见袁思艺的突然离去对李隆基的打击之大。

由于驿站内没有灯火，李隆基只得静静地品味着夜的凄凉。

在这个漆黑的夜晚，死里逃生的王思礼也来到了这里。

潼关之战成为包括王思礼在内的所有参战将士心中永远的痛，战争的血腥与残酷使得他们每每回忆起那场惨烈的战事，便有一种不寒而栗的感觉。

一脸凝重的李隆基久久地凝视着死里逃生的王思礼。最可怕的并不是潼关失守，也不是哥舒翰被擒，而是大唐最为精锐的部队几乎损失殆尽。

此时李隆基就像一个疯狂的赌徒，输赢并不是最重要的，重要的是手里是否还攥有筹码，因为只要还有筹码就可以继续下注，就还会有翻盘的机会。

李隆基当即任命王思礼为河西、陇右节度使。他的任务很明确，就是聚拢从潼关溃逃下来的散兵游勇。王思礼匆匆地来，又匆匆地走。

在这个漆黑的夜晚，李隆基一行人相互枕着睡觉，不再有高低贵贱之分。

公元 756 年六月十四，金色的朝霞洒在一片狼藉的金城县驿站，新的一天到来了。

---

① 治所在今陕西省兴平市。

这是逃亡生涯的第二天，却是杨贵妃生命中的最后一天，也是李隆基人生中最难忘最悲伤的一天。

李隆基终于从梦乡中醒来，突然发现杨贵妃娇俏的脸上满是泪痕，竟然湿透了枕中的红绵。他急忙将杨贵妃拥入自己的怀中，安慰道："一切都会好起来的！"

用了整整一个上午，这支无精打采而又狼狈不堪的队伍却只走了二十八里路，来到了一个让李隆基一辈子皆刻骨铭心的地方——马嵬坡。

时至中午，饥饿再次纠缠着这支队伍，使得无边的怒火在禁军将士的心中熊熊燃烧起来。

逃亡队伍中的二十余名吐蕃使者再也忍受不了这种忍饥挨饿的日子，纷纷拦住杨国忠的马，要求返回吐蕃。正在这时，一拥而上的禁军将杨国忠团团围住，大声喊道："杨国忠勾结胡人谋反！"

话音未落，一支箭"嗖"的一声就向着杨国忠射来。杨国忠赶紧一闪身，那支箭只射中了马鞍。逃生心切的杨国忠顿时便落荒而逃，可禁军将士怎么可能会让他逃脱呢？！

在禁军将士的刀枪之下，一代权相杨国忠倒在了一片血泊之中。他曾经创造了官场升迁的神话，仅仅用了六年的时间就从一个郁郁不得志的小官僚成为一人之下、万人之上的宰相。他通过自己的钻营改变了自己的命运，却没能改变大唐的命运，即使在大唐命运生死攸关的关键时刻，他依旧斤斤计较于个人利益的得失。当帝国大厦濒于崩塌的时候，他的人生路自然也就走到了尽头。

这支逃亡队伍绵延数里，虢国夫人及其子女、杨国忠的妻子裴柔并没有跟随杨国忠走在队伍的最前面，而是位于队尾。当事变突起的时候，他们策马扬鞭仓皇逃往陈仓①。陈仓县令薛景仙闻讯后亲自率人前来追赶。他

---

① 治所在今陕西省宝鸡市东渭水北岸。

们在茫茫的竹林之中狂奔，可身后紧追不舍的马蹄声却越来越近。

虢国夫人索性勒住了马，注视着自己的一双儿女。她曾经带给他们无限的荣光，儿子裴徽一路升迁至殿中丞，而且还迎娶了太子李亨的女儿（即后来的郜国公主）为妻；女儿裴萱嫁给了宁王李宪的儿子。如今所有的荣华富贵却都成了过眼云烟。

"落到今日这般田地，你们怪母亲吗？"虢国夫人含着泪问道。

惊吓过度的裴萱啜泣不止，泪水浸湿她华美的衣襟。裴徽却强忍着泪水，咬着牙说："不是母亲的错，是孩儿们没有福分享受这等荣华富贵！"

"好！不愧是母亲的好儿子！如今一切都做个了断吧！"虢国夫人抽出腰间的佩刀，手起刀落，儿子和女儿的两颗人头顿时就滚落在地上，染红了她脚下那片苍白的土地。

"你也给我来个痛快吧！"裴柔低声说。这些年，她和虢国夫人的关系既脆弱，又敏感，没有哪个女人愿意看到自己的男人移情别恋，可身份卑微的她却只能默默承受着丈夫出轨带给她的巨大伤害，或许死对于她来说是一种解脱！

"嫂嫂切勿怪我！"虢国夫人的话语中带着无限的悲凉，也夹杂着一丝忏悔。她手起刀落，裴柔也是人头落地。虢国夫人虽是女流之辈，但在生离死别的关键时刻却没有一丝的犹豫和胆怯。她知道让他们死个痛快或许是对他们最大的尊重，最痛苦的莫过于求生不得，求死不能。

如今她与世间的一切都做了了断，她也该走了，举起手中的刀向着自己的颈部割去，但剧烈的疼痛却使得她的手稍稍迟疑了一下。就在她迟疑的那一刹那，呼啸而来的追兵已经来到她的近前，迅速夺下她手中的刀，将奄奄一息的虢国夫人绑起来投进了大狱之中。

经历过生与死考验的虢国夫人颇有几分视死如归的意味。面对审讯，她竟然毫无惧色，反问道："你们到底是什么人，是官军还是贼寇？"

其实虢国夫人也知道不管是官军还是贼寇，她最终的命运都是一样的。虽然那帮人给她进行了简单的包扎，但鲜血仍旧汩汩地涌出，最终淤积在喉咙，她窒息而死。

老天太不公平，垂死之际仍旧在残酷地折磨着她；老天又是公平的，今日的恶果其实是往日的孽因。

那些杀害杨国忠的禁军将士们用枪挑着他的首级来到驿站门外。狭小的驿站外顿时就聚集起越来越多的士卒，一时间被围得水泄不通。

巨大的喧哗声传进了驿站内。御史大夫魏方进艰难地推开门，杨国忠血淋淋的首级吓得魏方进不住地颤抖着，但他仍旧强装镇定，厉声喝道："你们太胆大妄为了，竟敢谋杀当朝宰相！"

"不光杀他，我们还敢杀你呢！"早已杀红眼的禁军将士们一拥而上，斩杀了魏方进。

外面的喧哗声让一直惶恐不安的李隆基顿时就警觉起来，决定到门口去看看。杨贵妃却抱住他说："三郎，外面这么乱，你在这个时候离开我，我真的好怕！"

李隆基缓缓地挣脱开她的怀抱，安慰道："放心吧！不会有什么事的，我去去就回。"

李隆基转而对高力士说："将军，陪我到外面走走！"高力士已经跟随他不知走过了多少风风雨雨，只要高力士在他的身旁，他就会觉得多了几分安全感。

李隆基迎面碰上了陈玄礼，焦急地问："外面到底发生什么事了？"

"禁军将士们说杨国忠蓄意造反！"陈玄礼高声回答。

"杨国忠怎么可能会谋反？"李隆基铿锵有力的话语和锐利无比的目光像刀子一样狠狠地扎向陈玄礼。陈玄礼不得不稍稍低下头，避开李隆基锐利的目光，说："具体情况末将也不是太清楚？"

"但愿你是真的不清楚。"李隆基说完之后，拄着拐杖缓缓走出驿站大门，当他看到杨国忠血淋淋的人头的时候，他知道局面已经彻底失控了，唯一能做的或许只有安抚。

"将士们，安静一下，安静一下！"李隆基高声喊着。从前只要他一开口，别人都会屏息凝视，认真倾听着他所说的每个字，认真地观察着他的每个表情，如今即使他用尽了全身的力气在喊，下面仍旧是一片乱糟糟的。

见场面依旧混乱不堪，李隆基只得继续喊道："如今蓄意谋反的杨国忠已经被你们处决了，你们暂且先回去吧！"

李隆基的话语中充满了妥协的意味，可皇帝的让步却并没有换来将士们的理解。那些聚集在门口的禁军仍旧不肯轻易离去。

"他们到底想干什么？"李隆基曾经充满威严的话语中居然带着一丝颤抖。那帮士卒手中闪着寒光的利刃上还淌着殷红的鲜血，李隆基不知道他们的下一个目标会是谁，会不会是他自己。

陈玄礼高声说："将士们恳请清君侧！"

李隆基自然知道陈玄礼口中的"清君侧"究竟指的是谁！他转身默然地离去，留给他们一个苍老而又悲凉的身影。

李隆基离开的那短暂一瞬，对于杨贵妃而言却极为漫长。一直生活在歌舞升平之中的杨贵妃第一次真切地感受到了其实危险就在身边。

"三郎，外面到底出了何事？"

面对杨贵妃焦虑而又惶恐的询问，面容憔悴的李隆基却始终沉默不语。杨贵妃不得不将渴求的目光投向了高力士，一脸漠然的高力士同样以沉默来应对。杨贵妃预感到事态或许已经严峻到连李隆基都无计可施的地步。

"贵妃娘娘，圣上有重要的事情要在此处处理，请您暂且移驾佛堂小憩。"高力士朝两个小宦官使了个眼神。心领神会的两个人要搀扶着杨贵妃离开，虽然杨贵妃有些不舍，但她却也无可奈何。她不停地回头，期待着那个曾经可以给予她一切的男人能够告诉她未来的命运究竟将会怎样，不过她最终还是失望了。此时的李隆基不仅无法预知杨贵妃的命运，就连他自己的命运也无法操控到他的手中了。

就在她的脚刚刚迈过门槛的那一刹那，她回过头用尽全身的力气喊道："三郎，无论如何你都不要抛下我！"

杨贵妃的离去使得屋内的空气几近凝固了。李隆基率先打破了沉默，说："将军，你去和他们谈谈，只要是要求不太过分，朕都可以答应。"李隆基的话语中带着几分哀求，因为他实在割舍不下心爱的女人，但严峻的局势又迫使他不得不为自己目前的处境而担忧。

"大家放心吧！老奴肯定会尽力而为！"就在高力士转身离开的那一刹那，眼角闪动着晶莹的泪滴。他不知道自己这样做究竟是对还是错！

其实李隆基也知道这么做或许是徒劳的，但他还是对高力士抱有最后一丝幻想，不过这丝不切实际的幻想很快就破灭了。

"启禀圣上，将士们说贼本尚在！"高力士低声说。

李隆基将手中的茶杯重重地摔在地上，那声刺耳的响动仿佛是他心碎的声音。

正在这时，一身戎装的陈玄礼大步流星走了进来。他的话语可不像高力士那样曲折婉转，而是直截了当。

"如今杨国忠已经谋反，贵妃实在不宜继续侍奉在陛下身边，愿陛下忍痛割爱！"

李隆基张开颤抖的双唇，含着泪说："这件事朕自然会处理的！"言外之意是这是我的家事，外人没有资格对此说三道四。

陈玄礼却并没有走，而是突然跪在地上，恳请道："请陛下速速决断，否则后果将不堪设想！"

李隆基并没有接话，而是质问道："你这是在逼宫啊！朕倒要看看能有什么不堪设想的后果！别忘了朕也是从腥风血雨中走过来的！陈玄礼，朕一向待你不薄吧！"

"玄礼出身卑微，承蒙圣上不弃让玄礼执掌禁军四十四年之久。玄礼正是因为对圣上的恩典没齿难忘，才敢于说肺腑之言。庆父不死，鲁难不平啊！"

李隆基颤巍巍地站起来，高力士想要扶他，却被他一把推开，指着陈玄礼质问道："你给朕说清楚，到底谁是庆父？"

见剑拔弩张的气氛大有一触即发之势，高力士急忙说："这都是将士们的要求，陈将军不过是转述而已！"

李隆基久久地凝视着高力士，然后又看看跪在地上的陈玄礼，似乎明白了什么。他忽然感觉自己一下子就从四海归心的圣主沦为了众叛亲离的昏君。他不明白自己到底做错了什么，上天抛弃了自己，边将背叛了自己，如今连自己最信赖的将领和最倚重的内臣都与他离心离德。

虽然此时李隆基的内心已经虚弱到了极点，但他却故作强硬，希望借助皇帝的余威来为爱妃争取最后一丝生的希望。

李隆基举起手中的拐杖重重地撅在地上，厉声说："既然已经出了一个安禄山，朕就不怕再出第二个！"

高力士和陈玄礼事先都没能料到，事到如今李隆基的态度居然还会如此强硬。李隆基实在太爱杨贵妃了，从未想过失去杨贵妃的日子将会变成怎样。尽管他也知道这样继续僵持下去对自己将会意味着什么，但他却依旧硬撑下去。

既然局面一时间僵持不下，陈玄礼继续留在这里不仅没有任何意义，反而还会激化矛盾。高力士示意他离开，他也就识趣地走了。

如果继续这样僵持下去，其实对谁都不利，混乱的局面随时都有失控的危险。此时，京兆府司录韦谔前来觐见。韦谔原本是朝廷庞大的官僚群体中一个并不起眼的小官，他之所以能够跟随在李隆基的身边完全是因为他是当朝宰相韦见素的儿子。虽然出身名门，但品级却并不高，可恰恰因为他超然于世的身份，他的话才会对李隆基产生某种特殊的作用。

"如今众怒难犯，安危在此一举，愿陛下速速决断！"韦谔不停地叩头，以至于额头上鲜血直流。

"贵妃常居深宫，怎么会知道杨国忠造反的阴谋呢！"李隆基依旧顽强地坚持着，仍旧想为自己的爱妃争取最后一丝活下去的机会。

在这个千钧一发的关键时刻，一向谨小慎微的高力士壮壮胆子说："贵妃确实没有什么过错，可是将士们已经杀了杨国忠。如果贵妃继续留在陛下左右，他们怎么会安心呢？愿陛下明断，将士安则陛下安啊！"

韦谔紧接着说："如今帝国的存亡系于陛下一身，而陛下的安危又取决于您的这个决断。臣知道这对于陛下而言将是一个极为艰难的抉择，但如今国都沦陷，社稷蒙难，前方的将士们在流血，贵妃是不是也应该舍生取义、杀身成仁呢？"

虽然李隆基并没有立即表态，但他内心的防线却已轰然崩塌。杨贵妃在屋内残留的一缕余香掠过他的鼻畔，曾经生死不离的山盟海誓言犹在耳。他不禁老泪纵横，领悟到一个拥有天下的君主可以得到想要的一切，而一个失去天下的皇帝将会一无所有。

"希望你们能让她体面地走！"李隆基用尽全身的力气说完这句话，老迈的身体一下子就瘫倒在胡床之上，夺眶而出的泪水在他满是皱纹的脸上肆意横流。

驿站外，禁军将士磨刀霍霍，怒目相向；佛堂里，杨贵妃泪流满面，痛不欲生。杨贵妃这次的要求仅仅是能够继续活下去，可如今那个曾经能够给予她一切的男人连这个简单的要求都无法满足了。

若隐若现的幕后主使

这场兵变究竟是突发的意外事件还是有人蓄意谋划的呢？既然马嵬之变来得如此突然，这场变乱会不会只是一场禁军将士自下而上的群体性事件呢？

在史书中，我们能够依稀发现，或许是饥饿促使忍无可忍的禁军将士们揭竿而起。

"至马嵬驿，将士饥疲，皆愤怒。"①

"翌日，至马嵬，军士饥而愤怒。"②

逃亡之前，李隆基曾经紧锣密鼓地进行过筹划和准备，虽然算不上周密，但还是很细致的，不过他却忽略了一点，那就是他们随身携带的食物颇为有限，因为他根本就想不到沿途的官员居然会纷纷逃亡。

刚刚到达第一站，也就是距离长安四十里左右的咸阳望贤驿的时候，这支队伍便面临着断炊的危险。虽然沿途的老乡们闻讯后送来了一些食物，可那点微薄的食物对于这支庞大的逃亡队伍而言显然是杯水车薪。

尽管如此，局势并没有恶化到不可收拾的地步。"俄而尚食举御膳以至，上命先赐从官，然后食之。"③虽然在咸阳遭遇了意想不到的饥饿的困扰，但尚食官后来还是送来了御膳，满足皇室成员和随行官员的饮食需要还是不成问题的，但普通将士吃饭却依旧是个问题。

---

① （北宋）司马光撰：《资治通鉴·卷二百一十八》，改革出版社 1995 年版，第 4627 页。

② （后晋）刘昫等撰：《旧唐书·卷一百六·杨国忠传》，《二十四史全译》，汉语大辞典出版社 2004 年版，第 2688 页。

③ （北宋）司马光撰：《资治通鉴·卷二百一十八》，改革出版社 1995 年版，第 4626 页。

李隆基万般无奈之下"命军士散诣村落求食"①。那些在附近村落搜寻食物的将士很多并未再回来，因此这支队伍直到未时（下午三四点钟）才得以重新出发。

逃亡的第二站是金城驿②，这里距离咸阳不过才四十多里，但这支被饥饿困扰的队伍抵达时却已经是半夜了，因为他们不仅出发得很迟，而且行动也出奇的迟缓。当抵达金城驿的时候，他们却发觉这里与咸阳一样空空如也，负责接待的官员也早就逃之夭夭了。

午饭勉勉强强地吃了，可晚饭却依旧没有着落，这种忍饥挨饿的日子使得很多人对未来彻底丧失了希望。就在那个漆黑的夜里，很多人选择悄悄离开曾经效忠的皇帝独自偷生去了。

在这种情况之下，有人选择偷偷地离开还好理解，但仅仅因为饥饿就选择诛杀宰相并逼死贵妃可就显得有些太不可思议了。马嵬坡距离长安城不过才一百多里，而且才走了一天多的时间。虽然沿途负责接待的官员们的逃亡导致这支队伍的食物供应出现了严重的问题，但总不至于饿一会儿肚子就冒着杀头的危险犯上作乱吧！

安史之乱使大唐面临着前所未有的浩劫，可随着战争态势陷入胶着状态，局势正朝着有利于朝廷的方向发展，可就在这时，杨国忠为了一己私利怂恿李隆基强令哥舒翰出关迎敌。潼关之战的失利使得形势急转直下，整个大唐陷入更为深重的灾难之中。

"兵满天下，毒流四海，皆（杨）国忠之召祸也。"③罪魁祸首杨国忠一时间成为人人唾骂的千古罪人。国仇家恨使得禁军将士对杨国忠的仇恨达到极点。即便如此，说和做是完全不同的两个范畴，诛杀当朝宰相杨国忠

---

① （北宋）司马光撰：《资治通鉴·卷二百一十八》，改革出版社 1995 年版，第 4626 页。

② 治所在今陕西省兴平市。

③ （后晋）刘昫等撰：《旧唐书·卷一百六·杨国忠传》，《二十四史全译》，汉语大辞典出版社 2004 年版，第 2688 页。

可是后果很严重的大逆不道的行为。即使禁军士兵诛杀人人喊杀的杨国忠真的是出于义愤，那么后面所发生的事情就更耐人寻味了。

御史大夫魏方进刚露面，当即就被乱兵杀死；宰相韦见素出现的时候，却有人阻止道："勿伤韦相公。"可见这绝对不是一次基于义愤或者缘起饥饿的自发行动，因为行动的目标极为明确，矛头直指杨国忠及其党羽，还有杨贵妃姐妹。

虽然懦弱的韦见素在颇为强势的杨国忠面前总是唯唯诺诺，但他却并非杨国忠的党羽。兵变的策划者或许还有着更深的政治考量，那就是留着韦见素来收拾残局，因为杨国忠死后，韦见素便成为唯一的宰相，只有构建起文有韦见素、武有陈玄礼的新格局，才会使得局势不至于变得更糟。

如果马嵬兵变真的是自发行动，那么禁军将士们的动机更是令人难以理解。

唐朝中后期经常发生自发的军队哗变事件。他们惯用的套路就是诛杀老的军事长官，拥立新的军事长官，然后趁机哄抢军中的财物，这样既能捞取政治资本又能获得经济收益，可参与马嵬之变的禁军将士却并没有那么做。

如果他们对前途感到很迷茫，对皇帝感到很失望，完全可以像袁思艺那样悄无声息地离开，抑或在离开时偷一些或者干脆抢一些值钱的东西，然后自由自在地去过小日子。

如果他们基于天下大义而诛杀了祸国殃民的杨国忠，当目的达到以后完全可以高傲地离开，或者向李隆基索取赏赐后再行离开。

如果他们担心日后会被朝廷追究责任，或者不想就这么灰头土脸地离开，干脆一不做二不休直接绑架了大唐皇帝李隆基，然后前去投奔安禄山，不仅可以保证日后的生命安全，还可以为自己换来高官厚禄。

可禁军将士却并没有那么做，既没有哄抢队伍中的金银财宝，也没有威胁李隆基的生命安全，而是聚集到李隆基居住的驿站外面武装示威，直到李隆基下定决心缢死最心爱的女人杨贵妃。

马嵬之变和平解决后，禁军将士们继续保护着李隆基一路南下，仿佛什么都没有发生过。禁军将士似乎并不担心自己的叛逆行为会受到李隆基的惩处，而且此后也的确没有人因此而受到追究。

种种反常现象说明马嵬之变绝对不是禁军将士的自发行为，而是事前周密策划、事中严密实施、事后妥善解决的有组织、有预谋的政治事件。

"及安禄山反，（陈）玄礼欲于城中诛杨国忠，事不果，竟于马嵬斩之。"[①]可见陈玄礼早就想借机除掉杨国忠，可是因为条件不具备而迟迟没有动手。走到马嵬坡的时候，禁军将士对这种逃亡生涯越来越不满。对此心知肚明的陈玄礼正是利用了这种迅速弥漫开来的不满情绪策划并发动了这场兵变。虽然陈玄礼是左龙武大将军，但仅凭他一己之力就可以发动这场震惊朝野的马嵬之变吗？

《旧唐书》认为马嵬坡之变的幕后主使就是太子李亨。

"禁军大将陈玄礼密启太子诛国忠父子。"[②]

"龙武将军陈玄礼惧其乱，乃与飞龙马家李护国（即后来的大宦官李辅国）谋于皇太子，请诛（杨）国忠，以慰士心。"[③]

《新唐书》虽然并没有明说李亨就是主谋，但字里行间却也隐含着这层意思。

"陈玄礼等诛杨国忠，（李）辅国豫谋。"[④] 既然李亨最宠信的宦官李辅

① （后晋）刘昫等撰：《旧唐书·卷一百六·陈玄礼传》，《二十四史全译》，汉语大辞典出版社2004年版，第2696页。

② （后晋）刘昫等撰：《旧唐书·卷五十二·杨贵妃传》，《二十四史全译》，汉语大辞典出版社2004年版，第1717页。

③ （后晋）刘昫等撰：《旧唐书·卷一百八·韦见素传》，《二十四史全译》，汉语大辞典出版社2004年版，第2714页。

④ （北宋）宋祁、欧阳修等撰：《新唐书·卷二百八·李辅国传》，《二十四史全译》，汉语大辞典出版社2004年版，第4445页。

国都牵涉其中，那么李亨肯定也脱不了干系。

李亨的确有策划兵变的动机。李隆基的猜忌使得李亨一直生活在父皇的阴影之下，李隆基的权力之路可谓坎坷而又艰辛，因此他对任何潜在的威胁都有着一种近乎神经质般的敏感，而且从玄武门之变后，皇帝与太子这对特殊父子的关系就一下子变得异常微妙。

父皇李隆基的长寿使得李亨一直生活在焦虑之中。皇帝其实是个短命的职业，一是因为殚精竭虑，操劳国事；二是因为醉生梦死，纵欲过度；三是因为如履薄冰，精神焦虑。李隆基也曾为政治暗算而忧心忡忡，也曾因操劳国事而夜不能寐，也曾因纵情声色而不能自拔，可是他却出奇的长寿，因为他懂得医术，还给宰相张说、户部尚书毕构开过药方，给宰相宋璟和张九龄送过药品。如果不是突如其来的安史之乱带给他许多意想不到的磨难，或许他将会打破皇帝长寿的纪录。可是只要李隆基活着，李亨恐怕便永无出头之日。

这次逃亡的目的地是剑南，那里可是杨国忠的地盘。在剑南生活并经营多年的杨国忠在那里的势力可谓盘根错节，就连剑南节度使崔圆都是他的亲信。如果真的逃亡到剑南，寄人篱下的李亨岂不是更加受制于人？

如今已经四十五岁的李亨肯定渴望趁乱从父亲手中攫取大唐的最高权力，可他有策动这场兵变的能力吗？兵变需要军队的支持，一直对他严加防范的李隆基会给他这个机会吗？

哥舒翰镇守潼关时的官衔是"皇太子先锋兵马元帅"，有的学者借此推断李亨在很大程度上控制了潼关守军。这种判断未免有些草率，李亨从未去过潼关战场，而且此前他与哥舒翰的关系并不算亲密，李亨如何能掌控潼关守军呢？唯一的可能或许就是通过身在潼关的亲信将领，因此有的学者将王思礼认定为李亨党羽。

王思礼仇恨杨国忠是确定无疑的，但据此就将他划入李亨阵营未免难以令人信服，因为很多事情并非"非此即彼"。后来，战功卓著的王思礼虽然位居司空高位，可最终连荣誉宰相"使相"都没能混上，自从大唐建朝以来，这种事还从未出现过，"自武德以来，三公不居宰辅，唯思礼而已"[①]。张镐等无论是功劳还是政绩原本并不如王思礼的人却可以位居"使相"。如果王思礼早就是太子的人，李亨怎么会对王思礼如此吝啬。王思礼应该并不是太子集团的成员，虽然李亨迫于形势重用他，可是对他却没有特殊的恩宠。

或许潼关守军中有相当一部分人因为对日渐迟暮的李隆基感到越来越失望，难免在政治立场上会逐渐倾向于太子，寄希望于李亨早日登基从而给大唐带来新气象，但这却并不等于太子李亨足以控制这支军队。况且在李隆基逃亡途中，负责安全警卫工作的是禁军而非潼关守军。

李亨会不会依靠儿子李俶而掌握了部分禁军的指挥权呢？"（安）禄山之乱，玄宗幸蜀，（李）俶兄弟典亲兵扈从。"[②]最关键的是"亲兵"到底是怎样一支武装呢？

早在李隆基的父亲李旦在位的景云年间，朝廷就下令"诸王、驸马自今毋得典禁兵，见任者皆改他官"[③]，因为此前大唐饱受政变的困扰，在历次政变中时常会出现诸王或者驸马的身影，李旦这么做无疑彻底切断了诸王和驸马与禁军的联系，希望借此彻底根除政变的土壤。

李隆基即位后就一直恪守着父亲颁布的这项规定，他还将兄弟们、儿子们、孙子们统一安置到"十六王宅"和"百孙院"，并且"令中官押之，于夹城中起居，每日家令进膳"[④]，可以说，他们的一举一动都在李隆基的

---

① （北宋）宋祁、欧阳修等撰《新唐书·卷一百四十七·王思礼传》，《二十四史全译》，汉语大辞典出版社 2004 年版，第 3360 页。

② （后晋）刘昫等撰：《旧唐书·卷一百十六·李俶传》，《二十四史全译》，汉语大辞典出版社 2004 年版，第 2811 页。

③ （北宋）司马光撰：《资治通鉴·卷二百一十》，改革出版社 1995 年版，第 4433 页。

④ （后晋）刘昫等撰：《旧唐书·卷一百七·李璩传》，《二十四史全译》，汉语大辞典出版社 2004 年版，第 2711 页。

严密监控之下。在这种情况之下，无论是太子李亨还是他的两个儿子广平王李俶、建宁王李倓都是很难染指兵权的。

不过安史之乱的突然来袭使得李隆基不得不放弃了"诸王不得典禁兵"的原则。马嵬之变后，李隆基曾"分部下为六军，颍王李璬先行，寿王（李）瑁等分统六军，前后左右相次"[①]。既然寿王李瑁等人在马嵬之变后获准统领六军，那么在兵变之前是否也是如此，而且负责统兵的诸王中会不会就包括李亨的两个儿子广平王李俶和建宁王李倓呢？

这种推理似乎有一定合理性，却也仅仅是一种假设而已。史书中并没有留下在逃亡之初李隆基让诸王分别统领禁军的记载。李隆基之所以打破了"诸王不得典禁兵"的政治惯例，或许是因为马嵬之变使得他对禁军将领的信任感有所降低，希望通过诸王统兵来强化皇室对禁军的控制权。

即便在逃亡开始的时候，出于对广平王李俶和建宁王李倓的特殊信任或者特别器重，李隆基真的让他们来领兵，但他们在短短的一天半的时间内就能彻底控制所统领的部队吗？要想在部队中树立起足以对抗皇权的个人威望绝非一朝一夕之功。平卢军之所以会追随安禄山走上反叛之路，是因为他曾担任了近十五年的平卢节度使。安禄山兼任河东节度使四年多，当他举起反叛大旗的时候，也只有大同军使高秀岩等少数将领坚定地跟随他。一直被圈禁于百孙院的广平王李俶和建宁王李倓自然没有多少政治历练的机会，也没有多么高超的政治手腕，因此他们绝对不可能在如此之短的时间里就彻底掌控所属军队。

马嵬之变后，李亨与父皇分道扬镳，跟随在李亨身边的不过是原来太子府的随从亲信。李隆基得知后"乃命分后军二千人及飞龙厩马从太子"[②]，"分"字说明此时禁军的指挥权仍旧牢牢控制在李隆基的手中。

---

① （后晋）刘昫等撰：《旧唐书·卷九·玄宗本纪下》，《二十四史全译》，汉语大辞典出版社2004年版，第188页。

② （北宋）司马光撰：《资治通鉴·卷二百一十八》，改革出版社1995年版，第4628页。

如果李亨果真有发动马嵬之变的能力，他完全可以带着那支他所控制的队伍北上。在那个实力决定着话语权的乱世，李亨最渴望得到的就是军队，否则他也不会冒着生命危险企图返回长安，收拢从潼关溃逃下来的散兵游勇。

十八年如履薄冰的太子生涯使得他遇事常常患得患失。他和父皇李隆基最大的差距就是缺乏干事的魄力，因为他的内心远远没有父亲那么强大。长期生活在压抑环境中养成的优柔寡断的性格，使得李亨应该不会也不敢贸然参与马嵬之变，没有能力更没有魄力成为马嵬之变的幕后主使。

《资治通鉴》的记载应该最为可信。"至马嵬驿……陈玄礼以祸由杨国忠，欲诛之，因东宫宦者李辅国以告太子，太子未决。"[①] 在动手之前，陈玄礼或许也曾试图取得太子李亨的某种支持甚至协助，可是因为他与李亨此前并没有太深的交情而不便直说，只得通过李亨身边的亲信太监李辅国进行试探。

陈玄礼通过李辅国将兵变的计划告诉了李亨，当然也不排除另外一种可能，李辅国获得的即将发生兵变的消息并不是陈玄礼告诉他的，而是从其他人嘴中获知的。当时的李辅国还不是日后那个权势大到足以要挟皇帝的李辅国，此时的他只不过是东宫里一个普通得不能再普通的宦官，充其量就是太子李亨比较信赖的一个亲信宦官，在政治上既没有多大的权力，更没有多高的地位。

陈玄礼身为正三品的左龙武大将军怎么会主动去联络一个身份如此低微的宦官。飞龙禁军长期由宦官统领，而李辅国原本就是"飞龙小儿"，或许他正是通过这层特殊关系事先从飞龙兵那里探听到了这个消息，然后告诉了主子。

不管怎样，谨小慎微的李亨对于自己在即将发生的兵变中到底该何去

---

① （北宋）司马光撰：《资治通鉴·卷二百一十八》，改革出版社1995年版，第4627页。

何从，应该是犹豫不决的，以至于并没有实际参与其中，反而故意躲得远远的。兵变发生时，他始终作壁上观；兵变平息后，他渐渐心生异志。既然如此，谁又会是幕后主使呢？

《新唐书》记载："陈玄礼宿卫宫禁。以淳笃自检。"①

《旧唐书》记载："陈玄礼以淳朴自检，宿卫宫禁，志节不衰。"②

陈玄礼是一个在史书中被公认为俭朴谨慎的禁军将领，也正是因为谨小慎微的性格使得他长期肩负着拱卫皇帝的重任，李隆基在位长达四十四年的时间，而他也执掌禁军长达四十四年之久。在如此漫长的时间里，不知有多少禁军将领被撤换，甚至被清洗，而他在禁军中的地位却始终岿然不动。

正是因为他谨小慎微的性格才使得他可以执掌禁军如此之久，一贯谨慎的陈玄礼怎么可能在马嵬坡突然间有如此之大的政治魄力和政治胆量敢于诛杀宰相、敢逼死贵妃呢？在封建专制时代，以武力相威胁擅杀大臣、逼迫皇帝可是大不敬的叛逆之举，势必会遭到皇帝的忌恨和严惩。

谨慎的陈玄礼之所以会干出这件惊天地、泣鬼神的事，他的背后定然站着一位深藏不露的高人，那个犹抱琵琶半遮面的人究竟会是谁呢？或许只有通过深入剖析史书中的种种细节才可以还原历史。

为了分而治之，禁军分为左、右羽林军和左、右龙武军四支部队，分别由四位大将军统领，而陈玄礼却只不过是其中的一位大将军。无论是逃亡途中，还是兵变之时，始终都没有出现老牌禁军羽林军的身影，李隆基出逃时为了掩人耳目或许并没有让这支禁军部队随行。当年发动政变时，李隆基依靠的正是龙武军的前身万骑营，自然对这支部队情有独钟，以至

---

① （北宋）宋祁、欧阳修等撰：《新唐书·卷一百二十一·陈玄礼传》，《二十四史全译》，汉语大辞典出版社 2004 年版，第 2964 页。

② （后晋）刘昫等撰：《旧唐书·卷一百六·陈玄礼传》，《二十四史全译》，汉语大辞典出版社 2004 年版，第 2696 页。

于曾经风光无限的羽林军逐渐开始走下坡路。

除了老牌禁军部队，跟随李隆基一起逃亡的还有另外一支重要武装，那就是飞龙兵。

飞龙厩原本是仗内六厩之一，禁中的上等马匹均隶属于飞龙厩。"飞龙小儿"原本是负责保卫飞龙厩的警卫人员，后来逐渐发展成为一支精锐骑兵，进而成为拱卫皇宫与京师安全的机动性强、战斗力强的警卫部队。当年平定邢縡、王焯叛乱时，高力士率领的就是这支彪悍的部队。

高力士以"三宫内飞龙厩大使"的名义掌管着这支一直由宦官统领的军队，这个设立于开元二十年前后的大使职务可以说是李隆基为高力士量身定制的。在此不久之前，曾经不可一世的王毛仲因飞扬跋扈以至于藐视皇上而被李隆基赐死。王毛仲的死让李隆基开始进行反思，或许就从那时起，他决意对禁军进行重组，着力构建起羽林、龙武、飞龙三足鼎立的军事力量格局。

随着王毛仲的离去，曾经权势煊赫的龙武军的风头逐渐被迅速蹿红的飞龙兵压制住。虽然单纯论实力，飞龙兵与龙武军还不能同日而语。飞龙兵并不是成建制的正牌禁军部队，在史书中总是被称为"飞龙小儿"或者"飞龙兵"，并没有被称为"飞龙军"，因为这支部队的主要功能还是警卫，而非作战，可是飞龙兵与皇帝的关系却变得越来越亲近，更多地承担起皇帝贴身保卫的任务。李隆基之所以偏爱飞龙兵是因为这支部队长期由宦官统领着，而宦官因为存在生理缺陷对皇帝有着天然的依附性，因此在他的眼里这支军队的忠诚度无疑要更高一些。

伴随着飞龙兵的崛起，高力士的声望也随之到达了顶点，即使太子李亨见到他都得毕恭毕敬地称呼他为"二兄"，诸王和公主见到他则称呼他为"阿翁"，驸马见到他更是称呼他为"爷"。

在李隆基逃亡途中，飞龙兵始终跟随在他的身边。李亨脱离大部队独自北上后，李隆基派去保卫势单力孤的李亨的军队中就有飞龙兵的身影。

虽然左龙武大将军陈玄礼事实上承担着卫戍总指挥的职责，但毕竟飞龙兵之前与他并没有隶属关系，如果陈玄礼想要借机发动兵变，对皇帝忠心耿耿的飞龙兵定然会出面阻止，即使因为力量对比失衡，飞龙兵不敢与龙武军发生正面冲突，至少可以为李隆基赢得一定的回旋余地。可实际上飞龙兵在这场兵变中却毫无作为，甚至不排除有些士卒还参与其中。

飞龙兵之所以会保持沉默，甚至临阵倒戈恐怕就是因为高力士与陈玄礼早就达成了某种共识或者默契。高力士就是那个站在陈玄礼身后掌控一切的那个人。

禁军将士诛杀杨国忠后仍旧不依不饶，聚集到驿站外迫使李隆基赐死杨贵妃，可是深爱着杨贵妃的李隆基却不肯轻易妥协。就在事态陷入僵局之际，高力士却挺身而出，正是他那句铿锵有力的"将士安，则陛下安矣"最终让李隆基艰难地下定决心，亲手将最爱的女人杨贵妃送上黄泉路。

出身政治世家的高力士虽然只是一个宦官，却是李隆基难得的政治助手。在纷繁复杂的政治局势面前，高力士能够为李隆基出谋划策，是一个足以对政局产生重要影响的关键人物。当李隆基因太子问题而犹豫不决时，高力士的话最终坚定了李隆基册立忠王李亨的决心。

史书中并没有留下高力士与杨国忠或者杨贵妃发生过正面冲突的记载，可那却不过是因为八面玲珑的高力士善于处理各方面的关系罢了，并不能表明高力士与杨家人之间没有矛盾。

天宝十三载（公元 754 年）那年阴雨连绵的秋天让李隆基忧心忡忡，但善于政治作秀的杨国忠却派人从各处寻找长势好的禾苗献给李隆基，可这场秋雨却淅淅沥沥地下了足足六十余天，李隆基自然再也坐不住了，询问沉默不语的高力士，说："为什么对此一言不发呢？"高力士说："自从陛下将权力委托给宰相，法令不行，阴阳失度，灾祸不断！"

虽然高力士并没有点名道姓，但从他的话语中可以隐约感觉到他对宰相杨国忠的强烈不满。这其中固然存在着以高力士为代表的宦官群体与宰相争宠的因素，但不可否认的却是极具政治敏锐感的高力士已经隐隐预感到了山雨欲来风满楼。

高力士对专权误国的杨国忠的极度不满，使得他有了策划马嵬坡之变的政治动机。虽然他未必有心怀天下的胸襟，但对李隆基的感恩之心却使得他义无反顾地做出了有利于江山社稷的重大决定，而且高力士还具备策划这场变乱的能力。

铲除王毛仲前夕，虽然史书上并未明确记载，但肩负着对陈玄礼等禁军将领进行分化瓦解重任的人，应该就是李隆基的亲信宦官高力士。

或许是因为世人对宦官与生俱来的歧视，加之这件事又属于大唐最高机密，知道的人少之又少，而且曾经记载着当年高力士口述的那些秘不敢宣的宫闱秘闻的书籍《高力士外传》后来又失传了，史书对此没有留下记载也就不足为奇了，不过依据当时的形势判断，李隆基很难找出其他合适的人选。

或许就从那时开始，高力士与陈玄礼结下了不解之缘，在此后二十六年的时间里，两个曾经联手铲除王毛仲的亲密战友应该一直保持着良好的关系。马嵬之变后，或许正是在高力士的积极斡旋和游说之下，李隆基才彻底明白了他们这么做的良苦用心。如果不是杨国忠为了一己私利迫使哥舒翰贸然出关，大唐也不会被推到生与死的边缘。如果杨国忠还活着，大唐的灾难恐怕还将会继续。杜甫曾留下赞颂陈玄礼的诗句："桓桓陈将军，仗钺奋忠烈。微尔人尽非，于今国犹活。"

李隆基渐渐理解了他们这么做的苦衷，尽管李隆基对于杨贵妃的不幸离世感到悲痛欲绝，但他却并没有因此而对陈玄礼和高力士有所怨恨，毕竟他们有着四十多年的交情，而且在兵荒马乱的岁月里，李隆基还要依赖于这两位最为信赖的老伙计。

虽然陈玄礼和高力士联手诛杀杨国忠主要是出于忠心，但迫使李隆基赐死杨贵妃无疑却掺杂着私心。他们担心如果杨贵妃依旧留在李隆基身边，说不定什么时候会做出对他们不利的事情，因此他们不仅要斩草更要除根。

长安光复后，高力士和陈玄礼陪同已经退位的李隆基返回熟悉而又陌生的长安城内的兴庆宫。虽然属于李隆基的那个时代已经终结了，但两人依旧不离不弃地陪侍在他的身边。后来，李辅国对李隆基进行政治迫害时，首先清除了这两人——陈玄礼被勒令退休，高力士被流放到遥远的巫州①。失去两个老伙计的陪伴，闷闷不乐的李隆基很快便忧郁成疾。

事后李亨并不感恩于高力士当年进言拥戴自己为太子，也不感恩于陈玄礼在关键时刻策动兵变使得他有机会提前登基称帝，因为李亨知道他们这样做并不是为了他，而是为了他的父亲和父亲深爱着的大唐。

其实陈玄礼和高力士一直与李亨保持着足够的距离，因此李亨并不会感念他们的恩情，反而毫不手软地对他们进行无情打击。

经过这场变乱，李隆基又踏上了漫漫逃亡路，急切地想要将这个伤心地远远地抛在自己的身后，而太子李亨一行人也渐渐脱离大部队，这也拉开了大唐帝国权力更迭的序幕。

① 治所在今湖南省洪江市。

孤注一掷的政治豪赌

马嵬坡兵变使李隆基的权威降到了冰点。将士们对于前往剑南的计划提出了质疑——有人建议去河西，有人建议去陇右，有人建议去灵武，有人建议去太原，有人建议回长安。

正当大家七嘴八舌议论纷纷的时候，韦谔提了一个大家都能接受的方案：不再前往剑南而是先行前往扶风郡 ① 再做定夺。扶风是前往剑南的必经之路，也是去河西、陇右或者灵武的中转站。

正当李隆基一行人准备出发的时候，意外却再度发生了。

闻讯而来的无数老百姓跪在路旁，请求李隆基留下。他们流着泪规劝道："宫阙是陛下居住的地方，陵寝是陛下祖先沉睡的地方。圣上怎么能轻易地舍弃它们呢？"

李隆基一时间竟然无言以对，因为百姓们的责问无疑切中了他的痛处。时间在一分一秒地逝去，而危险也在一分一秒地增加。

李隆基知道自己不能在此久留，于是留下太子李亨劝导父老乡亲们，而他自己则率领大部队继续前行，很快便消失在官道的尽头。

关中父老对李亨说："既然皇上不肯留下，我们愿意率子弟跟从殿下东向破贼，收复长安。如果殿下与皇上都逃往剑南，我们老百姓就一点指望都没有了！"

这段记载无非是想说明太子北上灵武是顺应民意、顺从天意，不是为了权力，而是为了社稷。

其实这一切不过是李亨为了美化自己而故意上演的一出好戏。

---

① 治所在今陕西省宝鸡市凤翔县。

在兵荒马乱的岁月里，李亨扔下年迈的父亲独自北上是不孝；在局势动荡的日子里，李亨不顾父皇的感受自行称帝是不忠。李亨不愿背负不忠不孝的骂名，可是他也深知继续跟着父亲，自己永远只是一个政治附属品。

他离开父皇的决定绝对不是因为父老乡亲们的哀求，而是亲信们出谋划策，而他做出这个重大决定时也是经历了一番痛苦而又激烈的内心挣扎，因为脱离大部队不仅危险无处不在，而且前途也很不明朗！

最终让李亨下定决心离开父皇的是亲信宦官李辅国，不过此时的他还叫李静忠，"辅国"这个响当当的名字是他发迹之后才改的。

出身卑微的李辅国是一个典型的草根，相貌丑陋的他是数千名宦官中极为普通的一员。并不是所有的宦官都有机会服侍在皇帝身边，而他甚至连伺候人的机会也没有，只得伺候马。马在唐代既是不可缺少的军事装备，更是不可替代的交通工具。

他将宝贵的青春投入伺候骏马的事业中去。别看他长很丑，但他却干一行，爱一行，专一行。通过多年的不懈努力，他的饲养技术日臻成熟。在养马人才中脱颖而出的李辅国终于可以伺候人了，而且是如日中天的大人物高力士。

李辅国过了"而立之年"却仍旧没有立锥之地，过了"不惑之年"却仍旧对自己的前途感到困惑不已。

"人到七十古来稀"，而唐朝人对自己的寿命预期为六十岁，可是已经走完生命历程三分之二时光的李辅国仍旧期待着梦想照进现实的那一天。

知识可以改变命运。由于大多数宦官目不识丁，"略通书计"的李辅国终于得到了命运垂青，负责闲厩的文书账簿。

之前，采买草料的人经常借机公饱私囊，有的贪污公款，有的收取回扣。那些以次充好的草料让马儿遭了不少罪。

李辅国终于有机会施展自己的管理才华，坚决抵制这种损公肥私的歪风邪气，使马儿的伙食有了质的飞跃。一匹匹膘肥体壮的马匹成为他的工作成绩，他也因此得到王鉷的赏识，王鉷于是将其推荐给太子李亨。

李辅国得到了一个比高力士还要好的机会。高力士结识李隆基时，李隆基还不过是个藩王，还不是嫡长子，而此时的李亨已经是名副其实的储君，不过李亨的处境却并不乐观，因为自从登上太子宝座的那一刻起，他便不得不面对来自宰相集团的政治暗算。

在李亨那段如履薄冰的日子里，李辅国始终侍候在他的身旁。正是那段艰难的岁月使两人建立起特殊的情感。

突如其来的安史之乱打破了原有的政治秩序。李辅国这个默默无闻的小人物也凭借常人所不具备的政治鉴别力和政治敏锐感影响了主子李亨的人生，也改变了自己的命运。

李辅国提出的"脱离李隆基"的建议立即得到李亨的老婆张良娣和儿子广平王李俶、建宁王李倓的支持。李倓一句"大孝莫若安社稷"为李亨离开父皇找到了一件华丽的外衣。

李隆基焦急地等待着李亨的到来，可是却始终都等不到儿子归来的身影。负责打探消息的使者回来禀报说，关中百姓苦苦挽留太子，太子一时间无法脱身。

政治老手李隆基自然知道其中的奥妙，爱妃刚刚离自己而去，儿子也要离自己而去，自己岂不是真的成了孤家寡人？！

他不禁长叹一声："这是天意啊！"

面对去意已决的儿子，李隆基表现出一个父亲的宽容与仁慈，随即调拨两千禁军负责保护太子。

李隆基对派去保卫太子的将士们说："太子仁孝，必成大器，你们好好辅助他！"李隆基还让人给李亨带去一句话："你不要挂念我，放手去干吧！我对西北地区的胡人一向不薄，他们或许可以帮助你完成平叛大业。"李隆基还想要将皇位传给太子李亨，可是太子李亨却坚决推辞不受。

上述桥段出自《资治通鉴》。其实这段记载应该并不是历史事实，起码掺杂着很大的水分。如果此时的李亨竭力反对父皇传位于自己，又怎么解释仅仅一个多月后，刚刚在灵武站稳脚跟的李亨便迫不及待地登上皇位呢？同样是一个人，差别怎么会这么大呢？

深知权力重要性的李隆基绝对不肯轻易放弃手中的权力，尽管此时的他已经越发感到自己有些力不从心。他西去剑南虽然远离了战乱的旋涡，但也远离了权力中心。

对于处境堪忧的太子李亨而言，摆在他面前的只有两条路：北上或者南下。北上陇右、河西或者朔方，南下山南、江南或者黔中。

很多史家觉得李亨从离开父皇的那一刻起便下定决心北上灵武，因为他曾经担任过朔方节度大使。其实不然，节度大使是否对所遥领的藩镇产生实际的政治影响力，完全取决于他与实际主持工作的副大使的关系。

王忠嗣担任朔方节度使时，李亨的确可以对朔方镇施加一定的政治影响，可是兼任四镇节度使的王忠嗣很快便被迫辞去了朔方节度使。

李亨的死对头李林甫随后来兼任朔方节度使。李林甫辞去这个兼职后，又推荐河西节度使安思顺接任朔方节度使，直到安史之乱爆发后，李隆基用郭子仪临时替换了安思顺。没有任何史料显示郭子仪此前曾与太子李亨有过什么特殊的关系，甚至两人之前都很难找到交集。

其实李亨起初并没有将早已物是人非的朔方镇作为自己的政治落脚点，最终在灵武称帝更是颇有几分歪打正着和误打误撞的意味。

脱离大部队的李亨既没有北上也没有南下，而是出人意料地选择东返。

身边的人都向他投来诧异的眼光，因为就在几天前他们还沿着这条路仓皇出逃，如今却要原路返回，这不是送死吗？

太子李亨自然知道离长安越近，离危险也就越近，可是他仍旧义无反顾地踏上了东返之路，因为他有一件极其重要，却又如同火中取栗的事情要去做。

在兵荒马乱的日子里，原有的封建礼制体系和封建道德体系濒临崩溃。一切都要靠实力说话，此时李亨最需要的就是军事力量的支持。

缺兵少将的太子李亨急需一支忠于自己的军队，而收拢潼关失散的士卒无疑是最现实，也是最无奈的选择。

这注定是一段凶险莫测的旅程，因为无论是燕军铁骑、散兵游勇还是胡匪强盗都可能会给这支队伍带来难以想象的灾难。李亨一行人的精神高度紧张，以至于出现在他们面前的任何人都会被认定为是敌人。

不好，前面突然出现一群身份不明的人，准备战斗！

经过一番激烈的厮杀，李亨才发觉原来是从潼关溃逃下来的官军，打了半天才发觉是自己人。

李亨将这群散兵游勇收编在自己麾下，他的队伍也因此迅速扩编到了三四千人。

可是他很快便得到一个坏消息：如今长安已经陷入一片混乱。

这显然出乎李亨的意料，因为他起初料定燕军不会这么快就侵入长安。既然潼关逃亡的将士们已经四散奔逃，继续前行不仅没有任何意义，而且危险重重。

于是，这支处境堪忧的队伍由东征改为西进，可是抵达渭水河边时，李亨却突然发现洪水已经将架设在渭水之上的便桥彻底冲毁了，而且一时间又找不到渡河的船只。

找到一处浅滩，李亨决定策马渡过渭水，可是那些无马的战士只得"望河兴叹"，哭着散去了。

一些渡河的士兵溺死在河水之中，惨叫之声不绝于耳！

李亨的随行人员从三四千人顿时便锐减到两千人。虽然此时正值炎炎夏日，李亨却感受到一种从未有过的悲凉。

在夜幕的掩映下，李亨率部疾驰三百里赶往新平郡[①]。在这次艰难跋涉中，这支越来越没有前途的队伍中不断有人离开。清点人数的时候，李亨无奈地发现两千人的队伍竟然仅仅剩下了几百人。

抵达新平郡时，太守薛羽弃郡逃走，李亨派人将他抓回来处死。

抵达安定郡[②]时，太守徐毅弃郡逃走，李亨派人将他抓回来处死。

李亨不知道这种无奈的杀戮还会持续多久，更不知道哪里才会是自己的落脚点。

每到夜晚宿营的时候，张良娣却总是不与李亨睡在一起，而是独自睡在外面。

李亨关切地说："每当黑夜降临的时候，我们这些男人们都会感到惶恐不安，何况你们这些女人呢？况且抵御盗匪叛军也不是你们妇人该做的事！"

张良娣坚定地说："现在正值多事之秋，一旦情况有变，妾身还可以抵挡一阵，而殿下可以从容谋划，顺利脱身。"张良娣这是将死的危险留给了自己，而将生的希望留给了丈夫。

好在彭原郡[③]太守李遵并没有弃郡逃走，而是毕恭毕敬地出城前来迎接。李遵无疑是第一个让李亨心中泛起阵阵暖流的地方官。

李遵送来衣服，送来干粮，还将李亨带到了气势恢宏的国家养马场。不计其数战马在一望无际的草地上纵横驰骋、尽情嘶鸣。

李亨怀着感激的心情挑选了几万匹战马，极大地提升了所属部队的装备水平。彭原郡这个原本默默无闻的西北小城给失魂落魄的李亨留下了许多美好的记忆。

---

① 治所在今陕西省彬州市。
② 治所在今甘肃省平凉市泾川县。
③ 治所在今甘肃省庆阳市宁县。

李亨继续前往平凉①。犹豫不决的他却在此地逗留了数日之久，因为这里是前往陇右、河西和朔方的三岔路口，当然这里也是李亨命运的十字路口。

正当太子对未来的去向犹豫不决时，朔方镇关内盐池判官李涵携带迎驾公文赶来了。留守朔方的那帮官员之所以派遣李涵前去觐见李亨，是因为他具有皇室血统，沾亲带故好办事。

此时，朔方节度使郭子仪正率领朔方镇主力部队在河北抗击叛军，留守朔方的是一帮文官和二流的武将。

李涵呈给李亨一封由朔方留后、支度副使杜鸿渐以及六城水陆运使魏少游为首的留守官员联名所写的书信：恳请太子李亨移驾灵武。

李亨看完之后却沉默了！

他对于是否前往陌生的朔方一时间犹豫不决，因为在这样一个刀兵四起的乱世很难看清楚究竟谁是忠臣，谁有异心。

正当李亨犹豫不决之际，途经平凉的裴冕竟然与他不期而遇。

河西行军司马裴冕在不久前刚刚被任命为御史中丞。当他怀着无尽的喜悦进京履新时，上天却跟他开了一个大玩笑。他还没有来得及走进人人羡慕而又人人畏惧的大唐最高监察机关御史台赴任，都城长安便陷落了！

这次升迁最终带给裴冕的是无奈和无措，因为他不知道自己此时此刻又该去往哪里。

命运让裴冕和李亨相遇了。

与朔方镇没有任何瓜葛的裴冕也劝说李亨去灵武，因为地处偏僻的平凉并不是成就大事的地方。

在裴冕的劝说下，李亨最终踏上了前途未卜的北上之路。

李亨抵达丰宁以南地区。丰宁是灵武郡治下的一个县，这里距离灵武

---

① 治所在今宁夏回族自治区固原市原州区。

郡的治所回乐县 ① 已经不远了。

当距离灵武郡一步之遥的时候，李亨却突然放慢了前行的脚步，莫名其妙地产生了据守丰宁的想法，因为此时的他仍旧对此次灵武之行忧心忡忡。

正在此时，狂风大作，飞沙走石，百步之内，人物莫辨。这是上天在示警啊！

李亨随即放弃了有些不切实际的固守丰宁的想法，继续踏上前往灵武之路。

七月初十，经过近一个月的艰难跋涉，李亨终于抵达灵武。此时灰蒙蒙的天空突然间变得晴空万里，这似乎是一个好兆头。

李亨终于见到了那帮素未谋面却盛情相邀的朔方镇留守官员们。六城水陆运使魏少游对李亨在灵武的衣食住行精心安排，悉心照料。

朔方镇那帮僚佐们凭借这个千载难逢的政治机遇也一跃登上了政治舞台，但是这些人大都很快便淹没在历史的深处，可原本并不算抢眼的魏少游却一路升迁，最终成为封疆大吏。

那段不堪回首的颠沛流离的日子终于结束了，那段经历对李亨而言一生都难以忘怀。屡经磨难的李亨在政治上也成熟了许多，知道必须要做出顺应民意的政治姿态。

生活终于稳定下来。张良娣为李亨生下一个儿子李侗，这无疑给正处于困境之中的李亨带来一丝喜悦。

分娩仅仅三天后，张良娣便拖着疲惫的身体为将士们缝补衣服。李亨心有不忍，急忙劝阻她。

"战事紧急，现在岂是修养的时候！"张良娣一边说一边继续低头缝制衣服。这段共同的患难经历也使得他们这桩政治婚姻在此时此刻充斥着无

① 治所在今宁夏回族自治区吴忠市。

限的温情，但也在不久的将来被权力所异化。

对于朔方镇的那帮官员，李亨总有一种莫名的不信任感。与他共患难的李辅国自然成为他身边为数不多的几个可以完全信赖的人。

心领神会的李辅国帮李亨完成了一件想干，却又不便亲自去干的事情。这件事的完成也使得他在李亨心中的分量越来越重了！

在李辅国暗中策动之下，裴冕、杜鸿渐等人三天内五次上书，劝李亨即皇帝位，而且还说得冠冕堂皇——现在天下大乱，老皇上不愿意干了跑到四川去了；由于路太远了，找老皇帝请示不方便，可是国不可一日无君；这是上天的意思，也是百姓的呼声，绝对不能违抗。

虽然这些话出自裴冕、杜鸿渐等人之口，但是却说到了李亨的心坎里。

此时，李亨却坚决推辞，这种虚情假意的推辞在历史长河中曾经无数次地上演过，却仍旧经久不衰。

唯一的不同就是当事人演技的高下，而李亨无疑属于演技拙劣的那一类，因为他太心急了，急于结束这十八年来如同炼狱般的太子生涯。

公元756年七月十三，四十五岁的李亨在灵武城南门城楼举行了简单的登基仪式。没有山呼万岁的文武百官，没有盔明甲亮的仪仗队。这个原本应当颇为隆重的仪式却简陋得如同一个普通的郡守上任。

李亨这个大唐新皇帝死后的庙号是"肃宗"，但他的登基仪式却似乎并不怎么严肃。不过他对于这些却并不太在意，因为他觉得"心有多大，舞台就有多大"。他将父亲已经用了十五年的年号"天宝"改为"至德"。

李隆基像自己的父亲李旦那样有些无奈地沦为了太上皇，只不过此时的他还对此一无所知。

就在李亨登基四天后，李隆基仍旧以皇帝身份发布了一道诏书：皇太子李亨为天下兵马元帅，都统朔方、河东、河北、平卢节度使。永王李璘为山南东路、黔中、江南西路节度使。盛王李琦为江南东路、淮南道节度使，丰王李珙为河西、陇右、安西、北庭节度使。

这说明李隆基压根就没有让位的意思，可是他的儿子们却有些等不及了，而且觊觎帝国最高权力的并不仅仅是李亨这么一个儿子。这道本来是用来平定叛乱的诏书，后来却险些使本已灾难重重的大唐再度发生可怕的分裂。

为了巩固原本就并不算牢固的统治，李亨决定犒赏那些拥戴他的有功之臣，但他此时行事却异常谨慎，仅仅任命裴冕一个人为宰相。

与此形成鲜明对比的是他的父亲李隆基在流亡蜀郡①的过程中一下子就任命了房琯、崔涣、崔圆和李麟四位宰相，再加上李隆基此前任命的韦见素。在此时在任的六位宰相中，李隆基任用的宰相居然达五位之多，而且这种格局一直延续到次年三月。

李亨并不是不想大力提拔自己人，可是他身边除了裴冕之外，确实找不到有一定资历和威望的官员。

李亨并没有忘记那个对他而言极为重要的人。这个人便是李辅国！如果当初不是李辅国苦苦规劝，或许他还没有足够的勇气离开父皇。

李辅国被提升为太子家令（注意这个官是太子府的属官），此时赐给他一个响当当的名字"李护国"（后来又改名为"李辅国"）。大器晚成的李辅国终于揭开了人生中最辉煌的篇章。

李辅国一直侍奉在李亨左右，宣布诏敕诰命。四方奏来的文书奏疏全都要通过李辅国呈送李亨，调动军队的印玺符契也由李辅国掌管。

此时的李辅国给百官留下的印象是谨小慎微和崇佛向善。他从不吃荤腥，只吃素食，而且总是手持念珠。很多官员想不到就是这个满口佛祖慈悲的宦官日后会变得血腥残忍、冷酷无情。

"理想很丰满，可是现实却很骨感。"即位之初，百废待兴，人员匮

---

① 治所在今四川省成都市。

乏。"文武官不满三十人，披草莱，立朝廷，制度草创，武人骄慢。"①

将领们的傲慢竟然到了肆无忌惮的程度。大将管崇嗣在朝堂之上竟然背对着李亨旁若无人地坐着，如同在家中那样谈笑自如。

对于武将们的放肆，李亨却只得选择了忍气吞声，因为他知道如果意气用事很可能会给自己带来难以预料的灾难。

虽然李亨自己忍了，可监察御史李勉却实在看不下去了。他上奏章弹劾管崇嗣目无君长，要求将他依法惩办。李亨接到李勉的弹劾奏章后立即召集满朝文武（也就是三十多人）专门商议此事。

这次朝会与其说是讨论问题，不如说是敲山震虎，因为藐视他这个新皇帝的人绝不仅仅管崇嗣一个人。

针对管崇嗣的弹劾取得了预期的效果。李亨也深知敲打敲打就罢了，绝对不会，也不敢不顾后果地杀鸡儆猴。

虽然李亨最终赦免了管崇嗣，但警示那帮桀骜不驯的将领们的目的却已然达到了。

李亨叹息道："有了李勉，朝廷才赢得了尊严！"李亨树立皇帝权威居然还需要借助一个小小的正八品上阶的监察官员，足见李亨当时处境之艰难。

正当李亨因人手短缺而一筹莫展之际，一个人的到来无疑给他带来了莫大的信心。这个人就是李亨的童年好友李泌。

神秘莫测的李泌总会让人联想到西汉开国第一谋臣张良。他们同样"运筹帷幄之中，决胜千里之外"；他们同样"淡泊以明志，宁静以致远"；他们同样在风云际会时横空出世，同样在功成名就时悄然隐退。

李泌年幼时便成为远近闻名的神童。他十七岁时便写下脍炙人口的《长歌行》，不仅得到张九龄等当代名士的赏识，更得到了大唐皇帝李隆基

---

① （北宋）司马光撰：《资治通鉴·卷二百一十八》，改革出版社1995年版，第4641页。

的关注。

李隆基将才华出众的李泌介绍给儿子李亨认识。李泌与李亨从此成为两小无猜的小伙伴，而且这种情谊并没有随着时间的推移而淡化。

李泌长大后，李隆基想要授予他官职，不过却被他婉言谢绝了。尽管李泌一直只是一个平头老百姓，但就连贵为太子的李亨也尊称他为"先生"。

得到李隆基父子赏识的李泌却引起了宰相杨国忠的反感。识趣的李泌主动选择离开了京城，过上了隐居的生活。

杨国忠在马嵬之变中被杀后，李隆基又想起了才华横溢的李泌，于是急忙派人前去征召他。

李泌的到来无疑使李亨大喜过望，两人从此形影不离，"出则联辔，寝则对榻"①。

朔方镇的精兵如今大都跟随郭子仪与李光弼在河北地区征战，如今灵武郡周边的兵力颇为有限。

目前，李亨急需一支强有力的军队，否则不仅平定叛乱无从谈起，甚至连生存都是个问题，可究竟征调哪些部队来勤王呢？

大唐各镇的军事力量无疑是极不均衡的。范阳、陇右、河西三镇兵力最多，装备最好，实力最强。朔方和河东的实力次之，河东经常与范阳联合作战，而朔方经常与河西一起出征。北庭、安西、剑南、平卢四镇实力较弱，而岭南五府实力最弱。

范阳、平卢以及河东的部分军队已经跟随安禄山走上了叛乱之路。虽然平卢后来发生了分裂，部分将士又重新归附朝廷，但是对于整个战局却并没有大的影响。分裂为两大阵营的河东除了自保外已经无力他顾，陇右、河西两镇主力部队在潼关之战中基本上损失殆尽，只有当初留守在城

---

① （北宋）司马光撰：《资治通鉴·卷二百一十八》，改革出版社1995年版，第4641页。

堡要塞中的少数部队得以幸免于难。

朔方、北庭、安西、剑南、岭南无疑成为兵力保存最为完整五镇。其中剑南负责拱卫已然临幸到那里的李隆基，岭南本就只有一万余人，而且还需要防守地域广阔的岭南地区。这两支部队自然不在李亨的征调范围之列。

李亨向朔方、北庭、安西三镇发出了征调命令。北庭、安西原本各有两万多将士，而且还需要戍守地域辽阔、民族情况复杂以及军事斗争激烈的西域地区，可以征调到内地的兵力也实在有限，因此朔方军的回归才是决定战局走向的关键。

对于李亨的征召，大唐的将领们会作何反应呢？

史书大都记载将领们接到李亨的诏书后纷纷率兵赶到李亨的驻地，但是事实果真如此吗？当然不是。

当了四十多年皇帝的李隆基留给大唐的印记实在是太深了。李亨这个横空出世但此时还有些名不正言不顺的新皇帝，自然难以在短时间内让大唐将领们接受，李隆基和李亨并存的二元政治格局也使得将领们一时间不知道该何去何从。在如此关键的时刻，政治站队决定着自己未来的命运。

《资治通鉴》明确记载梁宰与李嗣业对于李亨的征召犹豫不决，但是《资治通鉴》关于两人职务的记载却明显有误，因为梁宰与李嗣业并没有在河西任职的记载。《新唐书》明确记载："诏（李）嗣业以安西兵五千走行在。"两人应该是安西的正、副节度使而并非是河西的正、副节度使。

梁宰与李嗣业最终一致决定暂缓出兵，静观其变，但是两人的出发点却不尽相同：梁宰想要拥兵自重，保存实力，为日后的升迁积聚力量；李嗣业想要等待局势明朗，以免卷入不必要的政治纷争之中。

此时，安西镇的一个中级军官段秀实却站了出来，找到李嗣业慷慨激昂地说："哪有君父告急而臣子迁延不去的道理呢？您经常自诩为大丈夫，如今看来，根本就不够格！"

　　李嗣业顿感羞愧难当，急忙又去找梁宰商议，最终亲自率领五千精兵赶赴行在。

　　其实对李亨的征召持迟疑态度的将领绝不仅仅是梁宰与李嗣业两人，就连被后世尊为忠烈楷模的郭子仪与李光弼也一度犹豫不决。

　　早在六月十一，李隆基从都城长安出逃前夕就已发出征召朔方军班师回朝的命令，所以身在常山的郭子仪和李光弼最晚于六月中旬就已得知潼关失守的消息，可是直到七月中旬才决意班师前往灵武。

　　在长达一个月的时间里，郭子仪和李光弼一直首鼠两端、逡巡不前。这并不是说两人对大唐不够忠诚，而是他们对李亨这个新皇帝的合法性仍旧有所质疑。如果贸然前往，一不留神或许就会背上谋反的罪名。

　　直到局势渐趋明朗后，朔方节度使郭子仪、河东节度使李光弼才率领五万精兵返回灵武。

　　李亨随即任命两人为"使相"。"使相"就是荣誉宰相，与宰相一样都被授予"同中书门下平章事"的名号，可实际上却并不主持政务。这种荣誉宰相一般授予镇守一方的节度使，所以有了个专有名词"使相"。

　　虽然朔方主力的回归使得灵武军威大振，但这也引起了李亨的忧虑。他担心在这兵荒马乱的岁月里自己会沦为那些军阀们的政治俘虏，因为他不知道谁会成为下一个"扯旗造反"的安禄山，更不知道谁会成为下一个"挟天子以令诸侯"的曹操。

　　李亨在灵武只待了两个月便匆匆离开了，而他离开的理由是前往彭原郡①迎接从西域赶来勤王的队伍。

　　八月十二，李亨派遣的使者抵达蜀郡②。李隆基此时才得知太子李亨已经在灵武即位了。

---

　　① 治所在今甘肃省庆阳市宁县。
　　② 治所在今四川省成都市。

　　日渐迟暮的李隆基只得黯然接受了这个既成事实，将收复河山的重任寄托在儿子身上。他随即派遣崔涣、韦见素、房琯三位宰相携带赍册北上册封肃宗。

　　经过一个多月的艰苦跋涉，三位宰相在顺化郡①与南下彭原的李亨相遇了。虚情假意的李亨自然又是推脱一番，誓将虚情假意进行到底。

　　李亨最终还是半推半就地接受了，他这位新皇帝也算是彻底合法了，而三位宰相也留在了他的身边，不过他对父皇派来的这三位宰相却态度不一：房琯威望很高，因此李亨对他格外倚重；韦见素与杨国忠共事时唯唯诺诺，因此李亨对他格外鄙薄；肃宗对崔涣既不重用信任，也不疏远排斥。

　　志向高远的房琯终于可以施展自己的才华了，可这对于大唐而言却是一场灾难。

　　十月初三，李亨返回了在自己最为艰难困苦的日子里曾经带给他无限温暖的彭原，而他即将在这里度过对于他以及他的大唐而言至关重要的四个月。

　　原本就贫瘠的彭原如今又受到战火侵袭，所以李亨在这里感受到前所未有的生存压力，无奈之下只得靠出卖官爵和度牒勉强维持生计。

　　正当李亨为财政危机而焦头烂额的时候，一个人的到来使他看到了希望，这个人就是第五琦。

　　经济专家第五琦给李亨提供了一个建议——江、淮地区的赋税折换成便于运输的货物，利用长江、汉江运输到洋川，然后经陆路运抵凤翔②。正是这个宝贵的建议为数十万平叛大军提供了坚实的物质保障。

　　李亨草创的小朝廷逐渐站稳了脚跟，也使得关中百姓看到了光复的希

① 治所在今甘肃省庆阳市。
② 治所在今陕西省宝鸡市凤翔县。

望，也使叛军感受到了强大的心理威慑，以至于叛军看到西北方泛起烟尘便溃不成军。

一时间，前来归附的人络绎不绝，其中就包括李亨曾经念念不忘的潼关散卒。

当时，新任河西、陇右节度使王思礼怀着忐忑的心情赴任，可就在此时，生活在河西的胡人却突然发动叛乱。这些部族的酋长们跟随哥舒翰戍守潼关。潼关之战失利后，酋长惨死在乱军之中的传闻在各部落中引起了极大的骚动。

在如此动荡的局势下，李隆基不得不依赖地方实力派稳定局势，立即免去了王思礼河西、陇右节度使的职务。河西兵马使周泌升任河西节度使，陇右兵马使彭元耀升任陇右节度使。王思礼的新职务是行在都知兵马使，不过他却并没有跟随李隆基前往剑南，而是仍旧不遗余力地聚拢从潼关溃逃来的散兵游勇。

《旧唐书》记载："（王）思礼与吕崇贲、李承光并引于纛下，责以不能坚守，并从军令。或救之可收后效，遂斩（李）承光而释（王）思礼、（吕）崇贲。"[1]《旧唐书·卷十·肃宗纪》也有类似记载。正值用人之际的李亨为什么有些莫名其妙地杀了大将李承光呢？

很多史家将李承光认定为杨国忠的党羽，将王思礼认定为李亨的党羽。王思礼密谋诛杀杨国忠是毋庸置疑的，但仅仅据此就将他划入李亨阵营未免有些太过武断了。

后来，战功卓著的王思礼虽位居司空的高位，可最终连荣誉宰相"使相"都没能混上。张镐等功劳和政绩原本与王思礼相去甚远之人却纷纷后来居上，位居"使相"，可见李亨对王思礼的刻薄和吝啬。自从大唐建朝

---

[1] （后晋）刘昫等撰：《旧唐书·卷一百一十·王思礼传》，《二十四史全译》，汉语大辞典出版社2004年版，第2748页。

以来，这种事还从未出现过，"自武德以来，三公不居宰辅，唯（王）思礼而已"。①

由此推断，王思礼应该并非太子一党。虽然李亨迫于形势曾经重用他，可是对他却并没有特殊的恩宠。

李承光是不是杨国忠的党羽呢？由于正史仅仅留下寥寥数语，当时的诸多细节一直不为人知。《文苑英华》收录了于邵所作的《为人请合祔表》，这份重要的历史资料为我们理解这段史书中语焉不详的记载提供了新的线索。

"故开府仪同三司兼太常卿李承光，顷充河西兵马使……当是时也，臣亲见之开缄涕流。是日便发，及至行在，特加天下兵马副元帅，改名匡国。扈跸彭原，别承诡旨，因此伏法，当瘗朔陲，身虽受刑，家免孥戮，遽蒙昭雪。"这段宝贵的历史记载不仅不能为我们破解李承光被杀之谜，反而给我们带来了更多的疑惑。

李承光得到李亨的征召号令后当即率部前往行在。对于他的到来，李亨表现得很热情，不仅加授"天下兵马副元帅"，而且赐名"匡国"。

正当受宠若惊的李承光踌躇满志之际，他的命运却急转直下。刽子手拿着李亨的诏书将李承光送上了黄泉路，更富戏剧性的是朝廷很快又为李承光昭雪、恢复名誉。这段曲折离奇的记载真实吗？

《为人请合祔表》的作者于邵长期担任李承光的幕僚，无疑是重要的知情人，而且这是他向朝廷所写的奏章，所以这段记载应该是可信的。既然这一切都是真的，李承光的命运为什么会如此一波三折呢？

潼关之战失败后，曾在哥舒翰手下担任马军都将的王思礼和担任步军都将的李承光都在干同一件事——收拢残部。

---

① （北宋）宋祁、欧阳修等撰:《新唐书·卷一百四十七·王思礼传》,《二十四史全译》,汉语大辞典出版社 2004 年版, 第 3360 页。

　　步军都将李承光收拢散卒的效果无疑更为有效，逐渐形成一支不可小觑的军事力量，可他对李亨这个名不正言不顺的新皇帝却一直不冷不热。无论是李承光南下剑南，还是投靠叛军，都将是李亨不愿意看到的。

　　怎么办？不惜一切代价把他召过来！

　　李亨开出一个让任何将领都不能不动心的诱人条件。你只要来，你就是天下兵马副元帅！怎么是个副元帅？因为元帅是李亨的儿子广平王李俶，所以副元帅便是实际上的最高军事统帅。在整个安史之乱过程中，只有郭子仪、李光弼、仆固怀恩三个战功赫赫的名将担任过副元帅。

　　李亨的器重让李承光感动得泪流满面，不过他却想不到感激的泪水很快便化作悔恨的泪水。

　　对于招之即来的李承光，李亨的确履行了先前的承诺，而他这么做并不是因为守信，而是另有阴谋——架空李承光。

　　当这一切悄然完成的时候，李承光的死期也就到了。

　　李承光出人意料地当上了天下兵马副元帅，然后又稀里糊涂地成了刀下之鬼，可最终又莫名其妙地被平反昭雪。

　　担任河西兵马使的李承光无疑在河西军中享有崇高的威望，具有很强的号召力。在这样的情况下，只有为李承光平反，李亨或许才能够最大限度地团结一切可以团结的力量，因为此时的他还没有分裂的资本。

　　李承光跌宕起伏的人生无疑成为那段波谲诡异的政治风云最好的注脚。因为这件事做得并不怎么光彩，所以正史纷纷刻意避讳此事。

　　李承光是李亨在即位初期斩杀的为数不多的几个人之一，因为这个人的存在实在太过危险了。除此之外，李亨始终努力做出海纳百川的姿态，向世人传递一个重要的信号：新朝廷对曾经有过历史污点的投降官员一律既往不咎。

　　随着手下将士越来越多，李亨决定用一场胜利来树立自己这个新皇帝的威望，可是将这个光荣而又艰巨的任务交给谁呢？

从来没有带过兵的房琯竟然主动提出带兵收复两京，有些飘飘然的房琯自认为是大唐的拯救者。以天下为己任的担当和挽狂澜于既倒的魄力自然值得称道，可自大却并不等同于自信，果决却并不等同于鲁莽。

李亨居然答应了房琯的请求。这其实传递出一个重要信号。李亨对包括郭子仪在内的那帮朔方将领还是缺乏信任的，担心他们立功之后更加难以控制。

尽管李亨热切地希望德高望重的房琯能够用一场酣畅淋漓的胜利来回报自己，但他也不免对根本就没有什么军事指挥经验的房琯有几分担忧，于是令兵部尚书王思礼作为他的副手。

李亨的一片苦心最终都是徒劳的，因为房琯根本就不会放下身段向身经百战的副手王思礼求教。潼关一战使得二十万精锐士卒命丧黄泉。

崇尚高谈阔论的房琯偏偏倚重两个只会纸上谈兵的书生李揖和刘秩。房琯曾经得意扬扬地说："叛军曳落河虽多，安能敌我刘秩！"

如果他们是一起吟诗作赋，那么无疑是风雅而又快意的；可是他们却是一起上战场的，那就是误人又误己。

这支被李亨寄予厚望的军队从他们出发的那一刻起便注定了最终悲惨的命运。

十月二十一，唐军与燕军在咸阳县东侧的陈涛斜①相遇。

房琯的对手是具有丰富战斗经验的燕军将领安守忠。古板的房琯居然效法古代用战车迎战，他组织了两千辆牛车作为整支部队的战斗核心。这些牛估计是临时从老乡家中征调来的，步兵与骑兵都紧紧围绕着牛车作战。

战斗打响了，燕军擂鼓呼喊。这些平日里只是用于耕作的牛哪见过这般阵势，全都停滞不前。燕军顺着风势将火把扔了过来，顿时火光冲天，

---

① 位于今陕西省咸阳市东。

浓烟滚滚，而这无疑也彻底击溃了那些本来应该在田间犁地的耕牛们的心理防线。

这些被房琯寄予厚望的牛儿们就像得了疯牛病一样四散奔逃。牛车上的驭手根本就驾驭不了这些东冲西撞的牛儿们，一时间人仰车翻。

在这场惨烈的战斗中，唐军参战部队的番号因缺乏历史记载而不为人知，但是这次惨败并没有给郭子仪收复长安带来多大的影响，所以朔方主力部队应该并没有参加这场战斗。

房琯率领的究竟是哪支部队呢？李承光被杀后，他的部下应该归入王思礼的麾下，因为只有与李承光的资历和威望不相上下的王思礼才可以驾驭这支成分复杂的军队。房琯率领的应该就是这支部队，当然也融合了朔方李光进部等其他番号的部队。

李亨费尽心机和心血打造完成并寄予厚望的部队竟然被房琯一战损失殆尽！在最需要胜利的时候，收获的却是一场惨重的失败。李亨彻底失望了，彻底愤怒了。在李泌苦口婆心的劝说之下，李亨暂时隐忍没有发作，但只会高谈阔论的房琯却永远地被束之高阁了。

陈涛斜之战的失利不过是李亨厄运的开始。燕军将领阿史那从礼率领五千同罗、仆骨骑兵联合河曲九府、六胡州各部落士兵数万人向着李亨的驻地气势汹汹地杀来。

这可把李亨吓坏了，不仅收复两京成为泡影，就连继续活下去都面临着严峻挑战。

身临险境的李亨已经别无选择了，朔方军是他在这危局之中得以继续生存下去的最为坚强的军事依靠，尽管他对这支部队也充满了猜忌。

郭子仪率领仆固怀恩出征了，可是初战就失利了。

仆固怀恩的儿子仆固玢战败被俘，后来趁敌军不备偷偷跑回了唐军军营。俗话说："虎毒不食子"，但冷酷的仆固怀恩却对儿子痛下杀手，因为他想告诫手下将士要么死战，要么战死！仆固玢没有死在敌军手里，反而死在了自己父亲手里。

仆固玢的死是值得的！朔方将士在接下来的战斗中殊死一战，大败敌军，一举平定了河曲地区。

吐蕃趁唐朝内乱之机不断侵犯和蚕食陇右道东部地区。哥舒翰牺牲数万之众才夺取的石堡城再次回到了吐蕃人的手中，当然对此最感伤的并不是李亨而是他的父亲李隆基，因为王忠嗣的话太有预见性了。

盘踞云南的南诏也借机频频骚扰唐朝的西南边境，攻占清溪关。原本归附大唐的寻传国和骠国也全都投降了南诏。

最让李亨感到忧心忡忡的是弟弟永王李璘根本不把他这个皇帝放在眼里，割据江南的企图越来越明显。

好在李亨事先已经有所布置，他早已命宰相崔涣担任江淮宣谕选补使，网罗人才，安抚人心。李亨通过崔涣将自己的统治触角伸向了淮南与江南地区。

李亨旗帜鲜明地反对分裂，随即任命淮南节度使高适、淮西节度使来瑱和江东节度使韦陟联手讨伐图谋不轨的李璘。尽管如此，事态向着什么方向发展还要看江南地区的那帮官员和将领们的态度。

李亨向挚友李泌倾诉着内心的痛苦，对自己的前途和命运感到心灰意冷。李泌却语出惊人地说，叛乱将会在两年内得以平定。

李亨惊讶地望着李泌，因为他至今都看不到一丝胜利的希望。

"听山人慢慢道来！为安禄山卖命的主要是胡人将领。汉人中只有高尚等少数几人死心塌地地在为安禄山卖命，其他汉人不过是受到胁迫被迫卷入这场叛乱之中。安禄山手下骁勇善战的将领只有史思明、安守忠、田乾真、张忠志、阿史那承庆区区数人。

"李光弼率兵从太原出井陉关，史思明不敢轻易离开范阳，张忠志不敢轻易离开常山；郭子仪率兵从冯翊进入河东郡，安守忠与田乾真则不敢离开长安。两支军队牵制住四员骁将，安禄山手下唯一可以机动的力量只有阿史那承庆了。

"叛军在数千里长的战线上首尾难顾，疲于奔命，我军以逸待劳，避敌锋芒。陛下再任命建宁王为范阳节度大使，从塞北出击，与李光弼形成南北夹击之势，攻取范阳，彻底颠覆叛军的巢穴。这样叛军想要撤退则归路已断，要留在两京则不得安宁，然后各路大军四面合击而进攻，就一定能够平息叛乱。"

虽然李泌这招"直捣黄龙"的战略在战役层面实施起来极有难度，可是一旦成功却可以迅速终结这场旷日持久的战争。

李亨从李泌那番振奋人心的话语中重拾了信心，可是他却并没有采纳李泌的建议，因为收复长安与洛阳一直是他心中最重要、最急迫的任务。

要面子，还是要里子？

李亨最终选择了前者。这也导致这场原本可以在两三年之内就能结束的战争最终持续八年之久。

肆

乘胜奏凯歌

太原保卫战

皇位争夺战

血腥拉锯战

两京攻坚战

初现端倪的裂痕

暗中角力的父子

太原保卫战

公元 757 年正月，大唐迎来了新的一年。这将是浴火重生的一年。此时大唐将关注的目光投向了硝烟弥漫的河东地区。

当叛乱初期燕军在河北大地纵横驰骋的时候，河东镇将士只要攻占土门便可以挥师东进进入河北，然后北上直捣安禄山的老巢。

即使限于力量薄弱一时无法完成攻占范阳的战略目标，河东将士至少可以牵制叛军南下的步伐，从而为大唐赢得最为宝贵的时间，但原本可以大有作为的河东将士却眼睁睁地看着自己效忠的大唐在叛军的铁蹄蹂躏下变得满目疮痍。

到底发生了什么？我们只得在历史的深处找寻沉寂已久的真相。

河东镇管辖着天兵、大同、横野、岢岚四军以及云中守捉，总兵力达 5.5 万人。

虽然安禄山曾出任河东节度使，可是他却并没有兼任太原尹，所以他始终没有掌控驻扎在太原城内实力雄厚的天兵军的指挥权。拥有两万之众的天兵军是河东镇人数最多、实力最强的一支部队。

四年的河东节度使生涯并非让安禄山一无所获。他利用兼任节度使和云中郡太守的职务便利掌握了河东地区的两支重要的作战部队：一支是驻扎在云中郡的拥有七千七百余名将士的云中守捉，另一只是驻扎在与云中郡近在咫尺的马邑郡大同军城①的将近万人的大同军。

大同军与云中守捉联手对抗天兵军的不利局面，使得天兵军原有的军事优势丧失殆尽。仅有一千余人的岢岚军对于河东地区的这场军事博弈无

---

① 位于今山西省朔州市东北三十三里马邑村。

足轻重，拥有一万七千八百多名将士的横野军无疑成为打破军事对峙僵局的关键力量。

横野军人数虽多，却分散驻扎在兴唐郡①、定襄郡②、雁门郡③、楼烦郡④四郡，难以在短时间内形成战斗合力，而且大同军又横亘在横野军与天兵军之间，使得两军难以相互配合，协同作战。

河东地区军事力量对比相对均衡的战略态势恰恰是安禄山最愿意看到的，但他仍旧对河东不放心。

冒着宁肯过早暴露叛乱意图的风险，安禄山仍旧执意要派遣大将何千年、高邈率领二十名奚族骑兵以进献射生手为名挟持北京副留守、太原尹杨光翙，从而使得河东镇一时间群龙无首，不过此时的河东却因新任河东节度使李光弼的到来而今非昔比，不过让人很不解的是，在如此重要的太原保卫战中河东镇原本最具战斗力的部队天兵军却始终都没有现身。

天兵军是不是前往新皇帝李亨的行在勤王了呢？从四面八方赶来的勤王队伍中并没有出现河东兵的身影。在原本可以大有作为的时候，天兵军为什么会离奇消失了呢？

这很可能与天宝十载（公元751年）秋天的那场战争有关。

那时，就任河东节度使刚刚半年的安禄山决定用一场胜利来确立自己在河东镇的威信。关于这场战争的参战部队，不同的史书说法不一。

《资治通鉴》记载："安禄山将三道（即河东、范阳、平卢）兵六万以讨契丹。"⑤

---

① 治所在今山西省大同市灵丘县。
② 治所在今山西省忻州市。
③ 治所在今山西省忻州市代县。
④ 治所在今山西省吕梁市岚县。
⑤ （北宋）司马光撰：《资治通鉴·卷二百一十六》，改革出版社1995年版，第4590页。

《旧唐书》记载："（安）禄山并率河东等军五六万。"[1]

《新唐书》记载："（安禄山）率河东兵讨契丹。"[2]

虽然历史记载不尽相同，可是我们仍旧可以从中获取一个重要信息：虽然范阳和平卢两镇的部队是否参与了这场战争存在一定的争议，但毋庸置疑的是河东镇的部队肯定参加了这场战争，而且还是这场战争的主力部队。

出征前，安禄山带着威胁的口吻对奚族首领说："契丹人背弃盟约，我们将要去讨伐他们，你们愿意帮助我们吗？"奚族首领无奈地派出两千士兵作为唐军的向导。

自信满满的安禄山慷慨激昂地说："虽然道路遥远，但是我们行军迅速，乘其不备，必会出奇制胜！"他命每名将士拿出一根绳子，用来捆绑契丹战俘。正陶醉于胜利臆想之中的他不会想到自己差点成了契丹族的俘虏。

唐军急行军三百里抵达天门岭，碰上倾盆大雨，弓弦遇潮松弛而影响使用。

大将何思德进言："如今士卒疲惫不堪，最好稍事休整。如果派遣使者痛陈利害。他们必定会投降！"

此时已经被虚幻的胜利冲昏头脑的安禄山急于在战场上建功立业。何思德的话使得安禄山勃然大怒。

"来人呐！拖出去斩了！"

性命堪忧的何思德为了让安禄山息怒，只得主动请缨，寄希望于能够将功补过，可让安禄山始料未及的是，何思德的出战最终却导致唐军全线

---

[1]　（后晋）刘昫等撰：《旧唐书·卷二百·安禄山传》，《二十四史全译》，汉语大辞典出版社 2004 年版，第 4619 页。

[2]　（北宋）宋祁、欧阳修等撰：《新唐书·卷二百二十五·安禄山传》，《二十四史全译》，汉语大辞典出版社 2004 年版，第 4944 页。

崩溃。

由于何思德的体形和相貌与安禄山颇为相似。战斗打响后，契丹人集中优势兵力围歼何思德。倒霉的何思德最终被契丹人俘获。

喜出望外的契丹人自以为擒获了安禄山。安禄山被俘的传闻顿时便不胫而走。谎言有时比真相更有杀伤力。

本来就与唐军貌合神离的奚族将士听说安禄山被俘后随即临阵倒戈。本来充当唐军进攻向导的奚族人，刹那间便成为契丹人攻击唐军的向导。在契丹人和奚人的联合夹击下，唐军顿时大乱，溃不成军。

就在唐军大溃败之际，一支呼啸的冷箭向安禄山射来，深深地扎进马鞍。惊魂未定的安禄山从马上摔了下来，帽子也掉了，鞋也丢了。

狼狈不堪的安禄山扔下溃散的大军仓皇逃窜，此时他的身边仅有数十名奚族侍卫跟随。由于急于逃生，他失足落入山下。幸好安庆绪、孙孝哲及时赶到，两人搀扶着安禄山继续逃亡。

夜幕降临后，契丹追兵逐渐远去。安禄山趁着夜色逃往师州。正值平卢守将史定方率领两千精兵赶来救援，安禄山才得以转危为安。

《资治通鉴·卷二百一十六》记载："（安禄山）至平卢，麾下皆亡，不知所出。"这段记载足见此战唐军损失之大。

作为战争的主力部队，河东的部队损失的惨重程度可想而知，而河东镇最精锐的天兵军很可能因为这场失利而元气大伤，至少是实力严重受损。

新任河东节度使李光弼转战河北时率领的是朔方兵。这一方面是因为河东将领对于朔方军出身的李光弼本能的排斥，另一方面很可能是元气大伤的河东镇除了承担防守任务外，已经抽不出足够的部队参与进攻。

李光弼与史思明鏖战之际，太原弓弩手前来助战。这支部队很可能便是元气大伤的天兵军所剩无几的残余部队之一。

潼关失守，势单力孤的李亨向各部队发出勤王的指示。这五千太原弓弩手无法单独成军，很可能被编入朔方镇战斗序列。这也许就是在名目繁多的勤王部队中找不到关于河东军记载的原因。

北京太原府是唐帝国三大都城中唯一一座未被燕军攻破过的都城，不过此时的太原府已经危如累卵。

郭子仪率领朔方主力部队转战河北之后，高秀岩趁机重新占领了河东道北部地区。潼关失守后，河东道南部地区除上党郡 ① 以及周边地区外也基本上沦陷殆尽。这样，燕军对太原府便形成南北夹击态势。

此时李光弼手中掌握的军事力量却只有五千郡兵，而且此时的太原府已经被前任河东节度使王承业搞得乌烟瘴气。

王承业将颜杲卿的功劳窃为己有的可耻行径败露后，在军中的威信自然是一落千丈。掌管监察的侍御史崔众实际掌控着太原的军政大权，根本不把王承业这个节度使放在眼里。

李光弼听说此事后一直感到愤愤不平，所以他来到太原后做的第一件事就是要会一会那个胆大妄为的崔众。

一贯狂妄自大的崔众见到李光弼后仅仅作了个揖，而且迟迟不将兵权归还新任节度使李光弼，出于愤怒的李光弼随即命手下人将崔众逮捕入狱。整个河东军全都漠然地注视着眼前发生的一切。

正在这时，朝廷的使臣来了。

这可是崔众手中最后一根救命稻草，因为诏书上明确写着：侍御史崔众升任御史中丞。

李光弼却根本不为所动，厉声说："崔众触犯刑律，如果您不宣读诏书，我斩的是侍御史。如果您执意宣读诏书，我斩的是御史中丞。"

吓得面如土灰的使者自然不敢再提及宣读诏书的事情。

毅然决然地斩杀崔众使得李光弼威震三军，在很短的时间内建立起个

---

① 治所在今山西省长治市。

人威望，但有所得必然会有所失。

如此不给新皇帝面子的事情恐怕只有李光弼这样的人做得出来，虽然李亨此后从未提及过此事，仿佛什么都没有发生过似的，却并非因为李亨心胸宽广，而是因为他善于掩饰自己。

在此后收复两京的战役中，几乎唐军所有的高级将领都参加了，却唯独不见李光弼的身影。表面上的原因是战略地位极其重要的太原府需要李光弼这样的实力派将领驻守，深层次原因是李亨并不想将这个千载难逢的建功立业的机会留给性情高傲的李光弼。

正是李光弼的这种性格决定了他悲剧性的人生结局。

至德二载（公元 757 年），新年伊始之际，太原保卫战在冰天雪地中打响了。

史思明从博陵郡[①]，蔡希德从太行，高秀岩从大同军城[②]，牛廷介从范阳郡[③]，共领兵十万之众气势汹汹地向太原府杀来。

此时李光弼手中只有区区一万余人的团练兵。李光弼比封常清要幸运，封常清手中是一帮临时拼凑的乌合之众，而李光弼手下的团练兵虽然并不是什么战斗力出众的主力部队，但毕竟经历过战阵，见识过硝烟，这就足够了！

在力量对比如此悬殊的情况之下，信心满满的史思明坚信太原城唾手可得。如果攻下太原，燕军便可以长驱直取朔方、河西、陇右，如此一来战争形势便会发生惊天逆转。

在大兵压境的严峻形势下，无边的恐惧迅速在太原城中弥漫开来，因为将士们觉得胜利是如此的渺茫。

"咱们抓紧时间加固城防，修补城墙吧！"这或许是唯一可以稍稍缓解

---

① 治所在今河北省定州市。

② 位于今山西省朔州市东北三十三里马邑村。

③ 治所在今北京市区。

守城将士们不安情绪的办法。

李光弼却摇摇头，因为太原城周长四十里，如此大规模的工程量难以在短时间内完成，而更为重要的是如此繁重的体力劳动会使得将士们在开战前就变得疲惫不堪。

"难道咱们就坐以待毙吗？"

"不！我们可以干两件事，在城外开凿壕沟，另外制作几十万块砖坯。"

"制作砖坯干什么？"

"自有妙用！"

燕军像洪水般涌向太原城，到处是敌人，到处是弓箭，到处是抛石机抛过来的石块。

砖坯此时派上了大用场。李光弼让士卒们一边作战一边用砖坯加高城墙，如果城墙有毁坏的地方便立刻修补。太原城顿时成为一座打不坏的坚城。

史思明原以为太原城会望风而降，可让他没有想到的是老对手李光弼竟然会如此顽强。

"工欲善其事，必先利其器。"史思明急忙派人去取大型攻城器具，可是却遭到李光弼手下将士的半路劫杀。

已经一个多月了，太原城仍旧巍然屹立在史思明面前，他开始有些着急了。

史思明精心挑选了一批骁勇善战的精兵作为出奇制胜的奇兵。他们并不跟随大部队行动，而是找寻太原城防守的薄弱环节，然后给予其致命一击，因为他坚信偌大的太原城绝对不可能是铁板一块。

在史思明的眼里，这个声东击西的战略堪称扭转战局的撒手锏，可是他的老对手李光弼却并没有给他留下哪怕是一丝的机会。

治军严正的李光弼将整支部队仿佛打造成一个人。他的战略意图可以顺畅地传达到每一个将领、每一个士卒，即使叛军没有攻打的地方，负责巡逻警戒的士卒仍旧时刻保持着警觉。太原城居然真的成了一个毫无破绽的铁桶。

这支原本被史思明寄予厚望的奇兵却并没有收到奇效。眼前胶着的态势让身经百战的史思明困惑不已，不明白近在咫尺的胜利居然会远在天涯。更让史思明不解的是这个困兽犹斗的对手不仅仅满足于守，居然还敢于不遗余力地攻。

最让燕军感到恐惧的是闻所未闻的地道战。李光弼广泛征募人才，凡是拥有一技之长的人全都召到军营中来。他意外得到三个善于挖掘地道的铸钱工匠，正是他们的到来使得战场从地上拓展到了地下。

面对坚守不出的李光弼，燕军士兵在城下大声辱骂着李光弼。什么难听说什么，把他的亲娘祖姥姥都骂了个遍，可是李光弼却并不生气，心头反而泛起一阵窃喜。对手使出激将法恰恰说明对手此时已然无计可施了，真正穷途末路的不是自己而是自己的对手。

任你骂得山崩地裂，我自岿然不动，可必要时还是要教训一下那帮口下无德的燕军将士。

地道已经从城中挖到了城外。燕军士兵正骂得起劲，突然发觉脚下好像有点不对劲，可他们还没有反应过来便纷纷掉进了地道。唐军士兵随即将他们拖入城中杀掉。

这给燕军士兵带来巨大的心理恐慌，以至于走路时都小心翼翼地，生怕脚下的土地突然间陷下去。

丧心病狂的燕军制做云梯，堆积土山，而李光弼同样用地道战一一破解。云梯等攻城器具还未靠近城墙便陷入地中。

李光弼手下的能工巧匠们制作威力巨大的大炮，能够发射体积庞大的大石块，一次能够杀伤二十多人。

燕军在攻城战斗中伤亡将近十分之二三，被迫退到距离城墙数十步以外的地方。不过史思明绝对不是一个轻易认输的人，后撤是为了更好地进攻。他不再急于将对手一举击溃，而是想通过时间来拖垮对手，耗死对手。

如今河东地区大都被燕军占据，沦为孤城的太原肯定坚持不了多久，负隅顽抗的李光弼注定没有出路。

史思明没有想到这一天会来得如此之快。他拿着李光弼的请降文书，露出了得意的笑容。

想当年自己在博陵郡被李光弼打得苟延残喘，如今自己在太原府将李光弼打得苟延残喘，终于可以报当年的一箭之仇了。

随着唐军投降日期的临近，沉浸在胜利喜悦之中的叛军不会想到其实这不过是李光弼故意布下的一个局。

李光弼这些天一直没有闲着，不是忙着投降，而是忙着准备杀敌。

约好的投降日期终于到了，李光弼静静地等待着一出好戏的上演。

关闭多时的太原城门终于打开了。李光弼的裨将率领数千将士出城投降了。脸上洋溢着胜利喜悦的燕军注视着唐军一步步地靠近，此时他们还不知道死神正在一步步地向他们靠近。

其实唐军早就挖好了一条秘密地道，直通到燕军的脚下，不过此时还用木头顶着，只要主帅一声令下，那支撑着地道的木头便会被撤下。

燕军将士们觉得脚下的地面突然塌陷下去，一下子就有一千多人死于这场对手蓄意制造的塌方。

当燕军士兵们还没有从突如其来的惊恐中彻底挣脱出来的时候，唐军士兵已经在催人奋进的战鼓声中冲杀过来。原来他们并不是来投降的，而是来索命的。

原以为胜利唾手可得的燕军士兵们，事到临头才发觉自己遇到的竟然是死神！

此时，李光弼却并未沉浸在这一系列胜利之中，因为他清醒地知道自己手下的那一万余人是经不住持久战消耗的。

可老天这次却站到了李光弼一边。他惊奇地发现史思明等燕军高级将领居然陆续率军撤走了，唯独留下蔡希德部继续围攻太原。

善于捕捉战机的李光弼亲自率领敢死队出城袭击蔡希德部。由于正处于重新布防的关键时期，猝不及防的燕军被打得落花流水。

太原保卫战取得历史性胜利，"斩首七万级"。虽然其中难免有些水分，但陷于绝境之中的李光弼取得如此辉煌的胜利，堪称其军事生涯中最光彩的一笔。

但史思明为什么突然退兵了呢？这是因为出事了，出大事了！

皇位争夺战

虽然安禄山如愿以偿地登基成为尊贵无比的皇帝，却始终无法摆脱疾病的折磨。

安禄山的健康状况每况愈下。这恐怕与他的肥胖有着密不可分的联系。他年轻时便开始发胖，不过那时的他为了取悦老领导张守珪，试图通过控制饮食的方式来减肥，可随着职务的提升，他再也没有了这方面的顾忌。

减肥需要迈开腿、管住嘴。这两样安禄山都做不到。

身为高级将领的安禄山直接指挥作战的机会越来越少，养尊处优的他逐渐远离了那些打打杀杀的日子，珍馐佳肴和甘甜美酒也在不知不觉间摧残着他的身体。

肥胖也给安禄山带来诸多不便。肚子居然能垂到膝盖上，所以他之前每次进京面圣时都需要精心挑选负重能力强的马匹，尽管如此，中途仍旧要更换马匹，否则不堪重负的马匹会被他活活地压垮。这件事被世人传为笑谈，他换马的地方被称为"大夫换马台"。

其实他的健康早就亮起了红灯，自从起兵以来，他的视力便急剧下降，最后竟然看不清东西。安禄山陷入了一个危险的恶性循环之中。身体状况越不好，他越抓紧时间享受生活，而过度沉迷酒色又使得本已堪忧的健康状况雪上加霜。

此时的安禄山再也不是那个有理想、有抱负的安禄山了，深居宫中的他与手下那帮同生共死的弟兄们日渐疏远了。严庄成为燕军将领们和安禄山交流沟通的唯一途径。

尽管如此，大权独揽的严庄也有着不为外人所知的苦楚。疾病的痛苦使得安禄山的性情变得愈加暴躁，还经常将自己的痛苦转嫁到别人的身上。生理的病痛扭曲了他的心灵，使得他成为一个名副其实的性格偏执狂。

身边的人稍有不如意，安禄山便用鞭子狠狠地抽打他们，有时甚至直接杀掉。他的变态行径使得身边的宫女太监们全都人人自危，即使像严庄这样的重臣也经常挨打。

这种日子什么时候是个头啊？严庄身体上的苦痛引发了心灵上的酸楚，因为他知道如果继续这样，辛辛苦苦建立起来的大燕可就彻底完了！

濒临绝望的严庄对那个曾经被他视为恩人和贵人的安禄山充满了厌恶、仇恨和畏惧。他可不是一个轻易向命运低头的人，他始终坚信谁扼住了命运的咽喉，谁就可以主宰自己的人生。

严庄悄悄地找到了安禄山的次子安庆绪。自从安禄山的长子安庆宗沦为政治牺牲品之后，安庆绪便成为安禄山年龄最长的儿子，在古代，年龄便是最大的优势。

父亲一直是安庆绪最大的骄傲，而他不到二十岁便官至鸿胪寺卿，跻身部级高官的行列，实现了很多人辛辛苦苦干一辈子都未必能实现的政治理想。

"安庆绪"这个名字还是当朝皇帝李隆基亲自给取的，所以他无论走到哪里都会被别人高看他一眼。不过这一切却随着父亲的小妾段夫人的到来悄然发生着改变。自从段氏给他生了一个多余的弟弟，安庆绪便生出一种越来越强烈的危机感。

严庄没有多说，因为八个字就可以说服安庆绪：迫不得已，机不可失。

安庆绪没有理由拒绝，因为这或许是他唯一的活路。

严庄知道计划能否成功还需要一个重要人物的参与。

在阴森可怖的宫殿的一处偏僻的角落中，严庄与安禄山最宠信的贴身宦官李猪儿见面了。

严庄不时地回头观望着，因为他总是感觉身后似乎有一双阴森恐怖的眼睛正在暗地里窥视着他。每当这个可怕的念头袭上心头的时候，一种不寒而栗的恐惧便挥之不去。

事实上宫内的太监宫女们根本就没有心思关注别人，因为他们自己未来的命运都还是一个未知数。那个皇帝只要莫名其妙地发怒，他们轻则被打得皮开肉绽，重则枉送了自己的性命。很多冤死的人至死也不知道自己究竟是因为什么得罪了安禄山。

交谈开始了，他们可以清晰地听得到自己的心跳，因为他们正谋划着一个惊天动地的阴谋。

李猪儿也没有理由拒绝，因为李猪儿心底深处也埋藏着对安禄山深深的仇恨。

他是契丹人，本可以在茫茫大草原上过着自由的生活，可突然闯入他生活之中的唐军却彻底改变了他的人生。

契丹俘虏只有两条路可走，要么成为战士，要么成为奴隶，可是安禄山对他特殊的宠爱却使得他不得不走上了第三条路。

安禄山挥起手中锋利的刀，砍向李猪儿的要害部位。伴随着一声凄厉的号叫，李猪儿顿时就昏了过去，殷红的鲜血浸湿了他的裤子。

阉割可是个技术活，冒险一试的安禄山却险些要了他的命！"（安）禄山持刃尽去其势，（李猪儿）血流数升，欲死。"①

幸亏安禄山懂得一些民间偏方，急忙将烟灰涂在了他的伤口之上。生命力顽强的李猪儿竟然奇迹般地活了过来。

这无异于一场重生，不过他不再是一个男人，不再拥有独立的生活，

---

① （后晋）刘昫等撰：《旧唐书·卷二百·安禄山传》，《二十四史全译》，汉语大辞典出版社 2004 年版，第 4621 页。

永远地沦为安禄山的附属品。

安禄山之所以一直对李猪儿关爱有加，是因为他掌握一项绝技——穿衣服。穿衣服这个普通而又简单的动作对于肥胖过度的安禄山而言是一项高难度和高技术含量的工作，每次都需要三到四人协助才能完成，而李猪儿在这个过程中是必不可少的。两个人抬起安禄山硕大的肚子，李猪儿紧紧地抵住他的肚子，然后给他套上裤子，系上腰带。

当年，即使安禄山跟随李隆基在华清宫洗浴时，李猪儿也一直跟随在他的身边，可见李猪儿是安禄山生活中不可或缺的人。

安禄山对他的宠爱逐渐化解了李猪儿心中的仇恨，可是自从当上了皇帝，安禄山却渐渐蜕变为魔鬼一般的人。

尽管李猪儿一直兢兢业业，一直勤勤恳恳，一直踏踏实实，可他却仍旧摆脱不了被安禄山毒打的命运。

看着身上青一块紫一块的伤痕，李猪儿心头尘封已久的仇恨又开始加深了。

无奈和仇恨使得李猪儿、严庄和安庆绪走到了一起。

夜幕低垂，三人蹑足潜踪来到安禄山的寝宫。安禄山对于即将到来的危险还全然不知。他震天动地的呼噜声从帷帐中传了出来，可是严庄和安庆绪却突然停下了脚步，因为他们紧握兵器的手不由自主地抖动起来。

正在这时，李猪儿用手撩开帷帐，举起手中明晃晃的大刀毫不犹豫地向着安禄山的腹部猛地砍了过去。

巨大的疼痛使得安禄山从睡梦中惊醒。此时的安禄山几乎已经失明了，唯一能做的便是伸手去摸枕头旁边的配刀，可是摸了半天也没能摸到。对安禄山了如指掌的李猪儿自然不会留给他任何反击的机会。

一切都明白了！安禄山用尽最后一丝力气拼命摇动着帐幕上的竿子，大声喊：“一定是家贼干的！”

此时安禄山身边的太监宫女们都跑到哪里去了？难道就没有人挺身而

出吗？这个还真没有。在政局不明朗的时候，站错队可是要掉脑袋的，关键是很多人从心底深处希望安禄山尽快死去，如果他不死，他们中的某个人或许就会死。

一大堆肠子从安禄山的肚子里流了出来，殷红的鲜血呼呼地流个不停。曾经不可一世的一代枭雄就以这样的方式告别了这个世界，没有死在敌人手里，却死在最亲近的人手里。

严庄等人事先在安禄山的床下挖了一个数尺深的大坑。他们在安禄山的眼皮底下搞这么大的工程，安禄山居然对此一无所知，真是令人难以置信。他们匆忙地用毛毡包裹住安禄山的尸体，重重地扔进了大坑，然后迅速将这个坑填上了！

至德二载（公元 757 年）正月初六清晨，大燕帝国的朝臣们听到了一个让人吃惊不已的消息：皇上安禄山病重，立晋王安庆绪为太子。不久，安庆绪便迫不及待地登基称帝，尊安禄山为太上皇。

一切都处理妥当后，安庆绪才正大光明地为父亲发丧。

安禄山对于他所创建的大燕帝国而言是不可或缺的，而他的过早离世也使得本来就前途未卜的大燕帝国的命运更具变数。

安庆绪最感谢的人自然是严庄，称他为兄，赐爵冯翊王。

正史对于安庆绪的记载惊人地一致——一无是处，"（安）庆绪性昏懦，言辞无序"①。

这样的人怎么能够服众呢？严庄给他出了一个主意：深居简出。傻不要紧，别让人知道就行！

史书中关于安庆绪的这段记载很值得怀疑。安庆绪可不是大门不出、二门不迈的大姑娘。他曾在父亲手下担任都知兵马使，与许多燕军将领一起工作和战斗过。起兵之后，他又一直跟随父亲一路征战。

---

① （北宋）司马光撰：《资治通鉴·卷二百一十九》，改革出版社 1995 年版，第 4649 页。

安庆绪究竟是个什么样的人，别人不可能不知道，他没有必要隐藏自己，也无法隐藏自己。

大燕帝国并不是一个崇尚礼制的成熟帝国，而是依靠血腥和暴力缔造的新兴帝国。那些虎视眈眈的将领们可不是温顺的羔羊，也不是听话的家犬，而是一群充满野性的狼，因此若想驾驭他们绝非易事。

安庆绪竟然能够掌控住纷繁复杂的政局，而且除了史思明之外，几乎没人敢站出来公然反对他，所以安庆绪绝对不会像史书中描写得那般不堪。

这很可能是严庄为了抬高自己而故意贬低安庆绪。大燕帝国前期的核心领导人能够活下来的人寥寥无几，所以很多史料都出自严庄的口述。当然也有可能是朝廷故意丑化政治对手。

虽然安庆绪不像父亲那么能干，但他自幼对政治军事耳濡目染，而且他又不像父亲那样残暴，反而更加容易被人接受。

大燕帝国的权力更迭看似在平静中完成，可是带给这个新帝国的负面影响却将逐渐显现。

大燕帝国君臣关系的维系主要依靠三条纽带。

第一条纽带是情感笼络。许多燕军将领都是安禄山一手提拔起来的。没有安禄山就没有他们的今天，所以这些人对安禄山感恩戴德，会毫不犹豫地将自己的身家性命寄托在安禄山的身上。

第二条纽带是物质诱惑。跟着安禄山混无疑可以过上优越富足、令人羡慕的生活。巨大的物质诱惑使得许多人死心塌地地跟着安禄山干，哪怕是冒着掉脑袋的风险，因为收益永远与风险成正比。

第三条纽带是军事威慑。叛乱之初，安禄山假托李隆基清君侧的密旨。其实当时很多将领对此是心存疑虑的，这些人最初并不是真正心甘情愿地跟随着安禄山走上反叛这条不归路，但谁要是不从就得死。在生与死的抉择面前，绝大多数人选择了盲从，可一旦迈出了第一步便再也无法回头。

由于受到安禄山父子相继的封建思想的影响，许多燕军将领会将自己对安禄山的感恩之情转移到他儿子安庆绪的身上，但这种情感会随着时间的流逝变得越来越淡。

在那些身经百战的叔叔们的眼中，没有经受过多少战争历练的安庆绪的战略眼光和军事才华跟他的父亲相距甚远，所以他对手下那帮拥兵自重的叔叔辈的节度使们的威慑力自然就十分有限。

安庆绪也深知自己资历浅、威望小，于是格外倚重物质诱惑这个手段，可这对于野心勃勃的史思明而言基本上没有什么效果。

燕军攻陷长安和洛阳后获取了不计其数的金银财宝。虽然洛阳名义上是大燕帝国的都城，可安禄山却总觉得自己在这里不过是一个匆匆的过客，于是将劫掠来的珍宝财物源源不断地运往老巢范阳。他不会想到自己呕心沥血积累的财富不过是给他人做嫁衣。

镇守范阳的史思明得到这么一大笔意外之财后开始谋划着逐鹿中原，可他也深知现在还不是时候。

燕军将领按照出身分为河东、范阳、平卢三大派系。

叛乱之前，范阳镇在三镇中人数最多、力量最强、装备最优良，而且此前一直没有发生过大的分裂。河东和平卢两镇在叛乱后都发生了严重的分裂，实力都不同程度地受到了削弱。范阳系在三派力量对比中无疑占据着优势地位。

长期在范阳任职的安禄山培植起强大的个人势力，而一直在平卢任职的史思明对于燕军中实力最强的范阳系将领的号召力很有限。虽然史思明在平卢广大中下级军官中有着很高的威望，可是像蔡希德这样原本跟史思明地位差不多的平卢高级将领却并不会轻易听从他的号令。

安禄山率领范阳镇主力部队南下后，特意留下一支实力雄厚的留守部队守卫着战略意义非同小可的范阳，而身为范阳节度使的史思明逐步掌握了这支留守部队的指挥权，所以他逐渐具备了与安庆绪分庭抗礼的资本，不过他却清醒地知道绝对不能盲动。

史思明用暴力重新征服了河北地区。安史之乱之所以会延续八年之久，是因为控制在燕军手中的河北地区能够源源不断地提供兵员和财源。

安庆绪一直费尽心机地拉拢史思明叔叔，赐他姓"安"，而且还给他起了一个响当当的名字"荣国"。

史思明不免暗笑。哼！一个来路不正的姓氏也配当什么国姓。

安庆绪还赐给史思明妫川郡王的爵位，不过史思明却没有半点感激之情，因为他觉得天下最终还不知道会落入谁的手里。

血腥拉锯战

至德二载（公元 757 年）正月二十五日，燕帝国汴州刺史、河南节度使尹子奇率领十三万大军气势汹汹地杀奔睢阳郡[①]。睢阳是江淮地区的门户，而江淮则是整个大唐的经济命脉。

惊恐不已的许远急忙向张巡发出求援的信号。张巡率手下三千士卒从宁陵进入睢阳，不过张巡与许远会师后也只有六千八百人，就是这支不足万人的军队却创造了军事史上的一个奇迹。

虽然张巡手中的军队并不多，但城中数万百姓却成为他最坚强的依靠，以至于张巡可以准确地说出城中每个百姓的名字。

许远深知自己不懂军事，主动将军事指挥权让给智勇双全的张巡，而自己仅仅负责诸如调集军粮、修理作战器具这样的后勤保障工作。

潮水般的燕军向着睢阳城发动了猛烈的进攻。最初的考验往往是最严峻的考验，只有坚持住，才有活下去的希望！

面对血腥而又残酷的战斗，难免有胆怯的将士临阵脱逃，可当他们转身准备逃走的时候，他们便会看到站在自己身后的主帅张巡。

"我在这里，你们还想去哪儿？"看着出生入死的主帅，将士们没有退却的理由了。

张巡不仅待人诚恳、同甘共苦，而且号令严明、赏罚分明。他之所以能够屡屡以少胜多，是因为善于随机应变，出奇制胜，不拘泥于古人的兵法布阵，唯一不变的就是根据战场形势不断变更自己的战术。

张巡率领手下将士昼夜与叛军苦战，有时一天交战二十多次。这种激

---

① 治所在今河南省商丘市睢阳区。

烈的战斗持续了十六天。

自从与燕军交战以来，守城所用的器械与作战所用的兵器都是缴获敌人的，因为守城部队根本没有时间，也没有精力修理制造。

张巡俘虏了六十多名燕军将领，杀死两万多名燕军士卒。屡屡受挫的燕军不得不趁着夜色退下休整，但对睢阳的包围却并没有解除，其实真正的考验才刚刚开始。

固守待援或许是唯一的活路，可比战争更可怕的是饥饿。

睢阳的粮食原本可以支撑一年，但是时任河南节度使的李巨却责令睢阳郡将一半的库存粮食分给济阴郡和濮阳郡。虽然张巡等人苦苦劝阻，可李巨却固执己见。张巡在万般无奈之下将粮食运往那两个郡，可济阴郡得到粮食后立即就叛变了，而睢阳城中的百姓们却不得不忍受着旷日持久的饥饿。

为了能够活下去，一场惨绝人寰的抗争开始了。马杀完了，捕捉鸟雀吃，掘地抓老鼠吃。鸟和鼠抓完了，只能吃人肉了！

张巡含着泪杀掉自己的爱妾，分给士卒们吃。许远闭着眼杀掉自己的家奴，分给士卒们吃。城中的女人都杀光了，就杀掉老弱病残的男子，分给士卒们吃。

被杀的人没有怨言，杀人的人没有愧疚，因为我们活着，你们也就活着！我们不是为了自己活着，而是为了信念而活着，为了大唐而活着，因为只要城池还在，希望就还在！

来自江淮地区的赋税源源不断运往关中地区。捍卫这条宝贵生命线的就是那些在孤城睢阳舍命坚守的将士们！

睢阳这座偌大的城池最后仅仅剩下不足四百人，可是他们仍旧不肯放弃。张巡苦苦地等待着援军的到来，尽管希望越来越渺茫。

新任河南节度使张镐率部日夜兼程地前往睢阳，同时命令与睢阳近在咫尺的谯郡①太守闾丘晓先行救援。贪生怕死的闾丘晓没有胆量和勇气独自面对骁勇的燕军铁骑，正是他的漠然将身处绝境的张巡逼上了绝路。

十月初九，燕军士兵终于如愿以偿地登上了睢阳城头。守城的唐军将士们已经虚弱得拿不起刀枪。

眼见城池即将被攻破，热泪盈眶的张巡向着西方拜了两拜，说："我已经竭尽全力了！既然生不能报答陛下的恩德，死后化作厉鬼也要英勇杀敌！"

张巡和许远成了俘虏，估计他们两个连逃跑的力气都没有了。

尹子奇抬起高傲的头，对张巡冷冷地说："听说将军每次作战的时候眼角睁裂，牙齿咬碎，不知道有没有这种事？"

"我立志要消灭你们这伙叛贼，可恨力不从心！"

"我倒要看看你说的是真的还是假的？"尹子奇用刀撬开张巡的嘴，冰冷的刀刃与温暖的嘴唇接触在一起，他发现竟然只剩下三四颗牙齿。真的，没有看错！

尹子奇震惊了，世上竟然还有如此忠义的人！他突然动了恻隐之心，但他很快便将心中残存的那丝怜悯狠狠地击碎，因为尹子奇意识到他永远是自己的敌人，而且是最为可怕的敌人！

战争是残酷的，哪怕是一丝恻隐之心都有可能带来灾难性的后果。

张巡等三十六位唐军将领被押赴刑场。那里成为他们人生历程的终点。临刑前，张巡神色自若，毫无惧色，慷慨赴死。

当风尘仆仆的张镐抵达睢阳城下的时候，燕军已经占领睢阳三天了！

来晚了！来晚了！虽然张镐已经尽力了，可是他的心头仍旧被愤怒、懊恼、愧疚与失落纠缠着。

"把闾丘晓叫来！"张镐犀利的喊声划破历史的天空，震颤着每一个人

---

① 治所在今安徽省亳州市。

的心。

闾丘晓最终被张镐乱棍打死。他苟活了几天却留下了一世骂名，而张巡早死了几天却留下一世英名。

仅仅十天之后，整个战场形势发生了惊天逆转，胜利的曙光照进了生灵涂炭的河南大地，可张巡却在胜利的前夜悲壮地倒下了。

虽然惊天地、泣鬼神的睢阳之战最终以悲剧的方式收场，可是孤立无援的张巡却奇迹般地坚守了近十个月，为大唐的战略大反攻赢得了宝贵的时间。

两京攻坚战

公元 757 年正月十五，李亨恋恋不舍地离开彭原郡①，前往凤翔②。凤翔成为长安收复之前的临时指挥部。凤翔的政治地位因此得到空前的提高，不仅升格为府，而且一度成为大唐的西京。

新年终于迎来新气象。李亨得到一个好消息——弟弟李璘兵败身死。

大唐终于从分裂的边缘挣脱出来。江淮地区的赋税也得以源源不绝地运来了。收复两京的宏图大略重新提上了议事日程，可战争却陷入惨烈的拉锯之中，尽管唐军为收复都城长安创造了有利的战略态势，但是也付出了惨重的代价。

由于战事激烈，朝廷的府库中又没有什么可以赏赐将士的财物，因此没有物质奖励，那就给精神奖励吧！

每次出征前，朝廷都会给领兵统帅一大摞空白委任状，有相当于总理级的开府仪同三司（从一品），有相当于副总理级的特进（正二品），有相当于上将的骠骑大将军（从一品），也有相当于师、团级的四、五品的中郎将和杂号将军。

统帅根据手下将士的立功情况临时填上名字给予对方，从而达到激励士气、振奋军心的目的。

官爵的泛滥导致世人轻官爵而重财物，以至于大将军的委任状也就值一顿酒。

很多入伍不久的士卒便可以"衣金紫"。唐代对于官服颜色有着严格

---

① 治所在今甘肃省庆阳市宁县。
② 治所在今陕西省宝鸡市凤翔县。

的规定，只有三品以上的高官才有资格穿紫色官服并佩戴金鱼袋。可如今很多官员的仆人也纷纷"衣金紫"。不知情的人还真以为他们真的当了什么大官，其实仍旧干着端茶倒水和扫地做饭的粗活儿。

有人会觉得如此轻易地授予官爵岂不是会让朝廷背上更为沉重的经济负担？其实滥授的是散官而并非职事官，文散官相当于今天有行政级别的官员，武散官相当于今天有军衔的官员。与散官官阶挂钩的一般都是官服颜色等比较虚的政治待遇。

唐代官员的收入分为禄米、俸料、职田三大类，职田一直依据职事官官阶确定标准。高宗乾封元年，在官员收入中占据主体地位的俸料钱的支付标准由按散官官阶发放也改为按职事官官阶发放。禄米后来是否也改为按职事官官阶支付，因为目前还没有发现确切的史料而不敢妄下结论，但是这种可能性很大，因此官员的收入水平主要取决于其担任的职事官官阶。

九月初二，上党城①下。燕军大将蔡希德带着几个轻装骑兵疾驰而来。这可是赤裸裸的挑战和蔑视。

上党城门缓缓打开，程千里率领一百名骑兵从城中突然杀出。程千里的目标只有一个，那就是活捉蔡希德。

其实这是一个阴谋！

程千里刚刚出城，埋伏在四周的燕军就铺天盖地杀了过来，自知寡不敌众的程千里急忙鸣金收兵。

虽然情况突变，但是程千里仍旧有充足的时间逃离战场，可是上天却与程千里开了一个大大的玩笑。城门口的吊桥却突然坏了。程千里坠入深深的城壕之中。

本来想活捉蔡希德，如今却成了人家的俘虏。程千里知道自己的末日

---

① 治所在今山西省长治市区。

即将来临，不禁仰天长叹，上天对我不公啊！

他没有太多时间考虑个人安危，而是大声地对手下人喊道："我不幸被叛军俘虏，这是天意！请转告诸位将领，要好好坚守上党。宁可失去主帅，也绝不能够失去城池！"

城中的将士们化悲痛为力量，遵从主帅发出的最后的命令。上党郡这座坚城并没有随着主帅被擒而陷落。

蔡希德最终带着一丝遗憾离开了。他将这次出击最大的战利品程千里进献给大燕帝国皇帝安庆绪。一代名将程千里就以这样近乎黑色幽默的方式告别了戎马生涯。

孤军奋战的程千里苦苦地撑过了那段最为艰险的日子，然而却在即将大有作为的时候沦为了俘虏，只能感叹造化弄人啊！

敦煌王李承寀与仆固怀恩带着众人殷切的希望前往回纥牙帐。仆固怀恩所在的仆骨部与回纥同属铁勒，风俗习惯相近，血缘关系相近，具有很高的文化认同。大唐驻回纥大使以及回纥高级官员到牙帐外迎接。

会谈在亲切的气氛中开始。李承寀首先转达了大唐皇帝李亨对回纥怀仁可汗的亲切问候，就两国关系和双方关心的地区热点问题深入交换了意见。

"既然你让我们帮你打仗，我们有什么好处啊？"怀仁可汗问道。

"收复京城之日，土地与男子归我们大唐所有，金帛与女人全部归你们回纥所有。"

数不胜数的美貌女子！不计其数的金银财宝！怀仁可汗的脸上顿时露出了贪婪的笑容。

收复两京的号角已经吹响，从四面八方赶来的各路援军陆陆续续抵达指定区域。

安西节度副使李嗣业率领的五千安西精兵来了。

北庭将领马璘率领的三千安西精兵来了。

龟兹国王子白孝德率领的数千番兵来了。

于阗国国王尉迟胜率领的五千番兵来了，并索性将国政交给弟弟尉迟曜。

回纥怀仁可汗之子叶护王子、将军帝德率领的四千回纥精兵来了。

河西、陇右的援军也来了（数量很少，而且也没有什么有威望的将领统领）。

中亚古国拔汗那国的援军来了。

大食及其附属国的援兵来了。

曾经与唐帝国兵戎相见的大食居然也派来了援军！对，很多人因此更加鄙视高仙芝。你看看，你入侵石国挑起战端，而人家大食在你危难之际居然不计前嫌，雪中送炭。

其实事情并不像这些人想象的那样。种种误解都是因为中国文献中缺乏关于大食国的相关记载。

大食国呼罗珊总督阿布·穆斯林（Abu Muslim）在怛罗斯战役之后因功高震主而被处决，其手下大将齐雅德·伊本·萨里也因受到牵连而惨遭杀戮。这两个战功卓著的功臣没有死在战场上，反而死在自己人的手中，真是悲哀啊！

阿布·穆斯林被无端杀害后，他的部下发动了叛乱。烽烟四起的大食国不得不忙于平息内部叛乱，根本无心也无力继续与大唐在西域地区展开争夺。

中国军队在怛罗斯战役中展现出的惊人战斗力给大食人留下了很深的印象，大食最终取胜存在很大的侥幸成分。要不是大唐的雇佣军葛逻禄临阵倒戈，谁输谁赢还真难预料。高仙芝和他的部下用实力赢得了对手的尊重。

李嗣业率领安西精兵不远万里赶赴行在，所过郡县，秋毫不犯。对于李嗣业的到来，李亨表现出异乎寻常的热情，随即任命其为安西、北庭行营节度使。

安西、北庭行营节度使李嗣业全权指挥安西、北庭两镇调到中原地区的部队。虽然远在西域的安西节度使梁宰对于万里之外的安西、北庭行营中的安西部队仍旧拥有名义上的指挥权，但实际上却鞭长莫及。一方面是因为路途遥远导致交通不便，另一方面是因为李嗣业在军中享有巨大的号召力。

李亨对李嗣业赞赏地说："今天得到爱卿胜过得到数万大军。平叛大业能否成功可就看你的了！"

李亨为什么如此看重李嗣业呢？其实是为了改变朔方一军独大的局面，李亨一直着力培育两大军事集团。一个是王思礼率领的由河西、陇右散卒组成的关内军事集团。另一个是由李嗣业率领的来自西域的安西、北庭行营。

王思礼与李嗣业各有所长。王思礼属于参谋型军官，"长于支计，短于用兵"，所以智谋有余，但是勇猛不足；李嗣业则属于指挥型军官，"长于用兵，短于支计"，所以勇猛有余，但是智谋不足。

对于每一个人而言，无论是优点还是缺点都是相对的，只有特点是永恒的。如果论"运筹帷幄之中决胜千里之外"，李嗣业不如王思礼；如果论"万军之中取上将首级如探囊取物一般"，王思礼显然不如李嗣业。

最大程度地发扬每个人的特点才是赢得成功的关键。李嗣业在接下来的一系列战争中的确没有辜负李亨的殷切希望，只是不知郭子仪和李光弼听到李亨这番话会作何感想？

李光弼在李亨登基后一直远离主战场，在河东地区的夹缝中艰难地生存着。在此期间，他重组的河东军却迸发出越来越强的战斗力。

一直留在关中的郭子仪对于李亨制衡朔方军的战略意图感受得更为真切。

上一年，李亨并没有将收复长安的重任交给郭子仪指挥的那支编制完整且战斗力出众的朔方军，而是出人意料地交给了从来没有打过仗的文官房琯率领的那支临时拼凑起来的军队。

李亨这么做的用意不言自明，不过郭子仪却不仅是军事高手，更是政治老手，知道有的时候"难得糊涂"。

既然各路大军相继赶来，谁将成为这支军队的统帅呢？李亨一直在广平王李俶与建宁王李倓之间摇摆不定。

建宁王李倓英毅果敢，富有才略，善于骑射。在李亨最落魄的那段日子里，李倓率领数百亲军寸步不离地护卫着父亲，有时一日交战数十次。每次交战时，李倓总是身先士卒，死战不退，血染战袍。

李亨心中的天平逐渐向李倓倾斜，不过却遭到李泌的反对。李泌之所以敢于冒着如此大的政治风险表达自己的反对意见，是因为他不希望太子李建成和秦王李世民兄弟相残的惨剧再度上演。

广平王李俶最终被任命为天下兵马大元帅，郭子仪被任命为天下兵马副元帅。

战时的唐帝国实行"先军政治"。设立于禁中的元帅府取代宰相机构中书门下成为战时最高政务中枢机构。李辅国任元帅府行军司马，李泌任元帅府行军长史。李亨指示所有情报都要先送元帅府，由李泌先行拆开过目，如果军情紧急，重新封好后连夜传递到宫中。若属一般军务，则待天亮后再行禀报。

公元757年九月十二，元帅李俶率领各路大军共计十五万之众从凤翔浩浩荡荡地出发。他们将去缔造不朽的功勋。

九月二十七，长安城西香积寺，注定会被载入史册的一天开始了。

唐军战马嘶鸣，战鼓声声。李嗣业部为前军，郭子仪部为中军，王思礼部为后军，而十万燕军也是磨刀霍霍，严阵以待。

燕军大将李归仁率先出阵挑战，而不甘示弱的唐军则严阵以待。

当逼近燕军军阵的时候，一直静静等待的燕军突然间万马奔腾，形成强大的视觉和听觉冲击。从未见过如此阵势的唐军顿时胆怯了。

跑吧！这是人本能的第一反应！许多以少胜多的胜利是冲出来的，而许多以众输寡的失败则是跑出来。

当年，八十万前秦军与八万东晋军在淝水决战，前秦的军事优势竟然被难以置信地跑丢了，而东晋则冲出了一场不可思议的胜利。

这样的溃逃很可能会将唐军拖入万劫不复的深渊，可是溃退却仍旧像瘟疫一样在唐军中迅速蔓延着，似乎谁也阻挡不了！

正在这时，燕军开始哄抢唐军撤退时丢弃的军用物资。这为陷入惊恐之中的唐军赢得了难得的喘息之机。

李嗣业袒露上身，手执长刀，立于阵前，大声呼喊："今日不以身饵贼，军无孑遗矣。"[1] 他的意思很明确，如果今天不拼死抵抗，我们就彻底完蛋了！

李嗣业不光要求部下奋勇杀敌，而他自己更是身先士卒，挥舞着陌刀，刀锋所到之处，人头落地，战马倒地。

唐军终于从惊恐中挣脱出来，稳住了阵脚，站稳了脚跟。

李嗣业率领前军手持长刀，排成横队，像墙一样向前推进。他手下的北庭和安西将士可是见识过大战阵的精锐军队，在与大食和吐蕃的厮杀中成长起来。前军不仅不再退却，反而一致向前，形成一股所向披靡的钢铁洪流，居然逼迫着燕军纷纷后退。

唐军都知兵马使王难得为了救他的裨将被燕军的弓箭射中眼眉，垂下的肉皮遮住了他的眼睛。他自己拔去眼眉上的箭头，扯掉肉皮，血流满面，但仍然奋勇作战，不下战场。

燕军本来将精兵埋伏在阵地东面，想要从背后袭击唐军。可燕军的异

---

[1] （北宋）司马光撰：《资治通鉴·卷第二百二十》，改革出版社1995年版，第4662页。

动很快便被唐军侦察兵发现了，下面就轮到朔方左厢兵马使仆固怀恩出场了。

仆固怀恩和回纥人的联合作战模式成为安史之乱期间最常用，也最有效的攻击方式。燕军埋伏的精兵被一举消灭了，这也彻底打乱了燕军的军事部署。

这时李嗣业部迂回到燕军的身后。燕军彻底陷入腹背受敌的不利境地，可是他们却不肯轻易屈服。

战斗从午时（11 点到 13 点）一直持续到酉时（17 点到 19 点），沟堑之中填满了阵亡将士的死尸，阵地之上流淌着殷红的鲜血。

在付出了损失六万余人的惨重代价之后，燕军在夕阳余晖的映照之下仓皇逃回长安城。

夜幕降临了，一直在硝烟中厮杀的唐军终于可以享受属于自己的胜利时光，可是仆固怀恩却不敢有丝毫松懈。

仆固怀恩找到广平王李俶，说："叛军今晚可能要放弃长安城逃走，请让我率领二百名骑兵追击，一举捉住安守忠、李归仁等贼首。"

一生从不犯险的李俶自然不会接受这个极具冒险意味的计划，可他也不便打击仆固怀恩的战斗热情，安慰道："将军作战已经很是疲劳了，暂且休息一晚，等到明日再说吧。"

仆固怀恩不是一个轻易放弃的人，坚持说："李归仁与安守忠皆是叛军中骁勇善战的大将。如今可是消灭他们的天赐良机，放虎归山必要伤人，兵贵神速迟则生变！"

仆固怀恩的话终究没能说动李俶，只得悻悻地返回营中，可是他仍旧不甘心。

这个晚上，他来来回回劝说李俶达四五次之多，因为他不甘心眼睁睁地看着这个如此宝贵的机会就这样从他的身边悄悄溜走。

这夜，长安城中充斥着喧嚣和繁杂，而这晚注定是对战局走向有着深远影响的一夜。

战争的胜利不在于一城一地的得失，也不在于一战一役的胜负，而在于最大限度地消灭敌人的有生力量。

"千军易得一将难求"，斩杀对方的重要将领无疑可以在很大程度上削弱对手，而这一切都可以在这一夜做到，而此后却用了数年时间来弥补这个错误。

李俶白白浪费了这个千载难逢的机会，因为他是一个过于求稳的人，过于谨慎的人。粗心大意的人失去的多，谨小慎微的人得到的少。

天亮了，一切都明了了！

燕军将领安守忠、李归仁、张通儒、田乾真等人全都逃之夭夭。尤其是田乾真突然从史书上彻底消失了。他到底去了哪里？

第一种可能，田乾真因丧失了"叛乱意志"而过上了平常人的日子。

第二种可能，田乾真在逃往陕郡 ① 的途中被人杀死。

第一种可能性较大，如果田乾真被揭竿而起的军民杀死，这种值得大肆宣扬的事情不可能不在史书上留下些许记载。

九月二十八，唐军终于收复了沦陷一年零两个月的都城长安，长安的百姓们争相迎接王师的到来，可他们不会想到他们已经被自己崇敬效忠的大唐皇帝出卖了，尽管他们的皇帝也有着太多的无奈。

急于收复京师的李亨为了换取回纥的支持和他们有一个肮脏的约定。

回纥王子叶护进入长安之后已经有些急不可耐了，正当一场浩劫即将开始的时候，身为元帅的广平王李俶却鼓起勇气站了出来。

李俶在叶护的马前拜了拜，用极其谦恭的语气说了一个极其坚定的字：不！

他的理由不容置疑，长安刚刚攻克，如果大肆抢掠，那么东京洛阳的

---

① 治所在今河南省三门峡市。

百姓必然会跟随叛军死守不降。这样战争便很可能会陷入持久战。等到收复洛阳后，再履行当初的约定。

一个泱泱大唐帝国的皇子居然向一个一向被视为蛮夷的回纥王子行礼。这显然出乎叶护的意料。他急忙从马上跳下来回拜，跪在地上，捧着广平王的脚（回纥的习俗），慷慨激昂地说："我自当率军为殿下收复洛阳！"

既然李俶给足了面子，叶护自然也就没有理由拒绝，况且繁华的洛阳就够抢的了！

唐军及其各路盟军秩序井然地进入刚刚光复的长安城。城中百姓在道路两旁欢呼悲泣。李俶并没有继续进军，因为他认为长安的战争伤痕还需要时间抚平。

张通儒等人收罗残兵败将退保陕郡。这里是拱卫大燕帝国都城洛阳的最后一道屏障。

惊慌失措的安庆绪急忙调集洛阳地区几乎所有可以调动的部队，在御史大夫严庄率领下前去援助张通儒。

安庆绪希望这十五万燕军可以阻挡住唐军凌厉的攻势，可是当年锐不可当的燕军如今却已然成了惊弓之鸟，尤其当发现令他们望而生畏的回纥骑兵再度出现的时候。

恐惧一旦占据了他们的心灵，溃退便难以抑制。

严庄与张通儒放弃了部队，放弃了一切可以放弃的东西！放弃是为了保住不能放弃的东西，那就是他们自己的命。

身在洛阳的安庆绪焦急地等待着前线的战报。

看到严庄与张通儒狼狈归来，他知道自己这回彻底完了。

十月十六晚，安庆绪带领残兵败将急匆匆逃离了繁华的洛阳，可是安庆绪第一心腹严庄却并没有继续追随安庆绪，因为他开始重新规划着自己的未来之路……

逃走之前，安庆绪特意叮嘱部下杀害了被俘获的哥舒翰、程千里等三十余名大唐高级将领。

十月十八，东京洛阳再次回到了大唐的怀抱，可是光复日却成了蒙难日。

洛阳城的大街小巷到处都充斥着回纥兵的身影。他们见女人就抢，见财物就夺。那些深受安禄山父子剥削压榨的洛阳百姓们不禁发出这样感慨：你们到底是来解放我们的还是来祸害我们的呢？

就这样，没有话语权的弱势群体往往会成为政治的牺牲品。

初现端倪的裂痕

一匹快马从都城长安疾驰向行在凤翔府，携带着都城长安光复的捷报。

百官闻讯后急忙进宫向李亨祝贺。李亨不禁泪流满面，因为收复两京的过程中充斥着太多的辛酸和苦楚！

李亨随即派出两路使臣，一路前往剑南将这个喜讯禀告父亲，一路前往河西征召好友李泌。

见到李泌后，李亨笑容满面地说："朕已经上表请求上皇回京，朕愿意让出帝位，返回东宫重为太子。"

李泌的脸上却没有露出一丝喜悦之情，无尽的忧愁反而迅速爬上了他的脸庞。他突然有些莫名其妙地问："上表还能够追回来吗？"

"中使恐怕已经走远了！"

李泌长叹一声："上皇肯定不会回来了。"

"怎么会这样？那朕该怎么办呢？"

"陛下需要再写一份表章！或许事情还有转机！"

"烦劳先生了！"

李泌提笔挥毫泼墨，写了起来。这份表章不再提及让位的事，重点阐述李亨对父亲的思念之情，希望上皇能即刻返回京城，以尽孝养之心。

李亨泣不成声地说："朕是真心想把帝位归还上皇。如今听了先生的话，才知道真是失算！"在最要好的朋友面前，李亨竟然还在演戏。

事情果然如李泌所料，李隆基接到第一份表章的时候愁容满面，犹豫不决；而他接到第二份表章的时候却喜笑颜开，欣然决定动身。

就在形势一片大好的时候，李亨最为倚重的李泌居然出人意料地提出隐退的要求。

李亨吃惊地望着他，不解地问："朕与先生一直共患难，如今正是同亨欢乐的时候，为何要急着离去呢？"

"只有离开或许才能免于一死！"

"你怎么会如此想？"

"山人有五条绝对不能留下来的理由。山人与陛下相遇太早，陛下任用山人太重，宠爱山人太深，山人的功劳太高，山人的经历太离奇。这些都是山人不能留下来的原因。"

李亨想把这件事暂且压下来，故意敷衍道："先歇息吧！这件事以后再说吧！"

李泌却仍旧不依不饶道："如今陛下与山人同床而睡，您尚且不答应，何况日后在朝堂之上呢？陛下不让山人离开实际上是在害山人啊！"

"没有想到你对朕如此疑心，朕怎能忍心杀你呢？难道你真把朕当成越王勾践了吗？"

"正是因为陛下不会杀山人，山人才主动要求离去。如果陛下果真想杀掉山人，山人怎敢再提及此事呢？想要杀掉山人的人并非是陛下。"

"是谁想谋害先生，还请但说无妨。"

"以前，山人有时还不敢直言相告，何况现在天下已经平定，山人还敢说实话吗？"

李亨若有所思地问："到底是什么事，先生不敢说？"

"山人所不敢直言的乃是建宁王之事！"

李泌的话显然触碰到了李亨心中最痛的地方。他听信张淑妃 [①] 和李辅国的谗言杀害了自己心爱的儿子建宁王李倓！

李亨痛心疾首地叹息道："他的确在社稷危亡之际立下大功，可是他却

---

① 张良娣随着丈夫成为皇帝而晋升为淑妃。

受小人蛊惑竟然想要谋害他的哥哥广平王。为了江山社稷，朕也是不得已而为之啊！"

"如果建宁王果真有谋害广平王之心，广平王应该怨恨于他，可是广平王与山人谈及此事时却痛心不已，一直在为建宁王鸣冤。如果不是山人将要离去，万万不敢谈及此事！"

"建宁王曾经趁着夜色暗中潜入广平王的府邸，这分明是想要谋害广平王！"

"当时陛下想要任用建宁王为元帅，而山人却推荐了广平王。如若建宁王果真有野心，他应该恨山人，可是我们两人的关系却一直都很好，陛下通过此事便可看出建宁王的为人和心胸。"

李亨的眼睛顿时便湿润了，摆摆手道："先生不要说了，过去的就让他过去吧！"

"山人今天跟陛下谈及此事并非想指摘陛下的过失，而是希望陛下不要再犯类似的错误。"

李泌随即吟诵起当年被母后武则天杀害的章怀太子李贤所作的《黄台瓜辞》："种瓜黄台下，瓜熟子离离。一摘使瓜好，再摘使瓜稀，三摘尤为可，四摘抱蔓归！"

"现在陛下已然是一摘瓜了，希望您不要再摘了！"

李亨怅然若失地说："请您把它写下来，朕会将它作为座右铭！"

"希望陛下记在心中就行了。"

李泌之所以执意要走，是因为他敏锐地察觉到杀机四伏的朝中已经容不下他了，因为他已然得罪了两个实权人物，一个是李亨最宠信的宦官李辅国，一个是李亨最心爱的女人张淑妃。这两个人随着李亨的飞黄腾达都已今非昔比了。

李泌的出现使得李辅国感受到前所未有的失落。虽然李辅国表面上对李泌恭敬有礼，可是内心深处却对他充满了羡慕、嫉妒和恨。

李泌与张淑妃之间的关系出现裂痕则有着更深层次的原因。李亨在灵武登基不久便迫不及待地想要册封张良娣为皇后，可是却被李泌拦下了。李泌的理由很简单，既然您登上皇位不是为了自己而是为了天下，不是为了享受而是为了平叛，那么册封皇后纯属皇家的私事，最好要听候上皇的旨意，此事绝对急不得。

虽然李泌最终说服了李亨，不过却也因此得罪了迫不及待地想要登上皇后宝座的张淑妃。

"谁影响了我一阵子，我影响谁一辈子！"张淑妃在心中暗暗地诅咒着。

李亨赐给张淑妃一个昂贵的七宝鞍。李泌得知后直言劝谏："如今天下大乱，陛下行事要低调，生活要节俭，如今张良娣使用七宝鞍如此奢侈之物显然不合时宜。最好将七宝鞍充公，赏赐给立功的将士。"

李亨随即表示首肯，向张淑妃索要七宝鞍时，张淑妃抱怨道："一个山野村夫说的话，陛下也值得信吗？"

"先生是为江山社稷考量！"

张淑妃极不情愿地将七宝鞍交还李亨，而这件事却并没有因此而完结。

一日，李亨隐约听到廊下传来阵阵哭声，急忙命人探听是何人在哭泣。原来是建宁王李倓。

"皇儿为何哭泣呀？"

李倓擦拭了一下眼角的泪痕，说："如今父皇从谏如流，中兴大业指日可待，儿臣喜极而泣啊！"

李泌与李倓从此成为张良娣的眼中钉和肉中刺。李倓死于张良娣的构陷无疑使李泌感到彻骨的寒冷，所以他决意要离开，不过此事却不能操之过急。

先前派去的使者从成都带回了李隆基的诰命："只要给我剑南一道容身

自保就心满意足了，再也不想回长安了。"

这可如何是好？

愁容满面的李亨向李泌投去殷切期盼的目光。李亨之所以迫不及待地想要迎父皇入京并不是真想尽什么孝道，而是希望将父皇牢牢地控制在自己的手中。李隆基虽然年事已高，但政治能量却不容小觑。

李泌仍旧是一如既往的镇定与从容，说："陛下不要忧虑，第二个使臣或许会为陛下带来您所期待的消息。"

第二个使者终于回来了，而且带来一个激动人心的消息："上皇准备动身了。"

李亨拉着李泌的手亲切地说："这皆是先生的功劳！"

"这是陛下的造化。如今已然是山人离开的时候了。"

李亨知道再也留不住李泌了，因为此时李泌的心早已回到了遥远的群山之间。

在得到获准后，李泌怀着复杂的心情离开了，返回魂牵梦绕的衡山。李亨敕令当地为李泌在山中建造房屋，按照三品官标准支付俸禄。

十月十九，李亨从凤翔出发回长安，并派太子太师韦见素入蜀迎接父亲李隆基。在迎接上皇回京的日子里，一个接一个的捷报纷至沓来，而那些曾经不可一世的燕军将领们却陷入痛苦的人生抉择之中。

严庄并没有跟随安庆绪逃往邺城而是独自跑路了，因为他知道与自己积怨甚深的孙孝哲根本容不下自己。和平时期，武将往往斗不过文臣，因为这是智慧的较量；动乱时期，文臣往往斗不过武将，因为那是力量的碰撞。

可东躲西藏毕竟不是长久之计，躲得了一时，却躲不了一世。

经过一番痛苦的内心挣扎，他最终决定冒险向昔日的敌人投诚，因为他觉得狰狞的战友比宽容的敌人更可怕。

严庄的选择无疑是正确的，他不仅获得了李亨的赦免，而且还得到了司农卿这样的高官。

困兽犹斗的尹子奇则没有那么幸运。他不得不感慨命运的变化无常，刚刚取得了久违的胜利，却不得不眼睁睁看着自己所效忠的大燕帝国在一场惨败之后轰然倒塌。

陈留郡的军民揭竿而起。尹子奇刚刚将自己的死对头张巡送上了黄泉路，如今却不得不步他后尘。

站在命运十字路口的田承嗣同样为自己未来的命运而痛苦地思索着。兵败如山倒的恶劣环境使得他没有继续坚持下去的信心和勇气，于是派出使者向朝廷请降，可郭子仪却并没有在第一时间作出反应，正是这短暂的停顿改变了历史的进程。

正在期待中痛苦煎熬的田承嗣迟迟得不到朝廷的回应，心底深处的隐忧被无限地放大了，蛰伏的斗志也被彻底地激发出来。

"此地不留爷，自有留爷处！"田承嗣决定继续追随主子安庆绪。

这一切原本是可以避免的，不过却因郭子仪这个小小的失误而使得局面变得更加难以控制。在后来很多燕军名将纷纷淡出历史舞台之后，田承嗣却迅速蜕变为大唐最危险的敌人之一。即使安史之乱的烽烟熄灭之后，田承嗣仍旧用另外一种方式与朝廷对抗着。

十月二十三是一个注定要载入史册的日子。已经阔别长安一年多的大唐皇帝李亨返回了魂牵梦绕的都城长安。在李亨返回长安的当天，白发苍苍的李隆基也离开安逸的蜀郡踏上了北归之路。

曾经被无情的战火折磨得痛不欲生的大唐也终于获得了重生。

叶护王子不仅得到司空（正一品）这样的高位而且还被封为忠义郡王，而他的父亲回纥可汗对于那些爵位官职却并不怎么感兴趣，反而对中原女人垂涎已久。

李亨将自己的幼女宁国公主嫁给了他，可是这个可汗却又厚着脸皮为自己的小儿子（也就是登里可汗）求婚，李亨哪有那么多女儿嫁给他们，于是将仆固怀恩女儿册封为公主嫁给了可汗的小儿子。

广平王李俶与郭子仪风尘仆仆地从洛阳前线返回长安。李亨拉着劳苦功高的郭子仪的手说："吾之家国，由卿再造！"

李亨居然能说出如此肉麻的话，自然感动得郭子仪热泪盈眶，热血沸腾，可这却不过是善于演戏的李亨收买人心之举，其实他从来都没有真正相信过郭子仪。

李亨对自己的父亲有时像道德楷模那样孝顺，有时像不孝之子那样冷酷；他对郭子仪这样的功臣有时将他们捧到天上，有时却将他们狠狠地踩在地上。

当然每当李亨昏庸的时候，史书总是将责任推给那些进献谗言的宦官和奸臣们。当然这些人或许真的曾起过推波助澜的作用，而李亨却把他们当成了自己的遮羞布。

李亨之所以经常表现出多面性是因为他是一个善于隐藏自己内心的人。他这样一个三流的皇帝却是一个一流的演员。

李亨将郭子仪、李光弼那帮武将定位为一柄"双刃剑"。早在长安收复之前，李亨就曾忧心忡忡地说："如今郭子仪、李光弼已然贵为宰相，如果克两京、平四海，朕还拿什么官职赏赐他们呢？"

其实他的内心潜台词是如果自己不能持续地满足他们内心的欲望，或许他们也会像安禄山那样踏上造反之路。在他的眼里，没有永恒的忠臣，也没有永恒的叛臣，只有永恒的利益；一旦满足了他们的欲望，他们就是忠臣；一旦满足不了他们的欲望，他们或许就会沦为叛臣。

身逢乱世的李亨对武将们保持必要的警惕是完全可以理解的，可过分的猜忌只会束缚住自己的手脚，也会束缚住他手下将领们的手脚。

这是李亨个人的悲哀，也是整个大唐的悲哀。

暗中角力的父子

在中兴大业实现在即的时候，李亨彻底沉醉了，大肆封赏那帮战功赫赫的将领们，郭子仪晋升为司徒（正一品），李光弼晋升为司空（正一品），其他人也得到了相应的封赏。

李亨将天下的郡又改回州，亲手为他父亲一手炮制的"改州为郡"的复古之举画上了一个句号。范阳郡又改为幽州，灵武郡又改为灵州。燕军控制的地盘却仍旧叫作"郡"。其实无论是称为"州"，还是称为"郡"，只不过是变换一下名称而已。

虽然"郡"这个词并没有从人们的话语中彻底销声匿迹，可是"郡"作为正式行政区划的历史，却随着李隆基这个迟暮的老人退出权力舞台而彻底走到了尽头。

公元 757 年十一月二十二，经过三十天的艰难跋涉，老态龙钟的李隆基终于抵达了凤翔。

一年半之前，他在这里踏上了南下之路。如今，他在这里踏上了回家之旅，可是这次本该充斥着喜悦之情的回家之旅却因一个突发事件平添了许多不和谐的音符。

李亨派出的三千精锐骑兵严阵以待，厉声喝道："皇上命我等保护太上皇进京。请太上皇命麾下将士将手中的武器悉数交还武库！"

"这不是让我们缴械吗？你们这么做太过分了！"李隆基身边的将士们不满地大声喊道。

李亨与李隆基两大政治集团首次碰撞便擦出了火花。当双方相持不下的时候，政治老手李隆基出面了，因为他不愿意见到冲突继续升级。

李隆基摆摆手，无奈地说："马上就要到长安了，携带武器还有什么用，把手中的武器统统上交。"

这件事充分说明在浓浓的父子亲情下暗藏的是彼此的猜忌和敌视。当然在史书中，李辅国被认定为凤翔缴械事件的罪魁祸首，可宦官或者奸臣却往往是皇帝的替罪羊。

在三千精锐骑兵的护送下，李隆基一行继续向着长安进发，表面上风风光光、浩浩荡荡，可是心事重重的李隆基却一点儿也高兴不起来，因为他为自己今后的生活多了几分担忧。

尤其是路过让他痛彻心扉的马嵬坡时，李隆基的心情失落到了极点。

十二月初三，李隆基在瑟瑟的寒风中抵达与长安近在咫尺的咸阳。一年前那个火热的夏天，他如同丧家之犬般逃到了这里。那时的他还不知道自己未来的命运将会如何，如今的他仍旧不知道未来的命运将会如何。

咸阳望贤宫终于映入了李隆基的眼帘。上次他来到这里，没有吃的，没有喝的，只得在望贤宫门前的树下黯然神伤地慨叹命运的多舛，而这次他再次来到这里却别有一番心境。

他登临望贤宫南楼，遥望着眼前这片熟悉而又陌生的土地。正在这时，久未谋面的儿子李亨出现在他的视野之中。

见到父皇，李亨急忙脱下黄袍，身着紫袍，跑到楼下伏身下拜。

步履蹒跚的李隆基也急忙下楼。两人经历了一番生离死别后终于再度见面了，不禁有一种恍如隔世之感。

李亨手捧着父亲的双脚，呜咽不已。李隆基抚摸着儿子的后背，哭泣不止。

此时的李隆基并没有完全被所谓的亲情所蒙蔽，深知自己与儿子是一对早已被权力异化的特殊父子。

为了表达自己的政治姿态，李隆基特意让手下人拿来一件黄袍，要亲手为儿子披上。

善于演戏的李亨自然坚决不肯接受。

李隆基动情地说："天命与人心如今皆已归附于你！你能够让我安度晚年就算对我尽孝了。"

其实李隆基早已厌倦了权力，如今安安稳稳地了却残生的确是他这个风烛残年之人最大的愿望。可这个本来并不难实现的愿望最终还是落空了。

李亨最终接受了父亲递过来的黄袍。这时被挡在仪仗之外的父老乡亲们爆发出阵阵欢呼声。

满心欢喜的李亨命令士卒们放开警戒。一千余人疯狂地冲进望贤宫拜见李隆基，很多人因此流下了激动的泪水，感慨道："能够有幸与二圣重逢，死而无憾啊！"

夜幕降临，喧嚣散去。

李亨执意要父皇居住在望贤宫正殿，因为那里是天子的居所，可如今已经不再是天子的李隆基自认为已经没有资格再住在那里。

经过一番推辞，李隆基最终还是接受了，因为他知道这不过是自己的儿子表演给天下臣民们看的一出戏，而他自己这个男配角要努力配合主角的表演。

尚食官进献食物时，李亨要先亲自品尝，然后再进献给父皇吃。

就是这个现在还以孝子形象示人的李亨却在后来表现得异乎寻常的绝情。这也是他和父亲最像的地方。

一缕霞光洒在貌似温馨和惬意的望贤宫。出发的时候到了。

李亨搀扶着迟暮的父亲上马，然后亲自为父亲牵马。虽然李亨是他的儿子，可人家如今已经贵为天子了。诚惶诚恐的李隆基急忙制止，其实李亨亲自牵马的象征意义远远大于实际意义。

在父亲的一再阻止下，李亨终于停下了脚步，将缰绳交还自己的父亲，然后飞身上马为父亲开路。

李隆基识趣地说："我当了五十年天子都没有感受到什么是高贵，如今成为天子的父亲，才知道什么是高贵！"

一直被别人拍马屁的李隆基如今拍起马屁来真是清新脱俗，而又意味深长。

李隆基返回长安后参加了一系列重大庆祝活动，然后回到了埋藏着太多太多生活记忆的兴庆宫。他将在那里度过两年半惬意的太上皇生涯。

在李隆基刚刚回来的那段日子，李亨曾多次上表请求将帝位归还父亲，而自己情愿重返东宫继续当太子。

李隆基自然知道儿子的鬼心眼儿。李亨是在等一样东西，那就是传国玉玺！

直到十七天后，李隆基才将儿子魂牵梦绕的象征着帝国最高权力的传国玉玺交给他，李亨从此之后再也不提归还皇位和返回东宫的事了。

乾元元年（公元758年）三月初六是张淑妃永生难忘的日子，因为这一天她正式被册立为皇后。可这却并不能满足她日益膨胀的欲望，因为她还有一个更加宏伟的计划，那就是将自己的儿子扶上太子宝座。这样她就可以在丈夫百年之后仍旧牢牢地掌握着权力，因为权力的滋味已经使得她欲罢不能。

在这段时间里，虽然李隆基已经彻底远离了权力中枢，但是他并不会感到孤独寂寞，因为他最为信赖的两个老朋友高力士和陈玄礼一直陪伴在他的身边。

唯一让他感到伤感的是经常回忆起与杨贵妃在一起的那段风花雪月的日子。

由于当时事发突然并且情势紧急，几个太监用紫色褥子包裹上杨贵妃的尸体便匆匆下葬了。这自然成为李隆基心中永远的痛，所以他想要给爱妃一个风风光光的葬礼，从而安慰她的在天之灵。

改葬杨贵妃的想法随即遭遇到巨大的阻力，礼部侍郎李揆跳出来反对。虽然李揆曾经跟随李隆基一起流亡蜀地，可他返回长安后却迅速倒向大唐的新主人李亨。

一旦改葬杨贵妃便意味着为她平反昭雪，当年禁军将士是为了挽救江山社稷才诛杀了国贼杨国忠并且逼死了杨贵妃。改葬杨贵妃无疑是变相地否定马嵬坡之变的合法性，这肯定会引起禁军将士们的不安和不满。

李亨愁眉苦脸地对父亲说："不是孩儿不遵从您的意见，是大臣们反对啊！况且孩儿也无法向禁军将士们交代啊！"

不知是李揆影响了李亨，还是李亨影响了李揆，反正李揆的反对最终使得李隆基改葬杨贵妃的计划彻底泡汤了。

其实李隆基的想法很简单，就是想告慰一下爱妃的在天之灵，弥补自己对爱妃的愧疚，可是让李隆基始料未及的是就连这个小小的要求都无法实现，经过一番折腾，收获的却是无尽的落寞和苦涩。

既然无法风风光光地改葬，那就偷偷摸摸地重葬，无论如何也要改善一下杨贵妃在阴间的生活环境。

在李隆基的授意下，几个宦官暗地里准备了一套上等的棺椁重新安葬杨贵妃，可是这次改葬却引发了一起千古谜案！

成书于五代时期的《旧唐书》记载："初瘗时以紫褥裹之，（杨贵妃）肌肤已坏，而香囊犹在。"[1]"肌肤已坏"说明杨贵妃的尸身还在，只不过已然高度腐烂了。

可北宋史学家欧阳修等人编撰《新唐书》时却这样记载："启瘗，故香囊犹在。"根本就没有提"肌肤已坏"之事。难道欧阳修发现了新的史料，或者有了什么新的考古发现，否则他怎么会刻意删去"肌肤已坏"这句话呢？难道坟墓中除了香囊之外并没有杨贵妃的尸体吗？

二十世纪二十年代，红学家俞平伯通过探究白居易创作的诗歌《长恨

---

① （后晋）刘昫等撰：《旧唐书·卷五十一·杨贵妃传》，《二十四史全译》，汉语大辞典出版社2004年版，第1716页。

歌》和唐代文人陈鸿所写小说《长恨歌传》背后的"隐事"得出一个爆炸性的结论：杨贵妃死于马嵬坡其实是一个天大的政治骗局。

俞平伯觉得生活在唐代的白居易和陈鸿迫于政治压力并不敢直接说出马嵬之变的真相，只得通过曲笔委婉地表达出来。

《长恨歌》中有这样的诗句："马嵬坡下泥土中，不见玉颜空死处。"这是不是说明那个所谓的杨贵妃的坟墓其实只是一座空坟呢？"君王掩面救不得"说明李隆基并未亲眼看到杨贵妃自缢身亡，此后他还曾派人四处搜寻杨贵妃的下落，他是不是也怀疑杨贵妃尚在人间呢？"六军不发无奈何，宛转蛾眉马前死。花钿委地无人收，翠翘金雀玉搔头"说明当时的场面十分混乱，杨贵妃会不会趁乱逃过一劫呢？

最关键的是《长恨歌》中有这样一句："上穷碧落下黄泉，两处茫茫皆不见。"碧落是仙界，黄泉是地府，既然在这两个地方都没能找到杨贵妃，会不会预示着她尚在人间呢？如果真是那样，杨贵妃又是如何死里逃生的呢？

第一种传说，当年被杀的并非是杨贵妃本人，而是她身边的侍女张云容。马嵬之变时，李隆基迫于压力只得同意通过牺牲杨贵妃来保全自己。此时的杨贵妃因为惊恐和悲愤变得面如土灰，瑟瑟发抖。张云容见状高声喊道："启奏陛下，贵妃娘娘需要更衣！"李隆基随即朝她挥了挥手。

张云容拉着杨贵妃疾步走向佛堂边的茅屋，在那里与杨贵妃调换了衣服和首饰，又抓起一把黄土抹在杨贵妃的脸上说："奴家愿意替娘娘去死。娘娘暂且扮作奴身，受几天委屈，待局势安定下来再奏明圣上恢复本身。"话音未落，张云容便迈着坚定的步伐走出茅屋，慷慨激昂地替主子受死。

在当时混乱的局面下，到底有没有可能趁机将杨贵妃调包呢？

唐人姚汝能的《安禄山事迹》记载："（杨贵妃）遂缢于佛堂，异置驿庭中。令（陈）玄礼等观之，（陈）玄礼等免胄谢焉，军人乃悦。"

《资治通鉴》中记载："上（即李隆基）乃命（高）力士引（杨）贵妃

于佛堂，缢杀之。舆尸置驿庭，召（陈）玄礼等入视之。（陈）玄礼等乃免胄释申，顿首请罪，上慰劳之，令晓谕军士。"[1]

当时杨贵妃被缢杀之后，她的尸体被摆放在驿站的庭院之中，等待着禁军将领们验明正身。注意上述两个文献用的都是"玄礼等"，说明当时在场的并非仅仅只有陈玄礼一人，还有其他禁军将领，甚至可能还包括一些普通士卒。如果杨贵妃身边真有一个与她容貌极为相似的张云容，负责皇宫保卫的陈玄礼等禁军将领不可能不知道，在他们眼皮子底下上演这出调包计怎会不被识破呢？

第二种传说就是高力士当年缢杀的的确是杨贵妃，不过她后来却又奇迹般地活了过来，甚至还东渡扶桑。这种传说无疑更为离奇。

早在日本镰仓时代（公元 1192—1333 年），《溪岚抬叶集》中便有了关于杨贵妃的记载，到了江户时代（公元 1603—1867 年），《今昔物语》等书对杨贵妃的记述就更为详细，也更为丰富了。

天宝十二载（公元 754 年）十一月，也就是安史之乱爆发前一年，日本第十一批遣唐使藤原清河邀请五次东渡均以失败而告终的鉴真一同前往日本。已经六十六岁高龄并且双目失明的鉴真慨然允诺，可让藤原清河始料未及的却是鉴真的东渡之梦最终成真了，可是他的噩梦却也就此开始了。

眼见故国在望之际，藤原清河和晁衡乘坐的那艘船却被剧烈的海风吹离了原来的航道，最终飘到了安南的驩州[2]。这群刚刚从喜怒无常的大海上死里逃生的人登陆后又惨遭当地土著人的血腥残杀。全船一百七十多人，仅有藤原清河、晁衡等十几个人幸免于难。他们历经艰险，辗转跋涉，终于在次年六月重返大唐首都长安，此时距离安史之乱只有五个月的时间。

---

① （北宋）司马光撰：《资治通鉴·卷二百一十八》，改革出版社 1995 年版，第 4627 页。

② 位于今越南中部海岸。

突如其来的安史之乱彻底改变了藤原清河和晁衡的命运。大唐蒙难，长安沦陷，踏上逃亡之路的藤原清河感觉回国似乎成了一个遥不可及的梦。

由于藤原清河的家族是日本皇室外戚，始终对他念念不忘的淳仁天皇特地派出以高元度为大使的遣唐使团前去迎回滞留在大唐的藤原清河，可高元度率领的使团竟然在大唐滞留了三年之久。

如果当年杨贵妃真的逃亡去了日本，搭乘遣唐使的船只无疑是最为便捷的，也是最为安全的。杨国忠的儿子杨晌曾任鸿胪寺卿，负责外事接待工作，曾经给予日本遣唐使高规格的礼遇。既然杨家人与日本使者之间一直以来都有着深厚的情谊，那么当落难的杨贵妃向他们寻求帮助时，日本遣唐使高元度会坐视不管吗？

公元 761 年，高元度踏上了回国之路，那时距马嵬坡之变已经过去了五年之久。杨贵妃这样一个身处乱世的女子怎么能够安然度过这段动乱的岁月呢？况且李隆基早已在四年前返回了光复后的长安。如果她此时还活在人间，为什么不回到丈夫李隆基的身旁呢？即使她觉得如今登基称帝的李亨因为过去的恩恩怨怨而容不下她，而已经退位的丈夫李隆基又保护不了她，她完全可以在李隆基的暗中庇护之下在大唐随便找个僻静的地方安度余生，有什么必要冒着生命危险前往日本呢？

即便是杨贵妃真想借助高元度一臂之力前往日本恐怕也是困难重重。鉴于杨贵妃特殊而又敏感的身份，高元度肯定不敢擅自带着她回日本，那样很可能会给两国关系带来难以想象的负面影响。即使高元度真的想要带杨贵妃偷偷回日本，恐怕也无能为力，因为在整个回国过程中，他的一举一动都在大唐将领们的密切监视之下。

如果杨贵妃跟随日本遣唐使的船只逃亡日本的可能性基本上可以被排除，那么她有没有可能跟随民间贸易的商船前往日本呢？

当时的人们对于季风的认识和掌握还不够全面，造船技术也没有发展到可以抵御海上风浪侵袭的地步，无论走哪条路前往日本其实都充满了危险，经常发生船毁人亡的惨剧。即便到了唐朝后期，日本遣唐使的船只也很难安全往返，平均每四艘船中总要有一艘遇难沉没。政府花费巨资建造的大型船队尚且如此，中日之间的民间交往无疑就更为危险了。

鉴真六次东渡，五次皆以失败而告终，可谓是天宝年间中日民间海上交流的缩影。要么是地方官员的阻挠，要么遇到飓风，要么遇到巨浪，要么遇到海盗，触礁、沉船和死亡不断地在他的眼前真实地上演着。要不是他命大，恐怕早就葬身鱼腹了！

陈鸿的《长恨歌传》中曾有这样的记载，有个从四川来的道士得知太上皇李隆基一直思念着杨贵妃，便毛遂自荐说自己拥有招魂之术。喜出望外的李隆基随即让他前去寻找杨贵妃的魂魄。那个方士使出浑身解数又是上天，又是入地，却始终都找寻不到杨贵妃美丽的身影。他一直向东，越过蓬莱发现了一座烟雾缭绕仙山。"上多楼阙，西厢下有洞户，东向，阖其门，署曰'玉妃太真院'。"这个名叫"玉妃太真院"的女道士院与唐代妓院的名称极为相似！这是不是在暗示杨贵妃已经沦落风尘了呢？试想她这样一个无依无靠的女子要想在乱世之中生存下来也只得如此。

如果杨贵妃真的沦落风尘，那么李隆基重返长安后，她为何不去长安投奔李隆基呢？有人认为"杨妃已堕落风尘，自然无颜再见君王"。如果要是在明清时期，这个论断或许是正确的，因为程朱理学已经在人们的心中深深扎根，别说皇室就是普通家庭恐怕都容不下一个存在污点的女人，可是在兼容并包的唐代，当时的人们对女人却颇为宽容。李隆基的孙子李俶的妃子沈氏的人生际遇无疑就是对此最好的解读。

长安陷落前夕，李隆基携带嫔妃、皇子皇孙和亲信大臣秘密踏上了逃亡之路。沈氏来不及逃走便被叛军俘获，囚禁于东都洛阳的掖廷之中，受尽屈辱。光复洛阳后，李俶与死里逃生的沈氏再度相逢，但沈氏却并没有跟随夫君返回长安，而是继续留在洛阳。

谁知形势突变，洛阳再度陷落，沈氏从此杳无音讯。

李俶登基称帝后公开下诏四处寻找沈氏的下落。李俶与沈氏的儿子李适继皇位后依旧在不遗余力地寻找母亲的下落。落入叛军之手的沈氏难免会惨遭凌辱，境况估计比那些堕落风尘的女子还要差，可他的丈夫和儿子却仍旧在不遗余力地在寻找她。杨贵妃因沦落风尘就无颜再见李隆基的说法恐怕有些站不住脚。

即使李隆基已经沦为太上皇，丧失了手中的权力，担心接回杨贵妃会遭到儿子李亨的坚决反对，依旧可以暗中派人将她妥善安置好，使其不至于继续沦落风尘。

既然杨贵妃并没有东渡日本，那么她会不会找个偏僻的地方过着隐居的生活呢？在陈鸿的《长恨歌传》中，那个精通招魂术的道士找到杨贵妃的地方是蓬壶仙山。蓬壶与蓬莱是一个意思，莫非陈鸿笔下的蓬壶并非指遥远的日本，而是大唐境内某个不为人知的地方！

《方舆胜览·卷六十八》中记载："（大蓬山）状如海中蓬莱。"这座位于今天四川省南充市营山县的大蓬山，在唐代时是一座佛教与道教并存的名山，偏僻而又清幽，的确是隐居的好去处。白居易曾任忠州[①]刺史，或许在任期间他听到过什么，并将所见所闻告诉了好友陈鸿，陈鸿才会在《长恨歌传》中这么写。

其实综观整个唐帝国，四川无疑是杨贵妃避难的上佳去处。杨贵妃在那里出生，在那里成长，自然对那里的风土人情、山川地貌再熟悉不过了，而且她的家族在四川又有着很大的政治影响力。

她的祖父杨志谦和父亲杨玄琰都曾在四川为官。堂兄杨国忠也曾长期在四川生活，发迹后推荐好友鲜于仲通担任剑南节度使，后来干脆自己遥领剑南节度使。在卸任节度使之后，相继出任剑南节度使的崔圆和崔光远

---

① 治所在今重庆市忠县。

也都是杨国忠一手提拔起来的亲信，因此如果杨贵妃真的逃到那里，或许会得到这些人的庇佑。

加之四川地形复杂，有很多像大蓬山这样人迹罕至的僻静之所便于隐藏，而且四川临近南诏和吐蕃，一旦形势有变还可以迅速逃离大唐。

杨贵妃隐居大蓬山最有力的证据或许就是透明岩上惊现的《安禄山题龛》。唐代人喜欢在山上建造佛像为自己和家人祈福，用以寄托美好愿望，更有甚者将自己造像的心路历程用文字的形式留在崖壁之上，称之为"题龛"，可史书上却从未留下关于安禄山曾经到过此处的只言片语，而且安禄山发动叛乱后触角也不曾延伸到这里。这个《安禄山题龛》又是从何而来呢？

备受关注的《安禄山题龛》刻着这样一段话："大唐先天二年，岁在辛丑七月朔十五日，弟子安禄山稽道，和南尽虚空、遍法界，常住一切诸

安禄山题龛

佛。但弟子业缘五浊，受荫阎浮。恒为二竖相摧，四蛇所逼。加以法王垂泽，梵帝流恩。伏闻大圣大慈，能救众生之苦，真实不虚。遂发微心，于此蓬山敬造弥勒像龛一铺。合家心愿，上为帝主人王，七代父母，下及法界苍生，普同供养，谨白。"

在距离《安禄山题龛》不远处就留有宋代诗人清远居士所写的一首《透明岩壁安禄山题记》：

"妖胡作逆罪滔天，翠辇仓皇幸蜀川。

千载业缘磨不尽，却来邀福向金仙。"

清远居士认为这个题龛就是那个臭名昭著的叛贼安禄山所留，持这种观点的人并不仅仅只有清远居士一人，宋代进士雍沿也是如此，留有一首《安禄山弥勒像龛》：

"全狼犬态固难防，犯上谁能不败亡。

何事像龛题志处，谩将真恳佞空王。"

虽然早在宋代就有很多文人学者坚定地认为这个《安禄山题龛》就是大唐的千古罪人安禄山所留，但细细品味题龛中的文字仍不禁会生出诸多疑问。

在公元713年这一年之中曾使用过两个年号：一个是人们所熟知的开元元年，另一个就是鲜为人知的先天二年。在这一年，安禄山可能会来到这里吗？

"开元初，（安禄山）与将军安道买男俱逃出突厥中。（安）道买次男（安）贞节为岚州别驾，收获之。（安禄山）年十余岁。"[1] 安禄山在开元初年才从突厥逃到中原，那时才十来岁的安禄山应该不太可能从如今的山西千里迢迢跑到遥远的大蓬山，而且还专门修造一尊弥勒佛像，那可是很费

---

① （后晋）刘昫等撰：《旧唐书·卷二百·安禄山传》，《二十四史全译》，汉语大辞典出版社2004年版，第4617页。

钱的事，而那时的安禄山仍旧过着寄人篱下的生活，根本承受不起如此沉重的经济负担，况且安禄山根本就不信奉佛教，而是信奉祆教。

安禄山的母亲改嫁之后，年幼的安禄山便跟随母亲生活在突厥，突厥人信奉"轧荦山神"，也就是祆教所崇拜的光明之神。从小就受到耳濡目染的安禄山自然也就信仰光明之神。

唐朝姚汝能在《安禄山事迹》中记载："每商至，则（安）禄山胡服坐重牀，烧香列珍宝，令百胡侍左右，群胡罗拜于下，邀福于天。（安）禄山盛陈牲牢，诸巫击鼓、歌舞，至暮而散。"身为混血胡人的安禄山亲自主持辖区境内的祆教祭祀活动，想用宗教力量来团结身边的胡人。

种种迹象皆表明题龛中提及的这个"安禄山"似乎并不是我们所熟知的那个安禄山，因此有的学者认为这个题龛是一个与安禄山同名同姓的人所留，而且此人可能还要比安禄山年长一些。

这个观点貌似有些道理，可安禄山这个名字毕竟太特殊了。"禄山"并非纯粹的汉语而是从粟特词中翻译过来的，是"光明、明亮"的意思。鉴于这个名字的特殊性，汉人与安禄山重名的概率微乎其微，而粟特人又活跃于大唐的北部边陲，不太可能跑到遥远的四川，即使因商贸活动偶然入川，也不太可能跑到偏僻的大蓬山来，更不可能在一个如此僻静之处修造了一尊弥勒像。

如果不是安禄山本人所留，也不太可能是与安禄山重名的人所留，那么到底会是谁留下的呢？

这个题龛中有一个耐人寻味的"错误"，那就是先天二年并非"辛丑"年而是"癸丑"年。一个人记忆力即使再差也不至于不知道今夕是何年吧，即便当事人因为某些特殊的原因确实记错了，负责雕刻的工匠肯定也会提醒他。对此合理的解释恐怕就是要么是当事人故意为之，要么就是后人冒用之前的年号。

距此不远的大蓬山杨柳湾有一座充满神秘色彩的古墓，墓碑上写着

"杨氏之墓"。一些学者据此做出一个大胆的判断，流亡到此并出家为道的杨贵妃为了缅怀早已逝去的情夫安禄山，于是在大蓬山为其造了一尊弥勒像，可她又担心公然为叛贼造像祈福会给自己惹来政治麻烦，为了混淆视听故意将雕凿的时间提前到先天二年。这样那个奇怪的纪年无疑就解释通了，或许是因为年代久远，她记不清先天二年对应的干支纪年是什么了，或许是她有意为之。

这个说法貌似合理，其实却经不住推敲。杨贵妃信奉的是道教而并不是佛教，正式进宫之前就曾出家为道。假如她果真流落到这里出家，笃信道教的杨贵妃为什么不修造一座道教神像，反而要修一座弥勒佛造像呢？况且安禄山本人又不曾信过佛教，而是信奉祆教。

既然杨贵妃和安禄山都不曾信奉过佛教，那么杨贵妃花费巨资为安禄山修建一座弥勒像岂不是太令人费解了吗？

虽然关于杨贵妃与安禄山的绯闻在当时可谓是甚嚣尘上，但两人之间有真感情吗？安禄山起兵时就打着诛杀杨国忠的名义，而且公开斥责杨贵妃以及她的姐姐们犯下的种种罪行，丝毫看不出他对这位昔日的"养母"杨贵妃还怀有旧情。

如果杨贵妃果真在马嵬坡逃过一劫，那么她对安禄山也不会有爱，只会有恨。

如果不是因为安禄山悍然起兵企图篡夺大唐江山，或许她还将会延续着过去那种奢华而又惬意的生活，但她所有的美好生活却都被举兵南下的安禄山无情地打碎了。她的两个姐姐以及堂兄杨国忠相继惨死，试想在这样一番情景之下，假如杨贵妃真的还活着，她怎么还会为造成她人生悲剧的罪魁祸首安禄山造像祈福呢？

况且修造佛像又是一项费时、费力又费钱的事，假如杨贵妃真的流落到此，恐怕也是艰难度日，又怎么能一下子拿出那么多钱来修造佛像呢？

既然如此，那么这个《安禄山题龛》到底是何人所留呢？

那个奇怪的"辛丑"纪年令人很是费解。距离先天二年最近的辛丑年应该是唐肃宗上元二年（公元761年）。此时安禄山已经死去了四年之久，此时叛军的领导权已经传到了史思明的手中，彪悍的史思明彻底扭转了安禄山死后急剧恶化的战场形势，将败势变为守势，守势变为攻势。

邙山一战，史思明再次攻占洛阳，问鼎中原。一代名将李光弼从此彻底退出了历史舞台的中心位置，可就在这时，骤变的事态却出乎了所有人的预料，气吞万里如虎的史思明居然死在了儿子史朝义的手中。

紧接着一场血腥的大清洗开始了，周挚等一大批高级将领被清除了。这无疑是安史叛军的又一次大分裂，一些将领被迫或者主动地离去了，因为他们看不到继续坚持下去的希望。那些手握重兵的节度使都曾是安禄山的旧将，本来就与史思明的地位相差不多，怎会心甘情愿地为侄子辈的史朝义卖命呢？

由于叛乱的前景变得越来越黯淡，很可能有人逃到了人迹罕至的大蓬山，在这个偏僻所在寂静地了却残生。他们或许会不自觉地想起曾经的老长官安禄山，一方面是感念他的恩情，因为安禄山很会笼络部下；另一方面是感伤他的早逝，如果不是他过早地死在儿子安庆绪的手中，或许如今将会是另外一番局面！

既然安禄山题龛并不是杨贵妃所留，那么关于她隐居于大蓬山的说法也就不攻自破了。

虽然很多学者认定杨贵妃并没有像正史记载的那样真的在马嵬坡香消玉殒，很多推断也貌似合理，很多传说也颇为精彩，但历史的真相却只能有一个。

《分门古今类事·卷二》引《唐阙史》记载："遂赐（杨）贵妃死于古佛庙，以帛缢之，陈尸寺门，既解帛而气复来，遂再缢之，乃绝。"起初杨贵妃并没有被勒死，但被发现还活着后接着再被勒，可见参与政变的禁军将士绝对不会给杨贵妃留下任何生还的机会。

　　包括红学家俞平伯在内的很多学者试图从《长恨歌》的字里行间找出诗歌背后隐藏的真相。他们的很多解读恐怕已经偏离了白居易的创作本意。

　　《长恨歌》中的"马嵬坡下泥土中，不见玉颜空死处"的诗句是不是真的在暗示找寻不到杨贵妃的尸体呢？再次开棺之时，杨贵妃的尸体是否真的像很多学者猜测得那样不翼而飞呢？

　　其实白居易根本就没有那层意思，只不过他艺术化的表达方式容易使人浮想联翩。白居易所作的《新乐府·李夫人》无疑可以消除人们对《长恨歌》的种种误读。

　　"又不见太陵（即玄宗陵墓）一掬泪，马嵬坡下念杨妃。纵令妍姿艳质化为土，此恨长在无销期。"白居易借此诗表达对红颜易逝的哀悼之情，杨贵妃的妍姿艳质最终都化为了一抔黄土，《长恨歌》中的"不见玉颜空死处"的诗句其实也是想表达香消玉殒之意。

　　《长恨歌》作于元和元年十二月。仅仅两年多以后，白居易在新创作的诗歌《新乐府·胡旋女》中就有这样的诗句："贵妃胡旋惑君心，死弃马嵬念更深。"白居易明白无误地说杨贵妃就是死于马嵬坡，如果他在写《长恨歌》时真的像俞平伯猜测的那样对杨贵妃死于马嵬坡的官方说法有所怀疑的话，他为何还会轻易地自我否定呢？

　　大约在杨贵妃死后一百年的时候，唐代诗人郑嵎曾经写了一首诗《津阳门》。他在这首诗的自注中对开棺之事有过详细叙述："时肃宗诏令改葬太真（即杨贵妃），唯高力士知其所瘗在马嵬坡驿西十余步，当时乘舆卒遽，无复备周身之具，但以紫褥裹而窆之。及改葬之时，皆已朽坏。惟有胸前紫绣香囊中尚有冰麝香。持以进上皇（即李隆基），上皇泣而佩之。"棺椁之中的确有杨贵妃的尸体，不过昔日倾国倾城的美人当时却化为白骨。

　　至于北宋史学家欧阳修为何在编撰《新唐书》时去掉了"肌肤已坏"

这句话，则因为年代久远而不得而知了，或许是他无意为之，或许是他不忍面对一代佳人化作一具枯骨的残酷现实吧！

虽然杨贵妃的确在马嵬之变死去了，但世人一时间却难以接受，难免会生出无限的遐想。

秘密改葬杨贵妃的宦官们在完成了李隆基的遗愿之后便悄悄地返回了长安。他们将杨贵妃生前曾经佩戴过的那个香囊交给李隆基。睹物思人的李隆基不禁老泪纵横，泪流满面……

伍

九州风雷动

贻害无穷的刺杀

难以置信的惨败

矛盾重重的磨合

置之死地而后生

逼迫之下的失利

父子相残的悲剧

贻害无穷的刺杀

犹如惊弓之鸟的安庆绪在邺郡①停下了逃跑的脚步。此时安庆绪手下的那些将领们全都作鸟兽散，如今他麾下骑兵不足三百，步兵不足一千。

也许一支小规模的唐军部队便可以将势单力孤的安庆绪彻底地击溃，可是这一幕却并没有出现。

面对接踵而至的胜利，唐军就像当年势如破竹的燕军那样陶醉其中，这为安庆绪赢得了宝贵的时间。

战场形势瞬息万变，不会给人犯错误的机会。仅仅十天的时间，邺城形势便发生了根本性逆转。

蔡希德从上党郡②、田承嗣从颍川郡③、武令珣从南阳郡④率领本部兵马赶来邺郡增援。与此同时，安庆绪在河北各郡紧急招募大量军马。邺郡驻军规模一时间急剧膨胀，迅速达到六万余人。这时，唐军再想攻占邺郡已经颇为困难了。

可是并不是所有的燕军将领都愿意听从安庆绪的号令。大将李归仁就率领曳落河、同罗以及六州胡人共计三万余人气势汹汹地杀奔老家范阳。这可是燕军最精锐一支部队。他们打仗出众，抢劫同样出众，所过之处全都被洗劫一空。

这分明是来抢地盘的！史思明以重兵防范，以美酒款待。朋友来了有好酒，豺狼来了有刀枪！

---

① 治所在今河南省安阳市。
② 治所在今山西省长治市。
③ 治所在今河南省许昌市。
④ 治所在今河南省邓州市。

占尽天时、地利、人和的对手严阵以待，磨刀霍霍。经历失败、饥饿和逃亡的李归仁部却疲惫不堪、士气低落。要么归降，要么死亡？李归仁最终选择了前者，因为他觉得强龙压不过地头蛇。

李归仁率领曳落河与六州胡人投降了史思明，可同罗人却不愿接受史思明领导，执意要返回自己的领地。

史思明下达了总攻令，绝大多数同罗人倒在了屠刀之下，极少数幸运儿在哀号和惨叫声中逃走了。

在收编了李归仁部后，史思明的军事实力大为增强，控制着十三个郡，麾下八万将士，军事实力已经在安庆绪之上。

安庆绪再也坐不住了，收编史思明手下的兵马或许是他在险境之中继续生存下去的唯一一条活路。

在五千精锐骑兵的护卫下，带着安庆绪殷切的希望，阿史那承庆与安守忠怀着忐忑的心情前往范阳。名为征调部队，实际上却是借机刺杀史思明。

史思明对于他们的来意自然心知肚明，但老谋深算的史思明却不露半点声色。

范阳城外，史思明亲率数万将士前去迎接，远远地凝视着在烟尘中疾驰而来的五千精锐骑兵。

两军在相聚一里的地方全都勒住了缰绳。真正的较量悄然拉开了帷幕。

身披甲胄的史思明显然比远道而来的阿史那承庆和安守忠更有底气。

在茫茫的原野上，阿史那承庆和安守忠率领的精锐骑兵可以纵横驰骋，虽然这里如今是史思明的地盘，可他们对这里却并不陌生。

武器在手，即使兵戎相见，他们进可攻，退可守，打得赢就打，打不赢就跑。

史思明说："请弛弓以入。"弛弓就是放松弓弦，放下戒备，以免引起史思明手下将士的恐慌。其实这是史思明在故意示弱，从而麻痹对方，因为在城外，他没有必胜的把握。

对于史思明的要求，阿史那承庆和安守忠当然不会拒绝。虽然各怀心腹事，但是毕竟现在还没有撕破脸。

在史思明的带领下，阿史那承庆和安守忠策马走向范阳城，可他们不会想到一旦进去了便再也出不来了。

为了尽地主之谊，史思明拿出珍馐佳肴款待远道而来的阿史那承庆和安守忠。两人盘算着如何对付史思明，可他们却并不知道史思明对付他们的计划也在有条不紊地实施着……

正当两人开怀畅饮的时候，一场针对他们部下的策反也在紧锣密鼓地进行着。

"愿意留下的另行分配工作，愿意离开的发放回家路费，何去何从你们自己选吧？"

这帮人一时间面面相觑，因为此时的他们已经丧失了抵抗能力，跳下战马的骑兵就如同失去双脚的瘸子，失去武器的战士便如同被削去双手的残废。

跟谁干不是干啊！况且史思明曾经是其中很多人的老上司，因此很多人自然会选择投降。跟着谁打仗其实并不重要，为了谁打仗也不重要，只要有钱花、有饭吃就够了。没有信仰的军队必然会彻底沦为冷酷的战争机器。

既然手下人都被收编了，那么两个光杆司令的结局可想而知。阿史那承庆成了阶下囚，而倒霉的安守忠却被送上了断头台。

在错综复杂的局势面前，史思明其实一直为自己未来的前途命运而痛苦地思索着。

正在这时，范阳节度判官耿仁智鼓足勇气说："您官高位重，可是您身边的人都不敢对您直言相告。卑职愿冒死进一言。"

"你想要说什么？"史思明其实已经猜到了答案。

"唐朝中兴如今已是大势所趋。归顺朝廷才是您转祸为福的唯一出路。"

史思明一脸漠然地点点头。

安守忠的死无疑标志着他与安庆绪彻底地决裂了，担心被唐军分割围歼的史思明率所辖十三郡土地、八万兵士归降朝廷。他的投诚也彻底改变了河北地区的力量对比。除了安庆绪占据的相州外，整个河北地区都在名义上重新回到了大唐的怀抱，当然这种归顺只是暂时的。

弃暗投明的史思明得到李亨异乎寻常的礼遇，但李亨也清醒地认识到忠诚与道义对于史思明根本就没有什么约束力，在他的心中永远是利益至上。

此时的李亨需要向世人做出一个积极的姿态：我可以敞开怀抱接纳任何人，不管你的身上曾经有过怎样的污点。

其实表面上不露声色的李亨一直在暗中策划如何铲除两面三刀的史思明，于是选中了乌承恩。乌承恩的父亲乌知义曾任平卢军使，那时的史思明还是一个为了生计而奔波忙碌的小军官，而乌知义却并没有因此而看不起史思明，而是对他格外照顾。

如今飞黄腾达的史思明把对老上司的感恩之情转移到乌承恩的身上，而乌承恩却在暗中开始行动了。

乌承恩用自己丰厚的家财招募家兵，名义上是看家护院，实际上却是在积蓄力量，还屡次换上妇人的服装暗中到其他将领的住处进行策反。

不过史思明很快便察觉到了乌承恩的异常举动，但老辣的史思明却既没有声张，也没有急于出手，而是在暗中窥视着他的一举一动。

在这个关键时刻，乌承恩被李亨召入了京师。刺杀计划被正式提上了议事日程。

李亨特意安排宦官李思敬陪同乌承恩一同返回范阳。名义上是去慰问史思明，实际上却是为了实施筹划多时的刺杀计划。

此时的史思明玩了一招绝的。他派了两个武艺高强的高手暗中潜在乌承恩府邸卧室的床下。古代的床结构复杂且体积庞大，这两个人用床上的帷帐将自己遮盖起来，居然没有露出一丝破绽。

史思明特地安排乌承恩的小儿子去看望自己的父亲，因为只有见到小儿子，乌承恩才会将自己的心里话和盘托出。

夜半时分，乌承恩悄悄地对儿子说："为父这次回来就是奉旨除掉史思明这个逆贼！"一直藏在床下的两个高手闻听此言顿时就蹿了出来，将乌承恩父子当场擒获。

史思明随即派人对乌承恩的府邸进行彻底搜查，搜到了铁券和李光弼写给他的公文。公文上明确写着："如果阿史那承庆能够成大事，就交给他铁券。"

"我有什么地方对不起你，你竟然会干出这种事！"恼羞成怒的史思明责问道。

在生与死的关键时刻，乌承恩身上的英雄气概顿时便消失得无影无踪。人只有在出生时和临死时才会显露出真本色。

乌承恩谢罪说："这都是李光弼指使的！"

史思明此时还不想杀他，因为后面还有一出好戏需要他配合。

将士、官吏和百姓们济济一堂，可是气氛却异常的沉重。乌承恩默默地跪在角落里听候处置。

"我率众归顺朝廷。我到底有什么地方对不起陛下？他居然要杀我！"史思明声泪俱下的控诉迅速感染了在场的所有人。

"我们怎么对付忘恩负义的乌承恩？"史思明高亢的声音传到很远的地方。

"杀了他！杀了他！"

乌承恩父子最终被乱棍打死，宦官李思敬也被囚禁，受到牵连而被处死的人竟然多达二百余人。

远在长安的李亨却彻底地抛弃了乌承恩，特意派遣宦官告诉史思明，这一切皆是乌承恩擅自行事，死有余辜。

史思明随即发出阵阵冷笑，因为这无疑加深了他对政治残酷性的认识，也加深了对李亨多面性的认识。

正巧三司关于处罚投敌官吏的文书传到了范阳。史思明紧紧攥着这张公文，义愤填膺地说："陈希烈曾是朝廷重臣，可如今仍旧免不了一死，何况我们这些反叛之人呢？"

这无疑是一次成功的思想动员，他手下将士们心中的怒火被他成功地点燃了。

幕僚张不矜奉史思明之命起草表章，其中居然有一句赤裸裸的话语："如果陛下不杀掉李光弼，微臣将亲率大军代劳！"

史思明审阅后交给张不矜，叮嘱道："尽快送往京师！"当表章即将装入公函信封的那一刹那，耿仁智却坚定地说："停！"

耿仁智与张不矜对视良久。张不矜自然知道耿仁智为什么要拦阻自己，知道他将要做什么，更知道这么做对他们将会意味着什么。

耿仁智提起笔将那句近乎开战宣言般的话语删去了，然后命人再誊写一遍，可是负责誊写的人却将他们暗中所做的这一切都告诉了史思明。

恼羞成怒的史思明命人将擅自行事的耿仁智与张不矜抓过来，可耿仁智毕竟已经跟随他三十多年了。动了恻隐之心的史思明与耿仁智见了最后一面。

"我一直对你器重信任。你竟然敢背叛于我！事情到了这般地步是你负了我，而不是我负了你！"

耿仁智大声说："人生总有一死，为忠义而死死得其所。我绝对不会再追随你反叛了，反叛绝对没有好下场！"

"你居然被朝廷洗脑了！拖出去，乱棍打死！"

耿仁智的脑浆流了一地。史思明踏着耿仁智的脑浆重新走上了反叛之路，而且这次是义无反顾地反了。

这次未遂的刺杀行动带给朝廷的负面影响无疑是深远而又重大的。本已接近尾声的安史之乱陡然间平添了巨大的变数。

李亨迅速平定叛乱的梦想也被彻底击碎了。虽然直接击碎他梦想的是邺城之战的失利，可植下失败祸根的却是这次极其失败的刺杀行动。

势单力孤的安庆绪逃到河北，在极短的时间内实力大增，面对六十万唐军的围攻竟然迸发出难以置信的战斗力。雄心勃勃的史思明经营河北，在并不算长的时间内竟然重新占领洛阳，重新威胁长安。这些都传递出一个史书不愿提及和触碰的信号：河北地区的人心向背已经发生了重大逆转。

幽燕自古多慷慨悲歌之士。长期与北方胡人接触频繁的河北人早在安史之乱前已经开始胡化，当然这种改变是双向的，汉人胡化和胡人汉化是并存的。在激烈的文化和思想的冲突碰撞中，河北地区的百姓对于中原王朝的忠诚度和认同度开始消退。

虽然安禄山率领的叛军所向披靡，可在偌大的河北地区竟然没有受到任何实质性的抵抗确实出人意料。虽然当时谁也不能阻挡他南下的步伐，但可以不让他南下得如此从容和轻松。

尽管如此，朝廷在河北仍旧拥有广泛的群众基础，朝廷大军一到，百姓们揭竿而起；朝廷官员一呼，响应者人头攒动，可是这种景象在安史之乱后期却再也没有出现过。

河北地区大批忠于朝廷的官员惨遭杀戮或者被迫逃亡，严重动摇了朝廷在河北的统治基础，更为可怕的是河北百姓对于大唐文化认同的衰减。一旦分裂成为一种常态并且百姓们习惯了这种生活，统一会让他们感到有些不适。这种转变与史思明等人持续不断的并且卓有成效的政策宣传和舆论引导是分不开的。

善于借势造势的史思明自然不会放过这个机会。

皇帝是两面三刀的，朝廷是反复无常的。李亨费尽心机构建起来的宽容和仁慈的形象随着这次不光彩的刺杀行动的失败而彻底毁灭了。

这无疑击碎了燕军将士和河北百姓投诚的希望，因为他们认为朝廷是绝对不会原谅他们的，与朝廷对抗下去或许才是唯一的出路，投降不是重获新生而是自取灭亡！这无疑成为许多燕军将士的共识。

原本缓和的形势陡然间严峻起来，可是李亨和他手下的那帮将领们对形势的严峻程度还缺乏足够的认识。

难以置信的惨败

当所有人都认为胜利遥不可及的时候，胜利可能会难以置信地降临；当所有人都认为胜利唾手可得的时候，胜利反而可能会鬼使神差地溜走。

惶惶如丧家之犬的安庆绪居然顽强地活了下来，仍旧占据着七州六十余座城池。

暂时的安逸使得安庆绪有些迷失自我了。曾经与死神擦肩而过的他觉得人生路短，应该抓紧时间好好享受生活。他大兴土木，沉溺酒色，不理政事，自甘堕落。安庆绪不知道提高生活质量的代价居然会是缩短人生历程的长度。

文臣中高尚与张通儒因争权而不和；武将中蔡希德和崔乾祐因争斗而不睦。

蔡希德不仅智勇双全而且快人快语，可是他的耿直却招致安庆绪的反感。善于煽风点火的张通儒敏锐地捕捉到了这个彻底整垮对手的机会。

"蔡希德流露出对您的强烈不满。这可是一个极其危险的信号！"张通儒的话顿时便使得安庆绪陷入巨大的惊恐之中，因为军权如今掌握在蔡希德手中。

"为了我能活下去，你必须死！"

九死一生的蔡希德居然死在了自己人的手里。蔡希德无故被杀使得安庆绪麾下那些将领们在感到无比惊愕的同时也感到了一丝寒意，因为他们不知道死神什么时候会突然降临在自己的头上。

数千人趁机脱离了部队，去寻找相对安宁的生活。

安庆绪任命大将崔乾祐为天下兵马使，总揽兵权。虽然崔乾祐也是久经沙场的名将，可是他却是用兵之将，而并非统兵之将。

击败名将哥舒翰的崔乾祐具有独特的战略眼光、出众的战术素养和良好的指挥才华，可以缔造举世瞩目的军事大捷，但他却并不是带兵的好手，因为用兵靠智慧，凭智商；而领兵靠情感，凭情商。崔乾祐刚愎自用，自视清高，残忍好杀，所以燕军将士渐渐与他离心离德了。

公元758年九月二十一，肃宗李亨下诏朔方节度使郭子仪，淮西节度使鲁炅，兴平节度使李奂，滑濮节度使许叔冀，安西、北庭节度使李嗣业，郑蔡节度使季广琛与河南节度使崔光远七位节度使以及平卢兵马使董秦率领本部兵马讨伐安庆绪，又令河东节度使李光弼与关内泽潞节度使王思礼率兵助战。

回纥可汗特意派遣大臣骨啜特勒与将军帝德率领三千精锐骑兵赶来协助唐军。朔方左武锋使仆固怀恩又可以与回纥人发挥联合作战的巨大优势，可昔日锐不可当的回纥骑兵却在这次战役中毫无建树。

虽然史书记载的唐军参战规模多达六十万之众，可是这支规模庞大的部队却并没有表面上表现出来的那么强大。

淮西、兴平、滑濮、郑蔡、河南这五支军队是在安史之乱后郡县官员仓促间组织起来的地方部队，战斗力十分有限。崔光远部实际上一直在外围活动，并未真正参与邺城会战。平卢兵马使董秦率领的这支平卢军与安禄山当年率领的那支平卢军也是不可同日而语。

朔方、镇西北庭、河东、关内泽潞四支部队是依托安史之乱爆发前的边防部队组建起来的主力野战部队，所以这四支部队的表现也决定着这场战争的走向。

我国历史上罕见的事出现了。虽然大唐几乎出动了所有的主力部队，却并没有设置统帅，由大宦官鱼朝恩出任观军容宣慰处置使，主持军务。

很多人认为李亨太昏庸了，其实他比谁都看得远，看得清。

郭子仪与李光弼的威望、官职和资历都不相上下，让谁来统帅这支规模庞大的军队都会引起对方的不满。

当年两人转战河北不是合作得很好吗？当时刚刚担任河东节度使的李光弼手里基本上并没有掌握什么军队，可如今今非昔比的李光弼却操控着一支强大的河东军，他岂会再心甘情愿地受郭子仪的调遣。

即使两位高风亮节的统帅间并没有什么成见和隔阂，河东军和朔方军的将领们也难免不会有什么想法。虽然此时这两支个性鲜明的主力部队还没有显露出对抗的迹象，但是两军此后的矛盾却严重影响了历史的进程。这充分说明这两支主力军队表面上是战友，心底里却是对手。

当然李亨还有着深层次的忧虑。这次战役几乎动用了大唐所有的精锐部队，一旦担任统帅的郭子仪或者李光弼像安禄山那样产生反叛之心，那么大唐很可能会遭遇灭顶之灾。只有让宦官来统帅这支庞大的部队才会使李亨安心，因为鱼朝恩并不是一个真正的男人，与皇帝有着先天的人身依附关系。

十月初五，被初冬的寒意包裹着的大明宫里却涌动着一股暖流。

大唐的新太子诞生了！这位大唐未来的新舵手就是李俶，不过他后来有了一个更为人们所熟知的新名字——李豫。

更让人感到振奋的是唐军的军事行动异乎寻常的顺利。困兽犹斗的安庆绪退缩进最后的据点邺城，并派薛嵩急忙向史思明求救，主动请求将帝位让给史思明。心满意足的史思明集结十三万大军准备南下逐鹿中原，不过唐军对于史思明的种种异动并没有给予足够的关注和重视。

孤军深入的河南节度使崔光远刚刚收复魏州[①]，精明的史思明就将立足未稳的崔光远作为首要攻击目标。

大军压境之际，崔光远派部将李处出城迎战。攻势凌厉的燕军打得李处连战连败，被迫退回城中。

追至城下的燕军大声喊道："李处召我们前来。他为什么不出来呢？"

---

① 治所在今河北省邯郸市大名县城东北。

"好小子！居然敢和燕军里应外合。"

这招并不高明的离间之计居然成功地骗过了崔光远。这是个人的悲哀，更是时代的悲哀。身逢乱世的统帅对部下缺乏信任，其实是对自己没有信心。

恼羞成怒的崔光远居然残忍地将大将李处腰斩，而李处的死也彻底摧毁了崔光远麾下将士抵抗的决心。这一仗使得三万唐军将士惨遭杀戮，崔光远只身逃回汴州①，这无疑为即将拉开帷幕的邺城大决战蒙上了一层阴影。

乾元二年（公元759年）正月初一，史思明在魏州②城北建造祭坛，祭天称王，自称大圣燕王，任命周挚为行军司马，任命李归仁为大将。

朔方牙前兵马使吴思礼（注意：这个吴思礼并非关内泽潞节度使王思礼）无意间说了一句话："史思明果真反了！这说明什么？因为他是蕃将。一个蕃将怎么能够为国尽忠呢？"

吴思礼的话打击面确实太大了，因为朔方军中有很多少数民族将领，说者无心，听者却有意。

吴思礼绝对没有想到这句话在不久的将来居然会给他招致杀身大祸，也会在不久的将来给整个战局带来灾难性的影响，以至于历史在这里拐了一个弯。

其实这一切并非完全不可避免的，战争经验丰富的李光弼对战局有着非常清醒的认识，他认为最可怕的敌人并非是龟缩在邺城的安庆绪，而是一直按兵不动的史思明。

此时的史思明之所以还没有露出狰狞的面目，是因为他想让唐军彻底地放松警惕，然后趁唐军不备发起致命一击。

① 治所在今河南省开封市。
② 治所在今河北省邯郸市大名县城东北。

洞察史思明险恶用心的李光弼献上一计：河东军和朔方军联手进逼魏州城。嘉山之败的惨痛教训必然使得史思明不敢贸然出战。只要史思明被牢牢牵制在魏州，收复邺城便指日可待。安庆绪覆亡后，孤军深入的史思明便成了瓮中之鳖！

这个可以改变战争进程的计策却被观军容使宦官鱼朝恩否决了。鱼朝恩也因此饱受世人抨击。

虽然鱼朝恩并非什么名将，但他却是久经沙场的战场老手，否则李亨也不会将一支规模如此庞大的军队放心地交给他来指挥调度。

鱼朝恩否决这个方案可能存有私心，因为他不愿意再看到郭子仪和李光弼继续立功，当然也有一个很少被人提及的原因。李光弼的计策在战略层面无疑是英明的，但是在战役实施层面却有着诸多困难。

朔方军和河东军无疑是围困邺城各支唐军部队中实力最强的两支部队。如果两军同时离开，安庆绪会不会趁机突围而走呢？朔方军肯不肯配合河东军完成牵制史思明的战略任务呢？

由于两大主力的关系并不融洽，随时都可能使潜在的矛盾迅速激化，所以这个计策即使实施也未必会取得预期的效果，但战争的结局或许会有所改观。

让唐军将领始料未及的是邺城之战居然陷入惨烈的拉锯战之中。六十万唐军居然攻不下邺城，恐怕连唐军将士自己都想不通。不是对手太顽强了，而是犹如一盘散沙的唐军根本就没有形成战斗合力。

除了缺乏磨合外，最重要的原因便是缺乏统一的指挥。许多节度使为保存实力而始终观望不前。

在这个关键时刻，李嗣业再次站了出来。"诸将无功，独嗣业被坚数奋，为诸军冠。"①

身先士卒的李嗣业带领手下人发起猛烈的攻势，一阵雨点般的乱箭向他袭来，冰冷无情的箭头扎进了他的体内。这位久经战阵的名将终于倒下了，而且再也没有起来。

李嗣业的病情原本已经稳定了，可帐外却突然传来一阵急促的战鼓声。他知道战争马上又要开始了，如今的他却已无法再领兵作战了，只得痛苦地呼号着。本已愈合的伤口再次裂开，以至于血流不止。

正月二十八，李嗣业用尽最后一丝力气睁开双眼，看了看熟悉的营帐，眼神中带着无限的不舍与遗憾。

兵马使荔非元礼成为李嗣业的继任者。曾劝说李嗣业率兵勤王的段秀实此时负责安西、北庭行营的后勤保障工作。由于战争迟迟无法结束，很多部队的后勤供应都遇到了严重困难。唯独安西、北庭行营的将士们有得吃、有得喝、有得穿、有得花，这全得益于段秀实卓有成效的工作和兢兢业业的付出。

唐军在邺城外筑起两道壁垒，挖掘三重沟壕，堵塞漳河水灌城，邺城顿时成了"东方威尼斯"。

从冬天一直到春天，安庆绪死死地坚守着，因为有一个坚强的信念支撑着他——史思明肯定会来救他！

但史叔叔的身影始终没有出现在他的眼前。城中的粮食已经吃光了，以至连一只老鼠都上涨到四千钱。

所有人都认为危在旦夕的安庆绪向唐军投降是迟早的事情，城中也的确有人想要投降，可是却因为水太深而出不了城。

由于邺城久攻不下，疲惫不堪的唐军士气低落。就在这时，唐军最危

---

① （北宋）宋祁、欧阳修等撰：《新唐书·卷一百三十八·李嗣业传》，《二十四史全译》，汉语大辞典出版社 2004 年版，第 3233 页。

险的敌人史思明已经悄悄地向着唐军靠近了。

史思明在距离邺城五十里的地方安营扎寨，每营中配备三百面战鼓。隆隆的战鼓声传到弹尽粮绝的邺城中。绝望的安庆绪急匆匆跑到城墙上。

"没错，是史叔叔来了，我们有救了！"

史思明从各营中挑选五百精锐骑兵，每天到城下抢掠，官军如果出来交战，他们就跑回各自的军营中。各路官军的后勤辎重不断被敌人劫走，甚至连采集薪柴都很艰难。

如果官军白天防备，叛军的骑兵就在夜里来骚扰；如果夜里防备，叛军就在白天来挑战。这一招郭子仪和李光弼曾经在嘉山之战中用过，如今史思明却以其人之道还治其人之身。

唐军所用粮饷都是从南边的江淮地区和西边的河东地区运来的，后勤补给线很长。这就注定了唐军后勤供应是极其脆弱的，而这无疑也给史思明施展袭扰战术提供了可乘之机。

史思明让部下穿上唐军军服并窃取官军号令，假扮唐军前去督运粮饷，斥责那些运输粮饷的民工们行动缓慢，而且动不动就向他们举起杀戮的屠刀。

"你们还让不让人活啊！"一股强烈的怒火在民工的心中燃烧着。

凡是运送粮饷的船车聚集的地方总会出现史思明部下的身影。在熊熊的烈火中，停在一起的漕船，靠在一起的推车，全都化为了一片灰烬。随着交通工具被损毁，唐军的运输线濒临崩溃。

这支神出鬼没的偷袭部队仿佛空气一样看不见、摸不着，可是却一直都存在着。

负责巡逻警戒的唐军不禁发出这样的感慨，只有燕军才能够分清谁是对手谁是战友，而在唐军士兵的眼中都是战友。

"断粮了！断粮了！"

这个爆炸性的消息在唐军军营中疯狂地传播着，传播的速度比瘟疫还要快。

俗话说："军中无粮，不战自乱。"本来就被史思明的疲惫战术搞得筋疲力尽的唐军将士，如今却不得不面临着吃不饱的困境。

"这仗没法打了！"唐军将士不停地抱怨着，而这正是史思明希望看到的。

三月初六，决定历史走向的大决战终于打响了。

双方主力部队悉数出动。唐军在安阳河北岸摆开了阵势，面对规模如此庞大的唐军，一身是胆的史思明亲率五万精兵气势汹汹地掩杀过来。

正当唐军误以为这是一支流动部队而放松戒备时，身先士卒的史思明居然已经率兵杀到了近前！

"不好！准备战斗！"

位于整个战阵最前列的河东、淮西、滑濮、泽潞四镇兵马率先和燕军厮杀起来，一时间人仰马翻、血流成河。

李光弼、王思礼、许叔冀与鲁炅挥舞着战刀，高声喊道："跟我上！"

位于唐军最前列率先与敌军厮杀的河东与泽潞两军反而成为损失最小的部队，"惟李光弼、王思礼整勒部伍，全军以归"①，可见这场战争真正的敌人并不是对手而是自己，没有什么比恐惧本身更值得恐惧的。

紧跟在后面的朔方节度使郭子仪急忙指挥部下布阵。屡立战功的朔方一直是唐军最精锐的部队，可他们在此役中的表现让人大跌眼镜。

正在这时，一场大风改变了战争的进程，也改变了历史的轨迹。

大风突起，黄沙漫天，吹沙拔木，天地一片昏暗，咫尺之间，人马不辨。这场罕见的大风让两军士兵都惊恐不已。

这是怎么了？天塌了还是地陷了？这是上天在示警啊！

在这场伸手不见五指的大风中，一场奇怪的大逃亡开始了。

---

① （北宋）司马光撰：《资治通鉴·卷二百二十一》，改革出版社 1995 年版，第 4686 页。

一般而言是一方追击而另一方逃亡。这场逃亡之所以奇怪是双方都在逃亡，唐军向南逃，燕军向北逃，仿佛是两场毫不相关而且奔向各自目的地的长跑比赛。

虽然都是跑，可是却跑出了不同的境界，燕军跑出了胜利，唐军却跑出了惨败。

唐军之所以最终失利不是因为跑慢了而是跑快了，而且最不应该逃亡的朔方军居然率先逃跑了。

正史将此次不可思议的惨败归结为天气恶劣。事实果真如此吗？当然不是。

《资治通鉴考异·邠志》给我们提供了一个重新解读这场战争的新视野，其中有一段不被正史所引用的重要记载。《邠志》的作者是朔方军的一个文职官员凌准，他的手中肯定掌握着关于这场战争的许多宝贵的第一手材料。

根据《邠志》记载，决战当天，郭子仪率朔方军主力部队在万金驿阻截燕军。正在此时，史思明派遣一支骑兵疾驰向滏水西岸地区，郭子仪就急忙派遣最精锐的仆固怀恩部前去阻击燕军的骑兵小分队。

骁勇善战的仆固怀恩很快便将史思明派出的那支骑兵彻底击溃了，可是旗开得胜的仆固怀恩在回军过程中却与吴思礼部相遇。

吴思礼在不久前所说的那句"一个蕃将怎么能够为国尽忠呢"深深地刺痛了一直为大唐出生入死的仆固怀恩，而个性极强的仆固怀恩又是个做事不计后果的人。

吴思礼此时还全然不知死神正在向他一步步地靠近。

仆固怀恩弯弓搭箭，一支从他手中飞出去的满载着仇恨的箭居然将自己人吴思礼送上了黄泉路。仆固怀恩随后大声喊道："吴思礼阵亡了！"

这起突如其来的意外事件很快便传到郭子仪的耳中。郭子仪很快便做出一个错误的判断：仆固怀恩反了！

　　郭子仪之所以会这样想是因为在那个动荡的岁月里，忠诚与背叛的故事在不断地上演着。朔方军本来就是一支成分复杂的队伍，郭子仪此时此刻显然对自己的驾驭能力产生了质疑。

　　郭子仪基于这个错误判断做出了一个更加错误的决定：率先撤退。

　　为什么从正史中见不到类似记载呢？原因简单，这有损于郭子仪的英雄形象，而郭子仪可是历朝历代竭力讴歌的大忠臣、大能臣。

　　各路节度使率领本部兵马逃回本镇。这些犹如脱缰野马般的败兵们沿途大肆抢掠、胡作非为。沿途官员管不了，军中的将帅也管不住，直到十多天之后这股骚乱才渐渐平息下来。

　　堪称抢掠冠军的是淮西节度使鲁炅的部队。鲁炅既感到惭愧难当，又感到惊恐不已，最终饮下一杯毒药，匆匆地结束了自己的生命。

　　在各支参战部队中，只有李光弼与王思礼两部得以完整地返回驻地。

　　面对兵败如山倒的危局，郭子仪令朔方军切断河阳桥确保洛阳的安全，可是河阳桥的断裂却并不能阻止恐惧在洛阳城的传播。

　　无数的官员百姓逃离繁华的洛阳，跑到山中避难，甚至连洛阳的两位最高官员东京留守崔圆与河南尹苏震也跑了。

　　郭子仪本来想继续坚守河阳城，可是他却发现手下的部队已经彻底失控了。当逃跑成为一种惯性的时候，任何短暂的停留都会引起难以名状的恐惧。

　　既然这样，那就继续跑吧！

　　逃到缺门①的时候，朔方军才从无限的惊恐中挣脱出来。此时郭子仪清点手下人马只剩下区区几万人，十万套盔甲兵器几乎全部损失殆尽，一万匹战马仅剩下三千匹。

---

　　①　位于今河南省洛阳市新安县西二十二里。

下面该怎么办？继续跑！退保蒲州①、陕州②，这是大多数将领的意见，但是这也意味着主动放弃东京洛阳。

当会议陷入僵局的时候，都虞候张用济突然站了出来，慷慨激昂道："蒲州与陕州连年饥荒。我们去了那里根本就没有吃的。不如坚守河阳，凭借这里坚固的城防抵御叛军的侵袭。"

张用济说出了郭子仪心中想说的话。既然现在已经败了，又要无缘无故地放弃洛阳，这不是步高仙芝和封常清的后尘吗？

朔方军的先头部队刚刚抵达河阳，史思明手下的行军司马周挚便领兵来争夺河阳，不过还是晚到了一步，只得望着坚固的河阳城无奈地离去了。

河阳守住了，洛阳自然也就保住了！

各路将帅纷纷上表谢罪，李亨一律不予追究。

六十万大军围攻小小的邺城收获的居然是一场惨败，这自然让李亨一时间难以接受，可他也知道战争还得继续，还得依靠那些将领们。

可李亨心中的怒火总得宣泄出来，那些擅离职守的文官可就倒霉了。李亨削夺了崔圆的封爵与官阶，削夺了苏震的银青光禄大夫官阶，将其贬为济王府长史。

唐军逃跑时能扔下的全都扔下了，到处都是武器盔甲，到处都是粮食辎重，安庆绪仅仅靠"捡"便得到了六七万石粮食。这下终于可以吃顿饱饭了，可上天却并没有给他享受胜利的机会，因为虎走了，狼却来了。

史思明既不派人与安庆绪联络，也不南下追击官军，只是每天在军营之中犒赏麾下士卒。

一时间摸不着头脑的安庆绪急忙召集亲信将领孙孝哲、崔乾祐等心腹

---

① 治所在今山西省永济市。
② 治所在今河南省三门峡市。

密谋如何对付史思明。

邺城的大门一直紧闭着，仿佛战争仍未远去。这种有些不近人情的做法自然遭到许多将领的反对。

人家史思明远道而来帮咱们解围，可是危险解除后，咱们却拒人于城外。这种过河拆桥的行为太不仗义。

张通儒、高尚等人纷纷向安庆绪建议道："史王率兵远道而来救援我们，我们应该怀着感恩之情去迎接史王。"

安庆绪却无奈地说："你们愿意去就去吧！"

史思明与张通儒、高尚等人见面后痛哭流涕，聊刚刚结束的战斗，聊一起共事的岁月。

张通儒、高尚等人带着丰厚的赏赐返回了邺城，其实张通儒、高尚等人不过是史思明重新放归水中的鱼饵。

即便如此，安庆绪也不会轻易上钩。

三天过去了，邺城的城门仍旧紧闭着。一向镇定自若的史思明也不免有些着急了，他将留在安庆绪身边的重要卧底安太清找来面授机宜。

此时，安庆绪陷入前所未有的焦虑不安之中。怎么办？该怎么办？

"称臣。"安太清坚定地说。

"什么？朕要屈尊向他称臣！"

"送走皇帝印玺也就意味着远离灾祸，这或许是陛下逃过眼下这一劫唯一的办法。"

沉思良久，安庆绪只得点点头，因为他实在想不出其他的办法，于是让安太清带着称臣表章和皇帝印玺来到史思明的大营。

史思明看了看安太清呈上的表书，假惺惺地说："何必这样呢？"他随即将安庆绪的表书递给手下的将士们看，心领神会的将士们纷纷呼喊万岁。

史思明给侄子安庆绪写了封亲笔信，安慰道："愿与你们成为兄弟般的邻国，万万不敢接受您向我称臣！"

安庆绪接到史思明的回信后不禁激动万分，原来是自己多虑了。他决定前往史思明营中与其歃血结盟，共抗朝廷，可这却是一条不归之路。

安庆绪和他的几个弟弟在三百名骑兵的护卫之下离开了千疮百孔的邺城。此时的他还不知道死亡正在一步步地向他逼近。

史思明命麾下全副武装的士卒严阵以待，进入一级警备状态。

安庆绪走进军营时已经发现了气氛有些异常。他顿时便生出一种不祥的预感，自己绝对不会轻而易举地离开这里，但局势的严峻程度却还是超出了他的预期。

史思明与安庆绪这对各怀心腹事的叔侄终于见面了。

安庆绪叩头拜了拜，说："在下治军无方，以至于丧失东、西二京，还陷入重兵包围之中。大王看在先皇的情分上冒死前来救援。在下这才得以复生，您对在下恩深如海，在下怕是终生都难以报答。"

史思明不仅不领情，反而愤怒地斥责道："你还有脸跟我提先皇。丢失两京，何足挂齿？你身为人子，却杀父篡位，为天地所不容。我特来替先皇讨伐你这个逆贼！"

安庆绪和他的四个弟弟以及高尚、孙孝哲、崔乾祐等一大批燕军实力派人物就在这场内部杀戮中命丧黄泉。

纵观燕帝国的发展历程，你会发现一个血淋淋的事实：燕军高级将领真正死在战场上的人寥寥无几，死于内部争斗的人却数不胜数。

战友有时比敌人更可怕，最危险的地方并不是血腥的战场，而是安逸的军营。与其说是唐军最终击败了燕军，不如说是燕军自己击败了自己。

见风使舵的张通儒、李庭望等人全都投到史思明的麾下，可是这些人却始终得不到史思明真正的信任。在此之前并不起眼的一批将领渐渐获得了崭露头角的机会，安太清无疑便是其中的佼佼者。

意气风发的史思明兼并了安庆绪的地盘，还将渴求的目光投向了西面的广袤土地，可他暂时还需搁置这个雄心勃勃的西进计划，因为目前整合内部的各种政治军事势力还需要些时间和精力。

史思明自称大燕皇帝，册立自己的老婆辛氏为皇后。独具慧眼的辛氏终于收获了丰硕的爱情果实，但眼前这烈火烹油、鲜花着锦之盛却也不过是过眼云烟。

矛盾重重的磨合

邺城之战后，身为观军容使的宦官鱼朝恩回朝复命了，很多人的命运都随着他的离去而彻底改变了。

郭子仪清醒地认识到肯定要有人为这次大惨败负责，于是就像等待命运审判那样等待着朝廷的诏书。

几乎每一个与鱼朝恩共事的人最终都难逃他的造谣中伤，无论是郭子仪，还是后来的李光弼，以及更后来的仆固怀恩。

虽然鱼朝恩与其他宦官一样，扭曲的心灵深处充斥着阴暗，但久经沙场的鱼朝恩却是宦官群体中不可多得的军事人才。他始终被皇帝派到战争的第一线，不仅全程参与了这场旷日持久的战场，而且许多大捷的背后也有他的身影。

鱼朝恩与郭子仪曾经经历过一段难得的蜜月期。当然两人在战术安排和兵力部署上产生分歧甚至矛盾也是在所难免的，即使鱼朝恩可能会起到推波助澜的作用，但真正起到决定性作用的仍旧是大唐皇帝李亨。

初秋时节，炎热还未彻底散去，可是郭子仪的心却变得异常冰冷，因为他的戎马生涯即将戛然而止。

朝廷派来的中使宣布了一项重大人事任免：李光弼任朔方节度使、天下兵马副元帅；免去郭子仪的朔方节度使职务，另有任用。

痛哭流涕的朔方将士们突然拦住传达命令的宦官，请求让自己的主帅留下来。

"你们想干什么？"

宦官惊恐地望着郭子仪，因为许多不愿离任的节度使经常暗中授意手下的将士们用尽各种办法挽留自己，弄不好还会激起兵变。

郭子仪自然不愿离开那些同生共死的部属，可是他也知道自己必须得走。如果他离开了，那么他失去的仅仅是兵权，而且是暂时的失去；如果他费尽心机地留下了，那么他失去的将会是皇帝的信任，而且是永远的失去。

望着苦苦挽留自己的士卒，郭子仪大声喊道："我先送中使回京！我绝对不会离开你们的！"将士们闻听此言后立即闪开一条道路。

在郭子仪的陪同下，传达诏书的中使急匆匆向营门外走去，不愿意在这里多待，哪怕是一秒钟。

营门口，郭子仪却飞身上马，含着泪离开了自己的部队。他不知道自己到底何时才能再回来，更不知道到底还能不能再回来。

在夜幕的掩映下，在五百河东骑兵的护卫之下，新任朔方节度使李光弼疾驰向东都赴任。权力的更迭就在这茫茫的夜色中完成了，但是由此而引发的动荡却久久无法平息。

李光弼与郭子仪的治军理念有着天壤之别：郭子仪一向治军宽柔，而李光弼却一直治军严整。习惯了宽松环境的朔方军一时间适应不了这位严厉的新统帅。

李光弼发檄书征召屯驻在河阳的朔方军左厢兵马使张用济，可他居然没有来，因为他对这个新统帅充满了不屑和不满。

"李光弼居然趁着夜色进入我们的大营，这分明是对我们不够信任！我们朔方军战功赫赫居然会无端地受到这般猜忌！"张用济肆意宣泄着心中的不满，当然他也绝对不是仅仅说说而已。

"我率领麾下精锐骑兵前往东京赶走李光弼，将郭老将军请回来。"张用济一边说着一边准备披甲上马。

朔方军内一场严重的内讧即将发生。在这千钧一发的时刻，朔方都知兵马使仆固怀恩却站了出来，他因战功卓著在朔方将领中享有很高的威望，拦阻道："如果现在赶走李将军而强行请回郭将军，就无异于反叛。"

　　右武锋使康元宝也随声附和说："如果你率兵请郭将军回来，朝廷一定会怀疑这是郭老将军暗中指使你这么干的，这不是要郭老将军家破人亡吗？郭老将军百口之家有什么对不起你的地方呢？"

　　张用济呆立在原地，发出一声长长的叹息，知道自己的厄运马上就要来了。

　　李光弼要用某些人的血来祭旗，不听招呼的张用济自然不幸地沦为了权力的牺牲品。

　　李光弼的营帐内迎来了一个新客人——仆固怀恩。

　　两人的谈话在一种相互猜忌的气氛中进行着，相互试探着，相互揣测着。正在这时，一个传令兵慌慌张张地跑了进来，呼喊道："不好了，五百多胡人士卒居然跑到营门口来了！"

　　仆固怀恩急忙走出去，假装责备那些人说："我已经告诉你们不要来，为什么要违抗我的命令呢？"

　　"士卒跟随自己的将帅，也没有什么错。"李光弼的话顿时打破了僵局，随即命人杀牛置酒，盛情地款待这些士卒。

　　为了平衡朔方军内部各派系，李亨提升勇冠三军的仆固怀恩为朔方节度副使。朝廷赐给仆固怀恩大宁郡王的爵位，而此时李光弼还只是个国公。李光弼与仆固怀恩这对正、副职之间的关系却变得愈加微妙。

　　恩威并施的李光弼渡过了上任初期的信任危机，那招"杀鸡儆猴"曾经在河东使用过，但河东和朔方是两支截然不同的部队。

　　分化重组的河东军犹如一个尚在襁褓之中的孩子，李光弼可以按照自己的意愿随意打造这支部队。实力雄厚的朔方军则犹如一个正处于叛逆期的小伙子，放任自流不行，强制打压更不行，因为一味压制会激起更为强烈的逆反心理。

　　要想达到和谐目的就要有效地化解矛盾，而不能过度依靠高压来消除分歧。"润物细无声"的春雨虽然看似绵柔，却威力无穷；"卷地风来忽吹散"的暴雨看似有力，却难以持久。

曾经剑拔弩张的战场态势出现了短暂的宁静，这暂时掩盖了朔方军内部若隐若现的矛盾，但不久，战场的宁静却突然间被打破了。

史思明、史朝义、令狐彰、周挚分率四路兵马气势汹汹地向洛阳杀来。正在黄河岸边巡视部队的李光弼得知史思明率军南下的消息后立即赶往汴州①，因为那里是拱卫洛阳的第一道门户。

"如果阁下能坚守汴州十五日，我便会率兵赶来救援。"

"没问题，誓与汴州城共存亡！"汴滑节度使许叔冀慷慨激昂地说。此时的他还不知道信守誓言是多么的艰难。

李光弼立即返回东京洛阳整顿兵马，可让李光弼始料未及的是许叔冀在燕军凌厉的攻势下居然在一瞬间便一败涂地。在生与死的艰难抉择面前，一切信仰都变得那么脆弱。许叔冀居然选择了投降。

此时此刻，李光弼为了自己的命运，更为了大唐的前途而痛苦地思索着……

下一步到底该怎么办？

东京留守韦陟主张撤，陈兵陕郡，退守潼关，占据险要，挫敌锋锐。

李光弼当即表示反对，两军相当，贵进忌退，主动后撤五百里，叛军的气焰会变得更为嚣张。

判官韦损主张守，东京洛阳是大唐帝国三大都城之一，绝对不能轻而易举地放弃。

李光弼也表示反对，如果坚守洛阳，汜水、龙门等各地都要布兵设防。我们能守得住吗？

撤也不行，守也不行，那你说怎么办？

我们给他来个空城计！

---

① 治所在今河南省开封市。

什么？韦陟、韦损一脸惊愕地望着李光弼。

我们不是和他打心理战，而是打持久战。我们撤军，但又不远走；我们坚守，但并不是在这里。

什么意思？

移军河阳，理由有三个：

第一容易守。河阳城地势险要，易守难攻。

第二进可攻。河阳与洛阳仅仅一河之隔。只要坚守河阳，史思明肯定不敢轻举妄动。

第三退有路。河阳与泽潞近在咫尺，两地可以相互配合。一旦形势对我们不利，我们可以撤到泽潞。

会场陷入死一般的沉寂，因为主动放弃洛阳可是一件涉及身家性命的大事。封常清悲惨的下场使得在场的每个人都不敢贸然做出这个事关自己身家性命的重大决定，最终还是李光弼力挽狂澜，因为除此之外，他们实际上已经别无选择了。

一场声势浩大的大撤退随即拉开了序幕。东京留守韦陟率领留守司官吏以及家属西入潼关，河南尹李若幽率领地方官吏和城中百姓出城躲避叛军，人声鼎沸的东京洛阳刹那间就变成了一座空城。

唐军陆续向河阳方向撤退，大批军用战略物资也需要运往河阳。身为军事统帅的李光弼亲自领着五百骑兵殿后，可是战场形势却陡然间变得严峻起来，因为燕军前锋部队已经抵达了石桥。

"我们怎么办？从洛阳城北绕过去还是从石桥过去？"

"从石桥过去。"李光弼坚定地说。

夜幕降临，手下人纷纷建议在夜幕掩映下悄悄而又迅速地撤走，可他却反其道而行之，因为他知道越急着走越走不脱。

李光弼命令手下士卒手持火把，缓慢地前进，始终保持着战斗队形。

由于唐军队伍严整，叛军紧紧地跟在唐军身后，既不甘心离开，也不敢靠近。如此临危不惧的对手让他们感到畏惧，担心这会是一个诱敌深入的陷阱。

夜幕时分，先期抵达河阳的唐军将士们焦急地等待着主帅的到来，因为李光弼是他们继续坚守下去的支柱。

二更时分，李光弼矫健的身影终于出现在他们的视野之中，军中顿时便爆发出一阵震天动地的欢呼声，孤胆英雄李光弼此刻成为将士们心中的偶像。

九月二十七，史思明率军如愿以偿地进入洛阳城，可他的脸上却没有一丝得意的神情，因为他得到的仅仅是一座空城而已。

李光弼这个老对手让史思明不敢有丝毫的懈怠，因为稍有不慎便会落入李光弼的圈套之中。由于担心李光弼抄他的后路，他根本就不敢入住皇宫，而是退兵驻扎在白马寺南面。

对于李亨而言，这个冬天注定是一个寒冷无比的冬天，急转直下的战争局势让他感到彻骨的寒冷。

十月初四，李亨下旨御驾亲征史思明。这不过是在危局之下做个姿态而已，他知道群臣肯定会上表劝阻自己，而他也可以趁机全身而退。李亨没有真正地指挥过战争，更不想上战场。

对于唐军将士而言，这个冬天注定是一个生机全无的冬天，因为严峻的战场形势让他们一直在绝望的边缘痛苦地挣扎着。

只有两万军士，只有十天的粮食，出路何在？虽然目前是一个危局，但是李光弼居然铤而走险化危局为僵局，因为时间是史思明最大的敌人。

置之死地而后生

河阳城由北城、南城和中潭城三座城池组成，这里因李光弼的到来而变得硝烟弥漫、刀兵四起。

河阳城下，燕军猛将刘龙仙大摇大摆地前来挑战，还居然将自己的右脚搁在马鬃上，旁若无人地肆意辱骂着李光弼。

站在城头之上的李光弼怒不可遏，问道："哪位将领可以擒拿此叛贼？"

仆固怀恩主动站出来道："我愿意为大帅捉拿这个胆大妄为的叛贼。"

"杀鸡焉用宰牛刀！"

"谁还愿意前往？"

众人一致推荐龟兹国王子白孝德，可白孝德当时却并不在场。

李光弼急忙命人将白孝德招来，问道："你可否愿意前去捉拿这个嚣张的叛贼？"

"末将愿往！"

"好！你需要多少兵马？"

"末将一人前往即可！"

"果然神勇！你还有什么要求吗？"

"请您挑选五十名精锐骑兵站在营门口作为我的后援，并请大军擂鼓呐喊，鼓舞士气。"

李光弼轻轻地拍拍他的肩膀："下面可就看你的了。"

关闭多时的城门缓缓地打开了。白孝德手执两根长矛，纵马出战。安史之乱期间，最为经典的一场对决也就此拉开了序幕。

"白孝德此战必胜无疑！"仆固怀恩坚定地说。

"两人还没交锋，你何以见得？"

"您看白孝德手挽缰绳那种沉着镇静的样子，此战白孝德必胜。"

李光弼赞赏地点点头。

白孝德的只身出战并没有唤起刘龙仙的警觉，刘龙仙握紧兵刃，准备将眼前这个胡人斩落马下。可白孝德却出人意料地摆摆手，仿佛不是来打仗的而是来聊天的。

刘龙仙紧绷的神经顿时松弛下来。两人相距十步的时候，刘龙仙仍旧骂骂咧咧，可白孝德却厉声问："叛贼认识我吗？"

"你是谁？"

"本将军是白孝德。"

"你是什么东西！"

白孝德猛然挥矛跃马冲上前来搏杀，震天动地的战鼓声响彻大地，五十名骑兵趁机掩杀过来。

刘龙仙显然对骤然变化的战场形势准备不足。就在那一瞬间，心头突然涌起的恐慌使得他有些方寸大乱。

白孝德手中的长矛犹如银蛇一般上下翻飞，每一招都扎向刘龙仙的要害之处。刘龙仙一时间只有招架之功，却无还手之力，急切地想要逃走，可白孝德却催马紧追不舍，随即将他挑落于马下，砍下他的头颅。

白孝德拎着刘龙仙的首级志得意满地返回城中。

李光弼凭借险峻的河阳城逐渐站稳了脚跟，而史思明对此只得无可奈何地摇了摇头。

史思明部队的主体是胡人和胡化的汉人，而北方游牧民族善于野战，不善于攻城。正是基于此，早在战国时期，秦国、燕国和赵国便修筑长城抵御异族入侵，明朝末年，明军抵御努尔哈赤最有效的办法便是坚城利炮。

面对坚守不出的老对手李光弼，史思明一时间愁眉不展。

正在这时，一个千载难逢的机会却突然出现了——李光弼居然出城了。此时的史思明还不知道这不过是李光弼布下的请君入瓮的妙计。

李光弼率军在野水渡安营扎寨，可是他却趁着夜色率领大部队悄然返回河阳城，更让人难以理解的是李光弼竟然让名不见经传的牙将雍希颢带领一千士兵在野水渡留守。这不成了任燕军宰割的羔羊了吗？

雍希颢虽有些胆怯，却也不敢违抗军令，只得硬着头皮接受了将令。

临行前，李光弼竟然莫名其妙地说："贼将高晖、李日越今晚肯定会来。一旦他们来了，你不要和他们交战。如果他们投降了，你带着他们一同前来见本帅。"

高晖和李日越都是史思明颇为器重的猛将，怎么会莫名其妙地投降呢？

雍希颢硬着头皮留了下来。他不知道自己因为什么事得罪了上司，这不是明摆着给自己穿小鞋吗？雍希颢其实并不知道他已经在不知不觉间成为李光弼手中一枚至关重要的棋子。

当天夜里，李日越果然率领五百精锐骑兵来了。

两军将士的喊话也开始了。

"李司空在吗？"

"李司空已经离开了！"

"你们这里有多少人？"

"一千余人！"

"将领是哪一位？"

"雍希颢！"

"怎么办？我这回是死定了！"李日越的心中充满了懊恼与愤懑。

李日越对手下将士说："我命该如此啊！现在只剩下一个不知名的雍希颢，回去之后肯定是死路一条。"

经过激烈的心里挣扎，李日越决意投降了。

雍希颢对所发生的一切感到震惊不已，李光弼那些不着边际的话居然应验了。

李日越怎么会突然投降呢？这个冥思苦想仍旧找不到答案的疑问只得日后求教李光弼了。

雍希颢将李日越带到了李光弼面前。正在焦急等待消息的李光弼不禁喜笑颜开，随即向朝廷推荐李日越为特进（正二品）兼金吾大将军（正三品），更神奇的是高晖居然也很快投降了。

史思明不仅没能如愿捕获老对手李光弼，反而莫名其妙地损失了两员大将，真是"赔了夫人又折兵"。

"您怎么能如此容易地收降两员大将呢？"部下用敬佩而又不解的眼光注视着李光弼。

李光弼颇为得意地说："史思明连连受挫，恨不得与我们速速决战。他听说本帅出城了，必然会认为这是一个抓住本帅的好机会，肯定会给李日越下达死命令，一旦抓不住本帅就要军法从事。本帅故意留下并没有什么名气的雍希颢守营，即便他擒获了雍希颢也无法抵偿自己的死罪。在生死攸关之际，李日越怎么会不投降呢？高晖的才能本在李日越之上，他听说李日越投降后获得重用怎会不动心呢？"

"高！实在是高！"

虽然在弹指间便收服了两员猛将，但真正的考验其实才刚刚开始，因为潮水般的燕军正在向着河阳城涌来。

"将军能固守南城两天吗？"李光弼向李抱玉投来期盼的目光。

"两天之后呢？"

"两天之后，请将军自便吧。"

虽然李抱玉这么问，可他却是一个不肯轻易认输的人。

南城即将沦陷之际，身处绝境的李抱玉给燕军统帅周挚写信：我们的粮食快吃完了，决定明天出城投降。

周挚不禁大喜过望，居然并未怀疑李抱玉投降的诚意，因为他觉得投降是李抱玉唯一的选择。

李抱玉利用这一天宝贵的时间加紧修缮城墙，加强城防。

满心欢喜的周挚最终等来的却是李抱玉的请战书。

"好小子！敢耍我！"愤怒不已的周挚率兵猛攻南城，恨不得抓住李抱玉，将他碎尸万段！

对手已经被激怒了，而这正是李抱玉所希望的。

越想完成一件事的时候反而越难以完成，因为"欲速则不达"；越平静地面对一件事的时候反而越容易成功，因为"无欲则刚"。

正当周挚被胜利冲昏头脑之际，李抱玉却在暗中派出了一支奇兵，迂回到燕军的身后。

在唐军的前后夹击下，燕军顿时崩溃了。

周挚带着无限的愤怒和郁闷撤军了，因为他得到了一个重要情报：李光弼在中潬城。

中潬城外设置了栅栏，而栅栏外挖了一道宽二长、深二丈的壕沟。燕军开始填埋壕沟，破坏栅栏，已经开辟了八条通向城墙的道路。

荔非元礼仍旧悠然自得地望着忙碌的燕军士兵们，仿佛眼前的这一切都和他无关。

李光弼却已经有些沉不住气了，焦急地问："中丞[①]为什么对叛军的所作所为熟视无睹呢？"

"李公想战还是想守？"

"自然是战！"李光弼咬牙切齿地说。

"如果想战，叛军帮我们填平壕沟不正是我们所期望的吗？"

在荔非元礼的眼中，燕军如今所做的一切其实都是在为他们自己挖掘

---

① 荔非元礼兼御史中丞，唐朝官员非常希望别人称呼自己的宪衔。

坟墓。

"我居然没有想到这一点。下面可就看你的了！"

荔非元礼随即披挂整齐，率军出战。荔非元礼的威名令燕军感到有些恐慌。

荔非元礼却并没有为此而窃喜，因为他想让敌军感到胜利在望。这或许是打败这个强大对手的唯一办法。

荔非元礼"还军示弱，怠其意"①。此举彻底激怒了李光弼。

"唐军的脸都让你丢尽了！"李光弼气呼呼地对传令兵说，"你去告诉荔非元礼，如若再怯敌不前，军法从事！"

"战争不过才刚刚开始，请李公拭目以待吧！"

荔非元礼在栅栏附近驻足良久，对手下将士说："刚才李司空派人请我转告诸位，战死沙场可以青史留名，怯战被杀则遗臭万年。"

荔非元礼飞身下马，手持大刀，怒目圆睁，杀入敌阵。荔非元礼的部下无不奋勇杀敌，以一当十，斩杀千余人，生擒五千人，而更多的燕军将士则失足落入水中活活淹死。

屡屡受挫的周挚与安太清合兵一处，率三万大军又向北城杀来。

唐军却并不急于出战。李光弼久久地矗立在城头，苦苦地寻觅破敌之策。

虽然燕军兵锋锐利，可是却毫无章法，不过是纸老虎而已，自信满满的李光弼认为中午便可以破敌。可是战斗并没有按照李光弼的预期发展，而是陷入旷日持久的胶着状态。

李光弼敏锐地找到了战斗迟迟无法结束的症结所在：敌人最大的劣势便是乱，而他们之所以迟迟无法取胜是因为敌人乱了，而他们自己也

---

① （北宋）宋祁、欧阳修等撰：《新唐书·卷一三六·荔非元礼传》，《二十四史全译》，汉语大辞典出版社 2004 年版，第 3208~3209 页。

乱了。

李光弼下面需要做的事情便是对军事资源进行优化配置。

"叛军阵中什么地方防守最严密?"

"西北角!"

"郝廷玉去攻击叛军的西北角!"

"还有哪个地方防守严密?"

"东北角!"

"论惟贞去攻击叛军的东北角!"

李光弼决意用这两把最锋利的长矛去刺穿叛军最坚固的盾牌。

李光弼手执令旗,厉声说道:"三军将士的进退都要遵从令旗。如果我手中的令旗轻轻挥动,诸位可以见机行事。我如果连续三次挥动令旗,诸位要奋勇向前,后退者斩!"

战斗打响了。

李光弼站在城头的垛口上发号施令。

郝廷玉居然裹足不前。

"传令兵!取郝廷玉的首级来!"李光弼高声地喊道。

郝廷玉见到李光弼的传令兵便知道大事不妙,急忙解释:"不是我畏战胆怯,而是因为我的坐骑中箭了!"

郝廷玉换了一匹马,重新杀入敌阵。

时机到了,李光弼连续挥动了三下令旗。

总攻开始了!

唐军像下山猛虎般冲向敌军,斩首一万余人,俘虏八千余人,缴获的军资器械不计其数,更为重要的是徐璜玉、李秦授等燕军大将都成了李光弼的阶下囚。周挚、安太清仅带领数名骑兵侥幸逃脱。

身处绝境的李光弼终于收获了一场期待已久的大胜,其实他的战靴中一直藏着一把锋利的短刀,他曾经对部下说:"战争之中危机四伏。如今我位居三公，一旦战事不利，我便自刎以谢天子！"正是李光弼这种舍生忘死的精神感染了他手下的那帮将士。

此时的史思明才意识到战场的严峻形势已经大大超出了他的预期。惊恐不已的史思明急忙命人修筑深壕高垒抵抗官军。李光弼知道现在还不是收拾史思明的时候，而是率领主力部队包围了安太清戍守的怀州①，只有夺取怀州才能彻底摆脱遭受南北夹击的不利境地。

史思明当然不能坐视不管，可是他派出的援军再次被李光弼击败。恼羞成怒的史思明在河清县布设重兵，声称要渡过黄河断绝官军的后勤补给线。

安太清固守怀州粉碎了李光弼迅速夺取怀州的战略计划。如果战争就此僵持下去，那么本来就势单力薄的唐军必将陷入进退维谷的不利境地。

怀州攻不下，而河阳又有失守的危险，不利的战场态势已然将唐军逼向了绝境。

李光弼命人开掘丹水，水淹怀州城，即便如此，怀州城仍未被攻破。李光弼再次打起了"地道战"，这一招曾在太原保卫战中大显神通！

郝廷玉从地道秘密潜入怀州城内，获得燕军军号，在城墙之上大声呼喊：唐军来了！

燕军顿时便乱作一团。唐军趁乱占领怀州城。燕军将领安太清、杨希仲束手就擒。

河阳之战是邺城之战后最为酣畅淋漓的一场胜利，极大地振奋了唐军的士气。李光弼也由司空进位太尉。

虽然这场来之不易的胜利极大地缓解了唐军岌岌可危的处境，可是仍旧无法改变敌强我弱的战争态势。

此时，朔方军内的裂痕却在逐步显现。仆固怀恩的儿子仆固瑒勇猛善

① 治所在今河南省沁阳市。

战，可是却极其好色，居然劫走了颇有几分姿色的安太清的妻子。

一向治军严整的李光弼勒令仆固玚交出安太清的妻子，可是仆固玚却对李光弼的军令置若罔闻。

仆固玚派出多名卫士守护来之不易的小情人，恼羞成怒的李光弼命人射杀了七名看守的士兵。

仆固怀恩愤怒地说："您居然会为了叛贼而杀自己人，这么做值得吗？"

朔方军这两位统帅之间的裂痕带给大唐的无疑是一场空前的灾难。

逼迫之下的失利

其实洛阳丢了并不可怕，可怕的是急于收复洛阳。

上元二年（公元 761 年）二月，陕州观军容使鱼朝恩得到了一个重要情报：驻守洛阳的燕军将士都是河北人。这些长期背井离乡的士卒思归故土，上下早已是离心离德。这时攻击他们，他们必败无疑。

鱼朝恩拿着这份情报三番五次地在李亨面前说，收复东京洛阳的时候到了。

就这样，一个含有水分的情报被一个居心叵测的人利用了，一个急躁冒进的皇帝催促一个头脑清醒的军事统帅贸然出战，最终收获的却是一场惨败。

强硬的李光弼依旧顽强地坚持着，因为他不想重蹈哥舒翰的覆辙。

这时，一个人的态度却成为左右局势走向的重要砝码，这个人就是仆固怀恩，但他居然站在了鱼朝恩一边。李光弼顿时便被推向了极端不利的境地。仆固怀恩彻底打消了李亨心中残留的那一点点顾虑，因为李亨相信仆固怀恩的战略眼光和军事判断。

中使一个接一个地来到河阳，他们带来了同一个命令：收复洛阳。

李光弼知道自己再也顶不住了，就像当年哥舒翰那样被自己所效忠的皇帝推到了绝境。

李光弼率领大军离开了河阳城，不知道自己还能否再回来。为了给自己留一条后路，李光弼留下一个重要的人来镇守河阳。这个人就是郑陈节度使李抱玉。

在河阳之战中，李抱玉不仅兑现了守卫河阳北城三日的承诺，而且绝地反击的李抱玉居然还取得了意想不到的胜利。

在神策军节度使卫伯玉率领的神策军的拱卫下，宦官鱼朝恩带着缔造绝世功绩的美梦上路了，可当他从梦中醒来的时候，才知道这原来是一场噩梦。

二月二十三，邙山之战打响了，就在大战在即之时，唐军却依旧在激烈地争吵着。

李光弼下令军队依据险要地形布阵，这样进可攻，退可守。可在战争一触即发的关键时刻，李光弼的权威却受到了前所未有的挑战。

"我主张在平原地区布阵。"有了鱼朝恩的撑腰，仆固怀恩无疑具备了与顶头上司李光弼叫板的实力。

仆固怀恩也因此被很多史家认定为是这场战败的罪魁祸首。一个最终被认定为好人的人，他做的所有事都是好的，反之他做的所有事都是错的。其实人性是复杂的，环境也是复杂的。

军人以服从命令为天职，而仆固怀恩在战场上公然反抗主帅的命令最终致使唐军付出了惨重的代价。

李光弼提出的依险布阵的方案固然是当时最稳妥的方式，不过也是对皇帝命令的消极执行。虽然这可能会将损失降到最低，却注定不会有什么大的斩获。

仆固怀恩坚持在平原布阵绝对不仅仅是出于与李光弼的个人恩怨，因为一旦依险布阵，那么他手下那支剽悍神勇的精锐骑兵部队便会彻底丧失机动性和打击力。急于再立新功的仆固怀恩自然不想放弃眼前这个宝贵的机会。

正当唐军为了在哪里布阵而争论不休的时候，善于捕捉战机的史思明悄然吹响了总攻的号角。

唐军顷刻间土崩瓦解。一场争先恐后的大逃亡开始了。

邙山之战所暴露出的矛盾并不是李光弼和仆固怀恩两个人的矛盾，而是唐军两大主力朔方军与河东军的矛盾。朔方军与河东军从此彻底分道扬镳，渐行渐远。

唐朝所有的参战部队都在逃跑，与邺城之战的情形极其相似，唯一不同的是邺城之战时对方也在逃跑，而这次敌人却在紧紧地追赶。

历史仿佛是一个宿命般的轮回，如今的情形与六年前太相似了。惶恐不安的李亨绝对想不到局势会恶化到如今这般地步。

正当李亨为了自己的前途命运而担忧的时候，警报竟然奇迹般地解除了，但成功地使大唐转危为安的人却并不是大唐的将军，而是大唐的敌人。

父子相残的悲剧

三月初九，大唐上下无数双眼睛都将关注的目光同时投向了礓子岭[①]，因为大唐再次被推到了生死存亡的悬崖边。

史朝义率领先锋部队疾驰向陕州[②]，不过却不得不在礓子岭前停下了前进的步伐。

史朝义终究没能突破唐军坚固的防线。这场胜利对正处于大溃败之中的唐军而言无疑意义重大，但谁都知道这场来之不易的胜利并不是因为自己的强大，而是因为对手的软弱。

史朝义的军事才华与父亲相差甚远，燕军"乘胜西进入关"的计划不得不暂时搁浅了，不过战场局势却并没有发生根本性改观。一旦史思明率领大军反扑过来，唐军恐怕依旧会凶多吉少了。

不过上天这一次却站到了大唐一边，因为上天不会再给史思明实现自己宏图大志的机会了。

礓子岭战败的消息很快便传到史思明耳中。他摇着头，叹息道："史朝义终究难成大事。"

老谋深算的史思明对儿子的剖析无疑是最为精准的，因为局势的发展很快便印证了他的判断，可他却没能看到那一天。史思明此时还没有意识到最危险的敌人其实并不在对面的阵地上，而是在他的身边。

铩羽而归的史朝义前来觐见父亲史思明。父亲愤怒的样子在他的心中幻化成一个恐怖的黑洞，足以将他彻底吞噬掉。

---

① 位于今河南省三门峡市南。
② 治所在今河南省三门峡市。

史思明与老哥们儿安禄山有同一个爱好——杀戮。只要稍微不如意，他便会向部下举起血腥的屠刀，有时甚至会诛杀九族。

燕军将士们并没有因为战争的残酷与血腥而胆怯不已，反而因长官的冷酷与无情而惶恐不安。

死并不可怕，最可怕的是随时都可能会死，但又不知道什么时候死。当死亡如影相随的时候，要么苟且偷生，要么揭竿而起。没有什么比死亡更可怕，一旦将死亡彻底看穿，那么任何事都将变得不可阻挡，因为深藏在内心深处的勇气将会被彻底唤醒，进而汇聚成一股令人畏惧的力量。

如果说史思明是好杀成性的魔鬼，那么史朝义就是温顺谦卑的天使，因为他做人和做事都很低调，在军中也有着良好的口碑。

史朝义愈加强烈地感受到来自父亲的死亡威胁，不仅仅因为这次战败，更因为父亲的偏心。

父亲从心底里偏爱小儿子史朝清，所以他给了史朝清一个美差——镇守范阳。史朝清如今正在范阳悠闲地享受着生活，而身为长子的史朝义却不得不在战场上冲锋陷阵、浴血厮杀，却依旧免不了要时常受到父亲的斥责。

史朝义不止一次地从史思明身边人的口中得到一些对他很不利的消息，他不知道父亲将会如何处置自己，心中自然是充满了惶恐与忐忑。

"父亲真的忍心杀我吗？"这个大大的问号始终萦绕在史朝义的心头。

"军法从事，斩！"史思明冷冷地说，仿佛跪在地上的史朝义与他形同陌路。

燕军将领们急忙跪下求情。"史朝义没有功劳也有苦劳啊！如今正是用人之际，不如暂且让他戴罪立功。"

史思明被说动了，并不是因为亲情，而是因为理智。他知道现在还不是进行政治清算的时候。

虽然史朝义暂时逃过了一劫，但新的劫难却接踵而至。

三月十三，用于贮存军粮的三隅城已经初见规模，可是史朝义仍旧不敢有丝毫的松懈，带领手下将士仍在紧张地忙碌着。虽然史朝义的心中充斥着不满与怨恨，可他依旧希望通过自己的努力来获得父亲的肯定。

这座军粮城在一天之内便拔地而起，可前来监工的史思明却完全无视儿子的努力，不但没有一丝肯定，反而大加斥责。

"你这个混账东西！真是没有用！怎么还没有抹泥呢？"

史思明转而对身边的随从说："你们几个监督他们赶紧完工，否则军法从事！"他随后对史朝义说了一句招来杀身大祸的话："等攻克了陕州，我再收拾你！"

史思明带着满腔的怒火走了，而面如土色的史朝义却呆立在原地，此时此刻他心中的惊恐不断地堆积着。

也许胜利之日就是自己身亡之时。怎么办？要么等死，要么弄死父亲，简单而又残酷的抉择摆在了他的面前。

位于今河南洛宁县东宋乡旧县村的鹿桥驿如今早已化作一缕尘埃，只有残存的石碑可以证明这片土地上曾经存在过这么一座驿站。这座普通的驿站因为史思明的到来而变得不再普通，因为这里即将上演血雨腥风的一幕。

正当史朝义陷入无限纠结之际，他的亲信骆悦与蔡文景却再也坐不住了，因为他们愈加强烈地感受到死神正在他们的身旁游弋。

"如今已经到了生死攸关的关键时刻！请您速速召见曹将军共商大事。"曹将军是专门负责史思明值宿警卫的将领，史朝义自然明白他们的用意，始终低头不语，因为这可是一个生死攸关的大事。

"假如您不答应的话，我们今天就归顺朝廷。"潜台词是你想等死，但我们可不想陪你等死。

此时的史朝义已然被逼进了死胡同，哭着说："烦劳诸位妥善处理这件事，切勿惊吓令尊大人！"

　　这句根本就无法实现的话其实是多余的，但他这么说可能是心底深处残存的那一丝已经被扭曲的情感被突然唤起了吧。

　　许叔冀的儿子许季常以史朝义的名义将曹将军召来了。曹将军一进屋就发觉气氛有些异常，一个艰难但又必须要面对的抉择此时便摆在了他的面前。

　　要么自己马上被杀，要么自己的主子随后被杀。在死亡的威胁面前，曹将军最终背叛了一直信任自己的主子，因为他没有杀身成仁的勇气与决心。

　　他为什么不先假意答应然后再向史思明告密呢？恐怕是因为骆悦不会让他全身而退，肯定会让他留下些什么，要么是手印，要么是签字，或者其他什么东西，况且史思明素来是个多疑的人，曹将军觉得即便将这起阴谋告诉自己的主子，也未必能够将功折罪。

　　当天傍晚，三百名全副武装的士兵在骆悦的带领下气势汹汹地杀奔驿站。负责警戒的卫兵发觉情况不妙，可是看看默不作声的曹将军，只得假装没听见。

　　骆悦带兵径直闯入史思明的寝室，可史思明却并不在屋内，而是上厕所了。

　　嘈杂声使得史思明顿感大事不妙，他赶忙跳墙来到马厩，找到自己的坐骑，飞身上马准备扬鞭离去。这匹骏马曾经不止一次驮着他远离危险，可一支冰冷的箭却将他逃生的愿望无情地击碎了。他的手臂上不停地涌出殷红的鲜血，巨大的疼痛使得他不得不松开了缰绳。

　　曾在马背上纵横驰骋几十年的史思明从马背上重重地坠落在地，被一拥而上的士兵捕获了。那些一个时辰之前还听命于他的士卒如今竟然用冷森森的兵器指着他，做到了这些年来唐军一直想做却没能做成的事情。

　　"谁指使你们这么做的？"史思明大声呵斥道。

　　"奉怀王之命！"

"哎！早晨朕一时失言才导致如今的下场。你们为何不等攻克长安再动手呢？如今一切都完了！"

史思明痛苦而又无奈地闭上了双眼，静静地等待着命运的安排。

"大功告成了！"骆悦兴冲冲地说。

"你们没有惊吓到我父亲吧？"史朝义长长地出了一口气。

"没有！"谁都知道这不过是一句聊以自慰的谎言罢了。不过史思明的确没有死，只是失去了自由。史朝义此时还不能让父亲死，因为还有一件重要的事情要做，那就是收编父亲的部队。

当时周挚、许叔冀率领大部队驻扎在福昌县①，许季常被史朝义派出充当说客。得知事变后，周挚惊恐地摔倒在地，而许叔冀却表现得相当平静，因为他的心中没有信仰，没有忠诚，所以史思明的生死跟他的关系并不大。

事到如今，周挚、许叔冀只得接受史朝义的领导，因为他们中的任何一个人都不具备在这种格局下独自打造一片属于自己的天地的能力。史朝义顺利接管部队后便迫不及待地将周挚干掉，因为周挚对史思明的感情实在太深了。

周挚原本在燕军中的地位并不高，所以安史之乱前期关于他的记载凤毛麟角，直到得到史思明的信任和提拔后才逐渐崭露头角。

骆悦担心哗变的军队会趁机救出史思明，干脆将他活活勒死了，然后用毡毯包裹上他的尸体，用骆驼运回洛阳。曾经叱咤风云并且数次与死神擦肩而过的史思明居然以这种悲凉的方式谢幕了，不禁令人感慨万千。

史朝义以这种惨烈的方式登上了皇位，但是杀戮却仍在继续。

一场史无前例的腥风血雨顿时便席卷了繁华富庶的范阳城。这场惨烈的内部争斗持续了好几个月，数千人为此而丧命。史朝清及其母亲辛氏也

———————————
① 治所在今河南省洛阳市宜阳县。

死于这场血腥的杀戮之中。

史朝义让他的部将李怀仙镇守范阳，可史朝义万万没想到的是，这个自己最为信赖的人竟然在他走投无路之际将他拒之门外，以至于将他彻底逼上了绝路。

虽然史朝义接手了父亲的军队，却无法彻底掌控父亲的帝国。燕帝国的那些节度使们都是史朝义的叔叔辈，根本就不把他这个侄儿皇帝放在眼里。虽然大燕帝国仍旧维持着形式上的统一，可内部却早已是四分五裂了，犹如一盘散沙。

战争的威胁暂时解除了，李光弼引咎辞职的申请也得到了李亨的批准，但李亨仍旧给足了李光弼面子，让他以开府仪同三司（从一品）、侍中（正三品）的身份出任河中节度使。

不久，李光弼又以太尉兼侍中出任河南副元帅，河南、淮南东、淮南西、山南西、荆南、江南西、浙江东、浙江西八道①都统，镇守淮南重镇泗州。如今，唐泗州城已沉陷于洪泽湖的波涛之下。

虽然李光弼从此淡出了安史之乱的主战场，可是他却并没有闲着，因为史朝义将主攻方向锁定在江淮地区，所以身染疾病的李光弼没有丝毫怨气，也不敢有丝毫懈怠，一刻也没有停下征战的步伐。

李光弼火速进入徐州驻防，紧接着命田神功在宋州②城下大败燕军，沉重打击了燕军的嚣张气焰。

浙东人袁晁在台州举起反叛大旗，短时间内便聚集了近二十万人马。李光弼迅速挥师南下，擒拿袁晁，平定浙东。

朝廷赐给李光弼一子三品官阶（相当于部长级），"赐铁券，名藏太庙，图形凌烟阁"。这可是朝廷给予臣子的最高荣誉。

---

① 《新唐书》记载为五道。

② 治所在今河南省商丘市睢阳区。

其实对李光弼和郭子仪这些战功卓著将领，李亨始终无法摆脱那种莫名而又痛苦的纠结：要用他们，更要防他们；希望他们建功立业，但又担心他们功高震主。这种内心的苦楚是外人根本无法体会的。

唐帝国和燕帝国进入了一段难得的平静期，只是偶尔爆发一些低烈度、小规模的局部战争，因为两个帝国的领导人都有着更加棘手的内部问题需要处理。

陆

雨来风满楼

父子暗战

血色残阳

狂风骤雨

父子暗战

洛阳的失守使得战场局势迅速急转直下，李隆基与李亨这对父子的关系也日趋恶化，玄宗两年半快乐的太上皇生涯也即将一去不复返。

从大唐的权力巅峰跌落下来的李隆基虽然有着挥之不去的苦楚，但是却并不寂寞。陈玄礼与高力士这两个老友一直陪伴在他的左右，玉真公主、如仙媛、内侍王承恩、魏悦以及梨园弟子也被李亨派来服侍父亲。

在刚刚过去的那段时光，李隆基与儿子李亨的关系总体上还算不错，李亨曾经向父亲进献丹药，喜悦之情溢于言表的李隆基还曾特地下诏，表彰儿子孝顺的行为。

对骊山华清宫情有独钟的李隆基巡幸骊山时，李亨曾亲自到灞上送别。李隆基回京时，李亨又亲自到灞上迎接，而且还亲自为他牵马。

拥有天下的时候，别人为他做任何事情，他都会觉得理所当然，因为他可以随意主宰任何人的命运。

失去天下的时候，别人为他做任何事情，他都会觉得异常温暖，因为他连自己的命运都掌握不了。

在他的一再劝阻下，李亨终于停下了脚步，放下手中紧握的缰绳。父子二人相视一笑。

这个温暖的画面在李隆基的心中定格为永远的记忆，两人融洽的关系从乾元二年（公元 759 年）开始悄然发生着转变。

从这一年开始，史书上基本上没有任何关于李隆基外出活动的记载，这可能与李隆基日益年老体衰有关，但也透露出一个更为重要的信息：李隆基的行动自由受到越来越多的限制，因为李亨对父亲的戒备心理也越来越重了。

由于兴庆宫濒临繁华的街道，喜欢热闹的李隆基经常登临兴庆宫长庆楼。他默默注视着长安的繁华景象，而他也成为别人眼中的风景。

"快看啊！那不是太上皇吗？没错，就是他！"

李隆基的每次现身都会引起人们的骚动，因为执政近五十年的李隆基的形象早已深深地镌刻在大唐百姓们的心中。

迅速聚拢过来的百姓们纷纷跪下叩头，高呼万岁的声音在大街上久久地回荡。李隆基没有想到已经退位的自己竟然还有如此之高的人气，于是急忙命人在楼下设置酒宴款待他们。

看到父亲拥有如此巨大的号召力与影响力，李亨的心中自然会感到有些不悦，但他也仅仅是将不悦深深地埋藏在心底，因为他觉得年事已高的父亲不过是找找乐子而已，并不会对自己的权力造成任何实质性威胁，但是接下来发生的事情却渐渐超越了李亨的忍耐极限。

剑南道进京奏事的官员途经兴庆宫时向玄宗跪拜。在李隆基最困难的时候，剑南的官员和百姓敞开怀抱热情地接纳了他，所以他对剑南始终有着一种特殊的情感。

"我代表剑南百姓来看望您来了，希望您保重身体！"

喜不自禁的李隆基点点头。对于一位行将就木的人来说，别人的惦念与挂牵会使得他的心头感到暖暖的，随即让玉真公主与如仙媛设宴款待这位远道而来的客人。

李隆基接待的客人从普通百姓升格为朝廷官员，这不仅引起李亨的不满，更引起了他的警觉。

可李隆基对此还全然不知，而一个人的出现更是使得本已紧张的父子关系雪上加霜。这个人就是羽林军大将军郭英乂，手握禁军兵权的高级将领。

李隆基在长庆楼与郭大将军宴饮，让他们始料未及的是他们的命运都会因为这次普通的饭局而改变。饭局重在"局"而不在"饭"，往往成为机关重重的角斗场，推杯换盏间刀光剑影，觥筹交错间江山易主。

李隆基到底想通过这顿饭布一个什么局？这是李亨最想知道的。人之所以会有挥之不去的烦恼，要么是将复杂的事情想简单了，要么是将简单的事情想复杂了。

对于李亨而言，他绝对不能把问题想简单了，因为政治本身就是复杂的。

羽林大将军郭英乂很快便被调离京城，外任陕州刺史、潼关防御使。

下一个目标就是李隆基了。

上元元年（公元 760 年）七月十九成为李隆基一生之中最为悲惨的一天，因为失去天下的他即将失去自由。这场政治风波被称为"西苑宫变"，这场彻底改变李隆基命运的宫变到底因何而起呢？一向以孝子形象示人的李亨为何突然间不顾舆论非议强行将父皇软禁起来呢？

《资治通鉴》对西苑宫变的过程是这样记述的：

李辅国对李亨说："如今太上皇居住的兴庆宫总是人头攒动，门庭若市。据有关方面探听到的消息，太上皇手下的那帮人想要图谋不轨。当年在灵武拥戴陛下登基的禁军将士们心中都感到很是不安，虽然奴才竭力向他们解释，但他们却根本就听不进去，奴才不敢不向陛下禀告啊！"

李亨痛哭流涕地说："父皇仁慈，怎么会做那种事呢？！"

李辅国又说："上皇固然不会做那种事，但在他周围的那些小人可就难说了！陛下应该为国家的前途着想，消除内乱于萌芽之时，怎么能够因遵从凡夫俗子之孝而误了国家大事呢？"

对于李辅国的话，李亨不为所动，但是李辅国却并未就此善罢甘休。

执掌兵权的李辅国带领禁军将士在李亨面前一边哭号一边叩头，请求将李隆基移居到太极宫。太极宫可不像兴庆宫那样建在长安闹市区，一旦移居那里也就意味着彻底切断了李隆基与外面世界的联系。虽然李辅国企图利用"兵谏"的方式向李亨施压，但李亨最终却依旧不为所动，胆大妄为的李辅国决定擅自行事了。

兴庆宫内欢乐祥和的气氛随着一个宦官的到来戛然而止。这个宦官高声道："圣上传下口谕，让奴才迎接太上皇前往太极宫游玩。请太上皇起驾吧！"

高力士挽扶着迟暮的李隆基上马，将熟悉的兴庆宫渐渐地抛到了身后。从李隆基十七岁获准在兴庆坊修建宅第算起，这座宫殿见证了他将近六十年的风雨历程，因此李隆基对于兴庆宫始终有着一种难以割舍的情结，可让他始料未及的是他这次离去便再也没有回来。

李隆基一行人抵达睿武门时，意外却突然发生了。李辅国率领五百殿前射生手突然出现在他们的面前，硬生生拦住了他们的去路，他们手中的腰刀闪烁着阴森可怖的寒光。李辅国厉声说："由于兴庆宫狭小，圣上下旨请太上皇迁居太极宫。"

面对这突如其来的变故，惊恐不已的李隆基差一点从马背上坠落下来。不过高力士却是出奇的冷静，随即高声还击道："尔等怎敢如此无礼？赶紧下马！"

也许是迫于叱咤风云五十年的李隆基的政治影响，也许是慑于昔日主子高力士残存的一丝余威，李辅国手中的马鞭竟然掉落到地上，足见他狂妄的外表之下其实隐藏着一颗脆弱的心。为了掩饰这个情绪失常的动作，李辅国骂道："你这个老头怎么这么不懂事！"

高力士却并没有理睬他，而是对禁军将士高声说："太上皇问各位将士安好！"

当了四十四年天子的李隆基毕竟残留着些许威严。李辅国身后的将士们急忙收起刀枪，拜了两拜，高呼万岁。

表情极为尴尬的李辅国也只得乖乖地下马。

高力士责令李辅国与自己一起拉着李隆基坐骑的缰绳，护卫着太上皇李隆基前往冷清的太极宫。

高力士虽为李隆基赢得了最后一丝尊严，却也无法改变李隆基最终的命运。抵达太极宫之后，李辅国领着禁军将士们离开了，仅留下数十名老弱病残的卫兵负责太上皇的安全。太极宫甘露殿成为李隆基最后生活的地方，从迁居甘露殿的第一天起，李隆基的生命也就随之进入了倒计时。

李隆基拉着高力士的手，心有余悸地说："如果今天没有你，朕恐怕就成了刀下之鬼了。"

当天，李辅国带领禁军将领身着白衣前去向李亨请罪。面对诸位将领，李亨只得无可奈何地慰劳说："上皇居住在兴庆宫还是太极宫，又有什么区别呢？你们也是为了国家安定，何罪之有啊？"

以《资治通鉴》为代表的正史几乎都将李辅国认定为这起事件的罪魁祸首，李亨只是被动地接受了父皇迁居太极宫的事实。如果真是这样，李亨为什么在此后很长的一段时间内都没有去看过父皇，而且当颜真卿率先上表问上皇起居的时候，居然立刻就被贬到千里之外的蓬州①。

从古至今，皇帝一直都有两个替罪羊，一个是女人，因为红颜是祸水；另一个就是宦官，因为阉宦误国！

此后不久，西苑宫变的重要知情人高力士被流放巫州②。在此期间，他曾将自己经历过的很多事告诉了郭湜，郭湜根据高力士的口述内容整理成了《高力士外传》。这本书对西苑宫变的记载却是这样的：

兴庆宫原本有三百匹马，李辅国"矫诏"将那些马皆调走了，仅仅留下了十匹。

李隆基神情黯然地对高力士说："我儿听信李辅国谗言，恐怕不能自始至终地对我尽孝了。"

此时的李隆基已经预感到了什么，但他却仍旧不遗余力地想要挽回局

---

① 治所在今四川省南充市仪陇县。

② 治所在今湖南省洪江市。

面，于是迈着蹒跚的步子前往大明宫，想要找儿子李亨好好聊一聊。

李亨却以身体不适为由拒绝与李隆基见面，不过他还是安排手下宦官留父皇在大明宫吃饭。

吃完饭，李隆基有些失望地准备返回兴庆宫，可行至夹城的时候，却忽然听到一阵急促的马蹄声。

李辅国带领数百名铁骑气势汹汹地冲了过来。

高力士见状急忙跳下马，大声喊道："尔等好大胆子，居然胆敢惊扰御驾！"

李辅国与高力士争抢李隆基所骑的那匹御马的缰绳，因为谁掌握了缰绳谁就可以掌控李隆基的命运！

李辅国未能将缰绳夺到手，随即恼羞成怒道："你这个老头，怎会如此不懂事，还不赶紧退下！"

李辅国一怒之下竟然斩杀了高力士身边的一个随从，面对这赤裸裸的恐吓，老迈的高力士却依旧毫不退让，仍旧死死地攥着手中的缰绳。

李辅国见此情形也是无可奈何，虽然如今权势熏天，却也不敢将事情做得太过。

在李辅国等人的注视之下，高力士牵着李隆基的御马缓缓地向前走去，不过却并不是返回熟悉的兴庆宫，而是识趣地前往陌生的太极宫，因为那里是李辅国想让他们去的地方！

《高力士外传》的记载无疑更为血腥恐怖，或许也更为真实。

如果不是高力士面对生死考验毫不畏惧、据理力争，李辅国还不知会做出什么对李隆基不利之事，而此事就发生在李隆基求见李亨未果返回兴庆宫的途中，李亨很难说自己对此毫不知情。

其实整起事件原本就是一个精心策划的阴谋，调走马匹是前奏，避而不见是铺垫，半路劫持才是最终的目的。

李隆基的生活随着居住地的改变而发生了翻天覆地的变化。他的身边人无一例外都遭到了残酷的大清洗。

高力士被流放巫州[①]，陈玄礼被勒令退休，另外两个亲信宦官王承恩和魏悦分别被流放播州[②]和溱州[③]。亲妹妹玉真公主也不准再进宫了，仅仅过了两三年，郁郁寡欢的玉真公主便与世长辞了。

负责大殿保洁的是一百多名新宫女，李亨还让自己的两个妹妹万安公主和咸宜公主负责父亲的日常起居。

那些熟悉的面孔如今全都消失不见了，闷闷不乐的李隆基从此变得沉默寡言。他无法理解儿子为什么不能让自己平静地走完人生最后的这段岁月，难道权力真的可以让人变得如此冷酷无情吗？

李隆基不停地在想：既然他们都走了，我是不是也该走了？

---

① 治所在今湖南省怀化市洪江。
② 治所在今贵州省遵义市。
③ 治所在今重庆市綦江区。

血色残阳

上元二年（公元 761 年）端午节，隐士李唐觐见李亨时发觉他正抱着可爱的小女儿。李亨很快便意识到自己的行为有些不妥，急忙解释："先生不要见怪！"

李唐趁机规劝道："太上皇对陛下的思念如同陛下对公主的顾念。"

李亨闻听此言不禁泪流满面。虽然他在对待自己年迈的父亲时往往会表现出异乎寻常的冷酷和无情，但无论如何血浓于水的深情毕竟仍旧藏在心头，只是埋藏得太深。

李唐的这一席话无疑触动到了李亨内心深处最柔软的情感，但此时的李亨却感到有些左右为难，一边是自己日渐迟暮的亲生父亲，一边是手握禁军兵权并且势力日益煊赫的宦官李辅国和曾经跟他同甘苦共患难如今却利欲熏心的老婆张皇后。

李亨感到前所未有的彷徨与无奈，不过最终却没能迈出前往太极官探视父亲的关键一步。

上元二年（公元 761 年）八月初一，肃宗任命开府仪同三司李辅国为兵部尚书。李辅国风风光光地赶赴尚书省上任，宰相和朝臣全都前去祝贺。面对着卑躬屈膝的朝臣们，李辅国也彻底陶醉在权力的诱惑之中，不过他却并不满足，提出了一个更加大胆的要求：当宰相！

此前只有秦朝的大宦官赵高担任过宰相，而这却成为秦朝覆亡的征兆。

李亨无奈地说："以你的功劳，什么官不可以当呢？朕担心的是大臣们会有所异议。"

"好！我倒要看看谁敢不同意！"李辅国带着不满和愤恨走了。

　　李亨很快便得到一个让他惶恐不安的消息：他亲手扶上相位的裴冕等人竟然密谋推荐李辅国出任宰相。一旦群臣推荐的奏章递到他面前的时候，他便再也没有了回旋的余地，而日益嚣张跋扈的李辅国一旦如愿成为宰相，肯定更不把他这个皇帝放在眼里。

　　绝对不能让李辅国得逞，可是李亨唯一可以依靠的也只有宰相萧华，于是宰相萧华决定向裴冕探听虚实。

　　"根本就没有那回事！头可断，血可流，臣子气节不能丢！"

　　萧华紧紧地拉住裴冕的手，构成了一道阻止李辅国阴谋得逞的钢铁防线。李辅国也自然对两人恨之入骨。

　　公元 761 年十一月十七是冬至日，也是一年之中黑夜时间最长的一天。幽闭在太极宫之中的李隆基对所剩无几的日子充满了悲观。

　　次日，李亨终于迈出了关键性的一步，前往太极宫拜见父皇。这是西苑宫变之后两人的首次会面，可究竟谈了些什么却因缺乏相关的历史记载不得而知。

　　就在与父亲李隆基见面之前，李亨居然做出了一系列颇为反常的举动。他竟然毫无征兆地去掉了自己的"乾元大圣光天文武孝感"的尊号，同时取消了"上元"年号，只是称元年，抛弃了长久以来的"年号纪年"，居然恢复了周朝的"王号纪年"。王号纪年就是以帝王作为纪年的标示，比如周宣王元年、二年。自从汉武帝创建年号纪年之后，中国历代王朝几乎都在沿用，而且为了进行政治宣传无不在年号的选择上费尽了心思。

　　李亨却出人意料地打破了这一政治常态。汉代以来，舍弃年号而采用王号纪年虽然也曾出现过，不过却极为罕见。

　　十六国时期，鲜卑慕容氏先后建立的前燕、后燕、南燕就没有用年号；南北朝时期的西魏后期和北周前期也没有用年号，但这些特例都发生在群雄逐鹿、天下未定之时，而且都是偏安一隅的割据政权，并且在当时的政治版图上往往都属于弱势的一方。

李亨不仅舍弃了年号，还将历法也一并给改了，以建子月（十一月）为一年的开始。天文历法对古人而言有着不可替代的特殊的文化意义和信仰意义。

七十二年前，他的曾祖母武则天就曾这么做过，但她这么做的目的是篡夺李唐天命。唐朝的正朔是"夏正建寅，殷正建丑"，就是以今天的阴历一月和十二月为一年的首尾。武则天却打着尊崇周礼的幌子，彻底打破了唐朝正朔，采用"周正建子"，也就是以阴历十一月为正。就在改历的次年，武则天正式登基称帝，建立"武周"。

李亨居然也这么做，让人感到有些匪夷所思。

李亨在《去"上元"年号大赦文》中说："自乾元元年已前，开元已来，应反逆连累，赦虑度限所未该及者，并宜释放。有官者降资与官，无官者依本色例收叙。"这无疑意味着包括杨国忠和李林甫的亲属下属在内的一大批受到牵连的人都将得以赦免，而且朝廷还会降级授予他们官职。

终日提心吊胆的杨家人也彻底走出了马嵬之变的阴影，标志性事件就是万春公主下嫁杨贵妃的堂哥杨锜。杨锜原来的老婆是李隆基的另外一个女儿太华公主，不过在天宝年间就死了。万春公主原本也有老公，就是杨国忠的次子杨昢，因此她也算是杨锜的侄媳妇，但她的丈夫杨昢却被叛军俘获后杀害了，万春公主年纪轻轻就开始守寡，这两个丧偶之人最终走到了一起。公主的婚配问题可是事关政治风向的大事，因此这桩婚事说明李亨对杨家人的态度有了很大的转变。

李亨之所以表现得如此反常，原因主要有三个：

第一，政治内忧外患。李亨当初突然改元"上元"是因为在乾元年间战争形势彻底逆转，他希望通过改元来换换运气，但改元后战场形势却并没有实质性改观。不仅结束战争变得遥遥无期，朝廷内部的争斗也变得越来越尖锐。宦官李辅国越来越飞扬跋扈，张皇后也越来越贪得无厌，两人的明争暗斗逐渐升级，为此而焦头烂额的李亨感到心力交瘁。

　　第二，天象再现异端。七月份的时候发生了日全食。"秋七月癸未朔，日有蚀之，既。大星皆见。"①相信"天人合一"的唐人认为这是上天在示警，李亨为此感到了深深的不安。

　　第三，健康每况愈下。李亨的身体早已亮起了红灯，但他却一直硬撑着，感到越来越力不从心了。"鸟之将死，其鸣也哀；人之将死，其言也善。"李亨开始认真地反思自己走过的路，当然更希望通过自己的改变重新得到上天的眷顾。

　　李亨与李隆基这对父子见面的时候，恐怕都想不到两人的生命仅仅剩下五个月的时间了。在这场父子暗战中，李隆基和李亨无疑都不是赢家。

　　李亨一生之中最得意的事情恐怕要数他在那场惨烈的太子争夺战中有些出人意料地胜出，可事到如今他才明白，如果一个人拥有了意想不到的收获，也许当喜悦还未散去的时候，意料之外的痛苦便会接踵而至。

　　公元762年是决定大唐未来走向的重要一年，可是作为大唐最高统治者的李亨却从仲春以来便一直卧病不起。

　　比疾病的困扰更让他感到忧虑的事情却发生了，兵变似乎就像瘟疫一样在帝国上下迅速蔓延着。

　　河东节度使王思礼在任期间储备了大量物资，除了供养手下的军队之外，还留有大量盈余，仅仅府库中的粮米就多达一百万斛。心系天下的王思礼上奏朝廷想将其中的五十万斛进献给财政拮据的朝廷。

　　对于物资匮乏的朝廷而言，这可是雪中送炭之举，但王思礼却没有来得及完成这个未了的心愿就与世长辞了。

　　李亨特意辍朝一日，来纪念这位为平定安史之乱立下赫赫战功的名将。

---

　　① （后晋）刘昫等撰：《旧唐书·卷十·肃宗本纪》，《二十四史全译》，汉语大辞典出版社2004年版，第213页。

那个曾经因目无君长而受到弹劾的大将管崇嗣接任河东节度使。虽然管崇嗣曾经对新皇帝很是傲慢，但对士卒却很宽容。自从安史之乱以来，有太多的将领在兵变中丧生，他自然不愿成为下一个。

"公生明，廉生威"，可是管崇嗣却抱着"有权不使过期作废"的思想，想着趁机多捞点油水，为日后的生活奠定一个殷实的经济基础。

河东镇从将领到士兵都没有心思作战，而是将贪婪的目光投向了令人垂涎的府库。

仅仅数月间，府库中原有的一百万斛粮米竟然离奇地消失了，只留下一万多斛陈腐烂米。

李亨听说此事后不禁恼羞成怒，当即撤换了对部属太过纵容的管崇嗣，让政治坚定并且原则性强的邓景山去接替他。

文官出身的邓景山以"文吏见称"，长期在司法部门和监察部门工作，从大理评事一直做到监察御史，后来因为机缘巧合成为镇守一方的节度使，可是他却并没有完全顿悟领兵之道。

邓景山到任后命人查对府库内所有出入库账目，河东将士们的贪污罪行逐渐浮出水面。

一个副将因贪污数额特别巨大而被判处死刑。将领们纷纷为其求情，可是邓景山都拒绝了。副将的弟弟请求代替哥哥去死，邓景山又拒绝了。有人提出用一匹宝马来赎这个副将的死罪，邓景山竟然莫名其妙地同意了。

难道我们的命还不如一匹马吗？这是什么统帅？反了！反了！

宝应元年（公元762年）二月初三，邓景山死于乱军之中。

为了尽快平息事态，李亨不仅对发动叛乱的将士不予追究，而且还斥责邓景山驾驭部下失当。朝廷的使者来到河东出面安抚：只要你们改邪归正，朝廷一概既往不咎。

在河东诸位将领的推举下，河东都知兵马使、代州刺史辛云京出任河东节度使，可太原兵变却传染到了同属河东道的绛州。这里可是大唐主力朔方军的驻地。

绛州一向没有什么粮食储备，而且连续遭遇干旱，唐军将士们的粮食供应严重不足。此时接替李光弼出任朔方节度使的是文官出身的李国贞，这充分暴露出李亨对朔方军的猜忌和防范。

鉴于朔方军在大唐军队中的独特地位，前两任节度使郭子仪和李光弼都曾任天下兵马副元帅，而李国贞的资历和威望显然与两人相去甚远，只是担任朔方等诸道行营都统，仍旧可以指挥行营内的各镇兵马。

李国贞三番五次地上奏朝廷，却迟迟没能得到朝廷的答复。其实并非是朝廷不作为，而是因为捉襟见肘的朝廷此时也无能为力。

将士们心中的怒火不断累积着，而真正引爆这个火药桶的是朔方将领王元振。

"弟兄们，都听着，上峰有令，全都去修缮李都统的府邸。你们赶紧准备簸箕铁锹，在门口待命！"王元振大声地命令着，正如他所料，士兵们心中的怒火终于被彻底点燃了。

"朔方健儿难道是修理住宅的民夫吗？"

"难道你们想违抗李都统的命令吗？这可是造反！"王元振在熊熊燃烧的怒火上泼上了油。

"造反就造反！"

"好，有种！跟我来！"

二月十五，王元振率领愤怒的士卒们烧毁牙城门。走投无路的李国贞仓皇地逃进监狱，但最终还是被王元振抓到了。

王元振将士兵们平时吃的食物摆在李国贞面前，斥责道："你让我们吃这些东西，还让我们为你修理住宅，你还有良心吗？"

"修理府邸实乃子虚乌有之事！至于军粮的事情，我曾经屡次奏报，但一直都没能得到朝廷的答复，诸位对这些都是知道的！"李国贞的苦苦哀求为他赢得了叛乱将士的同情。

"既然这样了，咱们就散了吧！"士卒们纷纷表示要散去。

"等等！如果今天都统不死，那么死的便会是咱们！"王元振随即拔刀杀死了李国贞，因为他知道从叛乱的那一刻起便再也没有了回头路。

叛乱的烽火迅速燃及驻扎在翼城①的安西、北庭行营的士卒们。安西、北庭行营的士卒们也发动叛乱，杀掉了节度使荔非元礼，拥立白孝德为节度使。对此，朝廷只得无奈地接受了。

一切为了稳定，一切为了和谐。

大唐的精锐部队全都聚集在河东道。河东道的持续动乱不仅会使平定叛乱成为泡影，而且一旦三地的叛乱聚合在一起，必然会将整个大唐帝国拖进万劫不复的深渊。

怎么办？为此一筹莫展的李亨不得不重新起用赋闲已久的郭子仪，或许只有他才能够震慑住那些日渐骄横的将领们。

李亨随即封郭子仪为汾阳王，朔方、河中、北庭、潞泽节度行营兼兴平军、定国军副元帅，还紧急从京师调拨四万匹绢、五万匹布、六万石米供给驻扎在绛州的军队。

朝臣们已经很久没有见到病重的李亨了，关于大唐皇帝早已故去的种种传闻一时间甚嚣尘上。

三月十一，即将动身前往河东赴任的郭子仪提出了唯一一个要求，那就是和久未露面的李亨见上一面。他动情地说："老臣受命，生死未卜，不见陛下，死不瞑目！"

历经太多太多政治风雨的郭子仪对严峻的局势流露出深深的忧虑，时刻牵挂着久未露面的李亨的安危。

经过一番波折，郭子仪终于如愿见到了朝思暮想的李亨。此时的李亨

---

① 治所在今山西省临汾市翼城县。

已经被疾病折磨得异常消瘦和羸弱，更让他感到忧心忡忡的是内忧外患的局势。

李亨用极为虚弱的语气说："河东之事全都托付给爱卿了！"

"请陛下放心！"郭子仪将坚定的目光投向了东方。

对于郭子仪的回归，王元振不仅没有感到一丝忧虑，反而满心窃喜，如果不是因为他，郭子仪或许这辈子都会闲居在家中。

怒视着自持有功的王元振，郭子仪斥责道："你擅杀主将，犯上作乱。如今正值两军对峙的关键时刻，如果叛贼闻讯乘机来攻，那么绛州定然不保，你不要妄想我会感念你的私恩！"

五月初二，王元振和他的同谋四十余人被郭子仪推上了断头台。郭子仪是想借此传递一个强烈的信号：兵变不仅不能为你带来预期的回报，反而会招来杀身之祸。因为旷日持久的战争而变得日益骄横的将士们需要被狠狠地震慑一下了。

一向宽容治军的郭子仪在这个问题上却表现得很坚决，也很严厉。

郭子仪的行为也影响了很多人。河东节度使辛云京随即也严惩了杀害邓景山的凶手。

河东地区的局势日渐缓和下来，可是朝廷内的斗争却日趋白热化。

狂风骤雨

公元 762 年四月初五，孤寂迟暮的太上皇李隆基在太极宫神龙殿走完了长达七十八年的漫漫人生路。李隆基给唐帝国带来的印迹实在是太深了，以至于他的去世使得举国上下为之哀悼。

四百多名少数民族官员甚至用划破面孔、割掉耳朵的独特风俗来缅怀这位具有传奇色彩的皇帝。

文武大臣们纷纷前往太极宫悼念李隆基，可李亨却因疾病缠身而没有力气再送父亲最后一程了，只得在内殿为父亲的离世而举哀。

如果父亲早些年离去，或许他更多的是庆幸，而如今更多的却是悲凉，因为他预感到自己的时日恐怕也不多了。

虽然"一日三省吾身"经常挂在嘴上，可是一个人如果不是真正到了身陷绝境或者身患绝症的时候可能是不会真正自省的。卧床不起的李亨开始回顾自己不长不短，却又惊心动魄的人生历程。

当藩王的那段日子无疑是他最为快乐的时光，那时无忧无虑的他过着平静而又惬意的日子，可是这一切都随着他被册立为太子而彻底改变了。

太子之位在带给他无上荣耀的同时，也带给他无穷的烦恼和无限的惶恐。

父亲的强势使得李亨一直生活在阴影之中。虽然一个巨人可以给无数人带来光明，可是他身边的人却不得不生活在他的阴影之下，自卑的种子也会在这些人的心中生根发芽。李亨遇事患得患失、优柔寡断、犹豫不决，他和父亲最大的差距在于缺乏干事的魄力，因为他的内心远远没有父亲的那么强大。

父亲的猜忌使得李亨一直生活在不安之中。李亨说的某句话，做的某件事，一旦触动了父亲内心最敏感的那根神经，就会坠入万劫不复的深渊之中。一个多疑的亲人比仇人更可怕，因为仇人只有在狭路时才相逢，而亲人却是朝夕相处。

李林甫和杨国忠正是利用李隆基对李亨的猜忌而肆无忌惮地对他进行打压和迫害。为了生存，他爱演戏，爱作秀，只要能够博得父亲的欢心，他什么都肯做。他特狠心，特冷酷，只要能够消除父亲的猜忌，他也什么都肯做。这些不过是生存的小伎俩和小聪明，而治国却需要大智慧和大手笔。

父亲的长寿更是使李亨一直生活在焦虑之中。虽然父皇万寿无疆时常挂在嘴边，可是李亨也深知只要父亲还活着，他恐怕将永无出头之日。李亨利用天下大乱的机会提前登基称帝，可是他接手的却是个千疮百孔的烂摊子。当太子面临着生存压力，可是当了皇帝却不得不面对着更大的生存压力。

父亲留给李亨的政治遗产使得他在短时间内便积蓄起令人不容小觑的力量，但生逢乱世的李亨体尝到的艰辛丝毫不亚于唐朝开国皇帝李渊。

李亨收复了长安，可是长安却险些失守；收复了洛阳，可是洛阳却再度失守。邺城之战的失利更是使得他武力统一全国的雄心壮志顷刻间灰飞烟灭。

更让李亨感到忧虑的是手握禁军指挥权的李辅国渐渐失控了。虽然李辅国对拦路人萧华恨之入骨，但狡猾的李辅国自然知道萧华不过是李亨的代言人罢了。

李辅国三番五次地诋毁宰相萧华专权误国，话语中充斥着恐吓与恫吓。李亨最终屈服了，因为他担心狗急跳墙的李辅国会做出什么过激之事。

萧华最终还是被罢免了，因为皇帝也保不住他。

李辅国推荐的元载成为新任宰相。元载之所以能够脱颖而出主要得益于裙带关系，因为李辅国的老婆是元载同族兄弟的女儿。

唐代宦官结婚可不是什么新鲜事。稍微有些积蓄的宦官就会像常人那样拥有三妻四妾，其中不乏年轻貌美者。作为宦官的老婆不仅要忍受独守空房的苦楚，有时还要承受常人难以想象的苦楚。包括李辅国在内的许多宦官因生理残缺导致性格障碍和心理扭曲，还经常会做出一些变态的举动。

没能当上宰相的李辅国利用元载这个棋子掌控了整个宰相机构。

其实幼年丧父的元载曾经也是一个有能力、有理想、有抱负、有追求的"四有"青年。理想与野心、愿望与欲望犹如两对长相相似但性格迥异的双胞胎。政治理想与政治野心的实现都是围绕着权力的争夺，但理想是将自己的追求与国家强盛和社会进步紧密联系在一起，而野心则是将自己的欲望凌驾于一切之上。愿望和欲望都是对自身利益的追求，但愿望是理性的正当追求，而欲望则是感性的疯狂追求。

在理想的指引之下，元载向着位极人臣的目标不断攀登着。紧抓机遇的敏锐与横溢逼人的才华使得他少年得志，声名远播。在野心的驱使之下，元载在深不可测的宦海之中渐渐迷失了自己。

四月十五，病情越来越重的李亨改年号为宝应。如果没有遇到重大事件，一般只在万象更新的正月初一才更改年号，这次莫名其妙的改元似乎预示着大唐帝国已经"山雨欲来风满楼"了。

已经无力控制政局的李亨下令太子监国。这无疑使隐含的矛盾迅速尖锐化。各种政治势力抓紧为在日后的政治格局中能够占据有利地位而奔波忙碌着，明争暗斗着。

张皇后一直希望自己的儿子能够在丈夫百年之后成为大唐的新皇帝。正当她为此而处心积虑地谋划时，上天却跟她开了一个大大的玩笑。她的长子兴王李佋在两年前突然病逝了，而年幼的次子李侗根本就没有问鼎皇位的资格和能力。张皇后的政治梦想也就此彻底破灭了，可是她却并不甘心。

权力的争夺已经使得张皇后和李辅国这对曾经相互勾结的狼和狈之间的裂痕越来越深，最终竟然到了势同水火的程度。

他们两个人就像走上角斗场的对手。谁也不肯轻易出招，因为过早暴露自己的意图往往会陷入被动；但谁都时刻准备接招，因为一旦措手不及便再也没有反击的机会了！

张皇后利用太子探视父皇的机会，对他说："李辅国作恶多端，罪不可赦。李辅国趁皇上病重之际暗中图谋作乱。我们不能坐以待毙啊！"

弟弟建宁王惨死的阴影始终萦绕在李豫的心头，所以他绝对不敢轻信这个阴险狡诈的女人，担心这又是一个圈套。

太子李豫哭着说："如今父皇病情危急。李辅国与程元振都是陛下的功勋旧臣。一旦擅自杀掉他们，必然会惊扰陛下，父皇恐怕承受不了这样的变故。"

张皇后的心中充满了失落。她长叹一声，说："既然如此，太子暂且回去，此事从长计议吧！"

望着太子李豫离去的背影，张皇后的脸上露出了狰狞的面目。在她的心中，不是她的战友就是她的敌人。

张皇后紧急召见越王李系，说："太子仁慈软弱，不能杀掉贼臣，你能够办这件事吗？"

血气方刚的李系随即便答应了，因为他和李豫不一样。对于李豫而言，皇位可以等来；对于他而言，皇位是绝对等不来的，只有夺来。

李系开始动手了。他让内谒者监段恒俊精心挑选了二百多名身强体壮的宦官，发给他们铠甲和兵器，暗中埋伏在长生殿附近。

这一切自然瞒不过李辅国和程元振，因为宫中到处都是他们两人的耳目。

四月十六，太子李豫急匆匆地赶往父亲的寝宫，因为病重的父皇要见他。程元振却率兵在陵霄门附近焦急地等待着他的到来，因为谁控制了太子谁就掌握了未来的政局。

"殿下万万不能去。这是一个阴谋！"程元振近乎歇斯底里地喊道。

"父皇病重召见我，我难道就因为怕死而不去吗？"虽然李豫执意要进宫，但是他的心中却充满了矛盾，没有及时入宫而错过见父皇最后一面可是大不孝。

"社稷事大，太子万万不可入宫！你个人的安危可以置之度外，但社稷之安危却不可不考虑！"

程元振的话无疑为李豫找到了一个光鲜亮丽的台阶下，他可以顺着这个台阶堂而皇之地远离危险。程元振派人护送着李豫前往飞龙厩，因为那里有着全副武装的飞龙兵。

当天夜里，一场血腥的政治杀戮便开始了！

李辅国、程元振率领禁军明目张胆地入宫逮捕越王李系及其党羽，下一个目标就是张皇后。惊慌失措的张皇后瑟瑟发抖地守在肃宗李亨的身边。她寄希望于卧床不起的丈夫能够凭借仅剩的一丝皇帝余威挽救自己的性命，但那只是个奢望。

李辅国率领禁军包围了李亨的寝宫长生殿。巨大的喧哗声将时而清醒、时而昏迷的李亨从昏迷中惊醒，病入膏肓的李亨用尽最后一丝力气睁开紧闭的双眼。

李辅国大步流星地走进长生殿，象征性地向李亨拜了拜。

"奉监国太子之命请太后迁居别殿！"李辅国抛下这句冰冷的话语后便想将惊魂未定的张皇后强行拉走。

张皇后哀号着，挣扎着。她知道一旦脱离了丈夫的视线便意味着死亡，可此刻的李亨却对这突如其来的一切感到无可奈何、束手无策。

在这个充满血腥的夜晚，阴森的皇宫内陷入一片混乱。惊恐不安的宦官和宫女们纷纷逃散。

四月十八日，惊吓过度的李亨在惶恐不安中闭上了双眼，他只比他的父亲多活了十三天。被权力欲搞得心灵扭曲的张皇后最终也成为权力的牺牲品。

李辅国领着身着素服的太子李豫前往九仙门与宰相们相见。李豫战战兢兢地登上了皇位，时刻感受到来自李辅国的威胁。

李辅国依仗拥立之功日益骄横，甚至对李豫说："大家①但居禁中，外事听老奴处分。"在狂妄的李辅国的眼中，李豫不过是他手中的一个政治傀儡。李辅国有着狂妄的资本，因为皇位是他帮李豫夺来的。

李豫唯一能做的就是用高官厚禄来笼络他，任命他为司空兼中书令。李辅国成为中国历史上继赵高之后第二个出任宰相的宦官，他已经完全超越了昔日的高力士。

高力士的官阶不过才从一品，而李辅国凭借司空之职跻身正一品官员的行列，更为重要的是他做到了高力士想都未必敢想的事情——出任宰相。

---

① 唐代宦官对皇帝的称呼不是陛下也不是圣上而是大家。

柒

北定中原日

攻与守，险恶环境中的激烈对决

隐与忍，山河日下时的一声叹息

得与失，捷报频传后的战争迷局

攻与守，险恶环境中的激烈对决

在刚刚即位的那段日子里，李豫并没有将关注的目光投向燕军占领的河南与河北地区，而是警觉地注视着权势煊赫的李辅国的一举一动。

李豫是一个特别能忍的皇帝，对李辅国采取"捧杀战略"，尊称李辅国为"尚父"。一个皇帝居然尊奉一个宦官为"尚父"，这需要何等的度量和胸怀。

无论事情大小，李豫都会征求李辅国的意见。文武大臣进出皇宫必须先去参拜李辅国。

到达权力巅峰的李辅国感觉有些飘飘然，他不会想到在繁花似锦的局面下其实杀机四伏，貌似懦弱的李豫并不是不出手，而是不急于出手。他一直都没有闲着，而是等待着一招毙敌的机会。

机会很快便来了。在权力的诱惑下，李辅国阵营出现了裂痕。李辅国曾经的小弟程元振对李辅国越来越不满。程元振是一个不甘于平庸的宦官，也是一个不甘于寂寞的宦官。

程元振早在李亨执政时便担任内射生使这样重要的职务，内射生使掌握着一支百步穿杨的神射手部队。李豫决定用程元振来取代李辅国，以宦官来制衡宦官。

公元762年六月，一封诏书在朝廷上下激起千层浪。李豫免去李辅国兼任的元帅府行军司马、兵部尚书以及相关的使职，以左武卫大将军彭体盈取代李辅国担任闲厩、嫩牧、苑内、营田、五坊等使，以右武卫大将军药子昂取代李辅国担任元帅行军司马，可药子昂却不敢当这个官。

这个官，你不敢当，我敢当！早就跃跃欲试的程元振随即接任了元帅行军司马。

李豫诏令李辅国迁出皇宫，到外面的宅第居住，正直的官员们得知此事后无不拍手庆贺。惶恐不安的李辅国意识到危险已经悄然来临了，于是急忙上表请求退位。

六月十三，李豫自然是好言宽慰一番，可是仍旧顺势罢免了李辅国兼任的中书令职务。仅仅持续了一个月的宰相生涯无奈地落幕了。

李豫的高明之处在于保留其虚职，革去实职；保留其高品阶官职，免去低品阶官职。李辅国担任的一系列职务中品级最高的司空（正一品）和尊崇无比的"尚父"名号都得以保留。

为了对他有所补偿，李豫特意赐予李辅国博陆郡王的爵位，允许其在初一、十五上朝朝见天子，可以世袭的爵位无疑比任期制的官职更能使自己的子孙长久地受益，不过李辅国限于身体缺陷无法享受到这个待遇。

然而，在无限荣耀的背后却隐藏着无限杀机。权力是命运的主宰，掌握权力不仅可以掌握自己的命运，也可以主宰别人的命运。失去权力的李辅国只得无奈地眼睁睁地看着命运的主宰权拱手易主。

获得爵位的李辅国按照惯例应该写谢表。他来到曾经熟悉的中书省，他曾经是这里的长官，如今他却被昔日的下属们无情地挡在了门外。既然您已经不是宰相，那就不适合再来这里了。

曾经不可一世的李辅国只得无奈地离去，留下的只是孤独而又苍凉的背影。

觐见李豫时，李辅国哽咽着说："恐怕老奴没有机会再侍候郎君了，就让老奴到九泉之下去侍候先帝吧！"

虽然李豫恨不得当时就让他梦想成真，但善于韬光养晦的李豫却始终藏而不露。好演员未必是好领导，而好领导一定是好演员。李豫好言安慰一番，传递给他一个强烈的信号：爱卿真的多虑了！

虽然李豫表面上若无其事，可他却不敢有丝毫的松懈。李辅国的眼泪并没有使得李豫收手，因为政治从来就不相信眼泪。

一向与李辅国过从甚密的秘书监韩颖和中书舍人刘烜全都被流放岭南，不久便被赐死。这对于李辅国来说是一个极其危险的信号。

其实李豫也一直陷入巨大的惶恐之中。李辅国一直以再造社稷的功臣形象示人，如今大张旗鼓地将其铲除很可能会引起巨大的负面效应，所以李豫决定悄无声息地干。

十月十七夜里，在夜色的掩映下，一个神秘的刺客暗中潜入李辅国的宅第。曾经叱咤风云的李辅国就在这个夜晚无声地踏上了黄泉路，甚至没有留下一句遗言。

刺客砍下李辅国的头颅扔到厕所粪坑中，这位飞扬跋扈的太监真的遗臭万年了！刺客还特意将李辅国的一只胳膊放到泰陵，告慰李隆基的在天之灵。

这起震惊朝野的刺杀案发生后，欣喜不已的李豫仍旧装模作样地敕令有关部门捕捉刺客。

这个蒙着神秘面纱的刺客最终并没有被找到。直到若干年以后，在梓州刺史杜济麾下担任牙门将的一个武官自称是当年那个刺杀李辅国的孤胆英雄。

李豫派遣中使慰问李辅国的家属，还特意命人为李辅国雕刻了一个木脑袋，然后追赠李辅国为太傅。

李辅国这个"五郎"无奈地离去了，可是程元振这个"十郎"却来了。

虽然程元振与李辅国一样阴险狡诈，可他却不像李辅国那样飞扬跋扈，虽然他与李辅国一样专权误国，可是他却不像李辅国那样目中无人。李豫对李辅国充满了仇恨和畏惧，可他对程元振却充满了感激和谢意。

如果不是程元振当初在宫门口拦住他，李豫恐怕早就成了刀下之鬼；如果不是程元振全力拥护他登基，政局可能会发生不可预测的动荡。但李豫注定要为宠信程元振付出惨重的代价，因为程元振对于大唐而言是一个十足的煞星。

宝应元年（公元 762 年）八月二十三，老将郭子仪入朝。老辣的郭子仪敏锐地觉察到新皇帝李豫对自己的猜忌，主动上表请求解除军职，他第二次离开了自己心爱的军队。如果不是大唐后来再次被推到灭亡的边缘，恐怕郭子仪再也不会有复出之日。

此时的郭子仪感到京城内危机四伏，尤其是那个阴阳怪气的程元振仿佛是一个让人捉摸不定并且阴森可怖的幽灵。

郭子仪感受到从未有过的恐惧。他并不怕死，而是怕不明不白地死。他不甘心，因为他还有着太多太多的事情还没有做完，绝对不能坐以待毙。

面对危局，他该怎么办呢？他将肃宗皇帝李亨生前赐给他的一千余篇诏敕全都拿给新皇帝李豫看，一起征战沙场的岁月仿佛仍旧历历在目。

面带愧色的李豫对郭子仪说："朕的昏庸导致大臣的不安，朕非常惭愧啊！"

留居京师的郭子仪所担任的朔方节度使和副元帅的职务并没有被朝廷免去，但他实际上却已经退居二线了。

不过李豫却给他安排了一个新职务：肃宗山陵使。一个能征惯战的良将只得转行搞基建了。郭子仪在京城度过了一段平淡如水的日子，虽然不时地感到孤寂，却成功地远离了灾祸。

李豫任命儿子雍王李适（也就是后来的德宗皇帝）为天下兵马元帅，继续着尚未完成的平叛大业。李豫本想启用老将郭子仪担任副元帅，不过却遭到程元振、鱼朝恩等人的坚决反对。朔方节度使仆固怀恩最终成为雍王李适的副手。

不过此时的李豫深知要想完成平叛大业还有一项很重要的事情要做。

隐与忍，山河日下时的一声叹息

曾经与回纥人并肩战斗的李豫深知回纥骑兵的厉害，于是派遣中使刘清潭出使回纥，希望第三次征调回纥军队参战。

此时回纥毗伽阙可汗已经去世。他的长子叶护在此之前也遇刺身亡，回纥人立他的小儿子为可汗，史称"登里可汗"。

回纥人本想让毗伽阙可汗的妻子宁国公主为丈夫殉葬。在生与死的关键时刻，宁国公主义正词严地说："回纥人因羡慕中原文化才娶中原女子为妻。如果你们执意要求我按照你们的风俗行事，又何必要娶万里之外的中原女人呢？"回纥人顿时无言以对。

虽然宁国公主侥幸逃过一劫，但她还是按照回纥风俗为自己去世的丈夫割破面颊，这下算彻底毁容了。

这次，回纥人对于唐朝使臣刘清潭的到来表现得并不友好，因为他们听说，正值大丧期间的大唐已经没有了皇帝，而且元气大伤的大唐气数已尽。

自古弱国无外交。刘清潭不仅没有完成使命而且还被困在了回纥。他不得不暗中派人回朝通知朝廷，穷兵黩武的回纥近期可能会对大唐采取军事行动。

京师上下大为惊骇，因为正值多事之秋的大唐再也经不住折腾了。

在此千钧一发之际，仆固怀恩亲自出马了。他可是登里可汗的岳父，正是他的出面使得陷入战争边缘的大唐成功解除了战争警报。

登里可汗爽快地答应了帮助大唐平定叛乱的请求，进军路线几经商榷才最终敲定下来。唐帝国争取回纥军事支持的代价便是牺牲沿途州县的利益，因为财政捉襟见肘的朝廷根本拿不出丰厚的赏赐，只得默许回纥军队在返程途中大肆抢掠。

当这个潜规则受到质疑的时候，李豫却保持着沉默，索性将这个难题抛给了仆固怀恩。正是李豫的不作为，使得大唐在安史之乱的烽火熄灭后又迎来了一场新的浩劫。

雍王李适希望像父亲当年那样缔造收复失地的不朽功勋，可是现实的残酷却将这个美好的愿望击得粉碎。

在数十名僚属随从的陪同下，李适乘马前去看望远道而来的回纥登里可汗，可是这次的经历却在李适年轻的心灵深处留下了深深的阴影。

"你为什么不行拜舞大礼呢？"登里可汗劈头盖脸地斥责道。拜舞是跪拜与舞蹈相结合的一种礼仪，臣子在朝堂之上参拜君主时经常行拜舞礼。

药子昂旗帜鲜明地说："这不符合礼制！"潜台词是一个堂堂大唐皇子怎么能够向一个蛮夷之君行如此大礼。

回纥将军车鼻却不依不饶道："既然唐天子与我们可汗已经结为兄弟，那么可汗就是雍王的叔父。既然如此，怎么能不行拜舞礼呢？"

车鼻的质问使得药子昂顿时无言以对，他情急之下强辩道："雍王是天子的长子，如今贵为元帅。哪里有中原储君向外国可汗行拜舞之礼的道理呢？况且太上皇和先帝刚刚驾崩不久，尚未出殡。"

登里可汗彻底愤怒了。他最忌讳高高在上的唐人将回纥人视为蛮夷。虽然药子昂使用的是"外国"，可仍旧透露出他对回纥人的鄙夷。

回纥将军车鼻将陪同李适一同前来的药子昂、魏琚、韦少华、李进四人强行拉下去鞭笞。如此突然的变故使得李适不禁想起了六年前的马嵬坡之变。

那时他只有十六岁，此前一直过着锦衣玉食的生活，那次事变在他幼小的心灵深处留下了深深的创伤。因此，李适对于变乱有着一种莫名的恐慌，这使他养成了一种极端性格，有时表现为毕其功于一役的冒进，有时表现为得过且过的懦弱。

　　见势不妙的李适想要逃走，可是回纥兵却拦住了他的去路。想走没门，看完了再走不迟。

　　李适只得眼睁睁看着手下人被回纥人打得皮开肉绽。回纥人的皮鞭虽抽在了他们的身上，却疼在了他的心上。

　　此时还有些懵懂的李适再次深刻体会到政治的残酷。

　　惊魂未定的李适终于走出了回纥军营。这哪里是盟军，简直是魔鬼！

　　魏琚、韦少华因为伤势过重很快便一命呜呼了，药子昂与李进休养了很长时间才能够下床行走。

　　真是欺人太甚！李适却只得强忍着泪水，政治从来都不相信眼泪。

得与失，捷报频传后的战争迷局

在这场战争中，李光弼只能再次无奈地充当着战争的配角，眼睁睁看着昔日的部下仆固怀恩一路攻城略地，高奏凯歌。

"唐军杀来了，我们该怎么办？"一脸惊恐的史朝义望着手下的那帮文臣武将。

大殿内死一般的沉寂，因为他们已经隐约听到了大燕帝国的丧钟。

尽管如此，仍旧有一批坚定的追随者想要将这个日薄西山的帝国从死亡线上拉回来，因为史朝义的手中还掌握着足以翻盘，至少是长期坚持下去的砝码。

在决定大燕帝国生与死的关键时刻，阿史那承庆主动站了出来，说："如果唐军单独前来，我们可以与之决一死战；如果唐军与回纥军一起来，我们还是暂且退守河阳为好。"

史朝义沉默了，因为主动放弃繁华的洛阳实在是一个颇为艰难的抉择，他决心当一回挽狂澜于既倒的英雄，可是他却为这次冲动付出了生命的代价。

公元 762 年十月三十，洛阳之战打响了。

燕军设置栅栏进行最后的抵抗，可是这种负隅顽抗式的防守在唐回联军的联合打击之下显得脆弱不堪。此时的燕军已经丧失了抵抗的意志。

史朝义亲率十万精锐部队前去救援。此时的史朝义俨然是一个疯狂的赌徒，不惜倾家荡产，不惜家破人亡。绝境之中的燕军确实爆发出惊人的战斗力，这大大出乎唐军的意料。

瞬息万变的战场态势立刻便将唐军推到了危险的边缘。鱼朝恩派遣五百射生手奋力冲杀，虽然杀伤无数，可是燕军的阵势却丝毫没有混乱的迹象，依旧"营垒如山，旌甲耀日"①。

·在这个决定战争胜负的关键时刻，马璘单枪匹马突入千军万马之中。马璘所过之处无不人仰马翻，溃不成军，其手下人看到主帅如此英勇，便全都奋不顾身地杀入敌阵。燕军终于像决堤的洪水那样崩溃了，而马璘无疑是导致对手决堤的那个小小的"蚁穴"。

连很少称赞部下的李光弼也说："我用兵三十余年，还从来没有见过像马将军那样以寡敌众的骁勇猛将。"

李嗣业、白孝德、马璘这些曾经戍守西域的大唐将领们用自己的神勇捍卫着大唐渐渐远去的荣耀。

西域一直是中原王朝兴衰的晴雨表。中原王朝兴盛时无一例外地会悉心经营西域，而衰落时无一例外地会被迫放弃西域。戍守在那里的军人曾经经历过大唐的衰落带给他们的无奈，也曾经体验过盛世的光芒带给他们的荣耀。他们早已将自己的身家性命和个人前途与大唐的命运紧紧联系在一起。

关键人物在关键时刻发挥关键作用才是决定战争胜负的关键。

不甘心失败的史朝义打算收拾残部再战，可是收获的却仍旧是一场惨败，如今已然是大势已去。

互相践踏的燕军一度填满了尚书谷。史朝义知道自己彻底地无可挽回地输了，于是率领数百名轻骑仓皇地向东逃窜，寄希望于那些手握重兵的节度使们可以收留自己。

洛阳光复了！河阳光复了！

仆固怀恩停下了征战的步伐，留在了河阳回纥可汗的营帐之中，他派遣自己的儿子右厢兵马使仆固玚和朔方兵马使（一说北庭兵马将）高辅成

---

① （后晋）刘昫等撰：《旧唐书·卷一百五十二·马璘传》，《二十四史全译》，汉语大辞典出版社2004年版，第3431页。

率领一万精锐骑兵开始了千里大追击。

这简直与此前朝廷组织六十万大军进行邺城会战的波澜壮阔的历史画卷不可同日而语。这说明朝廷已经放弃了通过武力一举荡平河北的战略企图，事实上此时的唐帝国也的确不具备这种能力。

由于史朝义手下的那帮节度使们对于他的到来全都紧闭城门，史朝义不得不从濮州①北渡黄河，他的势力已经被官军彻底地赶出了河南地区。

眼见燕帝国大势已去，燕军的将领们纷纷开始为自己的出路而谋划着。

燕帝国邺郡节度使薛嵩向朝廷献出相州②、卫州③、洺州④、邢州⑤，陈郑、泽潞节度使李抱玉代表朝廷接受了薛嵩的投诚。薛嵩就是小说《薛刚反唐》中薛刚的原型，薛嵩的叔父薛讷便是大名鼎鼎的薛丁山的原型，薛嵩的祖父就是一举平定高句丽的名将薛仁贵。

燕帝国恒阳节度使张忠志向朝廷献出赵州⑥、恒州⑦、深州⑧、定州⑨、易州⑩，河东节度使辛云京代表朝廷接受了张忠志的投诚。

如何处置这些投降将领呢？唐军将领们却产生了严重的分歧。

李抱玉、辛云京主张趁机解除他们的兵权以免节外生枝，可是仆固怀恩却竭力主张继续留用这些人。

这是政策分歧，更是朔方与河东两大主力之间矛盾日趋激化的体现。

---

① 治所在今山东省菏泽市甄城县。
② 治所在今河南省安阳市。
③ 治所在今河南省卫辉市。
④ 治所在今河北省邯郸市永年区。
⑤ 治所在今河北省邢台市。
⑥ 治所在今河北省石家庄市赵县。
⑦ 治所在今河北省石家庄市正定。
⑧ 治所在今河北省衡水市深州市。
⑨ 治所在今河北省定州市。
⑩ 治所在今河北省保定市易县。

关于仆固怀恩的动机，正史的解读基本上都是仆固怀恩在为日后的叛乱做准备。

可是只要稍加考证便会发觉这个说法其实并不靠谱，因为仆固怀恩发动叛乱有着很大的偶然性和突发性，而且史书上也没有留下仆固怀恩勾结薛嵩与张忠志共同谋反的记载。

仆固怀恩之所以反对彻底解除薛嵩与张忠志的军权其实有着多方面考虑。

史思明投降朝廷后险遭暗杀的遭遇使得许多燕军将领对于投降后自己的命运充满了忧虑，很多前来投诚的燕军将领都希望能掌握一支武装部队，以免沦为任人宰割的羔羊。如果强行剥夺被这些将领们视为最后救命稻草的兵权，必然会使得许多原本准备投降的燕军将领放弃投降的念头，从而使得最大限度地分化瓦解燕军的战略图谋化为泡影。

当然仆固怀恩也有着自己的小算盘。战争已经接近尾声了，仆固怀恩难免产生"兔死狐悲"的悲凉之感，想要借机培植一股忠于自己的政治军事实力，但这并不等于蓄意谋反，不过是为了增加与朝廷博弈的砝码而已。

《资治通鉴·卷二百二十二》中有这样一段记载："时河北诸州皆已降，（薛）嵩等迎仆固怀恩，拜于马首，乞行间自效；（仆固）怀恩亦恐贼平宠衰，故奏留（薛）嵩等及李宝臣（当时叫张忠志）分帅河北，自为党援。朝廷亦厌苦兵革，敬冀无事，因而授之。"

一些史家借此认为唐军原本可以一举荡平燕军抵抗势力，从而彻底铲除河北地区的割据势力，而仆固怀恩却因一己私利使得大唐白白丧失了这个千载难逢的机会，以至于大唐在此后长达一个半世纪的时间里一直饱受藩镇割据的困扰。

其实唐军真正有能力解除武装的只有薛嵩部。李抱玉事实上已经率军进驻薛嵩的军营，而且薛嵩已经做好被替换的心理准备。在仆固怀恩的庇护之下，薛嵩才得以幸运地保住了军队和地盘。

唐军能否顺利接管张忠志的军队，只能说具有很大的可能性，但也绝非易事，弄不好还会使得整个局势恶化。

张忠志是骁勇善战的军事统帅，而他的手下又有一批像张孝忠、王武俊那样的勇将。一旦强行收编使得张忠志感受到死亡的威胁，困兽犹斗的张忠志仍旧可以和唐军殊死一搏。

田承嗣和李怀仙无疑就更加难以对付了。

虽然身为前线最高指挥官的仆固怀恩的意见对于朝廷决策会产生重大影响，可是对安史旧部采取姑息妥协的政策无疑是大唐皇帝李豫定下的主基调，因为自从邺城之战后，唐军基本上已经丧失了武力统一河北的可能性。

这次平叛之战之所以势如破竹并不是因为唐军的军事实力有了突飞猛进的飞跃，而是因为大唐将对手仅仅限定为史朝义，而不是整个安史叛军。

李豫之所以不惜用政治妥协来换取战争早日结束是因为他有着诸多的现实无奈。旷日持久的战争已经使得大唐筋疲力尽了，日益深重的财政危机严重威胁着大唐的生存，吐蕃的军事蚕食时刻威胁着大唐的安危，而宦官专权直接威胁着皇权的稳固。

李豫有着太多太多棘手的问题急需处理，迫不及待地想要迅速结束这场旷日持久的战争，哪怕只是实现形式上的统一。

老谋深算的郭子仪看着昔日的部下仆固怀恩在平定河朔的过程中屡立新功，于是主动请求让出副元帅的职位。代宗正式下诏任命仆固怀恩为河北副元帅，加尚书左仆射兼中书令、单于、镇北大都护、朔方节度使。

广德元年（公元763年）正月，冬的严寒凝结了生机，雪的弥漫掩盖了绿色，风的凛冽吞噬了活力。萧索中透着苍凉，肃杀中含着悲怆。

干枯的树枝在寒风中无助地摇摆，低垂的太阳在阴霾里吃力地照耀，白色的原野在寂静中无言地蔓延，厚重的冰凌在寒冷中顽强地存续。

由于迟迟无法冲破唐军的战略合围，一筹莫展的史朝义不知道自己究竟还能支撑多久。史朝义身边那帮将领们已经开始为自己日后的生活盘算着，甚至不惜抛弃自己的主子。

"您亲自前往幽州征调军队然后再回救莫州，或许这是我们唯一的生路！"田承嗣慷慨激昂地说。

"那你可怎么办？"史朝义关切地问。

"末将甘愿留守莫州，等待陛下归来！"

史朝义的心中充斥着感激，此时的他还不知道这不过是田承嗣精心策划的一场阴谋。

史朝义挑选五千精锐骑兵从北门杀出唐军的重重包围，向着北方疾驰而去。史朝义前脚刚走，田承嗣马上就举城投降，将史朝义的母亲、妻子、儿子当作见面礼一起送给了唐军。

与张忠志、李怀仙、薛嵩三人不同，田承嗣一直在与唐军激战。虽然两军互有胜负，可是田承嗣却是输多胜少，从河南一路溃逃到莫州①。

仆固玚其实并不想如此轻易地接受老对手田承嗣的投诚，而是希望能乘胜一举将田承嗣部彻底歼灭。

恐惧不已的田承嗣预感到自己的末日恐怕要快到了，可是他却并不甘心坐以待毙，他拿出手中的金银财宝犒赏仆固玚手下的部队。如果拒绝了，仆固玚会招致部下的怨恨，因为他阻塞了别人的财路；如果答应了，仆固玚会招致部下的非议，你看看人家田承嗣多大方。

进退维谷的仆固玚无奈之下只得同意了田承嗣提出的投降要求，可是他也不甘心就此放过他，想在田承嗣出城投降的时候趁机将他杀死。

老谋深算的田承嗣自然洞悉了仆固玚心中的盘算，称病没有出城，而

---

① 治所在今河北省任丘市。

是邀请仆固玚入城。

仆固玚仍旧没有放弃除掉田承嗣的想法，因为他知道放虎归山必要伤人，不过他很快发现自己根本无从下手，因为警觉的田承嗣并没有留给他一丝的机会。田承嗣手下那支不容小觑的虎狼之师也使得仆固玚不敢轻举妄动。

田承嗣拿出自己压箱底的财宝交给仆固玚，说："还望您能高抬贵手，况且您还有重要的事情要做。"

田承嗣的话直抵仆固玚的心底深处。在物质诱惑和政治劝说之下，仆固玚最终还是选择了妥协。

如果强行除掉田承嗣，成功了没有多大功劳，要是一旦失败了势必会引起不必要的动荡，从而违背李豫提出的迅速结束战争的最高指示。

仆固玚循着史朝义北逃的步伐踏上了北征之路。诛杀史朝义可是一件举世瞩目的功劳，而且除掉这个已经沦为孤家寡人的伪皇帝的难度无疑比干掉田承嗣要小得多。

惶惶如丧家之犬的史朝义逃到了范阳县①，却被大燕范阳节度使李怀仙拒之门外，因为李怀仙早就通过中使骆奉仙向朝廷投诚了。

"难道你忘记了君臣之义了吗？"史朝义责问李怀仙手下的兵马使李抱忠。

"天不祚燕，唐室复兴，今天既然我们已经归顺唐朝，难道还能反复无常吗？您还是好自为之吧！如果不出意料的话，田承嗣如今也已投降，否则官军也不可能这么快便追至这里。"

史朝义的心中掠过无尽的惊恐，事到如今他真的走投无路了。他近乎哀求地说："我们从早晨开始就滴水未进，难道就不能让我们吃一顿饱饭吗？"

---

① 治所在今河北省涿州市。

　　李抱忠命人在城东给史朝义准备了一桌还算丰盛的膳食，权且算是送史朝义上路。

　　史朝义不禁潸然泪下，泪珠噼里啪啦地滴落在饭中。真不知这夹杂着苦涩泪水的最后一餐会是何等滋味！

　　史朝义风卷残云般吃完了饭，然后率领仅剩的数百名胡人骑兵绝尘而去，因为他知道善变的李怀仙一旦改变主意对他将会意味着什么？

　　李怀仙真的变主意了，决意用史朝义的头颅作为自己向朝廷投诚的见面礼。

　　史朝义一路疾驰向北方，或许奚人和契丹人的领地才是他唯一可以容身的地方。他不停地挥动着手中的马鞭，可他注定永远也到不了那里了。

　　身后的追兵距离他越来越近了，而那些前来追杀他的人却是他曾经最为信赖和倚重的李怀仙派来的。

　　他知道自己在劫难逃了，索性勒住了马，飞身下马，将一条长长的白绫挂在树枝上。追兵的马蹄声越来越近了。他最后看了一眼这个残酷的世界，痛苦地闭上了双眼。

　　正月三十，史朝义的首级被送到了京师，历时八年之久的安史之乱也终于画上了句号，但这个句号却并不圆满。

捌

千秋家国梦

去与留，大难临头时的命运思索

生与死，命运旋涡中的苦痛挣扎

进与退，政治风暴中的自我救赎

去与留，大难临头时的命运思索

正月二十八，李豫下诏削夺曾在安史之乱南线作战中立下大功的来瑱的所有官爵，流放播州①。仅在两天后，史朝义的首级便传到京城长安，可这一切来瑱却没有机会看到了。

后来，来瑱在流放的路上被赐死，恐怕他做梦也没有想到多年的老对手史朝义的死竟然敲响了自己的丧钟。

其实此刻李豫的内心也充满了矛盾，但他仍旧为成功除掉一个心腹大患而窃喜，不过他高兴得却太早了，因为他为了砍掉一棵不顺眼的树木而失去了整片森林。

仅仅九个月后，李豫就品尝到了由此带来的苦涩。虽然他的身上有着诸多性格缺陷，可他却是一个勇于改变自己的人，不过当他意识到自己错的时候，却为时已晚，因为来瑱之死带给大唐的消极影响无疑是深刻而又长远的！

安史之乱爆发后，河西、陇右、北庭、安西的精兵劲卒悉数调往中原地区平定叛乱。吐蕃趁机大肆蚕食唐帝国河湟地区数十州，安史之乱结束后，吐蕃成为唐帝国最凶狠、最冷酷的敌人，因此加强西北防务成为当务之急。

郭子仪多次进言提早防备吐蕃和党项，可是李豫在程元振的迷惑之下始终对此置若罔闻。

广德元年（公元763年）四月二十八，御史大夫李之芳等人出使吐蕃时被无故扣留。大唐与吐蕃已经到了全面战争的边缘，但这一切依然没能

①　治所在今贵州省遵义市。

引起李豫足够的警惕。其实关于吐蕃入侵的边关紧急文书源源不断地送抵长安，不过却统统被程元振扣下了。

只有皇帝沉迷于声色犬马中，宦官才能蚕食原本属于皇帝的权力，程元振不希望那些烦人的边关文书打扰了李豫安逸的生活，况且吐蕃寇边早就不是什么新鲜事了。

不过程元振却并没有想到吐蕃这次居然不再满足于侵占点儿土地，而是企图要灭亡刚刚从战火中挣脱出来的大唐。让他更想不到的是，自己的玩忽职守会将自己和大唐推到生与死的边缘。

十月，大唐西北边陲重镇泾州①失守，更糟糕的是泾州刺史高晖居然沦为吐蕃大军大举入侵的向导。当吐蕃大军抵达邠州②的时候，程元振知道再也瞒不住了。

李豫在慌乱中任命自己的儿子雍王李适为元帅，郭子仪为副元帅，进驻咸阳，抵御吐蕃。

一直赋闲在家的郭子仪不得不在匆忙间再次肩负起拱卫大唐的重任，可那支能征惯战的朔方军如今却远在河东地区。沦为孤家寡人的郭子仪仅仅招募了二十骑便急匆匆赶赴咸阳前线。

就在郭子仪临危受命的时候，吐蕃二十余万大军正浩浩荡荡地向着长安进发，卷起的烟尘弥漫数十里。

鉴于事态的严峻性，郭子仪急忙派出自己的判官王延昌回京向李豫汇报前线战况，可是王延昌风风火火地返回长安后却根本见不到李豫，因为程元振不想让他面见天子，以免他说出什么对自己不利的话。

最后一丝微弱的希望之火也被无情地扑灭了，等待大唐的将是又一次犹如凤凰涅槃般的磨难。

---

① 治所在今甘肃省平凉市泾川县。
② 治所在今陕西省咸阳市彬县。

吐蕃大军已经抵达与都城长安近在咫尺的便桥①。得到这个消息，大唐皇帝李豫顿时就被吓得六神无主。

怎么办？战吧！可他对手下的军队早已失去了信心，对自己更是失去了信心。

他选择了逃跑，不过他并没有像父亲那样北上，因为越往北越危险；也没有像爷爷那样南下，因为一旦南下恐怕就再也没有机会回来。他选择了东进。这确实有些出乎意料。

很多人会觉得李豫是去投奔身在陕州的鱼朝恩，当然这种想法的确在他的脑海中闪现过，可他却迅速陷入巨大的犹豫之中，因为他不知道在乱世中谁是忠臣谁是叛臣，他只能走一步看一步。

李豫的此次逃亡有了与爷爷李隆基当年相似的悲惨遭遇。往日里挤破脑袋想见皇帝一面的官员们如今全都消失得无影无踪，因为命比官更重要。

动乱可以彻底消除尊贵与卑微的界限，因为在死亡威胁下，一切都显得那么脆弱，那么不堪。

上一次跟随祖父和父亲仓皇逃出京城的记忆随着时间的流逝已经有些模糊了，但这次逃亡却使得一直养尊处优的李豫深刻体会到从皇帝陡然间沦落为难民究竟是什么滋味。

李豫来到华州②的时候没有吃的，没有喝的，没有住的，很多跟随李豫的将士们都被冻伤了。

正当他饱受凄风苦雨煎熬的时候，鱼朝恩突然出现了。

锦上添花的人比比皆是，可是雪中送炭的人却寥寥无几。正是这份久违的温暖使得李豫对鱼朝恩怀有一种特殊的感激之情。

---

① 今在陕西省咸阳西南渭桥。
② 治所在今陕西省渭南市华州区。

鱼朝恩不是一个人来的，而是带来了一支强大的部队。这支部队就是曾在中晚唐历史上留下浓墨重彩的神策军。日后，谁若是掌控了这支部队谁就可以掌控大唐的政局，这也是很多中晚唐皇帝居然会受宦官挟制的根源所在，因为神策军一直由宦官来执掌。

鱼朝恩及其领导的神策军的前途命运随着李豫的突然到来而彻底改变了。自从安史之乱后，大唐皇帝一直在思索如何打造一支足以拱卫朝廷的禁军队伍，所以这段时期各种名号的禁军部队废置无常。

无论是扩充原有的禁军（即北衙六军：左、右羽林，左、右龙武，左、右神武），还是创建新式禁军（如神威军、长兴军、威武军等），都没能达到预期效果，所以李豫才会如此狼狈。

李豫一直思索着用另外一种方式来重构禁军，那就是将一支建制完整并且具有一定战斗力的地方部队直接升格为中央禁军。经过深思熟虑，他选定了神策军，但为什么偏偏挑中了之前名不见经传的神策军呢？

听话！神策军原本是陇右镇麾下一直普普通通的军队，随着陇右镇主力部队在潼关之战中丧失殆尽，神策军更是成为一个无人问津的弃儿。这支部队的派系色彩并不明显，由于卫伯玉等原来的统帅陆续被调离，这支部队渐渐被宦官牢牢地掌控着，而皇帝对于宦官有着天然的信任。虽然李豫不像父亲李亨猜忌心那么重，但是他仍旧对武将有着天然的猜忌。

皇帝需要忍受来自方方面面的压力，需要承受来自形形色色人等的威胁。

乞丐或者僧人都可以当皇帝，如朱元璋，一个乞丐也可以尊贵无比，一个出家人也可以尘缘未了。

傻子都可以当皇帝，如晋惠帝司马衷，大臣向他汇报地方灾情，司马衷疑惑地问："没有饭吃，为什么不吃肉粥呢？"大臣真是哭笑不得。

疯子都可以当皇帝，如北齐文宣帝高洋，他经常无缘无故通宵达旦地又唱又跳；有时披头散发，披红挂绿；有时裸露身体，涂脂抹粉；有时骑着驴、牛、骆驼甚至白象乱逛。

奴隶都可以当皇帝，如十六国时期后赵皇帝石勒，过去别人奴役他，后来他奴役天下。

卖草鞋的小商贩都可以当皇帝，如三国汉昭烈帝刘备，生于乱世，却胸怀天下，坚定地投鞋从戎。

瞎子都可以当皇帝，如十六国时期前秦皇帝苻生，因为一句"瞎眼不能流泪"的戏言，他竟然将自己失明的眼珠硬生生地挖了出来。一个连自己的眼珠都不爱惜的人自然不会爱惜自己的臣民，更不会爱惜天下。

婴儿都可以当皇帝，如东汉殇帝刘隆，刚过了百天就被推上了皇位，可是两岁就莫名其妙地死了，匆匆地来，匆匆地去。

女人也可以当皇帝，武则天通过征服男人来征服世界，也通过征服世界去征服男人。

只有宦官当不了皇帝。

虽然秦朝宦官赵高可以决定皇帝的生死，虽然高力士官居一品，虽然李辅国位居宰相，虽然明代宦官魏忠贤贵为九千岁，可是身体上残缺却阻碍着他们迈出最为关键的那一步。

正是由于宦官对于皇帝的天然寄生性，李豫对于鱼朝恩掌握的这支军队有了天然的信任。正是这次机缘巧合般的避难揭开了神策军发展的新篇章，神策军开始了第二次大规模扩军。"（鱼）朝恩举在陕兵与神策军迎扈，悉号'神策军'。"[1]神策军与原陕州节度使所属部队合并组建新的神策军，军事实力进一步扩充。

李豫的突然出走使得都城长安陷入权力的真空。顿感事态严重的郭子仪火速从咸阳前线返回长安。在开远门内，他与射生军将领王献忠相

---

① （北宋）宋祁、欧阳修等撰：《新唐书·卷五十·兵志》，《二十四史全译》，汉语大辞典出版社2004年版，第1061页。

遇了。

王献忠正率领四百骑兵胁迫丰王李珙等十位藩王准备投降吐蕃，企图拥戴李珙成为傀儡皇帝。

"你们想要干什么？"郭子仪厉声问道。

王献忠急忙下马，说："如今皇上都跑了，令公身为元帅，废立皇帝就是您一句话的事！"

令公是对三省中的中书省长官中书令的尊称，北宋名将杨业曾担任过五代十国中北汉的中书令，所以杨业被尊称为"杨老令公"。

郭子仪沉默不语。

李珙急切地问："令公，您快说话啊！"

郭子仪却严厉斥责了他，竭力阻止了他。

郭子仪的确是一个具有广泛影响力的金字招牌。在国破家亡之际，无数将士纷纷投至他的麾下，跟着他一同抗击吐蕃人的入侵。虽然郭子仪军威日盛，但敌强我弱的态势仍旧没有彻底改变，可占领长安的吐蕃人不仅感受不到一丝胜利的喜悦，反而有一种如坐针毡般的焦虑，而这恰恰是郭子仪所希望看到的。

左羽林大将军长孙全绪率领先锋部队在山上安营扎寨。震天动地的战鼓声响彻长安大地，迎风飘扬的战旗随风摇摆。每每到了夜幕降临之际，上万只火把天空照得恍如白昼。

他们到底来了多少人？这成为吐蕃人心中最大的疑问。由于这个疑问迟迟找不到答案，也使得他们始终无法从巨大的惊恐之中挣脱出来。

负责招募士兵的光禄卿殷仲卿率领精锐骑兵横渡浐河，心系唐朝的百姓们纷纷传言："郭令公率领数不胜数的大军马上就来了！"

惊恐不已的吐蕃人此时已经到了崩溃的边缘。

射生军将领王甫孤身潜入长安城，结交数百名少年郎，准备给予吐蕃人日渐脆弱的神经最后一击。

浓重的夜色吞噬了整个长安城。王甫率领这帮哥们儿来到朱雀大街敲响了硕大的鼓，然后大声呼喊："官军来了！"

吐蕃人在城中再也待不下去了，仓皇逃离了噩梦般的长安城。

胜利来得居然如此容易，因为最高级的战争是心理对抗。

程元振知道返回长安后肯定没有什么好下场，用花言巧语劝李豫迁都洛阳，因为地处中原的洛阳在他的眼里更为安全。

正在这时，李豫却收到了郭子仪的表章。祖宗的基业在关中，怎么能为了自己的安全而弃祖宗的皇陵于不顾呢？

泪流满面的李豫说："郭子仪真是社稷之臣啊！速速返回长安，朕意已决！"

十二月，李豫终于返回了魂牵梦绕的长安城，此时保卫他的是天下观军容宣慰处置使鱼朝恩率领的神策军。神策军彻底完成了从地方军到中央禁军的华丽转身，不过此时的神策军还常常受到北衙六军的鄙视，就像一个从小娇生惯养的富家公子看不上父亲的私生子，可是生来高贵的不一定高贵一生。

郭子仪率领文武百官及诸军伏地待罪，李豫搀扶起郭子仪深有感触地说："朕用卿不早，故及于此。"[1]

这句话的确是李豫的肺腑之言，因为经过这场变故之后，李豫深刻领悟到了郭子仪的价值。郭子仪在代宗朝一直受到重用，担任朔方节度使长达十六年之久，而且防区还不断扩大。这既是出于对郭子仪的信任，更是出于加强西北边防的需要。

国都沦陷之际，大唐皇帝李豫征召诸道兵马前来勤王。除白孝德外，其他拥兵自重的节度使们居然都在驻足观望，就连素来以忠诚形象示人的

---

① （后晋）刘昫等撰：《旧唐书·卷一百二十·郭子仪传》，《二十四史全译》，汉语大辞典出版社2004年版，第2884页。

李光弼竟然也按兵不动，这就是来瑱之死带来的巨大负面影响。

就在满朝文武对此皆三缄其口之际，一个勇敢的人却挺身而出。

太常博士柳伉上疏说："犬戎以数万众犯关度陇，历秦、渭，掠邠、泾，不血刃而入京师，谋臣不奋一言，武士不力一战，提卒叫呼，劫宫闱，焚陵寝，此将帅叛陛下也；自朝义之灭，陛下以为智力所能，故疏元功，委近习，日引月长以成大祸，群臣在廷无一犯颜回虑者，此公卿叛陛下也；陛下始出都，百姓填然夺府库，相杀戮，此三辅叛陛下也；自十月朔召诸道兵，尽四十日，无只轮入关者，此四方叛陛下也。内外离叛，虽一鱼朝恩以陕郡戮力，陛下独能以此守社稷乎？陛下以今日势为安耶？危耶？若以为危，岂得高枕不为天下计？"[①]

柳伉的上疏彻底点燃了朝廷上下对程元振的强烈不满，必须要有人为国都沦丧负责。

迫于巨大的舆论压力，李豫有些不舍地削去了程元振的官爵，勒令其返回故里京兆府三原县闭门思过。李豫为程元振打开了一扇走向新生的大门，不过却被他自己亲手关上了。

听说皇上已经回宫，程元振那颗本就不安分的心再度躁动起来。他竟然穿着妇女的衣服私自混入长安城，偷偷跑进司农卿陈景诠的家中，想着要借机再见皇帝一面，从而再度被重用。

不过程元振的行迹很快就败露了，随即被京兆府逮捕。

这分明是图谋不轨，御史随即上疏弹劾。事已至此，李豫即便心有不忍，也不便再公然袒护于他了，况且这些日子，他渐渐看清了许多事，程元振居然利用自己对他特殊的宠信一再地欺骗于他。

曾经不可一世的程元振被流放溱州[②]，在半路上便被赐死，永远也无法

---

① （北宋）宋祁、欧阳修等撰：《新唐书·卷一百三十二·程元振传》，《二十四史全译》，汉语大辞典出版社 2004 年版，第 4428 页。

② 治所在今重庆市万盛区。

抵达流放地了。

按兵不动的李光弼也成为朝野上下争相指摘的焦点人物，可是李豫却并不希望事态继续恶化，派遣好几拨使臣慰问身在河中府的李光弼的母亲。

局势稳定后，李豫任命李光弼为东都留守，但李光弼却并没有前往东都洛阳赴任，而是以收租赋为名率部返回徐州。李豫却并未因此而责怪李光弼，反而竭尽所能地消除已经存在的隔阂和猜忌。他令镇守河中府的郭子仪用辇车将李光弼的母亲接到京城，派专人悉心照料。李光弼的弟弟李光进继续掌管着禁兵。

李豫所做的这一切却没能彻底化解李光弼心中的坚冰，因为来瑱的死带给他的心灵震撼实在是太大了。

李光弼一向"治军严整，指顾号令，诸将莫敢仰视，谋定而后战，能以少制众"①，可是这种局面却一去不复返了，因为这件事使得李光弼光辉的形象瞬间就轰然倒塌。尤其是桀骜不驯的田神功经常借此来指责奚落李光弼不忠不义之举。

李光弼却有着难以言说的苦衷。他之所以按兵不动并不是因为他真有什么野心，而是因为他担心自己会成为下一个来瑱。

郁郁寡欢的李光弼很快就病倒了，而且再也没能站起来。病榻之上的李光弼怀着复杂的心情反思着即将走到尽头的人生历程。

李光弼上表李豫请求将朝廷赏赐的所有东西原封不动地返还朝廷。这个请求当然被李豫拒绝了。

李光弼手下的将领们纷纷询问他身后之事，悲痛不已的李光弼用虚弱的声音说："这些年我一直南征北战，不能赡养年事已高的母亲。如今沦为一个不孝子，还有什么可说的呢？"

---

① （北宋）司马光撰：《资治通鉴·卷二百二十三》，改革出版社1995年版，第4740页。

年仅五十七岁的李光弼带着无限的遗憾、委屈和无奈走了。他"战功推为中兴第一"[1]，可是其人生结局却充满了辛酸和苦楚。他将所剩不多的遗产全都分给了手下的部将们，可是部将们怎么忍心自己享用呢？他们用这些钱为李光弼举行了一场隆重的葬礼。

李豫特地派遣使臣前往他母亲的住处进行吊唁和慰问，追赠李光弼为太保，谥曰武穆，下诏文武百官在延平门外为这位战神送葬。

功劳仅次于郭子仪、李光弼的仆固怀恩的人生结局却更为悲惨。当然这也是宦官惹的祸。

---

[1]（北宋）宋祁、欧阳修等撰：《新唐书·卷一百三十六·李光弼传》，《二十四史全译》，汉语大辞典出版社 2004 年版，第 3206 页。

生与死，命运旋涡中的苦痛挣扎

在"中兴三将"之中，虎将仆固怀恩是唯一一位自始至终全程参与平定安史之乱的将领。他所创立的胡人骑兵与回纥精骑完美结合的作战模式在战争中发挥了举足轻重的作用，尤其是在安史之乱临近尾声之际，仆固怀恩更是获得连郭子仪和李光弼都难以企及的巨大功勋。

仆固怀恩在赢得至高无上荣誉的同时，也付出了巨大的代价。他们仆固家可谓是名副其实的烈士之家，战死沙场者竟然多达四十六人，而他的女儿更是为了大唐而远嫁回纥和亲。

安史之乱结束后，仆固怀恩奉命护送女婿回纥登里可汗回国。唐朝与回纥有一个不成文的潜规则：用抢掠所得作为此次出征的酬谢。

河东地区不幸沦为政治博弈的牺牲品，这也使得朔方军与河东军本已存在的矛盾迅速激化，并擦出巨大的火花。

距离回纥人的领地越来越近了。正当仆固怀恩为即将完成护送任务而稍稍松口气时，意外却突然发生了。

太原城城门紧闭，河东节度使辛云京居然不顾朝廷指令，硬生生地将仆固怀恩和回纥人挡在了城外。河东节度使辛云京对此的解释是：仆固怀恩与回纥人阴谋联手夺占太原城。

吃了闭门羹的仆固怀恩父子自然感到很没面子。恼羞成怒的他给李豫上了一封奏章：回纥登里可汗可是大唐帝国尊贵的国宾，辛云京蓄意破坏两国之间业已存在的良好关系。

回纥人带着一肚子愤懑走了，可是仆固怀恩却带着一肚子委屈留了下来。

仆固怀恩率领数万朔方军驻扎在与太原府近在咫尺的汾州①，焦急地等待着朝廷的命令。他坚信朝廷肯定会给自己一个满意答复，因为他觉得孰是孰非是明摆着的。

不过仆固怀恩最终收获的却是失望，因为那封奏章犹如石沉大海。朝廷居然在他蒙受奇耻大辱之际默不作声，这显然令他难以接受。

公元 763 年五月初，中使骆奉仙恰巧路过河东地区。他可是皇帝身边的红人，所以正处于对峙状态中的辛云京和仆固怀恩都希望将骆奉仙拉到自己这一边。谁赢得了他的支持，谁就可以通过他来影响皇帝。

仆固怀恩显得更有信心，因为他和骆奉仙一向过从甚密。骆奉仙曾经在仆固怀恩统率的军队中担任监军，曾经一起浴血奋战的两个人还曾结拜为兄弟。

骆奉仙也没有拒绝辛云京的盛情邀请，因为他知道去了太原肯定吃得好，喝得好，招待得好，而且还会获得一笔不菲的灰色收入。

席间，辛云京告诉骆奉仙一个重要消息：仆固怀恩图谋造反。

虽然此时的骆奉仙对辛云京的话仍旧将信将疑，却唤起了骆奉仙内心的警觉。

骆奉仙路过仆固怀恩驻地时仍旧礼节性地看望了这位老友，但先入为主的猜忌却造成后面那场原本不应该发生的误会。

仆固怀恩盛情接待了骆奉仙，不过他的内心却充斥着不满，因为他觉得既然你是我的朋友就不应该再接受辛云京的邀请。

席间，仆固怀恩的母亲毫不留情地责问："既然你和我儿子已经结为兄弟，为什么现在又和辛云京走得这么近呢？"

骆奉仙顿时无言以对，腮边泛起阵阵红晕。

"咱们不说这些了！喝酒！"仆固怀恩主动出面为老友骆奉仙化解了

---

① 治所在今山西省吕梁市汾阳。

尴尬。

喝得酣畅淋漓的仆固怀恩乘兴起舞。一个大唐高级将领居然为一个宦官翩翩起舞，足见他对眼前这位客人的尊重。

玩兴正浓的仆固怀恩希望骆奉仙能多住一天，可是骆奉仙却执意要走，因为他迫切希望早些离开这个让他不安的地方。

仆固怀恩此时干了一件令他遗憾终生的事情：命人将骆奉仙的坐骑藏了起来。

莫非仆固怀恩真的想要杀我？这个可怕的念头使得骆奉仙辗转反侧，久久都无法入睡。越想越害怕的他乘着夜色翻墙逃走了。如果仆固怀恩真有杀他的意思，他怎么会如此轻松地脱身呢？

仆固怀恩得知骆奉仙逃走后顿时大惊失色。骆奉仙肯定是误会自己了，不过这个误会却是致命的。

仆固怀恩急忙飞身上马追赶仓皇逃命的骆奉仙，毕恭毕敬地将坐骑归还骆奉仙，可是误会一经产生便很难消除，因为隔阂已经深深地镌刻进心中。

骆奉仙回京后一口咬定仆固怀恩想要造反，两人的兄弟之情早已被这场本可以避免的误会涤荡殆尽。

仆固怀恩自然也不甘示弱，上奏朝廷要求杀掉辛云京和骆奉仙。

李豫却只是下诏调解。为了安抚仆固怀恩，李豫不懈地努力着：晋升他为太保（正一品），堪称"中兴第一名将"的李光弼生前也仅仅当上了太尉；还赐给他铁券，并将他的画像安放在凌烟阁上。他的画像可以与秦叔宝、尉迟敬德等开国功臣们的画像放在一起，这可是莫大的荣誉。

可性格偏执的仆固怀恩想要的并不是这些，他想要的只是一个可以证明自己清白的诏书。

其实身处两难境地的皇帝李豫希望用时间来冲淡所有的爱恨情仇，希望岁月可以带走所有的是是非非，因为处于风雨飘摇之中的大唐再也经不起折腾了。不过他却错了，因为有些矛盾搁置后可能会不了了之，但有些矛盾搁置后只会变得更加尖锐。

其实郭子仪也曾受到过猜忌。他选择了"忍"。一个心底无私的人自然是一个无所畏惧的人，一个宽厚仁慈的人自然是一个让人敬佩的人。他坚持宁肯朝廷负我，我也不负朝廷的理念，最终获得了朝廷的信任，赢得了对手的尊重，成功地度过了信任危机！

李光弼也受到过猜忌。他选择了"躲"。他躲得了一时，却躲不了一世；躲得了对手，却躲不了自己。躲掉灾祸的同时也丢掉了信仰，丢掉了荣誉，丢掉了尊严。虽然活了下来，却活得生不如死，不得不直面部将的指责，不得不忍受内心的拷问，最终在忧郁中草草了结残生。

仆固怀恩如今也受到了猜忌。他选择了"闹"。他为了尊严宁肯抛弃现有的一切，他为了解气不惜偏离人生的航向，在错误的路上越走越远，直到无法回头。

他之所以在功成名就之时突然走上这条不归路完全是被逼的，同僚逼他，宦官逼他，朝廷逼他，关键是他自己也在逼自己。

他并不是无路可走，可是他觉得自己只能向前，殊不知退一步海阔天空；他觉得自己只能坚持，殊不知让一步柳暗花明。正是他的偏执将他自己逼上了绝路。此时他心头的愤怒已经累积到了极点，迫切需要宣泄，需要倾诉。

他再次提起笔，将心中的愤懑和郁闷化为激烈的言辞。他故意将自己的六项功劳说为六大罪行。

"昔同罗叛乱，臣为先帝扫清河曲，一也；臣男玢为同罗所虏，得间亡归，臣斩之以令众士，二也；臣有二女，远嫁外夷，为国和亲，荡平寇敌，三也；臣与男玚不顾死亡，为国效命，四也；河北新附，节度使皆握强兵，臣抚绥以安反侧，五也；臣说谕回纥，使赴急难，天下既平，送之归国，六也。"①

这是赤裸裸的责问，也是赤裸裸的声讨。李豫再也坐不住了。

李豫此前奉行的鸵鸟战略彻底失败了，不得不抬起头，正视日趋严峻的现实。

九月，朝廷的使者黄门侍郎裴遵庆走进了仆固怀恩的军营。这或许是仆固怀恩与朝廷和解的最后机会。

裴遵庆感到肩头的责任沉甸甸的，甚至压得他有些喘不过去来，因为此时的他仿佛可以听到大唐急促而又沉重的心跳。

仆固怀恩抱着裴遵庆的脚哭诉着这段时间自己遭受的种种委屈和不公，仿佛一个受到别人欺负的孩子渴望得到父母的关爱。

"如果您同在下一起入朝面见天子，那么所有的误解和隔阂不就可以自行消除了吗？"

望着裴遵庆，仆固怀恩却陷入痛苦的挣扎之中。

去还是不去，毁灭还是重生？

裴遵庆的确是一个善于做思想工作的高手，最终说服了犹豫不决的仆固怀恩，因为他让仆固怀恩看到了朝廷的诚意，也看到了和解的希望。

正当仆固怀恩即将离去的时候，他手下的副将范志诚却突然站出来阻拦。

"难道您忘记了来瑱的下场了吗？"范志诚情急之下抛出的这句话无疑具有很大的杀伤力。

无边的恐惧在仆固怀恩的心中迅速堆积着，直到渐渐吞噬了他的理智，吞噬了他的信仰。如果和解要以生命为代价还有什么意义呢？

"能不能让我的儿子代替我入朝？"其实仆固怀恩也不想眼睁睁地看着这个宝贵的机会从他的身边悄悄溜走。

---

① （北宋）司马光撰：《资治通鉴·卷二百二十三》，改革出版社 1995 年版，第 4730~4731 页。

"恐怕您的儿子再也回不来了！难道您就忍心将自己的儿子也逼上绝路吗？"范志诚又把这条路给他堵上了。

仆固怀恩已经因为忠义失去了一个儿子仆固玢，如今他不想再失去一个，于是不得不打消了这个念头。

裴遵庆无奈地摇摇头，发出一声长长的叹息。

正在这时，政治风云突变，长安失守，皇帝逃亡。刚刚从安史之乱的硝烟中挣脱出来的大唐不得不再次面临存与亡的考验。

在朝廷危亡之际，仆固怀恩完全可以率军勤王，或许他与朝廷之间的裂痕可以因此而得以修复，不过他却放弃了这个最后的机会。

此时的他已经彻底无法回头了，尽管他也不愿意走到这一步。

在人生十字路口苦苦挣扎的仆固怀恩终于做出了一个足以改变他一生的艰难抉择。达到人生辉煌顶点的他竟然下定决心，要义无反顾地走上了反叛之路。

仆固怀恩绝对不像史书中描写的那样一直怀有反叛之心，他是经历了一番痛苦的心理挣扎和艰难的命运抉择才走上了那条不归路，他的反叛有着很大的偶然性和仓促性。局势的发展也充分印证了这一点。

这是一条争取自尊的路，但也是一条自我毁灭的路。

李豫始终没有放弃促使仆固怀恩回心转意的努力。他忽然想起了老臣颜真卿，希望一身正气的颜真卿可以唤起仆固怀恩心底深处蛰伏的忠诚。

颜真卿无奈地摇摇头，他知道如今一切都晚了。

如果时光倒退到哪怕是一个月之前，或许还有挽回的余地，因为他那时有信心说服仆固怀恩率兵勤王，可如今所有的规劝都变得毫无意义。

"他肯定不会再来了。"颜真卿苍老的声音强烈地刺激着李豫的耳膜。

"难道真的到了覆水难收的地步了吗？"李豫低头沉思着，没有想到，更不愿看到局势居然会发展到兵戎相见的地步。

此时的他并没有时间去反思，因为他必须要找到应对危局的对策。

"此时我们又该如何呢？"李豫向颜真卿投去殷切的目光。

"派德高望重的郭子仪去收拾残局吧！"

此时的李豫真切地感受到"家有一老如有一宝"。朔方将士之所以跟随仆固怀恩反叛是因为他谎称德高望重的郭子仪已经被宦官鱼朝恩杀害了。

李豫正式下诏命郭子仪出面解决河东问题，这对于仆固怀恩而言无疑是最为致命的一击。

那帮跟着仆固怀恩出生入死的朔方将士们此时正饱受着心灵的煎熬，为谁而战和跟谁走成为他们苦苦思索的问题。

仆固怀恩的领导能力和驾驭能力显然与安禄山不可同日而语，况且朝廷也没有留给他充足的时间去培植忠于自己的势力，而且事前也没有进行周密的部署和严密的筹划。这一切都决定着这次叛乱最终只会是昙花一现，甚至还没有来得及盛开便凋零了。

仆固怀恩派遣自己的儿子仆固玚率军围攻榆次①，可是却迟迟攻不下来。焦虑不安的仆固玚不得不从祁县②征调部队。

前去增援的部队因为一直没有吃饭而行动缓慢，将领白玉与焦晖弯弓射杀队伍最后端的一名士卒。

将士们不解地责问："将军为什么要射杀自己兄弟呢？"

白玉却叹息道："跟随别人造反早晚也是个死！"

这种激将法很快就收到了奇效。

仆固玚苦苦等待着援军的到来，却迟迟没有发现援军的身影。他心中的怒火不断堆积着，其实援军士卒心中的怒火也在堆积着。

援军士卒拖着疲惫的身躯终于出现在仆固玚视野之中，仆固玚再也

---

① 治所在今山西省晋中市榆次区。

② 治所在今山西省晋中市祁县。

按捺不住心中的怒火，劈头盖脸地指责道："怎么回事？居然胆敢违抗军令！"

一个胡人将士急忙辩解："主要是汉族士卒不肯前进！"

情绪失控的仆固场对着几个汉族士卒拳打脚踢，宣泄着几日来战事迟迟没有进展的愤懑。这使得广大汉族将士觉得统帅偏爱胡人，歧视汉人！

当天夜里，白玉与焦晖召集手下愤怒不已的汉族将士们斩杀了仆固场。曾经叱咤风云的仆固场居然以这种方式告别了这个残酷的世界，他为了偏执的父亲而死得轻于鸿毛。

悲伤不已的仆固怀恩将仆固场的死讯禀告了年事已高的母亲。

"我早就劝你不要谋反。朝廷一向待你不薄！"母亲越说越气，突然拿着刀，咬着牙说，"我要为了国家杀了你这个叛贼，以谢三军！"

母亲仇恨的目光映在刀尖上闪着慑人的寒光，无边的恐惧顿时便吞噬了仆固怀恩的内心。逃离这里成为他唯一的选择。

在三百骑兵的护卫下，仆固怀恩仓皇逃走了，而他唯一的落脚点就是生他养他的故土灵州①。虽然灵州仍旧是朔方节度使的治所，但朔方主力部队却驻防在河东，灵州只有一些留守部队。

仆固怀恩命人给留守灵州的浑释之带去一封公文：即将率军还镇。

虽然仆固怀恩与朝廷的关系迅速恶化，可远在千里之外的浑释之却并不知道前方究竟发生了什么？

"不对，其中定有隐情！他很可能是逃回来的！"踌躇不已的浑释之愁眉不展道。

"这不过是您的猜测而已，如果贸然将大帅拒之城外，恐怕日后将会对您颇为不利，他毕竟现在还是朔方节度使。"浑释之的外甥张韶劝道。

正当浑释之犹豫不决的时候，行动迅速的仆固怀恩已经抵达城下。浑

---

① 即灵武郡，治所在今宁夏回族自治区吴忠市区。

释之不得不硬着头皮将仆固怀恩迎入城中。

张韶竟然恬不知耻地跑到仆固怀恩那里邀功请赏。仆固怀恩的眼中顿时掠过一丝凶光，因为这里是他最后的落脚点，绝对不允许任何人对他构成威胁，于是他无情地向多年的老战友浑释之举起了屠刀。

张韶踏着舅舅殷红的鲜血成为灵州守军新任指挥官，可升迁的喜悦之情还没有散去，张韶便不得不与舅舅共赴黄泉路。

"你连自己的舅舅都背叛，怎会忠诚于我呢？"仆固怀恩冷冷地说，冷酷而又决绝。

二月初十，德高望重的郭子仪抵达汾州①，朔方将士纷纷前来归附。河东局势日渐稳定。

群臣闻讯后向李豫道贺，可是李豫却伤感地说："朕的诚意竟然不能使人相信，致使功臣生变，深感惭愧。这有什么值得庆贺的呢？"

李豫仍旧没有放弃挽回仆固怀恩的努力。虽然他免去了仆固怀恩担任的军职，可他仍旧保留着太保兼中书令这两个显赫的职位，而且还特意命人用辇车将怀恩之母接到长安以礼相待。

李豫再次征召仆固怀恩入朝，此时仆固怀恩更不可能来了。

公元764年八月，在仆固怀恩的指引之下，回纥、吐蕃联军十余万人大举进攻大唐。在大唐存亡的关键时刻，郭子仪再次临危受命。

瑟瑟的秋风吹打着沧桑老迈的奉天城②。仆固怀恩遥望着曾经的老领导郭子仪，心头不禁泛起阵阵酸楚，曾经紧密无间的战友如今却成为兵戎相见的敌人，曾经用鲜血捍卫的帝国如今却不得不用鲜血来摧毁。他不知道自己为什么会走到这一步，可如今他却只得这么做。

郭子仪的心情无疑也是复杂而又沉重的，但他也深知此时还不是感伤

---

① 治所在今山西省吕梁市汾阳。
② 治所在今陕西省咸阳市乾县。

的时候，因为大唐的命运如今全都掌握在他的手中。他必须要时刻保持冷静，时刻保持清醒，时刻保持机敏。

他很快便找到了克敌制胜的法宝：耗。时间是唐军最好的朋友，也是敌军最大的敌人。

他用饱经沧桑却铿锵有力的声音说："谁胆敢擅自出战，斩！"

他的崇高威望已使得手下将领们养成这样的习惯：理解的要执行，不理解的也要执行。无数次的实践证明：他们的统帅会指引着他们走向胜利，这次自然也不会例外。

敌军不过是因为暂时的利益而临时拼凑在一起的松散联盟，时间可以充分地放大和激化他们之间原本被掩盖的矛盾。这就是迟则生变的道理。

敌军充其量是受农耕文明影响的游牧民族，没有完善的后勤补给体系，时间可以将他们硬生生地拖垮。这就是以静制动的道理。

正当战场陷入胶着状态时，河西节度使杨志烈将麾下精锐士卒五千余人悉数交给监军柏文达。柏文达率军直扑向仆固怀恩的老巢灵州。

这招围魏救赵的妙计果然奏效了。

仆固怀恩闻讯后急忙率军回救灵州。一股近乎绝望的悲凉突然涌上心头，在那一瞬间便凝结了。

"我还会回来的！"从不肯轻易认输的仆固怀恩遥望着仅有咫尺之遥的长安城狠狠地说，此时的他还不会想到他再也没有机会如此近距离地审视长安城了。

他抛下这句冰冷的话语后便策马离去，留给历史的是一个苍凉而又孤单的背影。

行动迅速的仆固怀恩趁着夜色将柏文达所率之军彻底击溃，再现了虎将本色，不过他虽赢得了这场战役，却输掉了整场战争，因为柏文达解救长安的目的已经达到了，虽败犹荣。

仆固怀恩走后，吐蕃人被迫下达了撤退令，因为他们再也耗不起了。

虽然大唐的边境获得了暂时的安宁，可这却并非是和平，只是战争的间歇。

公元765年九月，回纥、吐蕃、党项、吐谷浑、奴剌联合号称三十万大军入侵唐帝国，大有一举灭唐的气势。这次大规模的战争依旧是仆固怀恩一手策划的，可他却不会想到这将成为他军事生涯中最后一战，更不会想到他辉煌的人生将以一种极为凄惨的方式落幕。

面对严峻的形势，惶恐不安的李豫调动了几乎所有能够征调的部队，郭子仪、李光进、马璘、郝廷玉、李抱玉、李忠臣等骁勇善战的将领悉数征召到前线。

郭子仪率领手下区区一万余人赶到自己的防区泾阳①的时候，十几万敌军已经完成了对泾阳的战略合围。这注定是一次力量悬殊的战斗，要么死战，要么战死。

看着无边无际的敌军，老英雄郭子仪的脸上没有一丝畏惧。他高高地举起佩刀，率领两千骁勇善战的骑兵杀入敌阵。

"你们看，那是谁呀？"回纥士兵们惊奇地喊道。

"郭令公！"

"什么！郭令公难道还健在？听仆固怀恩说，郭令公和天可汗（即代宗李豫）不是都死了吗？我们这才来逐鹿中原！"

"天子万寿无疆！"

"难道是仆固怀恩骗了我们？"回纥人终于醒悟了。

陷入绝境的郭子仪突然看到了一线生机，于是派遣使者去见回纥首领药葛罗。

"当初你们不远万里协助我朝收复两京，可如今你们却不顾两国之间的情谊居然帮助仆固怀恩这个背主弃亲的叛臣，真是愚蠢啊！"

---

① 治所在今陕西省咸阳市泾阳县。

　　药葛罗面带愧色地说："我们本来以为郭令公去世了，否则我们绝对不会来！若令公果真健在，请老人家和我见上一面。"

　　面对这个暗藏杀机的邀请，胆识过人的郭子仪毅然决然地决定赴会，不管是阴谋还是阳谋。

　　可是他手下的那帮部将们却拦住了他。他们的担忧是很有道理的，反复无常的戎狄的话怎么能够相信呢？

　　郭子仪知道自己必须去，不管自己将要面对的是什么，因为或许只有这次风险莫测的会面能够化解目前的危局。

　　"如果您执意要去，请您挑选五百精兵与您一同前去！"

　　郭子仪摇摇头。他知道如果没事，任何的防范措施都是多余的；如果有事，任何的防范措施都是徒劳的。他决定用自己的威望和真诚去冒一次险，因为这个险太值得冒了。

　　"令公来了！"回纥哨兵高呼着。

　　在数十名骑兵的簇拥下，郭子仪竟然没穿戴盔甲就赶来赴约了。

　　郭子仪与药葛罗终于碰面了，这次碰面无疑对双方都有着深远的影响。

　　"我和诸位曾经同甘苦、共患难，如今你们却轻而易举地抛弃这份情谊，居然到了兵戎相见的地步！"郭子仪劈头盖脸地责问着。

　　药葛罗急忙跳下马，参拜郭子仪，却并没有直接回答郭子仪的责问，而是说了一句亲切的话："果吾父也！"足见药葛罗对郭子仪的敬重和钦佩。

　　宴会开始了。吃饭和谈事都可以在宴会上同步完成。

　　"吐蕃人背弃舅甥之谊①悍然进犯大唐，这是背信弃义之举。如今他们劫掠了大量的牛羊，你们可以轻而易举地将这些牛羊据为己有，可谓是名

---

① 嫁给吐蕃赞普松赞干布的文成公主是唐太宗的女儿，所以吐蕃赞普经常自称唐朝皇帝的外甥。

利双收。"

药葛罗的心里其实一直都很纠结。药葛罗是回纥可汗的弟弟，而仆固怀恩又是可汗的岳父。不过自幼便沐浴在唐文化之中的药葛罗对大唐有着难以割舍的情感，而且李豫和郭子仪都曾与他们一起并肩战斗过。他感情的天平一直在左右摇摆着，不知到底该偏向哪一边。

此时唐帝国与回纥汗国和解的最大障碍如今已经消除了，因为仆固怀恩行军抵达鸣沙 ① 时突然病逝了。曾经所向披靡、攻无不克、战无不胜的虎将在人生最后的那段岁月里屡屡品尝到挫折的滋味、煎熬的滋味、孤独的滋味。这种五味杂陈让他始终难以摆脱失落，无法摆脱绝望。如今他终于可以彻底摆脱尘间的烦恼了。

他的死导致手下人展开了一场血腥的火并，有的人死于杀戮，有的人投降朝廷，有的人逃亡漠北，可谓是树倒猢狲散。

药葛罗面带愧疚地说："走到今日这般地步皆因受到仆固怀恩的蒙蔽和欺骗。对不起令公，对不起圣上。请求为大唐攻打吐蕃人，将功折罪。不过仆固怀恩的儿子是可敦（就是皇后）的兄弟，请您一定要赦免他！"

郭子仪答应了，团结一切可以团结的力量是李豫事先定下的主基调。

"好，咱们对天盟誓！拿酒来！"

郭子仪先执酒为誓："大唐天子万岁！回纥可汗亦万岁！两国将士亦万岁！有负约者，身殒阵前，家族灭绝！"

药葛罗接过酒杯，信誓旦旦地说："如令公所言！"

回纥诸位酋长高兴得手舞足蹈，不仅仅是因为两国终于冰释前嫌，更因为如今的一幕早就被从军的两位巫师言中了。

巫师早有预言：此次出征肯定与大唐打不起来，遇见一位大人后便会班师回朝。如今居然奇迹般地应验了。

---

① 治所在今宁夏回族自治区中卫市。

与其说这是神奇的超自然力量，不如说是两国人民对和平的殷切希望。

郭子仪带着巨大的喜悦和成就回营了，因为战争态势就在这个晚上发生了惊天大逆转。

郭子仪莫名其妙地造访回纥军营引起了吐蕃人的警觉，其实吐蕃人从来就没有真正相信过回纥人，只不过为了眼前利益而暂时勾结到一起。

"会不会有什么阴谋？"远道而来的吐蕃人陷入巨大的惊恐之中。

怎么办？三十六计走为上策！

想来就来，想走就走，没那么容易。

郭子仪派遣大将白元光与回纥人一起紧追不舍，终于在灵台西原^①与十万吐蕃军相遇了。唐回联军斩杀吐蕃五万人，俘虏一万余人，缴获被吐蕃人劫掠的女人、牛羊、橐驼不计其数。回纥人与唐军的联合作战无疑更有默契。

持续三年的仆固怀恩叛乱终于被平息下来。李豫一直没有在诏书中称仆固怀恩"谋反"。得知仆固怀恩的死讯后，李豫黯然神伤了许久，说："怀恩并没有谋反，只不过被左右所蒙蔽而已！"

李豫不禁回想起与仆固怀恩一起战斗的艰难岁月，其实有很多次机会可以避免走到这一步。

命运有时真的让人难以捉摸，有人当了大半辈子忠臣可是最终却以逆臣的形象收场，有人当了大半辈子叛臣可是最终却以忠臣的形象收场。

仆固怀恩的个人悲剧的确带有鲜明的时代特征，可归根到底却是他的性格造成的。

仆固怀恩严以治军，刚愎自用。他的性格中带着明显的五行中金的因素。随着他功劳的增加，刚烈度也随之增加。他受不得半点委屈，受不得

---

① 今甘肃省平凉市泾川县城东 40 里。

半点猜忌，自己的偏执最终将自己逼上了无法回头的绝路。

郭子仪宽以治军，但柔中带刚。他的性格中带着明显的五行中水的因素。需要张扬时，波涛汹涌，气势恢宏，惊涛拍岸，无坚不摧；需要收敛的时候，涓涓细流，隐于林间，藏于山中。每当朝廷召唤时，郭子仪招之即来，来之能战，战之能胜，胜而不骄；每当大功告成时，郭子仪主动引退，交出兵权，化解猜忌，赋闲在家。

安史之乱后，皇帝对手握重兵的将领的猜忌心陡然增加，加上专权的宦官们竭力从中挑拨，煽风点火，连郭子仪这样德高望重并且功勋卓著的名将重臣也曾感到惶恐不安，但只要处理得当，策略得体，完全可以像郭子仪那样成功地渡过危机。

虽然大唐边境的烽火暂时熄灭了，可上天却并没有留给李豫一丝喘息的机会，因为灾难深重的大唐内部隐藏的矛盾终于要爆发了。

进与退，政治风暴中的自我救赎

大历二年（公元 767 年），一个春寒料峭的时节，略显迟暮的郭子仪从驻地返回京城长安，可他却没有想到一场家庭琐事竟然会将他推到生死的边缘。

起因是他的儿子郭暧和儿媳妇升平公主闹别扭。娶公主当老婆犹如将一件中看不中用的供品请回了家，公主见到公公婆婆不仅不用像其他女子那样行礼，公公婆婆反而要向儿媳妇行礼，公主只需拱拱手就行。

年纪轻轻而又愤愤不平的郭暧大声嚷道："你不就倚仗你父亲是天子吗？我父亲是不屑于做天子！"

升平公主一气之下回宫了，希望父皇为自己出气。

见到心爱的女儿受气，代宗皇帝李豫却并没有责罚口出狂言的女婿，而是好言安慰女儿，"你有所不知，他说的都是事实。如果郭老令公想要做天子，天下怎么会是咱们家的呢！"

郭子仪得知此事后顿时便吓得面如土灰，因为儿子口无遮拦的话语足以给他们的家族带来灭顶之灾，于是将儿子郭暧绑起来请求天子惩处。

望着惶恐不安的郭子仪，李豫轻描淡写地说："俗话说，不痴不聋，不作家翁。儿女闺房中的私房话怎么能够当真呢？"

为人父母的人应该到位而不越位，该糊涂的时候糊涂，该明白的时候明白，如果该明白的时候糊涂那就是糊涂透顶，如果该糊涂的时候明白那就是自作聪明。李豫独特的领导艺术不仅化解了烦琐的家庭矛盾，也化解了由此可能引发的严重的政治风波。

虽然高明的李豫选择了息事宁人，可郭子仪却不肯轻易善罢甘休，回家后痛打了儿子数十大棍，也好给天子一个交代，给儿子一个教训。

　　这个历史片段收录进《资治通鉴》，经过艺术加工成为脍炙人口的永恒经典《打金枝》，驸马与公主之间的口水之争也演绎为拳脚相向。

　　两年后，春节的喜庆气氛还未完全散去，迟暮的郭子仪又从驻地河中府入朝，权势煊赫的鱼朝恩莫名其妙地向他发出游览章敬寺的邀请。

　　宰相元载无疑比郭子仪更加恐慌。一个是手握禁军军权的宦官，一个是手握边防军军权的将领，这两个人要是走到了一起，那么鱼朝恩的势力无疑就更大了。

　　随着鱼朝恩地位的上升，元载与鱼朝恩之间的矛盾越来越尖锐，因为追逐权力的行为永远是零和博弈。权力资源是稀缺的，你分配得多，我分配得自然就少！

　　"不行！一定要阻止他们见面！"元载当然不便直接出面拦阻郭子仪，而是试图通过影响郭子仪周围的人来影响他。

　　"不能去啊！鱼朝恩想要谋害您！"郭子仪手下的那帮将领们纷纷劝阻他。

　　"我一定要去！"不为所动的郭子仪坚定地说。

　　"如果您执意要去，请您带领三百将士一同前去，以防不测啊！"

　　"我身为朝廷重臣。没有天子诏令，谁也不敢暗害于我。如果他受皇命而来，一切都注定是徒劳的。"

　　郭子仪仅仅带了几名家僮便前往章敬寺赴约。

　　"您怎么就带这么几个人来？"连鱼朝恩都感到有些惊讶。

　　"怕给你添麻烦呗！"

　　就连有些冷血的鱼朝恩都感动地说："只有你这样的忠厚长者才不会对我有所猜忌啊！"

　　这时的鱼朝恩还有所收敛，可是他很快便在权力的欲望中迷失了自我。

　　李豫对于鱼朝恩上奏的事情基本上都百依百顺，可难免偶尔也会有不同意见，这让权力欲急剧膨胀的鱼朝恩接受不了。鱼朝恩事后愤愤不平地说："天下大事有不经过我的手的吗？"

李豫心中的怒火不断累积着，直到那件令他颜面顿失的事情发生。

一天，鱼朝恩的儿子鱼令徽哭哭啼啼地回家了。

虽然拥有亲生儿子的宦官并不多，如果有，基本上都是进宫前生的孩子，可是通过其他途径收养儿子的却为数不少。他们要么从自己侄子中挑选一个过继到自己门下，要么在小宦官中挑选一个精细伶俐的认作养子。

唐代中后期涌现出许多盛极一时的宦官世家，祖祖辈辈是大宦官。为了伺候皇帝的伟大事业，他们献了热血献青春，献了青春献子孙。

鱼朝恩对这个儿子极其溺爱，捧在手里怕摔了，含在嘴里怕化了，顶在头上怕晒了。狂妄自大的鱼朝恩竟然为了这个儿子而不惜得罪当今圣上。

鱼令徽之所以哭是因为品级并不高的他与同事闹别扭了。小孩子间闹别扭本是极其平常的事情，可是鱼朝恩却接受不了，因为他不容许儿子受到哪怕一丝的委屈。

第二天，鱼朝恩带着宝贝儿子去找皇帝李豫。

我儿因官职卑微被同辈欺负，恳请陛下赐给他紫衣！

李豫沉默了，因为紫衣可不是谁想穿就能穿的，只有三品以上的高官才有资格穿紫色官衣，当然也有例外。

在很多拜相制书中经常会出现"衣金紫"的字样，那时因为很多出任宰相的官员都是三品以下，按照规定原本并不允许穿紫衣，佩戴金鱼袋，可为了表示对他们的恩宠破格准许他们"衣金紫"。

李亨即位初期的那段时间，许多官员的仆人都可以"衣金紫"，可那毕竟是战乱的特殊时期。如今天下初定，礼制恢复，一个乳臭未干的小毛孩居然也想穿紫衣，传出去岂不是要让天下人所耻笑。

就在李豫犹豫不决的时候，令人震惊的一幕出现了。

在皇帝还没有准许的时候，居然有人敢于冒着杀头的危险将紫衣拿了过来。没等李豫发话，有恃无恐的鱼令徽就毫不客气地穿上了紫衣，然后象征性地向李豫叩拜致谢。

此时的李豫很尴尬，也很难堪，可他对于这种明目张胆的蔑视不仅无可奈何，而且束手无策，只得勉强地挤出些许微笑，说："这孩子穿上紫衣还挺合适的！"

敢怒而不敢言的李豫只能默默地注视着鱼朝恩带着儿子得意扬扬地走了，带走了象征着高贵的紫衣，也带走了一个皇帝的尊严。

一个不把皇帝放在眼里的宦官没有好下场！李豫默默诅咒着。

李豫隐秘的内心变化并没有逃过宰相元载的眼睛，因为李豫的贴身宦官董秀将皇帝的一举一动全都告诉了元载。

"鱼朝恩独断专行，图谋不轨，请求陛下速速除掉他！"

看着目光坚定的元载，李豫终于找到了要找的人，可是鱼朝恩绝对不是一个好对付的人。

李辅国和程元振都曾经职掌过禁军，可是他们其实都没有真正参加过战争，虽然煊赫一时，却并不难除去，而这个鱼朝恩却是久经战阵的老手。

随着北衙六军的衰落，如今神策军已经成为禁军的主力，而这支部队带着鲜明的鱼朝恩印记。鱼朝恩的势力盘根错节，甚至蔓延到长安周边地区，担任陕州节度使的皇甫温就是他的亲信。关键是鱼朝恩行事谨慎。每次入殿，他都会命部将周皓率领一百精锐士卒跟随在自己的左右。

自以为安全的鱼朝恩并不知道针对他的策反工作其实早已悄然拉开帷幕。

"要钱给钱，要官给官，跟着朝廷干难道不比跟着鱼朝恩好吗？"在巨大的诱惑面前，周皓和皇甫温心动了，可以实施下一步计划了。

朝廷任命凤翔节度使李抱玉为山南西道节度使，陕州节度使皇甫温升任凤翔节度使。鱼朝恩喜上眉梢，因为凤翔无疑比陕州离长安更近。

此时的鱼朝恩还以为皇甫温会在关键时刻成为自己的坚强后援，其实皇甫温早已成为朝廷对付他的一个重要棋子。

皇甫温入朝后并没有马上返回本镇，因为他还有更重要的事情要做。

令鱼朝恩高兴的事情接踵而至。朝廷竟然将兴平、武功、天兴、扶风等地全都划归神策军管辖，扩充了地盘无疑就意味着扩充了钱袋子。

正当鱼朝恩被眼前虚幻的景象麻痹的时候，神策军都虞候刘希暹却敏锐地觉察到一丝异常的政治气息。

难道……

他不敢再想下去了，因为他感到从未有过的恐慌，必须尽快告诉自己的主子鱼朝恩。

其实鱼朝恩也隐约觉察到有些异样。这种飘忽不定的感觉让他有些捉摸不定，所以他决定试探一下李豫。

李豫继承了父亲善于演戏的优良基因，所以狡诈的鱼朝恩并没能从李豫身上看出一丝破绽。李豫依旧对他依赖重用，依旧对他言听计从，依旧对他百依百顺，唯一的变化就是对他比以前更好了。

原来是自己多虑了！

鱼朝恩紧绷的神经渐渐松弛下来，所以对于即将到来的危险还全然不知。最不该放松警惕的时候放松警惕将会是致命的。

公元770年三月初十，寒食节，皇宫内洋溢着喜庆的气氛。

太监宫女们为即将到来的宴会而奔波忙碌着。一脸凝重的李豫却始终被一股挥之不去的不安和兴奋困扰着。他热烈地渴望着宴会早些到来，可是又对这场即将到来的宴会有着一种莫名的恐惧，因为这并不是一场普通的宴会，而是一场事关生死的对决。

宴会终于开始了。歌舞和美酒最能刺激人的神经，可是舞姬们妙曼的身姿和醇香的美酒都无法唤起李豫丝毫的兴趣。他不断地告诫自己一定要保持克制，以至于在场的群臣都没有发觉今日他有些异常，甚至连鱼朝恩那双敏锐的眼睛也没能从他的脸上捕捉到一丝的变化。

不过个别细心的臣子还是嗅到了什么，因为一个最不该缺席的人却缺席了。这个人就是元载，不过他的缺席却有着一个貌似合情合理的解释：值班。

此时的他正焦急地在中书省踱着步，因为这可是一个押上身家性命的政治赌博。

宴席终于散了。鱼朝恩起身想要回营，可是李豫却将他拦了下来，说是有重要的军国大事要与其商议。

鱼朝恩并没有感到意外，因为皇帝找他商议国政早已成为他生活中的一部分。如果皇帝不找他，他反而会感到有些失落。

大殿的大门"咣当"一声关上。鱼朝恩的心随着巨大的关门声猛烈地震颤着。

李豫就像变脸一样换成了一副愤怒的嘴脸，严厉斥责着鱼朝恩这些年来的种种不法行为，将心中堆积已久的愤怒全都释放出来。

鱼朝恩的心头掠过一阵惊恐，不过他很快便迫使自己镇定下来，因为他的手中还掌握着一支让所有人都不敢轻视的强大军队，而且周皓率领的卫队就在大殿之外。

毫不示弱的鱼朝恩不仅没有低头认罪，反而言辞激烈地辩解道："我没有错！我所做的这一切都是为了大唐的江山社稷！"

周皓终于出现了，但是却并不是为了救他，而是为了杀他。

惊恐不已的鱼朝恩不停地呼喊着："你居然敢背叛我！"其实一个对自己的主子有恃无恐的宦官还有什么资格要求别人对他忠心耿耿？

周皓毫不留情地抓住鱼朝恩而且将他活活地勒死。鱼朝恩的人生历程在他四十九岁这一年戛然而止。

虽然鱼朝恩死了，可是李豫却仍旧没有从惊恐中挣脱出来，因为他不知道鱼朝恩的旧部会不会做出对他不利的事情。

李豫煞有介事地颁布一道诏书：罢免鱼朝恩观军容使的职务，仍然保留着内侍监的职务。

很快，一个令人震惊不已的消息在朝廷中疯狂地传播开来：接到皇帝诏书的鱼朝恩因为恐惧居然自杀了。

李豫命人将鱼朝恩的尸体护送回家，特意赏赐六百万钱用来埋葬，可是他心中那丝不安却仍旧挥之不去，因为此时他还不能完全掌控神策军这支足以决定政局走向的军队，因为鱼朝恩留给这支军队的印记太深刻了。

鱼朝恩的两个亲信刘希暹、王驾鹤仍旧控制着神策军。一旦他们有什么异动。京城恐怕又要陷入一场浩劫。

李豫竭尽所能地笼络刘希暹和王驾鹤，下诏加授两人御史中丞，以示恩宠。他还特意下诏安慰神策军：你们都是朕的亲信，如今朕要亲自统御禁军。你们不要有什么顾虑？

形势逐渐安定下来了，可是刘希暹和王驾鹤的命运却发生了戏剧性变化。王驾鹤迅速投向新主子李豫的怀抱，在很长的一段时间内执掌着禁军军权，直到李豫驾崩。一直摇摆不定的刘希暹最终被李豫送上了断头台。

鱼朝恩这只虎被铲除了，可是元载这头狼却来了。宦官专权暂时结束了，而宰相弄权却又拉开了帷幕。

趾高气扬的元载经常在大臣面前大言不惭地吹嘘自己所谓的文韬武略，仿佛他这样的人才前无古人，鲜有来者。

权倾天下的元载有一个鲜为人知的毛病，那就是怕老婆。他的老婆是名将王忠嗣之女，可是她却并没有继承父亲高风亮节和虚怀若谷的品格。不知是她影响了元载，还是元载影响了她，反正她最终沦为一个贪婪跋扈的河东狮吼级悍妇。

　　元载的那帮儿子们也不争气，都是一帮典型的败家子，争相贪污受贿，搜罗美女。元载的贪婪不是一个人的贪婪，而是整个家族的贪婪。正是这种贪婪严重地腐蚀着大唐的官场，贪污受贿成风，贪赃枉法横行。

　　官场如市场，经济杠杆调控着政治资源配置。当官明码标价，办事明码标价。大大小小的官员们都有着各自的小算盘，有着各自的生意经，有的看重信誉，有的注重营销，但是眼花缭乱的政治作秀和慷慨激昂的政治演说背后却隐藏着一颗追逐名利的心。

　　李豫看在眼里，也急在心里，因为元载已经培植了一股令他都不容小觑的政治势力。虽然李豫是一个善于借力打力的太极能手，却并不是一个快刀斩乱麻的政坛高手。

　　唐帝国这艘巨轮如今已经变得千疮百孔，要想引领着这艘巨轮安全地驶出危险区，只能慎之又慎，因为哪怕是一个微小的失误都可能会带来极其致命的后果。长此以往，李豫养成了患得患失的毛病，缺少力挽狂澜的魄力，可是他并没有放弃中兴的梦想。

　　经过数番坚持与放弃的心理挣扎，李豫终于下定铲除元载的决心。铲除李辅国的时候，他依靠程元振；铲除程元振的时候，他依靠鱼朝恩；铲除鱼朝恩的时候，他依靠元载，而这次他又要依靠谁呢？

　　担任左金吾大将军的舅舅吴凑！曾经掌握兵权的南衙十六卫随着府兵制的崩溃基本上沦为有名无实的冷衙门，可是左、右金吾卫却始终掌握着一支维持京城安定的治安部队。

　　大历十二年（公元777年）三月二十八，李豫驾临延英殿。他将在这里指挥逮捕元载及其党羽的"严打"行动。

　　正在中书门下办公的宰相元载和王缙被吴凑带人抓走。元载最后看了一眼熟悉的书桌，已经预感到自己恐怕再也回不来了。

　　审讯开始了。当结果早已确定的时候，过程其实已经变得毫无意义。

　　但求速死！这成为元载最后的希望，可是连这个简单的愿望都难以实现。

　　想得美！行刑的官员绝对不会轻易放过他。他脱下臭袜子塞进元载的嘴里，让吃惯了山珍海味的元载品味一下从未体尝过的苦楚。

　　饱受屈辱的元载最终被赐死，而他的老婆孩子也都跟着他上了断头台。一切荣华富贵不过是一场云烟。

　　元载的家被抄了。家产的丰厚程度超出人们的想象。仅仅胡椒就达八百石。那时的胡椒可不像现在只是普通调味品，而是名贵香料。

　　李豫还不解气，命人挖开元载祖父和父亲的坟墓，砸开棺材，将他们的尸骨扔到路边，任野狗撕咬，任行人践踏。

　　此时上天留给李豫的时间已经不多了。

　　大历十四年（公元779年）五月二十一，奄奄一息的代宗李豫下诏让皇太子代行处理国政。当天夜里，五十三岁的李豫带着无尽的遗憾离开了这个让他感到心力交瘁的帝国。他没有力挽狂澜的魄力，也没有定鼎乾坤的能力，但他却是一位称职的守成之君。他最大的遗憾就是眼见着藩镇割据势力日益滋长，而他却始终无能为力。

　　他的儿子李适即位之初便温柔地削去了年过八旬的郭子仪的实权，同时尊郭子仪为尚父，进位太尉兼中书令，不过他所担任的军事职务全都被罢免。这实际上传递出一个明显的信号：新皇帝不愿意再用老臣了。

　　建中二年（公元781年）六月十四，八十五岁高龄的郭子仪带着无限的荣誉和骄傲走了。"天下以其身为安危殆三十年，功盖天下而主不疑，位极人臣而众不疾，穷奢极欲而人不非之。"①

　　在生命的最后三十年，郭子仪用热血书写着自己对大唐的无限忠诚。

　　意气风发的大唐新皇帝李适决意引领着这个千疮百孔的帝国走向中

---

① （北宋）司马光撰：《资治通鉴·卷第二百二十七》，改革出版社1995年版，第4823页。

兴，可打碎一个旧世界不容易，缔造一个新世界无疑更难。

　　自从安史之乱将大唐盛世无情地践踏之后，每位皇帝都怀揣着中兴之梦，遗憾的是大多数人还没有来得及入梦就被残酷的现实所惊醒了。